Os garotos do cemitério

AIDEN THOMAS

OS GAROTOS DO CEMITÉRIO

Tradução de
Arthur Ramos

6ª edição

— Galera —
RIO DE JANEIRO
2022

CIP-BRASIL. CATALOGAÇÃO NA PUBLICAÇÃO
SINDICATO NACIONAL DOS EDITORES DE LIVROS, RJ

T38g
    Thomas, Aiden
6ª edição Os garotos do cemitério / Aiden Thomas; tradução Arthur Ramos. – 6. ed. – Rio de Janeiro: Galera Record, 2022.

    Tradução de: Cemetery boys
    ISBN: 978-65-5587-251-4

    1. Ficção americana. I. Ramos, Arthur. II. Título.

21-69183
                                              CDD: 813
                                              CDU: 82-3(73)

Camila Donis Hartmann – Bibliotecária – CRB-7/6472

Copyright © 2020 by Aiden Thomas
Leitura sensível: Vic Vieira

Todos os direitos reservados.
Proibida a reprodução, no todo ou em parte, através de quaisquer meios.
Os direitos morais do autor foram assegurados.

Texto revisado segundo o novo Acordo Ortográfico da Língua Portuguesa.

Direitos exclusivos de publicação em língua portuguesa somente para o Brasil
adquiridos pela
EDITORA RECORD LTDA.
Rua Argentina, 171 – Rio de Janeiro, RJ – 20921-380 – Tel.: (21) 2585-2000,
que se reserva a propriedade literária desta tradução.

Impresso no Brasil

ISBN 978-65-5587-251-4

Seja um leitor preferencial Record.
Cadastre-se e receba informações sobre nossos
lançamentos e nossas promoções.

Atendimento e venda direta ao leitor:
sac@record.com.br

NOTA DA EDITORA

Os garotos do cemitério é um livro publicado por Aiden Thomas em 2020, um momento na sociedade em que se pode, finalmente, ainda que em meio a numerosas tentativas de perpetuação do preconceito contra pessoas LGBTQ+, perceber progressos no que diz respeito à representatividade. Por esse motivo Aiden fez a escolha, na língua inglesa, de eleger a linguagem neutra para fazer referência a personagens transgêneros e/ou não binários, como Yadriel, o protagonista, determinados personagens secundários e quando ocorrem definições sobre a comunidade da qual nosso protagonista e sua família fazem parte.

A língua portuguesa — e línguas latinas no geral —, no entanto, esbarra em problemáticas de cunho gramatical quando a linguagem neutra entra em pauta, e, nesse aspecto, enquanto editora, tivemos de dispor de uma dose extra de atenção. Nossa preocupação, nesse momento, é tornar esta história acessível, e como uma linguagem neutra em sua plenitude ainda não existe em português, fizemos a escolha editorial de utilizar uma mescla entre linguagem não binária — ou neutra — e linguagem padrão.

A busca pela diversidade editorial não pode, no entanto, ser restrita à escolha do título, deve contemplar todos os profissionais envolvidos na obra. Por esse motivo, *Os garotos do cemitério* foi traduzido, copidescado e revisado exclusivamente por profissionais LGBTQ+. Esperamos, assim, que a história de Yadriel e Julian alcance e comova o maior número de leitores possível.

No me llores,
porque si lloras
yo peno,
en cambio si tu cantas
yo siempre vivo,
y nunca muero.

Não chore por mim,
porque, se você chora,
eu sinto a sua dor,
mas se você cantar para mim
eu viverei para sempre,
e meu espírito nunca morrerá.

"La Martiniana", uma canção popular Mexicana

CAPÍTULO 1

Tecnicamente, Yadriel não estava invadindo o cemitério, porque havia morado lá a vida inteira e não podia invadir a própria casa. Mas arrombar a igreja com certeza ultrapassava os limites da ambiguidade moral.

Ainda assim, se queria finalmente provar que era um bruxo, precisava realizar o ritual diante da Senhora Morte.

E ela estava na igreja.

A garrafa térmica preta cheia de sangue de galinha balançou junto ao quadril de Yadriel quando ele passou sorrateiramente pela pequena casa de sua família, na entrada do cemitério. Os outros suprimentos para a cerimônia estavam escondidos em sua mochila. Ele e Maritza, sua prima, passaram agachados sob as janelas da frente, tomando cuidado para não bater a cabeça no peitoril. Dava para ver as silhuetas dos bruxes festejando lá dentro através das cortinas. Suas risadas e o som da música ecoavam pelo cemitério. Yadriel fez uma pausa e se escondeu nas sombras para checar se a barra estava limpa antes de pular da varanda e partir em disparada. Maritza seguiu logo atrás, os passos ecoando em sincronia com os de Yadriel enquanto corriam por caminhos de pedra e pisavam em poças de água.

O coração de Yadriel batia acelerado, os dedos roçando os tijolos molhados do columbário, onde ficavam guardadas as urnas funerárias, enquanto procurava por qualquer sinal dos bruxos fazendo ronda no cemitério aquela noite. Patrulhar o cemitério para garantir que nenhum dos espíritos dos mortos causasse problemas era uma das responsabilidades dos homens. Eram poucos e raros os espíritos que se tornavam malignos, então as rondas consistiam basicamente em garantir que forasteiros não invadissem o terreno, deixar os túmulos livres de ervas daninhas e fazer a manutenção em geral. Os bruxos mais jovens sempre reclamavam desse serviço, mas era uma das tarefas às quais Yadriel sonhava em ser confiado.

Ouvindo o som de um violão mais adiante, Yadriel se agachou atrás de um sarcófago, puxando Maritza consigo. Espiando pelo canto, viu Felipe Mendez descansando recostado em uma lápide, tocando e cantando. Felipe era o morador mais recente do cemitério bruxe. O dia de sua morte, pouco mais de uma semana atrás, estava esculpido na lápide a seu lado.

Bruxes não precisavam ver o espírito para saber que havia um por perto. Os homens e mulheres da comunidade podiam senti-los, como um frio no ar, uma comichão no fundo da mente. Era um de seus poderes intrínsecos, uma dádiva da sua Senhora. Os poderes da vida e da morte: a capacidade de pressentir doenças e ferimentos nos vivos, e de enxergar e se comunicar com os mortos.

Claro que essa habilidade não era muito útil em um cemitério cheio de espíritos. Em vez de um frio repentino, andar pelo cemitério bruxe deixava um calafrio constante em sua espinha.

No escuro, Yadriel mal conseguia notar a "transparência" do corpo de Felipe. Os dedos do espírito moviam-se em um borrão fantasmagórico ao dedilhar as notas em sua *vihuela* — o instrumento era seu *tether*, a posse material mais importante para ele, o que o mantinha ancorado na terra dos vivos. Felipe ainda não estava pronto para ser libertado para o pós-vida.

Ele passava a maior parte do tempo no cemitério tocando sua música e chamando a atenção das bruxas, tanto das vivas quanto das mortas. Sua namorada, Claribel, sempre as botava para correr, e os dois passavam horas juntos no cemitério, como se a morte nunca os tivesse separado.

Yadriel revirou os olhos. Achava tudo aquilo dramático demais. Seria bom se Felipe passasse logo para o pós-vida, assim Yadriel poderia ter uma noite decente de sono sem ser acordado pelas discussões entre Felipe e Claribel, ou, pior ainda, pelas versões terríveis de "Wonderwall".

Mas os bruxos não gostavam de forçar um espírito para o pós-vida. Contanto que fossem pacíficos e não se tornassem malignos, eles os deixavam em paz. Só que nenhum espírito podia ficar para sempre. Em algum momento, eles se tornavam perturbados e violentos. Ficar preso entre o mundo dos vivos e o dos mortos desgastava o espírito, corroía sua humanidade. Suas características humanas em dado momento desapareciam, até os bruxos não terem escolha a não ser cortar a ligação com o *tether* e libertá-los para o pós-vida.

Yadriel sinalizou para Maritza segui-lo por um caminho alternativo para não serem vistos por Felipe. Quando já estavam fora de vista, ele puxou a manga da camisa de Maritza e acenou com a cabeça. Yadriel partiu na frente, desviando de estátuas de anjos e santos, tomando cuidado para não deixar a mochila agarrar em um dos dedos esticados das esculturas. Tinha alguns sarcófagos e mausoléus grandes o suficiente para abrigar famílias inteiras. Ele já havia percorrido aquele caminho centenas de vezes e podia fazê-lo de olhos fechados.

Precisou parar de novo quando avistou o espírito de duas meninas brincando de pega-pega, correndo uma atrás da outra, os cachos escuros e os vestidos combinando esvoaçando atrás delas. As duas riam sem parar enquanto passavam correndo através das pequenas tumbas parecidas com casas de passarinho, onde ficavam guardados seus restos mortais cremados. As sepulturas eram pintadas à mão em cores fortes, com suas fileiras de amarelo-dourado, laranja-reluzente, azul-céu e verde-marinho. As portas de vidro deixavam à mostra as urnas de barro alojadas no interior.

Yadriel ficou esperando impacientemente, escondido com Maritza. Ver os espíritos de duas meninas mortas correndo por um cemitério provavelmente assustaria a maioria das pessoas, mas as pequenas Nina e Rosa eram sinistras por outros motivos. As duas eram enormes fofoqueiras e não se podia confiar que não iriam contar tudo ao pai de Yadriel. Se descobriam algum segredo, usavam-no para torturar cruelmente a pessoa.

Por exemplo, fazendo-a passar horas brincando de pique-esconde, quando sempre usavam suas constituições incorpóreas para trapacear ou deixavam de propósito a pessoa ficar escondida atrás de uma lixeira fedida em um dia quente de Los Angeles. Definitivamente não valia a pena ficar em dívida com aquelas duas.

Quando as meninas enfim se afastaram, Yadriel não perdeu tempo e correu em direção ao seu destino final.

Eles dobraram uma esquina e ficaram cara a cara com o portal que dava para a igreja. Yadriel inclinou a cabeça para trás. Os tijolos brancos empilhados diante dele formavam um arco, com as palavras *El Jardín Eterno* escritas delicadamente à mão com tinta preta. O Jardim Eterno. A tinta estava desbotada, mas Yadriel sabia que seu primo Miguel já havia recebido a missão de passar uma demão de tinta antes das festividades do Día de Los Muertos começarem, dali a alguns dias. Uma tranca pesada e aparafusada mantinha invasores à distância.

Como líder das famílias de bruxes, Enrique, o pai de Yadriel, guardava as chaves e só as entregava para os bruxos em turno de vigia no cemitério à noite. Yadriel não tinha uma chave, o que significava que só podia ir ao cemitério durante o dia, ou para rituais e celebrações.

— Vamos! — O sussurro apressado de Maritza e o cutucão de suas unhas manicuradas fizeram Yadriel pular de susto.

O cabelo curto e cheio dela balançava com o vento, cachos rosa-claros e roxos emoldurando seu rosto em formato de coração e contrastando com a pele marrom-escura.

— Precisamos entrar antes que alguém nos pegue aqui!

Yadriel afastou a mão dela.

— Shh! — sussurrou.

Apesar do aviso, Maritza não parecia preocupada em arrumar problemas. Na verdade, ela parecia bastante empolgada. Os olhos escuros estavam arregalados e ela tinha um sorrisinho travesso que Yadriel conhecia bem até demais.

Yadriel se esgueirou para o lado esquerdo do portão. Havia um espaço entre a última barra de ferro forjado e o muro, onde alguns tijolos tinham desmoronado. Ele jogou a mochila pelo buraco antes de virar de lado, se espremer e passar. Mesmo com o binder de poliéster e lycra, a barra fez uma pressão dolorosa em seu peito. Já do outro lado, ele fez uma pausa para ajustar a peça por baixo da camisa, de modo que os fechos não machucassem sua pele. Tinha demorado para encontrar um binder que masculinizasse seu peito sem que ficasse coçando ou apertasse demais.

Jogando a mochila de volta no ombro, Yadriel se virou e viu que Maritza estava tendo um pouco mais de dificuldade. Ela pressionava as costas contra os tijolos, uma perna de cada lado da barra, enquanto tentava se arrastar para dentro. Yadriel cobriu a boca com a mão para abafar o riso.

Maritza fez cara feia enquanto tentava libertar a bunda do portão.

— Cala a boca! — resmungou ela antes de finalmente se livrar. — Daqui a pouco vamos precisar achar outra maneira de entrar aqui — murmurou, espanando a sujeira dos jeans. — Estamos ficando grandes demais.

— Sua *bunda* é que está ficando grande demais — comentou Yadriel. — Talvez seja hora de dar um tempo dos *pastelitos*. — Ele sorriu.

— E perder essas curvas? — perguntou ela, passando as mãos pela cintura e pelo quadril. Maritza deu um sorrisinho sarcástico. — Obrigada, mas eu prefiro morrer.

Ela deu um soquinho no braço dele antes de seguir em direção à igreja.

Yadriel se apressou para alcançá-la.

Fileiras de calêndulas — a flor dos mortos — ladeavam o caminho de pedra, as flores laranja e amarelas caídas umas sobre as outras como amigos embriagados. Elas haviam florescido naqueles meses que antecediam o Día de Los Muertos e agora as pétalas caídas polvilhavam o chão como confete.

A igreja era pintada de branco, com um telhado de terracota e grandes janelas em arco flanqueando as enormes portas de carvalho. Acima, havia uma pequena alcova em uma parede semicircular, abrigando outra cruz. De ambos os lados, dois buracos portavam sinos de ferro.

— Pronto? — Não tinha nenhum traço de hesitação no olhar de Maritza. Ela estava radiante, quase dando pulinhos.

O coração de Yadriel batia forte e ele podia sentir o frio na barriga.

Ele e Maritza andavam escondidos à noite pelo cemitério desde que eram crianças. Quando pequenos, adoravam se esconder e brincar no jardim da igreja, pois ficava perto o suficiente de casa para ouvir quando Lita os chamava para o jantar. Mas eles nunca tinham *entrado* na igreja escondidos. Se fizessem isso, estariam quebrando várias regras e tradições bruxes.

Se ele fizesse isso, não teria volta.

Yadriel assentiu, tenso, cerrando as mãos em punhos.

— Vamos lá.

Os pelos de sua nuca se arrepiaram ao mesmo tempo que Maritza estremecia ao seu lado.

— Vamos aonde?

A pergunta brusca fez os dois se sobressaltarem. Maritza recuou rápido e Yadriel precisou segurá-la pelo braço para impedi-la de derrubá-lo.

Havia um homem parado logo à esquerda, ao lado de uma pequena tumba cor de pêssego.

— Cacete, Tito — reclamou Yadriel, uma das mãos ainda agarrando a frente do próprio moletom. — Quase matou a gente de susto!

Maritza torceu o nariz, indignada.

Às vezes, até mesmo para Yadriel e Maritza, um fantasma podia passar batido.

Tito era um homem baixo, vestindo um uniforme de futebol vinho da Venezuela. Tinha um chapéu de palha grande e desgastado na cabeça. Ele estreitou os olhos para Yadriel e Maritza por baixo da aba enquanto se inclinava sobre as calêndulas. Tito era o jardineiro de longa data do cemitério.

Bom, Tito *tinha sido*. Ele estava morto fazia quatro anos.

Quando vivo, Tito havia sido um jardineiro extremamente talentoso. Ele costumava fornecer flores para todas as celebrações bruxes e para os casamentos, feriados e funerais da comunidade não mágica do leste de Los Angeles. O que começou como venda de flores em baldes na feirinha local terminou com sua própria loja.

Após ter morrido enquanto dormia e sido enterrado, Tito reapareceu no cemitério, decidido a tomar conta das flores de que cuidara com tanta dedicação durante a maior parte de sua vida. Ele disse ao pai de Yadriel que ainda tinha um trabalho a fazer e não confiava em mais ninguém para isso.

Enrique disse que ele podia ficar enquanto fosse Tito. Yadriel se perguntava se a teimosia simples e pura impediria seu pai de libertar o espírito de Tito, mesmo se tentasse.

— Vamos aonde? — repetiu Tito.

Sob as luzes laranja da igreja, ele parecia bastante sólido, embora fosse um pouco mais transparente do que a corpórea tesoura de poda que levava na mão. Espíritos eram mais turvos e tinham cores um pouco menos vibrantes do que o mundo ao redor. Eles pareciam fotografias desfocadas e com baixa saturação. Se Yadriel virasse um pouco a cabeça, a forma de Tito ficava borrada e desbotada.

Yadriel repreendeu a si mesmo. Seu nervosismo o prejudicara, impedira que sentisse a presença de Tito.

— Por que vocês dois não estão em casa, como todo mundo? — insistiu Tito.

— Hã... nós só estávamos indo para a igreja — disse Yadriel, a voz falhando no meio da frase. Ele limpou a garganta.

Tito ergueu uma sobrancelha espessa, deixando óbvio que não estava convencido da inocência deles.

— Só para dar uma olhada em alguns suprimentos. — Yadriel deu de ombros. — Para garantir que esteja tudo... arrumado.

Com um *sch*, a tesoura de Tito cortou uma calêndula pelo caule.

Maritza deu uma cutucada em Yadriel e fez um gesto significativo com a cabeça.

— Ah! — Yadriel pegou a mochila e começou a remexer nela, tirando de dentro um pano de prato branco dobrado. — Trouxe uma coisa para você!

Felipe estava ocupado demais com a namorada para se importar com o que Yadriel e Maritza aprontavam no cemitério, e era bastante fácil passar por Nina e Rosa, mas Tito era outra história. Tito e o pai de Yadriel eram bons amigos e ele tinha pouquíssima paciência para besteiras.

Mas ofertas de comida eram capazes de convencê-lo a fazer vista grossa.

— Lita acabou de fazer, ainda tá quentinho! — Yadriel foi abrindo as dobras e revelou uma *concha*. O delicioso pãozinho doce tinha uma cobertura crocante e se assemelhava a uma concha marinha. — Eu te trouxe um verde, seu favorito!

Se sua mentira improvisada não convencera Tito, talvez o pão doce o conquistasse.

Tito fez um gesto desdenhoso com a mão.

— Não ligo para o que vocês dois encrenqueiros estão tramando — resmungou ele.

Maritza fez um som de indignação e levou a mão ao peito em um gesto dramático:

— *Nós?!* Nunca...!

Yadriel empurrou Maritza para fazê-la se calar. Não se consideravam encrenqueiros, ainda mais se comparados com outros jovens bruxes, mas sabia que insistir na atitude de inocência não ia funcionar com Tito.

Por sorte, Tito parecia querer se ver livre deles.

— Para *fuera*, mas não encostem na minha calêndula asteca.

Yadriel não hesitou. Agarrou o braço de Maritza e avançou em direção à igreja.

— Deixe a *concha* — acrescentou Tito.

Yadriel a deixou em cima da tumba cor de pêssego enquanto Tito voltava a aparar suas calêndulas.

O menino subiu os degraus da igreja correndo, com Maritza logo atrás. Com um empurrão forte, as pesadas portas se abriram rangendo.

Eles se esgueiraram pelo corredor. O interior era simples e, ao contrário da maioria das igrejas, naquela não havia muitas fileiras de bancos nem assentos nos fundos. Quando os bruxes se reuniam para cerimônias e rituais, se organizavam em círculos pelo salão. Três enormes janelas formavam a abóbada da igreja. Durante o dia, a luz do sol da Califórnia atravessava o vitral colorido e intrincado. Dezenas de velas apagadas lotavam o altar principal.

Em um parapeito no meio da parede estava a estátua da Deusa sagrada, a que havia conferido aos bruxes seus poderes há milhares de anos, quando deuses e monstros percorriam as terras da América Latina e do Caribe: a Senhora dos Mortos.

O esqueleto era esculpido em pedra branca. A tinta preta acentuava as linhas de seus dedos ossudos, seu sorriso cheio de dentes e seus olhos vazios. A Senhora Morte usava um tradicional *huipil* branco laceado e uma saia em camadas. Havia um manto envolvendo a coroa em sua cabeça, caindo até a altura dos ombros. Pequenas flores haviam sido bordadas em fio dourado na gola de seu vestido e na bainha do manto, e um buquê de calêndulas recém-cortadas estava alojado em suas mãos esqueléticas.

Ela tinha muitos nomes e variações — Santa Morte, *Huesuda*, Dama das Sombras, *Mictecacihuatl*. Dependia da cultura e da língua, mas todas as representações e imagens significavam a mesma coisa. O que Yadriel mais queria no mundo era ser abençoado pela Senhora Morte, servi-la e ter seu próprio talismã. Ele queria ser como os outros bruxos, queria encontrar espíritos perdidos e ajudar a guiá-los para o pós-vida. Ele queria passar noites acordado no serviço entediante do cemitério. Caramba, ele aceitaria até passar horas limpando ervas daninhas e pintando tumbas, se isso significasse ser aceito pelo seu povo como um bruxo.

Aproximando-se dela, impulsionado pelo seu desejo de servi-la, Yadriel pensou em todas as gerações de bruxes que tiveram suas cerimônias de iniciação naquele lugar, aos quinze anos. Homens e mulheres que haviam imigrado de todos os cantos — México e Cuba, Porto Rico e Colômbia, Honduras e Haiti, até mesmo os antigos incas, astecas e maias —, e a todos os deuses antigos tinham concedidos poderes. Uma mistura de culturas vibrantes e diversificadas que criaram uma única comunidade.

Quando bruxes completavam quinze anos, faziam sua apresentação à Senhora Morte, que abençoava e conectava sua magia à pessoa condutora escolhida, seu talismã. Para as mulheres, o talismã muitas vezes tomava a forma de um rosário (um símbolo que começara como um colar cerimonial e se modificara com o crescimento do catolicismo na América

Latina). Era uma peça que podia facilmente passar despercebida, e era finalizada com um amuleto que podia conter uma pequena quantidade de sangue animal de sacrifício. Um crucifixo era o símbolo mais comum nesses colares, mas às vezes o rosário de uma bruxa terminava em uma estatueta ou no sagrado coração da Senhora Morte.

O talismã dos rapazes era geralmente uma espécie de adaga, já que era necessária uma lâmina para cortar o fio dourado que ligava o espírito e seu *tether*. Cortando essa ligação, eles conseguiam libertar o espírito para o pós-vida.

Ganhar o talismã era um rito de passagem importante para qualquer bruxe.

Menos para Yadriel.

Sua cerimônia havia sido adiada indefinidamente. Ele completara dezesseis anos em julho e estava cansado de esperar.

Para mostrar à sua família o que ele era, *quem* ele era, Yadriel precisava realizar sua cerimônia por conta própria — com ou sem a aprovação deles. Seu pai e o restante da comunidade bruxe não lhe deixaram outra escolha.

Suor escorreu pelas suas costas, fazendo um arrepio percorrer seu corpo. O ar parecia carregado, como se o chão vibrasse com energia. Era agora ou nunca.

Ajoelhando em frente à Senhora Morte, Yadriel tirou da bolsa os itens necessários para o ritual. Ele arrumou quatro velas de oração no assoalho, formando um diamante para representar os quatro ventos. Uma tigela de cerâmica foi posicionada no meio, para representar a terra. Yadriel havia furtado uma minigarrafa de tequila da caixa de oferendas do Día de Los Muertos. Ele se atrapalhou um pouco com a garrafa antes de abrir a tampa e despejar o líquido na tigela. O cheiro ardeu em seu nariz. Ao lado, ele colocou um pequeno frasco de sal.

Tirou uma caixinha de fósforos do bolso dos jeans, a chama tremeluzindo enquanto acendia as velas. As luzes cintilantes fizeram os fios de ouro do manto da Senhora Morte brilharem por entre as dobras e vincos.

Ar, terra, água e fogo. Norte, sul, leste e oeste. Esses eram os elementos necessários para invocar a Senhora Morte.

O último ingrediente era o sangue.

Invocar a Senhora Morte exigia uma oferenda de sangue. Era a coisa mais poderosa a se oferecer, já que sangue continha vida. Dar o seu sangue a ela era dar um pouco do seu corpo terrestre e do seu espírito. Era tão poderoso que sangue humano oferecido em sacrifício não podia passar de algumas gotas; do contrário, a oferenda drenava a força vital desse bruxe, resultando em morte certa.

Só existiam dois rituais que exigiam que qualquer bruxe fizesse uma oferenda de sangue. O primeiro era quando nasciam, e tinham as orelhas furadas, fazendo pingar uma gota. Esse ato permitia a eles ouvirem os espíritos dos mortos. As orelhas de Yadriel agora continham alargadores de plástico preto. Ele gostava de homenagear a antiga prática bruxe de alargar as orelhas com discos cada vez maiores feitos com pedras preciosas sagradas, como obsidiana ou jade. Seus lóbulos tinham agora o tamanho de uma moeda, após muitos anos de uso.

A única outra vez que bruxes usavam seu próprio sangue como oferenda era durante a cerimônia de iniciação. A oferenda era feita da língua, para poderem falar com a deusa e pedir à Senhora Morte sua bênção e sua proteção.

E esse corte era feito com seu talismã.

Maritza tirou uma trouxa de pano de sua própria mochila e estendeu para ele.

— Levei semanas fazendo — disse ela enquanto Yadriel desamarrava o cordão. — Me queimei umas oito vezes e quase cortei o dedo fora, mas acho que meu pai já está desistindo de tentar me manter longe da forja.

Ela deu de ombros, mas estava empertigada, um sorrisinho orgulhoso nos lábios. Yadriel sabia o quanto aquilo era importante para ela.

Havia décadas que a família de Maritza era a responsável por forjar armas para os homens, um ofício que o pai dela trouxera do Haiti. Ela tinha um grande interesse em aprender com o pai. Já que as lâminas não viam sangue até a cerimônia de iniciação de algum garoto, era uma maneira de ela participar da comunidade sem abrir mão da sua moral. A mãe de Maritza não achava que fosse uma profissão apropriada para meninas, mas quando Maritza decidia alguma coisa, era quase impossível convencê-la do contrário.

— Nada espalhafatoso e ridículo como a do Diego — disse ela, revirando os olhos, se referindo ao irmão mais velho de Yadriel.

Yadriel abriu o resto da trouxa de pano para revelar uma adaga.

— Uau — murmurou ele em admiração.

— É prática — explicou Maritza, espiando por cima do ombro do primo.

— É *foda* — disse Yadriel, um sorriso enorme no rosto.

Maritza ficou radiante.

A adaga tinha o comprimento do seu antebraço, com uma lâmina reta e uma guarda em cruz que se curvava como um S. A Senhora Morte havia sido pintada delicadamente no punho de madeira polida. Yadriel segurou a adaga, seu peso sólido e reconfortante. Ele tracejou com o polegar as linhas finas de tinta dourada que saíam da Senhora Morte, sentindo cada pincelada rebuscada.

Aquela era a sua adaga. O seu talismã.

Yadriel tinha tudo que precisava. Só restava terminar o ritual.

Ele estava pronto. Estava *determinado* a se apresentar para a Senhora Morte, com ou sem a aprovação das outras pessoas. Mesmo assim, ele hesitou. Segurando firme o talismã, ele mordeu o lábio enquanto olhava para a Senhora Morte. A dúvida o corroía.

— Ei.

Yadriel levou um susto quando Maritza colocou a mão em seu ombro, os olhos castanhos expressivos enquanto o observava.

— É só... — Yadriel limpou a garganta, os olhos passando pela igreja.

Maritza franziu as sobrancelhas em preocupação.

A cerimônia de um bruxe era o dia mais importante de sua vida. O pai, o irmão e a *abuela* deviam estar ao lado de Yadriel. Ao se ajoelhar no chão de pedra dura, ele sentiu o peso do vazio ao seu redor. No silêncio, podia ouvir a estática das chamas inquietas das velas, o zumbido elétrico das luzes néon. Sob os olhos vazios da Senhora Morte, ele se sentiu pequeno e sozinho.

— E se... e se não funcionar? — perguntou ele. Mesmo tendo quase sussurrado, sua voz ecoou pela igreja. — E se ela me rejeitar?

— Escuta. — Maritza apertou seus ombros. — Você consegue, está bem?

Yadriel assentiu, passando a língua pelos lábios secos.

— Você sabe quem você é, *eu* sei quem você é, e nossa Senhora aqui também sabe — disse ela com uma convicção tão feroz que um sorriso começou a surgir nos lábios de Yadriel. — Então, que se danem os outros! — Maritza sorriu. — Se lembre do motivo de estarmos fazendo isso.

Yadriel respirou fundo e falou com o máximo de coragem que conseguiu reunir:

— Para eles verem que eu sou um bruxo.

— Isso também, mas além disso.

— Revanche? — chutou Yadriel.

— Revanche! — exclamou Maritza. — Eles vão ficar com cara de imbecis quando você mostrar pra eles. E eu quero que você aproveite esse momento, Yads! De verdade... — Ela respirou fundo e colocou as mãos no peito. — Aproveite a doce, *doce* sensação de vingança!

Yadriel deu uma risada curta.

Maritza sorriu.

— Vamos lá, bruxo.

Yadriel conseguia sentir o sorriso largo no próprio rosto.

— Só não faz besteira, para a deusa não pulverizar você com um raio ou sei lá, ok? — disse ela, recuando alguns passos. — Não posso carregar o título de prima rebelde sozinha.

Ser transgênero e gay fizera Yadriel ganhar o título de Maior Rebelde no meio bruxe. Embora, para falar a verdade, a parte de ser gay tivesse sido muito mais tranquila para a comunidade aceitar, mas apenas porque entendiam seu interesse por meninos como heterossexual.

Mas Maritza também fizera por merecer sua fama, por ser a única bruxa vegana na comunidade deles. Um ano mais nova do que Yadriel, ela tivera sua cerimônia de iniciação no ano anterior, mas havia se recusado a se deixar ser curada, porque isso exigia sangue animal. Uma das primeiras memórias de Yadriel era de Maritza chorando inconsolavelmente ao ver sua mãe usando sangue de porco para curar a perna quebrada de uma criança. Desde cedo Maritza havia decidido que não queria seguir o curandeirismo, se isso significava precisar machucar outro ser vivo.

Na penumbra da igreja, Yadriel conseguia ver o talismã dela em volta de seu pescoço: um rosário de quartzo rosa que terminava em uma cruz de prata, mas o recipiente oculto permanecia vazio. Maritza explicara que, mesmo recusando-se a usar seus poderes, ela ainda respeitava a deusa e os seus antepassados.

Yadriel a admirava por suas convicções, mas também se sentia frustrado com isso. Tudo que ele queria era ser aceito, ganhar seu talismã, ser tratado como todos os outros bruxos e receber as mesmas responsabilidades. E Maritza, ao contrário, tinha recebido todos os direitos como bruxa, mas escolhera rejeitá-los.

— Agora, anda! — disse Maritza, com um gesto impaciente.

Ele apertou mais a garrafa térmica na mão, o metal gelado refrescando sua palma suada, enquanto soltava o ar pelos lábios pressionados.

Com mais confiança, Yadriel desenroscou a tampa e derramou o sangue de galinha na cumbuca. Em sua defesa, Maritza tentou esconder seu olhar de nojo.

Enquanto o líquido vermelho-escuro se misturava com a tequila, uma rajada de vento percorreu a igreja. As chamas das velas bruxulearam. O ar da sala pareceu denso, como se o local estivesse lotado de pessoas, ainda que, exceto por ele e Maritza, estivesse completamente vazio.

Adrenalina corria pelas veias de Yadriel, e todos os pelos de seus braços se arrepiaram. Quando falou, ele se esforçou para deixar sua voz o mais firme e forte possível.

— Santíssima Santa Morte, peço sua bênção — disse Yadriel.

Uma corrente de ar passou pelo seu rosto e arrastou-se como dedos através de seu cabelo. As chamas tremeram e a estátua da Senhora Morte de repente pareceu viva. Ela não se moveu ou mudou, mas Yadriel sentia algo vindo em sua direção.

Riscou um fósforo e jogou na tigela. Ele bateu no líquido, explodindo em chamas.

— Prometo proteger os vivos e guiar os mortos — disse Yadriel, jurando defender as responsabilidades dos bruxos.

Suas mãos tremiam e ele agarrou o talismã com mais força.

— Este é o meu sangue, derramado por você.

Segurando a adaga, Yadriel abriu a boca e pressionou a ponta da lâmina em sua língua até cortar. Ele estremeceu e posicionou o talismã na sua frente. Uma fina linha vermelha brilhou na borda da lâmina sob a luz quente das velas.

Ele segurou a adaga acima da cumbuca em chamas. Assim que as chamas lamberam o aço, o sangue abrasou e as velas se acenderam como tochas, as labaredas altas e fortes. Yadriel se encolheu quando a onda de calor bateu em seu rosto.

Ele tirou o talismã do fogo e disse as últimas palavras.

— Com um beijo, te prometo a minha devoção — murmurou ele, antes de passar a língua pelos lábios.

Equilibrando o punho da adaga na palma, ele beijou a imagem da Senhora Morte.

Uma luz dourada apareceu na ponta da lâmina e passou pelo punho da adaga até chegar à mão de Yadriel. Sua pele brilhou quando a luz desceu por seus dedos e subiu pelo braço, viajando pelas pernas abaixo e se enrolando nos dedos dos pés. Yadriel estremeceu, a sensação emocionante lhe roubando o fôlego.

Tão rapidamente quanto surgira, o pesado golpe de magia na igreja se dissipou. As chamas das velas se apagaram todas juntas, o ar do cômodo ficou parado. Yadriel empurrou a manga do seu casaco e olhou para seu braço com admiração enquanto a luz dourada se extinguia, deixando sua pele marrom imaculada.

Ele olhou fixamente para a Senhora Morte.

— Cacete — disse Yadriel, ofegante, colocando as mãos no rosto. — Puta merda! Deu certo! — Yadriel levou a mão ao peito e sentiu o coração batendo forte contra sua palma. Ele olhou rapidamente para Maritza, pedindo confirmação. — Deu... deu certo?

O fogo na tigela brilhava nos olhos dela, um sorriso enorme em seu rosto.

— Só tem um jeito da gente descobrir.

O riso borbulhou na garganta de Yadriel, o alívio e a adrenalina o deixando quase delirante.

— Certo.

Se a Senhora Morte o tivesse abençoado, concedendo-lhe os poderes dos bruxes, ele conseguiria invocar um espírito perdido. Se conseguisse invocar um espírito e libertá-lo para o pós-vida, então poderia finalmente mostrar para todos quem era — bruxes, sua família, seu pai. Todos o veriam como realmente era. Um menino e um bruxo.

Yadriel ficou de pé, segurando cuidadosamente seu talismã junto ao peito. Sugou os lábios, provando os últimos vestígios de sangue. Sua língua doía, mas o corte havia sido pequeno. A dor estava no mesmo nível de quando se queimara tentando beber café de *olla* recém-saído do fogão.

Enquanto Maritza recolhia as velas, fazendo questão de passar longe da tigela flamejante de sangue, ele se aproximou da estátua da Senhora Morte. Como Yadriel tinha apenas pouco mais de um metro e meio de altura, precisava esticar bastante o pescoço para conseguir espiar a estátua em sua alcova.

Queria poder falar com ela. Será que ela o enxergaria como realmente era? Algo que nem sua própria família conseguia? Yadriel passara anos se sentindo incompreendido por todos, exceto por Maritza. Quando contara a ela sua verdadeira identidade, três anos antes, ela nem hesitou. *Ay, finalmente!*, ela dissera, exasperada, mas sorridente. *Eu sempre soube que tinha alguma coisa aí, estava só esperando você desembuchar.*

Durante aquele período, ela foi sua fiel confidente, constantemente trocando pronomes, dependendo se estavam sozinhos ou acompanhados, até ele estar pronto.

Demorou mais um ano, quando estava com catorze, para arrumar a coragem de se assumir para a família. Não tinha ido muito bem, ainda era uma luta constante para conseguir que sua família e outros bruxes usassem os pronomes corretos e o chamassem pelo nome certo.

Além de Maritza, sua mãe, Camila, fora quem mais o apoiara. Era difícil se desfazer de antigos hábitos, mas ela se acostumara surpreendentemente rápido. A mãe de Yadriel havia também assumido a tarefa de corrigir gentilmente as pessoas, de modo que ele não precisasse fazer isso. Era um fardo pesado, pequenas ocorrências que se acumulavam, mas sua mãe o ajudava a compartilhar um pouco do peso.

Quando ele se sentia especialmente exausto da luta constante para ser quem era — fosse na escola ou na sua própria comunidade —, sua mãe o sentava no sofá e o puxava para perto, e ele descansava a cabeça em seu ombro. Ela sempre cheirava a cravo e canela, como se tivesse acabado de fazer torta bejarana. Sua mãe gentilmente fazia cafuné nele, murmurando: *Meu filho, meu Yadriel*. Lentamente, ela diminuía a dor dele para um incômodo chato que nunca passava de vez.

Mas já fazia quase um ano que ela partira.

Yadriel fungou e limpou o nariz, sentindo um nó na garganta.

Aquele seria o primeiro Día de Los Muertos desde a morte dela. Na meia-noite do dia primeiro de novembro, os sinos da igreja tocariam, recebendo de volta no cemitério os espíritos de qualquer bruxe que tivesse falecido. Então, por dois dias, Yadriel poderia vê-la novamente.

Ele mostraria à mãe que era um *verdadeiro* bruxo. Um filho de quem ela podia se orgulhar. Realizaria as tarefas que seu pai e o pai de seu pai tiveram que realizar, como filhos da Senhora Morte. Yadriel se provaria a todos.

— Vamos lá, bruxo — incitou Maritza gentilmente, empurrando-o de leve. — Precisamos sair daqui antes que alguém nos veja.

Yadriel se virou e sorriu.

Bruxo.

Ele estava prestes a se abaixar e pegar a tigela do chão quando os pelos de sua nuca arrepiaram. Yadriel congelou e olhou para Maritza, que também tinha congelado.

Algo estava errado.

— Você sentiu isso? — perguntou ele.

Mesmo em um sussurro, sua voz pareceu alta demais na igreja vazia.

Maritza assentiu.

— O que foi?

Yadriel balançou levemente a cabeça. Foi quase como sentir a presença de um espírito por perto, mas diferente. Mais forte do que qualquer coisa que Yadriel já sentira. Uma inexplicável sensação de pavor se acomodou em seu estômago.

Ele viu Maritza estremecer enquanto sentia um calafrio na espinha.

Houve um momento de silêncio.

Em seguida, uma dor ardente queimou o peito de Yadriel.

Ele gritou, a força o derrubando de joelhos.

Maritza caiu, um grito estrangulado saindo de sua garganta.

A dor era insuportável. A respiração de Yadriel vinha em pontadas ardentes enquanto apertava o próprio peito. Seus olhos lacrimejaram, desfocando a visão da Senhora Morte acima dele.

Quando começou a achar que não aguentaria mais, que a dor certamente o mataria, passou.

A tensão deixou seus músculos, e seus braços e pernas ficaram dormentes, pesados de exaustão. Seu corpo estava coberto de suor. Yadriel tremia ao levar a mão ao peito, bem acima de seu coração, onde a dor palpitante tinha virado um incômodo chato. Maritza também estava caída no chão, a mão apertando o mesmo lugar, sua pele pálida e brilhante pela camada de suor.

Eles se encararam, tentando recuperar o fôlego. Não disseram nada. Sabiam o que significava. Podiam sentir na pele.

Miguel partira. Um deles havia morrido.

CAPÍTULO 2

— O que aconteceu? Que *merda* aconteceu? — disse Maritza, ofegante, ao lado de Yadriel enquanto eles corriam pelo cemitério.

Ela não parava de fazer essa pergunta, como um mantra assombrado. Yadriel nunca a tinha visto tão abalada, o que só piorava as coisas. Geralmente era ele quem ficava em pânico em situações tensas, enquanto ela aliviava tudo com uma piadinha. Mas não era momento para risadas.

Não havia nem sinal de Tito. Yadriel conseguia ouvir vozes frenéticas pelo cemitério à medida que passavam por alguns espíritos confusos.

— O que tá acontecendo? — perguntou Felipe a eles, segurando ansiosamente sua *vihuela* enquanto os primos passavam correndo.

— Eu não sei! — Foi tudo o que Yadriel conseguiu responder.

Por conta da ligação que bruxes tinham com a vida e a morte, com os espíritos e os vivos, quando alguém da comunidade morria, todos sentiam.

A primeira vez que aquilo tinha acontecido com Yadriel, ele tinha apenas cinco anos. Acordou no meio da noite, como se de um pesadelo, conseguindo pensar apenas em seu *abuelito*. Quando saiu da cama em direção ao quarto de seus avós, seu avô estava deitado imóvel na cama. *Abuelita* estava sentada ao lado, segurando forte a mão dele, sussurrando orações no seu ouvido, lágrimas escorrendo pelas bochechas enrugadas.

O pai de Yadriel estava do outro lado, com Diego aninhado embaixo de seu braço. A expressão de seu pai era austera e pensativa, uma tristeza profunda em seus olhos castanhos. A mãe de Yadriel o pegara no colo, esfregando gentilmente suas costas enquanto eles se despediam.

Seu *abuelito* morrera dormindo. Fora pacífico e indolor. A única coisa que acordara Yadriel fora a sensação repentina de perda, como água gelada pingando diretamente no seu estômago.

Mas aquilo era diferente. O que tinha acontecido com Miguel não fora uma passagem tranquila.

Só podia ser algum tipo de engano. Não fazia sentido. Mesmo sentindo, mesmo sabendo *exatamente* o que significava, não tinha como Miguel estar *morto*.

Miguel era primo de Yadriel, e tinha apenas vinte e oito anos. Tinham se visto mais cedo naquela noite, quando ele passou na casa de Yadriel para pegar algumas *conchas* de Lita antes de ir cumprir seu turno no cemitério.

Havia ocorrido algum acidente? Talvez Miguel tivesse saído do cemitério e sido atingido por um carro. Não tinha como ele ter sido morto *no* cemitério, tinha?

Eles precisavam chegar em casa, precisavam descobrir o que havia tirado a vida de Miguel tão violentamente.

As pernas de Maritza eram mais compridas e o binder comprimia os pulmões de Yadriel, dificultando que acompanhasse o ritmo. Seu talismã guardado na mochila parecia especialmente pesado.

Eles viraram a esquina e se depararam com o caos. Vozes altas, pessoas entrando e saindo da casa às pressas, sombras se movendo atrás das cortinas.

Maritza abriu o portão da cerca de arame e subiu as escadas correndo, Yadriel em seu encalço. Ele quase caiu quando alguém saiu em disparada pela porta, mas se espremeu para entrar.

A casa deles era pequena, e nas semanas próximas do Día de Los Muertos, "lotada" era eufemismo. Cada superfície era usada como armazenamento para as celebrações iminentes. Caixas cheias de velas de oração desleixadamente empilhadas, borboletas de seda e centenas de papéis coloridos meticulosamente cortados estavam sobre o sofá gasto de couro. A mesa de jantar fora empurrada contra a parede e estava lotada de pequenas caveiras de açúcar esperando para serem decoradas.

Deveria ser uma cena de preparação para o feriado mais importante do ano, mas, em vez disso, era um pânico desenfreado. Maritza se agarrou às costas do moletom de Yadriel, se mantendo perto enquanto eram empurrados para lá e para cá.

A mãe de Miguel, Claudia, estava sentada à mesa de jantar. A avó de Yadriel estava do lado dela, acompanhada por outras bruxas. Elas faziam carinho em seus braços e sussurravam palavras gentis em espanhol, mas Claudia estava inconsolável.

Ela exalava pesar. Yadriel podia senti-lo em seus ossos. Os lamentos profundos de um luto intenso o fizeram se retrair. Ele conhecia aquele choro bem demais. Ele o vivera.

Yadriel ficou apenas observando a avó fazer sua mágica.

Ela continuou a falar calmamente no ouvido de Claudia enquanto puxava seu talismã de baixo da blusa preta bordada com flores coloridas. Era um rosário antigo com contas de madeira e um sagrado coração de estanho no final. Com dedos ágeis, Lita desatarraxou a tampa e passou o sangue de galinha no sagrado coração.

— Use as minhas mãos — disse ela em uma voz calma e firme, chamando a Senhora Morte. À medida que murmurava, o rosário se acendia com uma luz dourada. — Dou-lhe paz de espírito.

Lita pressionou a ponta de seu rosário na testa de Claudia. Depois de alguns instantes, os soluços da mulher começaram a diminuir. A expressão dolorida de Claudia se amenizou, suavizando as linhas de seu rosto. Yadriel sentiu o sofrimento de Claudia lentamente diminuindo para uma dor surda. Os ombros dela murcharam e ela se recostou na cadeira, os membros pesados. Suas mãos pousaram no colo, e, mesmo com as lágrimas escorrendo e o rosto inchado, a expressão de sofrimento era bem menos intensa.

A luz do rosário de Lita se apagou e ele voltou a ser madeira e estanho.

Yadriel uma vez perguntara à mãe por que eles não tiravam *toda* a dor de alguém que estava triste. Ela explicara que era importante sentir o luto e a dor pela perda de um ente amado.

Yadriel respeitava sua avó e todas as bruxas e os poderes incríveis que elas tinham. Mas esses poderes nunca tinham sido para ele.

Soluços sacudiam o peito de Claudia quando Lita afastou seu rosário, deixando uma pequena mancha vermelha em sua testa enrugada. Uma das bruxas pegou um copo d'água para Claudia enquanto outra secava delicadamente suas bochechas com um lenço de papel.

— O Día de Los Muertos é daqui a dois dias — lembrou Lita a Claudia, com seu sotaque carregado. Ela apertou a mão de Claudia e abriu um pequeno sorriso. — Você vai ver Miguel novamente.

Ela tinha razão, claro, mas Yadriel não achava que isso servisse de consolo para Claudia naquele momento. Lita dissera a mesma coisa a ele quando sua mãe morrera. Yadriel entendia que, de certa maneira, tinha sorte de poder rever as pessoas queridas que haviam morrido, mas aquilo não amenizava o luto. Uma visita de dois dias ao ano não compensaria nunca a sensação de perda de não ter alguém por perto o tempo todo.

E havia outro problema: se Miguel não tivesse passado para o mundo dos mortos, se ainda estivesse preso àquele mundo, ele não poderia retornar no Día de Los Muertos.

O que acontecera com ele?

Alguém saindo correndo da cozinha esbarrou em Yadriel, e o som da voz de seu pai chamou sua atenção. Ele desviou os olhos de Claudia e abriu caminho entre as pessoas até chegar à cozinha, com Maritza o seguindo de perto.

Lá dentro, um grupo de bruxos estava reunido, olhando para o pai de Yadriel. Enrique Vélez Cabrera era um homem alto, genes que Yadriel definitivamente não herdara, e de porte comum. Tinha uma barriguinha proeminente esticando a camisa vermelha quadriculada que usava enfiada dentro da calça jeans. Enrique usava o mesmo corte de cabelo discreto e o bigode farto desde que Yadriel se entendia por gente. A única diferença agora eram os fios grisalhos nas têmporas.

Depois que o avô de Yadriel morreu, Enrique tomou o lugar dele como chefe da comunidade bruxe do leste de Los Angeles. Lita era o braço direito, servindo como matriarca da família e líder espiritual. Enrique era respeitado e admirado. Cada homem do cômodo prestava toda atenção nele, especialmente o irmão de Yadriel, Diego. Ele estava ao lado do pai e concordava vigorosamente com cada instrução passada.

— Nós precisamos achar o talismã de Miguel. Se ele ainda não passou para o mundo dos mortos, vai estar conectado à lâmina — disse Enrique ao grupo, segurando a beirada da pequena mesa de madeira. Sua voz era baixa e grave, seus olhos, intensos.

Yadriel olhou em volta e todos os rostos expressavam diferentes níveis de choque.

— As pessoas já estão procurando pelo cemitério. Era o turno dele essa noite, mas eu preciso de mais alguns para ir até a casa de Claudia e Benny — disse Enrique.

Mesmo com quase trinta anos, Miguel ainda morava na casa dos pais, para ajudar com o pai com deficiência. Ele era gentil e paciente, e sempre fora bondoso com Yadriel. Um nó se alojou na garganta do rapaz, e Yadriel tentou controlar a emoção.

— Alguém pegue alguma camisa do Miguel e acorde Julio. Podemos precisar dos cachorros dele — acrescentou Enrique, e outro bruxo logo partiu.

Julio era um bruxo velho e carrancudo que criava pitbulls e os treinava para farejar cheiros. Era bastante útil para localizar corpos e *tethers* de espíritos perdidos.

— Procurem em todo canto! — Enrique estava empertigado, os olhos percorrendo a cozinha cheia. — Alguém viu...

— Pai! — Yadriel abriu caminho até a frente.

Enrique se virou para ele, seu rosto se enchendo de alívio.

— Yadriel! — Ele agarrou o filho e o apertou forte contra o peito. — *¡Ay, Dios mío!*

Suas mãos calejadas envolveram o rosto de Yadriel enquanto ele dava um beijo no topo de sua cabeça.

Yadriel ficou tenso, resistindo por instinto ao súbito contato físico.

Seu pai agarrou seus ombros, olhando para ele com o cenho franzido.

— Eu estava preocupado que algo tivesse acontecido com você!

Yadriel recuou, saindo do abraço.

— Eu estou bem...

— *Onde* vocês dois estavam? — questionou Diego, irmão de Yadriel, os olhos castanho-claros indo dele para Maritza.

Yadriel hesitou. Maritza deu de ombros inutilmente.

Tinha um motivo para a cerimônia do talismã de Yadriel ter sido realizada em segredo. Um motivo para Maritza ter passado tanto tempo forjando a adaga dele sem o pai dela saber. As práticas bruxes eram baseadas em tradições ancestrais. Ir contra essas tradições era uma blasfêmia. Quando Yadriel se recusou a ser apresentado à Senhora Morte como bruxa em sua cerimônia de iniciação, não lhe permitiram que se apresentasse como bruxo. Estava fora de questão. Não ia funcionar, disseram para Yadriel. Só porque ele dizia que era um garoto, não mudava a forma como a Senhora Morte dava suas bênçãos.

Eles não o deixaram nem tentar. Era mais fácil se esconder atrás das tradições do que mudar suas crenças e entendimentos de como o mundo bruxe funcionava.

Isso fazia Yadriel se envergonhar de quem era. Aquela rejeição escancarada parecia pessoal porque *era* pessoal. Era uma negação direta a quem ele era — um menino transgênero tentando encontrar seu lugar na comunidade.

Mas estavam todos errados. A Senhora Morte havia respondido ao seu chamado. Só faltava agora provar.

Orlando entrou correndo na cozinha, chamando a atenção de Enrique.

— Encontrou ele? — perguntou Enrique.

Orlando negou.

— Ainda estamos procurando pelo cemitério, mas nem sinal dele ainda — disse ele, tirando o boné e o amassando nas mãos. — Nós nem conseguimos sentir nada, é como se ele tivesse só desaparecido!

— Pai! — Yadriel se empertigou, tentando parecer mais alto. — Como posso ajudar?

Ninguém prestou atenção.

— Mais rapazes devem começar a procurar nas ruas, se espalhem a partir do portão principal — disse Enrique, a mão descansando no ombro de Yadriel. — Ele não abandonaria seu turno sem motivo.

Orlando concordou e foi em direção à porta. Yadriel fez menção de segui-lo, mas seu pai o segurou pelo ombro com força.

— Você não, Yadriel — falou ele, calmo, mas firme.

— Mas eu posso ajudar! — insistiu Yadriel.

Outro bruxo entrou na cozinha e Yadriel sentiu uma pontada de esperança.

Tio Catriz era o irmão mais velho do pai, mas era difícil adivinhar isso só de olhar. Enquanto Enrique Vélez Cabrera era largo e parrudo, Catriz Vélez Cabrera era magrelo e anguloso. Ele usava o cabelo preto comprido em um coque baixo, tinha as maçãs do rosto salientes e um nariz curvado. Alargadores tradicionais de jade do tamanho de uma moeda adornavam suas orelhas.

— Aí está você, Catriz — disse Enrique.

— Tio — disse Yadriel, sentindo que teria alguém ao seu lado.

Catriz deu um pequeno sorriso a Yadriel antes de se virar para o irmão.

— Eu vim assim que senti — disse ele, um pouco sem fôlego. Suas sobrancelhas finas estavam franzidas. — Miguel. Ele está...?

O pai de Yadriel assentiu. Catriz balançou a cabeça com seriedade. Vários bruxos do cômodo fizeram o sinal da cruz.

Yadriel não suportava ficar parado. Queria fazer alguma coisa. Queria ajudar. Miguel era da sua família e um homem bom – ele ajudava a prover para a família e sempre fora gentil com Yadriel. Uma de suas memórias de infância favoritas era andar na carona da moto de Miguel. Seus pais o proibiam explicitamente de chegar perto da moto, mas se ele implorasse o suficiente, Miguel cedia. Yadriel lembrava como seu capacete parecia grande e pesado demais para ele enquanto Miguel dava uma volta no quarteirão, mal chegando a 15 km/h.

Perceber que nunca mais o veria vivo fez Yadriel sentir uma nova onda de luto.

— E se não conseguirmos encontrá-lo? — perguntou Andrés, quebrando o silêncio.

Ele era um menino magro com o rosto cheio de sardas, e também o melhor amigo de Diego.

O maxilar de seu pai se contraiu. Pessoas trocaram olhares.

— Continuem procurando. Precisamos achar o talismã dele — disse Enrique. — Se conseguirmos conjurar seu espírito, podemos perguntar o que aconteceu.

Enrique passou a mão pela testa. Ele claramente não achava que Miguel havia tido uma passagem pacífica para o pós-vida. E Yadriel concordava; não conseguia imaginar outra coisa, dada a sensação violenta deixada pela sua morte.

— Com sorte, estará junto do seu corpo — acrescentou Enrique.

O estômago de Yadriel revirou com a perspectiva de achar o corpo sem vida de Miguel jogado em algum lugar do cemitério.

O rosto de Andrés ganhou um tom impressionante de verde. Yadriel mal podia acreditar que costumava ter uma crush nele.

Enrique pegou seu talismã de cima da mesa. Era uma faca de caça, maior e mais severa que a de Yadriel, mas ainda modesta se comparada às dos bruxos mais jovens.

Como as de Diego e Andrés. Suas lâminas eram mais compridas, levemente curvadas, grandes demais para serem práticas ou facilmente escondidas. Tinham seus nomes gravados no aço e amuletos chamativos de ornamento. Havia uma pequena cruz pendurada em uma corrente de dois centímetros no punho da faca de Andrés. A de Diego tinha uma *calavera* laminada dourada. "Brega", era como Maritza chamava. Enfeites eram pouco práticos e desnecessários.

— Precisamos ir — disse Enrique, e todos se puseram em ação.

Bastava.

Yadriel os ajudaria a achar Miguel e a colocá-lo para descansar no cemitério bruxe. Esse era o dever de um bruxo, então ele o faria. Agora que tinha seu próprio talismã, talvez liberasse pessoalmente o espírito de Miguel para o pós-vida.

Yadriel fez menção de seguir seu pai, mas Enrique estendeu o braço para detê-lo.

— Você não. Você fica aqui.

O estômago de Yadriel despencou.

— Mas eu posso ajudar! — insistiu ele.

— Não, Yadriel. — Um toque alto ecoou e Enrique enfiou a mão no bolso para pegar o celular. Ele passou o polegar pela tela e colocou o aparelho no ouvido. — Benny, você encontrou ele? — perguntou, a expressão tensa.

Todos do grupo pararam o que estavam fazendo. Yadriel conseguia ouvir um espanhol agitado do outro lado da linha.

Mas os ombros de seu pai murcharam.

— Não, nós também não — suspirou ele, passando a mão pela testa. — Estamos tentando chamar mais pessoas para ajudar a procurar...

Yadriel se agarrou à oportunidade.

— Eu posso ajudar! — repetiu ele.

Seu pai lhe virou as costas e continuou falando ao telefone.

— Não, nós não...

Yadriel fechou a cara, sentindo a frustração consumi-lo.

— Pai! — insistiu Yadriel, se colocando na frente dele. — Me deixa ajudar, eu...

— *Não*, Yadriel — sibilou Enrique, franzindo a testa enquanto ouvia o outro lado da linha.

Normalmente Yadriel não discutia com o pai. Mas aquilo era importante. Olhou em volta para os bruxos no cômodo, procurando apoio, mas todos já estavam indo embora. Exceto por tio Catriz, que deu a Yadriel um olhar intrigado.

Quando seu pai foi em direção à porta, uma intensa determinação fez Yadriel entrar em sua frente.

— Se você *apenas* me escutasse... — Yadriel tirou a mochila dos ombros e abriu o zíper.

— Yadriel...

Ele estava com a mão dentro da bolsa, seus dedos agarrando o punho do talismã.

— Olhe...

— *BASTA!* — O grito de Enrique fez Yadriel pular de susto.

Seu pai era um homem de temperamento comedido. Era difícil que ele ficasse estressado ou perdesse a cabeça. Esse era um dos motivos que faziam dele um líder tão bom. Ver o rosto de seu pai vermelho, ouvir a sua voz tão dura, era chocante. Até mesmo Diego, que estava parado atrás de Enrique, se surpreendeu.

O cômodo ficou em silêncio. Yadriel sentiu o olhar de todos.

Ele se calou. O corte em sua língua ardia, agudo e metálico.

Enrique apontou o dedo em riste para a sala.

— Você fica aqui, com o resto das mulheres!

Yadriel estremeceu. Suas bochechas coraram profundamente de vergonha. Ele soltou a adaga, deixando-a cair no fundo da mochila novamente, e encarou seu pai tentando parecer feroz e desafiador, apesar de seus olhos arderem e suas mãos tremerem.

— O resto das mulheres — repetiu ele, cuspindo as palavras como se fossem veneno.

Enrique piscou, a raiva sendo substituída por confusão, como se Yadriel estivesse entrando e saindo de foco diante dele. Ele tirou o celular do ouvido. Seus ombros caíram, sua expressão mudou.

— Yadriel — disse ele, estendendo a mão.

Mas Yadriel não quis ficar por perto para escutar.

Maritza tentou pará-lo.

— Yads...

Mas ele não suportava o olhar de pena no rosto dela. Esquivou-se do toque.

— *Não*.

Ele se virou e saiu, empurrando as pessoas no caminho, escapando pela porta que dava para a garagem. A porta bateu contra a parede ao se abrir e depois bateu atrás dele ao se fechar. Yadriel desceu os poucos degraus e as luzes se acenderam, revelando o caos organizado do interior. O carro de seu pai estava estacionado em um canto.

Enfurecido, Yadriel andou de um lado para o outro pelo chão de concreto manchado de óleo, a respiração ofegante e o peito expandindo com força contra o binder. A raiva e o constrangimento duelavam dentro dele.

Queria quebrar algo ou gritar.

Ou os dois.

O rosto de seu pai — o olhar de arrependimento quando percebeu o que dissera — surgiu em sua mente. Yadriel estava sempre perdoando as pessoas por serem insensíveis. Por tratá-lo pelo gênero errado e chamá-lo pelo seu nome morto. Ele tentava não levar a mal, dizendo a si mesmo que elas apenas não entendiam, que eram retrógradas, que não pretendiam magoá-lo.

Bem, já estava de saco cheio. Estava de saco cheio de perdoar. Estava de saco cheio de lutar para apenas *existir* e ser ele mesmo. Estava de saco cheio de ficar de fora.

Mas pertencer à comunidade significava negar quem ele era. Viver como algo que não era quase o destruíra. Mas ele também amava sua família e sua comunidade. Já era ruim o bastante ser excluído... O que aconteceria se eles simplesmente não conseguissem — não quisessem — aceitá-lo como era?

A frustração tomou conta de Yadriel. Ele chutou o pneu do carro com o coturno, e o único resultado foi fazer dor irradiar pelo seu pé.

Xingou alto e mancou até um banquinho velho. Fazendo uma careta, ele se sentou.

Isso foi idiota.

Ele olhou de cara feia para o sedan preto e seu reflexo furioso o fitou de volta pelo para-brisa. Toda a correria havia bagunçado seu cabelo. Curto nas laterais e mais comprido no topo, Yadriel dedicava um tempo considerável a ajeitá-lo. Era uma das poucas coisas em sua aparência que ele podia controlar. Não conseguia fazer com que suas camisas de botão coubessem direito — ou ficavam apertadas demais no peito e no quadril, ou ficavam imensas —, mas pelo menos podia usar o cabelo em corte degradê e gastar sua parca mesada em pomada Suavecito. Era a única coisa que domava seu espesso e ondulado cabelo preto. Ele não tinha como se livrar de suas bochechas arredondadas, mas podia deixar as sobrancelhas crescerem, grossas e escuras. Os coturnos eram tão práticos quanto estilosos, e lhe davam dois centímetros a mais de altura, o que era pouco, mas ajudava com a insegurança de ser baixinho se comparado à maioria dos garotos de dezesseis anos. Eram detalhes, como copiar a maneira como Diego e os amigos se vestiam ou modelavam o cabelo, que faziam com que se sentisse mais confortável no próprio corpo.

Houve um ruído no canto, seguido de um miado curioso e assustado. Uma gata pequena surgiu da pilha de caixas de papelão. Ela parecia mais a representação de um gato feita por um cartunista do que um gato de verdade, com um grande rasgo na orelha e o olho esquerdo estreitado.

Sua coluna vertebral era torta, a ponta de seu rabo era praticamente pelada e suas patas traseiras ficavam em um ângulo estranho.

Um suspiro aliviou um pouco da raiva e tensão no peito de Yadriel.

— Vem cá, Mia Casso — chamou ele, estendendo a mão.

Depois de outro miado contente ela foi em direção a Yadriel, o sino de sua coleira balançando com o movimento. Ela roçou a perna dele, deixando tufos de pelo cinza no tecido preto.

Yadriel sorriu, passando os dedos pela sua coluna torta antes de coçar seu queixo exatamente do jeito que ela gostava. Foi recompensado com um ronronar alto.

A gata se juntara à família quando Yadriel tinha treze anos. Foi nessa época que sua mãe tentara ensiná-lo a curar. Bruxas costumavam aprender sua magia bem antes da cerimônia do talismã, sendo ensinadas pelas mulheres da família.

A mãe de Yadriel havia tentado fazê-lo se interessar por curanderia, mas, mesmo aos treze anos, Yadriel sabia que não ia funcionar. Ele sabia que não era uma bruxa. Já tinha se assumido para Maritza, mas não tinha reunido coragem para se assumir para a mãe. Quanto mais perto de sua cerimônia de iniciação, mais em pânico ele ficava.

Todo mundo achava que ele estava apenas demorando um pouco para amadurecer, ou que estava com medo da responsabilidade. Por isso, quando Yadriel e sua mãe acharam uma gata cinza na beira da estrada enquanto voltavam da escola, ela decidiu usar aquilo como ensinamento.

Eles sentiram que a gata estava machucada antes mesmo de ver como ela mancava. Talvez tivesse sido atropelada, ou levado a pior em uma briga com um cachorro ou um dos guaxinins assustadores que perambulavam pelas ruas à noite. Yadriel sentiu uma pontada na mente; conseguia sentir a dor irradiando da perna da gata. Quando era mais jovem, ele odiava a habilidade de bruxes sentirem a dor de terceiros. Sempre fora incrivelmente empático, e ser capaz de sentir tanto sofrimento o deixava mal.

A mãe de Yadriel se sentou com ele no meio-fio e aninhou a gata em sua longa saia. Ela desamarrou seu talismã do pulso — um rosário de jade que terminava com uma imagem que, à primeira vista, parecia a

Nossa Senhora de Guadalupe, mas era, na verdade, um esqueleto. Ela abriu a tampa e deixou o sangue de galinha pingar no dedo, e então o esfregou na estatueta da Senhora Morte. Ela falou o encantamento e uma luz dourada iluminou o rosário.

Era um machucado tão pequeno a se curar, e em uma criatura tão diminuta, que Yadriel deveria ter sido capaz de curá-lo com facilidade com a ajuda da mãe. Com o sorriso afetuoso e encorajador dela, Yadriel segurou o rosário sobre a perna da gata. A mão dele vacilou, com medo de dar errado, ou pior, de dar certo, mostrando que ele deveria ser uma bruxa. Sua mãe colocou a mão sobre a dele e apertou levemente.

Yadriel falou as palavras finais, mas o encantamento saiu pela culatra.

Ele ainda podia ver as gotas escarlates na saia branca da mãe. O grito horrível. A dor súbita e forte da pobre gata martelando na sua mente. O olhar atordoado no rosto da mãe. Não demorou mais de alguns segundos para ela pegar a gata e a curar rapidamente.

Em um piscar de olhos, o som horrível havia parado. A dor fora embora. Os olhos da pequena gata se fecharam e ela virou uma bolinha de pelos no colo de sua mãe.

Yadriel ficara inconsolável, convencido por um longo momento de que havia matado a pobre criatura. Sua mãe o puxou para um abraço, sussurrando gentilmente em seu ouvido.

Shh, está tudo bem, ela está bem, está só dormindo, olha só.

Mas tudo que Yadriel conseguia ver era seu fracasso, tudo que conseguia sentir era a verdade terrível de saber que não conseguiria fazer aquilo. Mas, mais do que isso, ele sabia que *aquilo* não era ele. Ele não era uma bruxa.

Sua mãe passou os dedos frios por seu rosto, afastando seu cabelo dos olhos. *Está tudo bem*, ela disse, como se ela também soubesse.

Sua mãe não conseguira curar a gata inteiramente. O erro de Yadriel havia sido grave demais e tinha causado mais mal do que ela era capaz de consertar, mas a gata não estava com dor. Eles a levaram para casa e Yadriel assumiu a tarefa de alimentá-la e cuidar dela. Ela ainda dormia no quarto de Yadriel e ele sempre dava a ela um pouco de chouriço e frango depois do jantar.

A mãe de Yadriel afetuosamente nomeava a gata de Mia Casso, em homenagem ao famoso pintor de pinturas tortas.

Mia Casso era mais que uma gata, era uma companheira. Quando ele sentia saudade da mãe, ela parecia pressentir. Quando Yadriel sentia aquela culpa terrível na barriga, a gata se aninhava em seu colo, ronronando alto. Era uma fonte de conforto e afeto onde a magia de sua mãe ainda vivia.

Mia se deitou aos pés dele e Yadriel fez carinho no pelo macio atrás de sua orelha até seus olhos cor de âmbar se fecharem.

Sua mãe nunca mais insistiu que ele tentasse curar. Em uma comunidade com tradições tão arraigadas, a notícia de que Yadriel não conseguia curar foi interpretada como Yadriel não possuindo magia. Sua cerimônia de iniciação havia sido adiada por tempo indeterminado.

A comunidade bruxe o considerava apenas o resultado da magia se diluindo lentamente na passagem das gerações. Mas Yadriel e sua mãe sabiam a verdade.

Foi ela quem comprou pela internet o primeiro binder dele, e o ajudou a contar ao seu pai e ao irmão. Foi difícil explicar sobre si mesmo e sua identidade não apenas para a família, mas para toda a comunidade. Era evidente que eles ainda não entendiam, mas, pelo menos, com sua mãe por perto, estavam lidando juntos com a situação.

Sua mãe havia defendido que Yadriel recebesse uma cerimônia de iniciação de bruxo, para ser acolhido pela comunidade por quem ele era — um menino. Ela tinha assumido a tarefa de tentar explicar a seu pai, Enrique, que ele era um bruxo. Era um menino.

Ele não pode simplesmente escolher ser um bruxo, Yadriel escutara seu pai dizer na cozinha certa noite enquanto ele e Camila conversavam em voz baixa, tomando café.

Não é uma escolha, dissera sua mãe, a voz calma, mas firme. *É quem ele é.*

Ela dissera a Yadriel que os outros só precisavam de um pouco mais de tempo para entender. Mas a mãe, sua defensora, lhe fora tomada fazia pouco menos de um ano. Sem ela, não tinha ninguém para apoiá-lo. Agora ele era tratado como qualquer bruxe sem magia. Alguém que podia ver espíritos e sentir o sofrimento alheio, mas nunca seria totalmente parte da comunidade.

— Que confusão...

A voz assustou Yadriel. Ele levantou o olhar e viu Catriz parado na porta, um cigarro entre os dedos. Ele parecia cansado, com uma expressão sombria e compreensiva.

A postura de Yadriel relaxou.

— Tio. — Ele suspirou.

Seus olhos foram novamente para a porta, se perguntando se seu pai teria seguido o tio até lá.

— Não se preocupe — disse tio Catriz, dando um trago no cigarro e descendo os degraus. — Seu pai e os outros bruxos já saíram.

Ele puxou uma cadeira de plástico e se sentou ao lado de Yadriel.

— Somos só nós dois. — Catriz colocou a mão no topo da cabeça de Yadriel e riu. — Como sempre.

Yadriel soltou um suspiro, meio rindo. Uma parte pequena dele estava torcendo para que fosse seu pai indo atrás dele para se desculpar. Mas seu tio estava certo, eram sempre eles dois os excluídos do círculo bruxe. Pelo menos tinham um ao outro, e Catriz entendia a vontade de Yadriel de se encaixar, ao contrário de Maritza, que não tinha interesse em fazer parte da comunidade bruxe e nenhum problema em ser deixada de lado. Ela parecia até gostar, na verdade.

Yadriel enterrou as mãos no bolso do moletom preto.

— Não acredito que Miguel... — Ele parou, sem querer terminar a frase.

Catriz assentiu lentamente e deu uma longa tragada no seu cigarro.

— Tão jovem, tão de repente — disse, soltando a fumaça pelas narinas. — Eu queria poder ajudar, mas... eles não me acham muito útil. — Catriz deu de ombros.

Yadriel deu uma risada curta. Sim, ele conhecia bem demais aquele sentimento.

— Que merda aconteceu com ele? — perguntou Yadriel, repetindo as palavras que Maritza usara mais cedo.

Catriz suspirou profundamente. Yadriel seguiu o olhar de seu tio até a porta, pela qual se conseguia ouvir vozes abafadas.

— Pelo que parece, seu pai já reuniu o batalhão para descobrir.

Yadriel assentiu rigidamente, ainda incomodado pela briga com o pai.

— Todos os bruxos — resmungou ele, brincando com a cauda de Mia.

— Bem, nem *todos* — comentou Catriz.

Yadriel se repreendeu pela própria insensibilidade.

Fazia tempo que Catriz era deixado de lado nas tarefas dos bruxos. A Senhora Morte concedera poderes para bruxes havia milhares de anos. No começo, esses poderes se comparavam aos da deusa. Mulheres podiam fazer um braço se regenerar ou trazer alguém de volta da beira da morte com pouco mais de concentração do que a necessária para fazer um cálculo simples. Os homens mais poderosos conseguiam até mesmo trazer os mortos de volta à vida, quando seus espíritos estavam além do alcance das bruxas.

Mas agora, com os poderes tendo se diluído pelas gerações, feitos mágicos tão extravagantes eram impossíveis. A magia deles não era um poço sem fundo. Usar seu poder para curar os vivos e guiar os mortos esvaziava aquele poço e demorava algum tempo para que ele voltasse a encher.

Bruxes estavam enfraquecendo, e algumas pessoas nasciam com poços de poder tão rasos que mal podiam usá-lo para realizar tarefas simples sem correr o risco de drenar toda a sua força vital.

Como Catriz.

Yadriel sentia que seu tio era o único, além de sua mãe, que realmente o entendia. Os bruxos tratavam Yadriel e Catriz da mesma maneira. Nenhum dos dois teve uma cerimônia de iniciação ou foi apresentado para o *aquelarre* no Día de Los Muertos.

Na segunda noite do Día de Los Muertos, a última que os espíritos passavam na terra com seus entes amados antes de voltarem para o pós-vida, acontecia o *aquelarre*, uma grande festa realizada na igreja. Qualquer bruxe de quinze anos que tivesse tido sua iniciação e se comprometido a servir a Senhora Morte e a ajudar a manter o equilíbrio entre a vida e a morte, como seus ancestrais fizeram, era então oficialmente apresentado à comunidade.

Yadriel e seu tio Catriz sabiam o que era ver os outros fazendo mágica e ter que ficar de escanteio, impotentes.

Mas agora Yadriel sabia que *conseguia* fazer mágica.

Tio Catriz não tinha esse luxo. Como filho mais velho, depois que *abuelito* morreu, Catriz deveria ter sido o próximo líder. Mas já que ele não era capaz de fazer mágica, o título passou para o seu irmão mais novo, Enrique, o pai de Yadriel. Era um acordo selado havia muito tempo, quando os meninos eram crianças, mas Yadriel nunca se esqueceria da expressão de seu tio quando o pai recebeu o cocar sagrado, sendo reconhecido como o novo líder bruxo do Leste de Los Angeles.

Uma expressão de mágoa e anseio.

Yadriel conhecia bem demais o sentimento.

— Desculpa, tio, eu só quis dizer... — Yadriel se apressou em falar.

A risada do tio foi amigável, e seu sorriso, benevolente.

— Está tudo bem. — Ele colocou a mão no ombro de Yadriel. — Nós somos iguais, eu e você — disse ele, coçando a barba por fazer enquanto assentia com o queixo saliente. — Eles estão presos no passado, nas suas tradições, seguindo regras antigas. Sem poderes, eles não veem utilidade em mim.

Ao dizer isso, Catriz não soou amargo, apenas prático.

— E você, sobrinho...

Calor surgiu do peito de Yadriel e um sorriso se formou em seu rosto.

Catriz suspirou, apertando levemente o ombro do sobrinho.

— Eles nem te dão uma chance.

O sorriso de Yadriel morreu. Seu coração se apertou.

A porta da cozinha se abriu e a *abuelita* de Yadriel entrou pisando firme na garagem.

Yadriel e seu tio suspiraram em uníssono. Morar em uma casa de família latina com membros de várias gerações significava que a privacidade era sempre efêmera.

— Aí está você! — exclamou Lita Rosamaria, sacudindo a bainha de seu avental com um floreio.

Seu cabelo grisalho estava preso em um coque, como ela sempre fazia quando estava cozinhando. O que acontecia, bem, o tempo todo.

Yadriel lamentou mentalmente. Não estava nem um pouco a fim de receber um sermão de sua *abuelita*. Ele pegou Mia ao se levantar. Catriz permaneceu sentado, dando outro longo trago no cigarro.

Lita colocou uma das mãos no quadril largo e estendeu um dedo longo para Yadriel.

— Nem pense em sair correndo! — repreendeu ela.

Lita era uma mulher atarracada ainda mais baixa que ele, mas sua presença fazia até o bruxo mais arrogante se encolher quando ela dava um sermão. Ela sempre cheirava a colônia de violetas, que impregnavam as roupas de Yadriel por muito tempo depois de ela tê-lo libertado de um abraço apertado. Sua *abuelita* tinha um sotaque cubano forte e vibrante, e uma personalidade mais forte ainda.

— Sim, Lita — murmurou Yadriel.

— É perigoso! Com o pobre Miguel... — Ela se interrompeu, fazendo o sinal da cruz e uma oração rápida a Deus.

Talvez ele estivesse sendo egoísta. Não estava tentando chamar atenção, mas não era justo que defendesse sua causa? Mas talvez aquele não fosse o momento.

Yadriel franziu a testa. Tio Catriz cruzou olhares com ele e revirou os olhos quando Lita não estava observando.

— Façam alguma coisa de útil! — disse Lita, indo em direção às prateleiras e mexendo nas caixas. — Onde está? — murmurou ela para si mesma, falando tão rápido em seu sotaque cubano pesado que o S na palavra quase sumiu.

A garagem tinha uma abundância de artefatos e itens. Caixas expositoras de vidro e caixas robustas de madeira, com armas e esculturas antigas. Emblemas sagrados e cocares de penas eram guardados na casa, em contêineres especiais lacrados, usados somente em ocasiões especiais, como o Día de Los Muertos.

Yadriel era frequentemente designado para ir ao sótão e descer caixas de qualquer item muito específico que Lita estivesse procurando.

Ela afastou uma caixa com *chachayotes* em sua busca. As conchas duras, costuradas em couro e usadas como tornozeleiras durante danças cerimoniais chacoalharam. As orelhas de Mia Casso se agitaram, ainda aninhada no braço de Yadriel. Ela saltou para ajudar a investigar.

— O que você está procurando, mamãe? — perguntou Catriz, apesar de não ter se movido.

— *¡La garra del jaguar!* — respondeu ela, como se fosse óbvio. Lita se virou com uma expressão consternada em seu rosto enrugado.

Yadriel sabia sobre a garra da onça-pintada, principalmente porque Lita nunca o deixava esquecer. Era um antigo conjunto de quatro punhais ritualísticos e um amuleto no formato de cabeça de onça. As lâminas cerimoniais tinham sido usadas na época em que a arte sombria do sacrifício humano ainda estava em prática. Quando cravados no coração de quatro humanos, os punhais usavam seus espíritos para alimentar o amuleto, dando a qualquer bruxe que o usasse um poder imenso, mas sombrio. Lita gostava de exibi-los em ocasiões especiais — incluindo o Día de Los Muertos — para assustar jovens bruxes, passando sermões sobre o perigo de abusar de seus poderes.

— Você viu? — perguntou Lita.

Catriz levantou as sobrancelhas, sua expressão tranquila.

— *Aye, yi, yi* — disse Lita, gesticulando para ele deixar para lá.

Quando Lita olhou para Yadriel, ele apenas deu de ombros. Não estava com muita vontade de ser útil.

Ela suspirou, estalando a língua.

— Seu pai está muito estressado agora, querida.

Yadriel fez uma careta para a palavra ofensiva. Navegar entre pronomes era um campo minado quando a língua era baseada em gênero.

— *Ay*, coitados de Claudia e Benny — lamentou Lita enquanto se abanava com a mão, sem nem notar a reação de Yadriel.

A raiva ferveu mais uma vez.

Ela lançou um novo olhar severo em sua direção.

— Esse é um trabalho para os homens, e precisamos deixá-los cuidarem disso. Vem! — Lita gesticulou para ele enquanto seguia até a porta. — Tenho *pozole* na cozinha, venha se aquecer...

Então ela mencionou o nome morto dele.

Yadriel se retraiu e deu um passo para trás.

— Sou Yadriel, Lita! — gritou ele, tão abruptamente que a gata e Lita se assustaram.

Catriz o encarou, a surpresa rapidamente dando lugar ao orgulho.

Lita o fitou por um momento, a mão na garganta.

Yadriel se sentiu corando. A reação instintiva de se desculpar estava bem na ponta da língua, mas ele se segurou.

Ela suspirou e concordou.

— *Sí*, Yadriel — disse Lita.

Ela deu um passo à frente e gentilmente tocou o rosto dele com suas mãos macias, depois deu um beijo em sua testa, e Yadriel sentiu uma pontada de esperança no peito.

— *Pero siempre serás mijita* — acrescentou ela, com uma risadinha e um sorriso.

Mas você sempre será a minha menininha.

A esperança foi por água abaixo.

Lita se virou e voltou para a casa, deixando Yadriel nos degraus.

Ele esfregou as mãos no rosto e travou o maxilar para evitar que o queixo tremesse. Devia estar com os outros bruxos, procurando por Miguel. Queria mostrar seu talismã, provar a eles que não lhe faltava magia. Podia ajudá-los a encontrar Miguel. Se pudesse apenas *mostrar* a eles...

— Eu sinto muito, Yadriel. — A mão de seu tio segurou seu ombro.

Yadriel deixou as mãos penderem ao lado do corpo e ergueu o olhar para ele. Catriz tinha uma expressão sofrida. Mesmo que tivessem sido excluídos por motivos diferentes, ele era o único capaz de entender o que Yadriel estava passando. Era o único, além de Maritza, que se esforçava para entendê-lo. O restante dos bruxos parecia ignorá-lo. Preocupavam-se tanto em não tratá-lo pelo pronome ou gênero errado que tinham passado a ignorá-lo completamente.

Mas não seu tio.

— Eu queria que sua mãe ainda estivesse aqui — confessou Catriz.

A dor esmagadora da saudade preencheu cada espaço do corpo de Yadriel. Às vezes, era apenas uma pontada, só feria se pensasse demais no assunto. Outras vezes, queimava.

Sem ela, Yadriel estava perdido.

— O que eu faço? — perguntou ele, detestando seu tom desesperado e derrotado.

— Eu não sei — disse Catriz.

— Catriz! — Yadriel escutou a avó gritar de dentro da casa. — Eu preciso de mais feijão!

Catriz soltou o ar.

— Parece que a minha utilidade se resume em pegar coisas nas prateleiras altas — disse ele, seco.

Catriz abriu a porta e o cheiro de frango e chili fluiu da cozinha. Antes de entrar, ele parou, oferecendo outro sorriso cansado a Yadriel.

— Se pelo menos tivesse algo que pudéssemos fazer para mostrar a eles como estão errados...

Yadriel ficou encarando a porta fechada depois que Catriz entrou. Cerrou as mãos em punhos.

Voltou para dentro de casa e passou pela cozinha sem olhar para ninguém, seguindo direto escada acima.

— Yads! — chamou Maritza, mas ele não parou.

A pequena lâmpada na mesa de cabeceira era a única fonte de luz do quarto. Yadriel jogou a mochila na cama de casal desarrumada no canto junto à janela. De quatro, Yadriel esticou o braço para baixo da cama, procurando pela lanterna de plástico que guardava ali.

Ele ouviu Maritza entrar no quarto.

— Yads? — disse ela. — O que você tá fazendo?

— Pegando equipamentos — respondeu ele. Seus dedos se fecharam no cabo da lanterna e ele a puxou.

Maritza franziu a testa, os braços cruzados e o quadril encostado no batente da porta.

— Pra quê?

— Se preciso me provar para que eles me escutem, eu vou. — Ele apertou o botão da lanterna para se certificar de que ainda funcionava. — Se eu conseguir achar o espírito de Miguel e libertar ele para o pós-vida a tempo do Día de Los Muertos, eles *vão ter* que me deixar fazer parte do *aquelarre*. — Yadriel apontou o feixe de luz para Maritza. — Você vem?

Um sorriso largo tomou conta de seus lábios pintados de vinho.

— Ah, mas com *toda* certeza.

Yadriel sorriu de volta. Sentia-se ousado e cheio de energia, a adrenalina formigando em seus dedos.

— Ótimo.

Ele jogou a lanterna para ela, que a pegou no ar com facilidade. Yadriel colocou uma lanterna de LED e outra caixa de fósforos na mochila e checou novamente as velas, a tigela e o resto da tequila que ainda estavam lá.

Pegou seu talismã e o tirou da capa de couro costurada por Maritza. Virou a lâmina na mão, sentindo seu peso uniforme, passando o polegar pela pintura da Senhora Morte.

Em poucos dias, sua mãe ia voltar para o Día de Los Muertos. Ele ia vê-la e falar com ela. Mostraria seu talismã e ela saberia que ele conseguira. Tudo que restava era encontrar Miguel.

Yadriel se virou para Maritza:

— Pronta?

Ela sorriu, inclinando a cabeça em direção à porta.

— Tô contigo.

CAPÍTULO 3

No andar de baixo, todos os bruxos já tinham saído para ajudar a procurar Miguel. Lita tinha voltado a trabalhar na cozinha e um punhado de mulheres rodeava Claudia. Elas os ignoraram de bom grado enquanto Maritza e Yadriel saíam correndo pela porta da frente. O cemitério bruxe ficava bem no centro da área leste de Los Angeles, cercado por um muro alto que o protegia de olhos curiosos. Yadriel conseguia ouvir os cachorros latindo à distância e o baixo de um *reggaeton* estourando de um carro de passagem.

Eles passaram por alguns bruxos ainda procurando por Miguel.

— Achou alguma coisa? — perguntou um dos homens mais velhos.

— Nada atrás do columbário leste — respondeu outro.

— Nenhum sinal dele perto dos mausoléus da família também — disse o espírito de uma jovem bruxa. Havia um olhar preocupado, porém determinado, em seu rosto espectral.

— Qual é o plano? — perguntou Maritza, suas pernas longas acompanhando com facilidade o ritmo de Yadriel.

Ela se movia por entre as lápides, tomando o cuidado de não pisar nos vasos de flores e nas fotos emolduradas.

— Achar o talismã de Miguel, conjurar seu espírito, descobrir o que aconteceu e libertar seu espírito antes do Día de Los Muertos começar — disse Yadriel enquanto começavam a correr pelas fileiras de tumbas pintadas de cores brilhantes. — Assim ele pode voltar para celebrar com o restante dos bruxos, e eu posso participar do *aquelarre* desse ano.

— Hum, tem muitas falhas no seu plano — disse Maritza.
— Eu não disse que era um plano *bom*.
— Aonde estamos indo procurar?
— Na casa dos pais dele.

Estava óbvio que os bruxos não estavam tendo sucesso em encontrar Miguel no cemitério, então a casa onde ele vivia era o próximo lugar lógico onde procurar. O modo mais rápido de chegar lá era pelo portão abandonado dos fundos, na parte mais antiga do cemitério.

Quanto mais se aproximavam do cemitério original, mais antigas as tumbas e lápides ficavam. Quando a antiga igreja surgiu à vista, eles já estavam rodeados por uma coleção de lápides simples em formato de cruz. Na maioria delas não dava mais para ler os nomes.

Yadriel e Maritza diminuíram o ritmo até parar. Estavam em frente à antiga igreja.

Aqueles bruxos que tinham primeiro imigrado para Los Angeles construíram apenas uma pequena igreja e um cemitério. Mas à medida que a comunidade crescia, o cemitério cresceu também, e, por fim, a igreja original ficou pequena demais para todo mundo. Umas duas décadas atrás, enfim a nova igreja fora construída, junto com a casa de Yadriel.

Em comparação, a antiga igreja parecia uma ruína velha. Vinhas selvagens tinham tomado posse das paredes de pedra nos fundos da igreja, dando ao prédio um subtom de verde sombrio e denso. Não tinha muitos postes de luz por perto, mas ali era Los Angeles, onde o sol parecia nunca se pôr. A poluição pesada e as luzes da cidade davam um brilho laranja a tudo, até no meio da noite.

A igreja em si era feita de pedras de todas as cores e formatos, unidas com argila. Havia uma pequena torre de sino no telhado, diretamente acima da porta de madeira, que não parecia abrigar mais sino algum. Uma pequena cerca de arame na altura da cintura cercava a igreja. Algumas lápides se enfileiravam no cemitério particular.

— Olha ali. — Yadriel cutucou Maritza e apontou para o muro dos fundos.

Tinha um furo no véu de hera, bem no ponto onde ficava a antiga entrada do cemitério. Yadriel não conseguiu reprimir um sorriso enquanto rodeava a cerca para chegar ao portão.

— Viu? — Yadriel afastou um punhado de hera do caminho. As barras de ferro assomavam sobre eles. Duas maçanetas e uma fechadura robusta eram as responsáveis por manter qualquer pessoa não bruxe do lado de fora, e seus segredos seguros. — Atalho!

Maritza assobiou baixinho.

— Que bom que não estou de saia — resmungou ela antes de apoiar o pé em uma barra transversal e se içar portão acima.

Yadriel apertou as alças da mochila, pronto para segui-la. Então sentiu que havia alguém atrás dele. Não percebeu isso subitamente, foi mais como um arrepio lento em sua nuca. Yadriel se virou, mas só viu a antiga igreja e os túmulos. O burburinho do tráfego e o som distante de um alarme de carro.

Balançando a cabeça, Yadriel se voltou para o portão. Precisava focar na missão. Apoiou-se na maçaneta para se impulsionar, mas assim que ele pôs peso, a maçaneta virou.

Yadriel cambaleou para longe enquanto o portão se abria. Maritza gritou, e ele levou a mão à boca para abafar uma gargalhada quando Maritza quase despencou lá de cima. Quando o portão parou com um rangido, ela estava na metade da escalada, se segurando à grade com força.

— Estava *destrancado*? — sibilou ela, irritada, do meio da hera, com o rosto apertado contra as barras do portão.

— Acho que sim? — Yadriel mal conseguia segurar o riso, mas em seguida franziu o cenho. Ele examinou a fechadura, subindo e descendo a maçaneta. — Ué, mas por que estava destrancada?

O esforço dos bruxes para evitar que pessoas de fora entrassem em seu cemitério era grande.

Maritza desceu e aterrissou ao lado de Yadriel, toda desajeitada.

— Algum idiota provavelmente esqueceu de trancar — resmungou ela, franzindo os lábios.

— Mas por que alguém sequer *usaria* esse portão? — perguntou Yadriel.

Todo mundo devia usar apenas o portão principal, perto da casa da família, para entrar ou sair do cemitério.

Maritza se virou para ele, os braços cruzados, a sobrancelha perfeita se arqueando.

— Hã, você quer dizer, *além* de para sair escondido no meio da noite?

Yadriel lançou a ela um olhar sério.

— Mas...

Um arrepio que o fez perder o fôlego percorreu sua espinha.

Ele e Maritza se viraram em direção à antiga igreja ao mesmo tempo. Os olhos de Yadriel correram para as janelas, em parte esperando encontrar alguém a observá-los, mas elas eram apenas buracos negros e vazios na parede de pedra.

— Sentiu isso? — perguntou Maritza, sua voz pouco mais que um sussurro.

Yadriel assentiu, incapaz de tirar os olhos da igreja, com medo de piscar e perder alguma coisa. Os pelos de sua nuca estavam eriçados, e arrepios corriam por seus braços.

Maritza se aproximou dele.

— É um espírito?

— Eu não sei. Não parece normal...

Era comum sentir espíritos, afinal, o cemitério estava cheio deles. Tinha virado barulho de fundo, como o burburinho do trânsito de Los Angeles: depois de tanta convivência, você parava de notar.

Mas aquela sensação era diferente. Um formigamento estranho, que parecia a presença de um espírito, mas também alfinetava aquele ponto da sua mente, com uma impressão de dor.

— É o Miguel? — especulou Yadriel, estreitando os olhos, tentando entender o que estava sentindo. — Vou conferir — disse ele a Maritza, andando em direção à igreja.

Ainda que não fosse Miguel, o espírito ou a pessoa ali podia estar com problemas.

— Se eu sou um bruxo, então é minha responsabilidade ajudar os espíritos a fazerem a passagem, certo? — disse ele por cima do ombro enquanto pulava a pequena cerca.

Maritza não parecia tão confiante, mas o seguiu mesmo assim.

Yadriel procurou pelas lápides tortas, tentando captar qualquer sinal de movimento, uma pista ou qualquer coisa, à medida que se aproximavam da velha construção. A sensação de formigamento agora era um zumbido constante e tênue sob sua pele, igual a quando sentia vibrações fantasmas do seu celular no bolso.

— Esse lugar me assusta um pouco — sussurrou Maritza ao seu lado, esfregando os braços. — E se for mal-assombrado?

Yadriel deu uma gargalhada.

— É óbvio que é mal-assombrado; é literalmente um cemitério cheio de espíritos — disse ele, tentando usar sarcasmo para acalmar seus nervos.

Maritza socou seu braço.

— Eu quero dizer um *monstro* ou algo assim.

— Não existe essa coisa de monstro.

Yadriel foi em direção a uma das janelas altas, mas, mesmo depois de tentar limpá-la com a manga, ainda não conseguiu ver nada além de escuridão lá dentro.

Maritza parou e o encarou com os olhos arregalados.

— Você não falou isso... você realmente disse isso? — questionou ela antes de erguer as mãos. — Esse é o diálogo *clássico* de todos os filmes de terror, e você acabou de jogar isso para o universo!

— Meu Deus, você é tão dramática — comentou Yadriel. — Eu vou checar — disse ele, mais para si mesmo. — Você pode esperar aqui fora sozinha ou entrar comigo.

Ele já tinha chegado aos degraus de entrada da igreja antes de ouvir Maritza xingar baixinho e correr atrás dele.

A porta de madeira era escura e torta. Yadriel subiu os degraus, evitando por pouco pisar em um prego longo e enferrujado. Ele afastou mais alguns pregos caídos com o sapato e notou algumas tábuas empilhadas à esquerda.

Yadriel tentou a maçaneta, que girou facilmente. Ele levantou as sobrancelhas para Maritza e ela retribuiu. Com esforço, ele puxou a porta. A madeira rangeu à medida que se arrastava na pedra.

Do hall de entrada, a escuridão se estendia pelos confins da igreja. O cheiro de poeira, terra molhada e mofo comichava em seu nariz. Mas antes de Yadriel conseguir tirar a lanterna da mochila, Maritza já tinha acendido a dela. Os dedos dele roçaram o aço gelado de seu talismã e Yadriel o tirou da mochila também. O peso da lâmina em sua mão era reconfortante. Se houvesse um espírito maligno assombrando a antiga igreja, ele precisaria de seu talismã para libertá-lo.

E se fosse um criminoso fugitivo... bem, o talismã também poderia ser útil nesse caso.

— Você primeiro, bruxo destemido — disse Maritza, gesticulando.

Yadriel pigarreou e, de queixo erguido, entrou.

A lanterna cobria tudo em uma luz azul fria. O feixe da lanterna de Maritza ia e voltava entre os vários bancos que se estendiam até o fundo da igreja. Quando Yadriel fechou a porta atrás deles, tudo ficou estranhamente quieto. A pedra pesada abafava o constante burburinho da vida na cidade.

Yadriel tentou ignorar a pressão estranha em seu peito, como se alguém tivesse amarrado uma corda em suas costelas e o puxasse mais para dentro da igreja.

Um tapete levava ao altar. Provavelmente fora vermelho um dia, mas o tempo o tornara marrom-acobreado. Janelas de vitral cobriam as paredes, com molduras intrincadas. Vigas de madeira formavam arcos até o teto, onde a luz da lanterna não chegava.

— Tem séculos que eu não venho aqui — disse Maritza, a voz estranhamente baixa, à medida que eles se moviam por entre os bancos.

— Eu também não.

À frente, várias velas de oração de vidro cintilavam no altar.

— Não desde que sua mãe pegou a gente brincando de esconde-esconde aqui e nos botou de castigo pelo "desrespeito" — acrescentou ele.

Maritza riu afetuosamente.

— Ah, é, eu tinha me esquecido disso — disse ela, seu feixe de luz agora focado na porta à esquerda. Havia uma idêntica à direita.

— Se o Bahlam aparecer e nos arrastar até Xibalba, eu vou ficar *puta* — sibilou Maritza.

Yadriel revirou os olhos.

— É, tenho certeza que Bahlam, o deus-onça do submundo, está passeando por essa igreja velha esperando dois adolescentes pra...

A tensão no peito de Yadriel aumentou, interrompendo suas palavras.

Havia uma silhueta escura no meio do altar, mas Yadriel não conseguia identificar o que era.

Ele cutucou Maritza.

— O que é aquilo?

— Aquilo o q...

A luz da lanterna se moveu para o altar. Olhos ocos os encararam de volta.

— *Santa Muerte* — soltou Maritza entre dentes.

Havia um semicírculo de velas empoeiradas em ornamentados suportes dourados dispostos em diferentes alturas. No meio, estava uma figura de mortalha escura. O esqueleto estava coberto com um manto preto, o linho comido por traças e o fio dourado acentuando as bainhas e mangas rendadas.

Yadriel só reparou que Maritza estava segurando seu braço quando ela o soltou.

Um alívio tenso fez com que Yadriel risse, se virando para Maritza.

— Você está muito nervosa hoje.

Isso o rendeu dois socos rápidos no braço. Ele se afastou para fora do alcance dela.

— É só a Senhora Morte da época da construção do cemitério — disse Yadriel, erguendo a lanterna para iluminar a Senhora na luz azulada.

Era uma representação mais antiga, que incorporava símbolos ancestrais. Uma foice muito realística pendia da mão dela, e uma esfera de barro se apoiava na outra palma, virada para cima.

O esqueleto em si era liso e amarelado. Sua mandíbula estava aberta e faltavam alguns dentes. Yadriel se perguntou se seriam dentes de verdade, e se ela seria um esqueleto real.

Mas foi distraído pelo adereço na cabeça de Senhora Morte. Camadas de penas de coruja malhadas compunham o semicírculo interno, costuradas e fixadas com pequenas luas crescentes de ouro, quase como botões. As penas mais externas, sobrepostas às de coruja, eram inconfundivelmente de quetzais, o pássaro sagrado. Eram de um verde-iridescente, com traços de azul, como as penas de um pavão, mas duas vezes mais vibrante.

— Por que eles a largariam aqui? — perguntou Maritza atrás dele.

— Eu não acho que ela foi largada. — Yadriel deu de ombros, esfregando gentilmente os ombros da Senhora Morte para tirar as teias de aranha. — Acho que esta igreja era sua casa.

Yadriel se pegou sorrindo. Ele gostava mais daquela versão clássica.

Ele se aproximou, sentindo uma energia se agitando sob seus pés, como se estivesse sobre um gêiser, a água correndo abaixo do solo.

— Você também está sentindo isso? — perguntou Maritza.

Yadriel assentiu.

— É mais forte aqui — disse ele. Qualquer que fosse o espírito que os guiara até ali, estava próximo.

Yadriel deu um passo atrás e pisou em algo. Desviando para o lado, ele viu uma corrente de prata com um pequeno pingente no chão empoeirado.

Maritza se aproximou.

— O que é isso?

— Eu acho que é um colar — murmurou Yadriel, direcionando a lanterna para o chão.

Cuidadosamente, ele pegou o objeto. No instante que seus dedos o tocaram, um arrepio correu seu corpo. Ele o segurou em frente à luz. Uma medalha estava pendurada na corrente, do tamanho de uma moedinha. Nela, estava gravado "São Judas Tadeu" em cima e "rogue por nós" embaixo. No meio, havia a figura de um homem vestindo um longo manto, segurando um livro contra o peito e um bastão na mão.

A medalha precisava urgentemente de uma limpeza. A prata estava manchada, mas não era antiga o suficiente para estar largada na antiga igreja todo aquele tempo. Apenas a figura em relevo de São Judas continuava cintilante, como se tivesse sido polida pelo toque constante do polegar de alguém.

Yadriel tocou a medalha e, no mesmo instante, eletricidade transbordou em suas veias. Ele arfou. Alguma coisa abaixo de seus pés pulsava no ritmo de seus batimentos cardíacos.

— O que foi? — quis saber Maritza enquanto Yadriel tentava recuperar o fôlego.

— É um *tether* — disse ele, zonzo pela onda de adrenalina.

Uma vez que o espírito se ancorava ao *tether*, não conseguia se afastar muito dele; por isso existiam casas assombradas, mas poucas histórias sobre um fantasma vagueando pela cidade toda. Um bruxo só podia libertar um espírito e ajudá-lo a passar pacificamente para o seu descanso eterno uma vez que o espírito se livrasse de seus vínculos terrestres.

Yadriel nunca tinha segurado um *tether* antes; eram incrivelmente poderosos. Havia bruxes que diziam que manuseá-los errado podia amaldiçoar uma pessoa.

Mas Yadriel nunca ouvira falar de alguém que fora possuído e não pretendia desrespeitar aquele *tether*.

— Mas não é do Miguel, esse não é o talismã dele — disse Maritza, esticando o braço para tocar no objeto, mas então reconsiderando.

— *Pode* ser do Miguel — Yadriel tentou argumentar, a esperança de achar seu primo brigando com a lógica.

Ele apertou a medalha na mão; calor se espalhou por sua palma e subiu pelo braço.

Ele se virou para Maritza com um sorriso no rosto:

— Só tem um jeito de descobrir.

Maritza lhe lançou um olhar cético.

— Eu tenho que tentar... E se o espírito de Miguel ficou preso a isso aqui, em vez de ao talismã? — argumentou Yadriel, torcendo a corrente entre os dedos.

— Ou esse pode ser o *tether* de um espírito que se tornou maligno — disse Maritza, olhando em volta da igreja dilapidada.

— Então vai ser bom eu ter achado, né? — rebateu Yadriel, pegando seu talismã.

Maritza olhou séria para a adaga, mas depois sorriu.

— Então tá bom, bruxo, faça sua mágica.

A onda de animação deixou Yadriel tonto enquanto se ajoelhava diante da Senhora Morte. Talvez fosse a sensação da adaga em sua mão, ou a magia que ele sabia correr por suas veias, mas, para alguém que geralmente era cauteloso, Yadriel se sentia imprudentemente corajoso.

Ele revirou sua mochila e pegou a cumbuca de cerâmica. Despejou rapidamente o resto da garrafinha de tequila e um pouco de sangue de galinha e então pegou a caixa de fósforos. Ele ficou de pé e tentou respirar fundo, mas estava animado demais, praticamente vibrando. Suas mãos suadas dificultaram riscar o fósforo, mas finalmente o fogo pegou.

Ele olhou para Maritza e ela assentiu, encorajando-o.

Yadriel já tinha visto seu pai invocar um espírito. Sabia o que fazer e como. Ele só precisava dizer as palavras certas.

A chama se aproximava dos dedos de Yadriel. Não dava mais tempo para mudar de ideia.

Ele esticou o braço, a medalha pendendo da corrente enrolada em sua mão, brilhando na luz fraca.

— Eu te... — Yadriel limpou a garganta, tentando respirar mesmo com o nó que se formara ali. — Eu te invoco, espírito!

Ele deixou o fósforo cair na cumbuca. Por um segundo, ele chiou contra o sangue e o álcool e então houve uma explosão de calor e luz dourada. Yadriel recuou, tossindo com a fumaça.

O fogo na cumbuca queimava calmamente, jogando luz laranja sobre um garoto. Ele estava de quatro, a mão contra o peito, na frente da estátua da Senhora Morte.

— Funcionou! — exclamou Yadriel, mal acreditando no que estava vendo.

O rosto do espírito estava retesado em uma careta, seus dedos segurando com força o tecido da camisa. Ele vestia uma jaqueta de couro preta com capuz por cima de uma camiseta branca, jeans desbotados e um par de Converse.

— Esse *não é* o Miguel — Maritza tentou sussurrar, mas ela nunca fora muito boa em manter a voz baixa.

Yadriel gemeu e passou a mão pelo rosto. Olhando pelo lado bom, ele realmente tinha conseguido invocar um espírito.

Pelo lado não tão bom, tinha sido o espírito errado.

— *Obviamente* — sibilou Yadriel em resposta, incapaz de desviar os olhos do garoto ofegante, com as veias do pescoço saltadas.

Ele tinha aquela silhueta meio translúcida, como todos os espíritos. O garoto se virou para olhá-los. Ele tinha um rosto bonito, mas furioso, sua careta virando mais uma carranca.

— Bom, pelo menos não é um espírito maligno! — disse Maritza.

O garoto se levantou, meio cambaleante.

— Quem são vocês? — disparou ele, os olhos escuros brilhando, afiados como obsidianas.

— Hããã... — Foi a resposta pouco prestativa de Yadriel, que se sentia de repente incapaz de produzir uma frase coerente.

— Onde eu estou? — questionou o garoto, olhando ao redor. — Estou em uma *igreja*? — A atenção dele se voltou para Maritza e Yadriel, com um olhar acusador. — Quem me deixou em uma *igreja*?

Yadriel sentiu uma pontada de familiaridade, sua mente tentando lembrar-se de onde conhecia aquelas feições fortes e a voz grave.

— Hã... Bom... Olha... — gaguejou ele, sem saber como explicar a situação. Mas nem teve a chance de chegar ao fim da frase.

Os olhos do garoto foram para o colar ainda balançando na mão de Yadriel.

— EI!

Yadriel viu a raiva dele crescer, curvando seus ombros e fazendo-o avançar a passos pesados em sua direção.

— Isso é *meu*...

Ele esticou a mão para pegar o colar de volta, mas seus dedos o atravessaram. O garoto tentou de novo e, quando sua mão o atravessou pela segunda vez, ele parou, confuso, e a moveu para a frente e para trás.

Seus olhos se arregalaram e ele soltou um grito abafado de surpresa, cambaleando para trás.

— O... o que...! — gaguejou ele, olhando da própria mão para Maritza e Yadriel. — Que *merda* é essa?

— Nossa, que situação — disse Yadriel, coçando a nuca de nervoso.

Maritza parecia menos preocupada.

— Bem, agora não tem como negar que você é um bruxo — respondeu ela, circulando o garoto com enorme interesse.

Ele a olhou de cara feia.

— Quem é você e o que você tá fazendo com o meu colar? — questionou ele, encarando Yadriel em busca de respostas.

— Bem, hã, eu o usei para invocar você — disse Yadriel.

O garoto arqueou uma sobrancelha escura.

— Me invocar?

— É, nós achamos que fosse do Miguel.

Qual era a maneira mais gentil de contar a uma pessoa que ela estava morta?

— Nosso primo — explicou Maritza.

O garoto não parecia interessado em saber quem era Miguel.

— É *meu* — insistiu ele com um rosnado. — Tem meu nome aí, tá vendo? — disse, a mão aberta para receber o objeto.

Yadriel virou a medalha e viu um nome gravado atrás. Ele hesitou.

— Ah. — As delicadas letras cursivas diziam *Julian Diaz*. Os olhos de Yadriel se arregalaram, voltando ao rosto do garoto. — *Ah*.

Julian Diaz. Ele conhecia Julian Diaz. Ou melhor, sabia quem ele era. Tinham estudado juntos no ensino médio. Era uma escola grande, com mais de dois mil e quinhentos alunos, mas Julian tinha certa reputação. Ele matava muitas aulas, mas, quando estava vagando pelos corredores, era difícil não reparar nele. Era o tipo de pessoa que chamava a atenção de todos, sem precisar se esforçar. Julian falava alto, nunca levava nada a sério e era conhecido por se meter em encrencas. Ele era difícil de ignorar, atraente de uma maneira severa, com um rosto em formato de diamante, um queixo fino e teimoso e uma voz afiada que parecia atingir a todos.

— Como assim... "invocar"? — perguntou Julian de novo. Ele estava encarando as palmas transparentes, virando-as como se estivesse tentando resolver um quebra-cabeça.

— Você por acaso sabe como chegou aqui? — disse Yadriel, tentando ter um pouco mais de tato.

Julian o olhou irritado.

— Não! Só me lembro de estar andando na rua com meus amigos... — Ele olhou em volta, como se esses amigos fossem estar em algum lugar da antiga igreja. — Então alguma coisa... alguém... — Ele franziu a testa. — Aconteceu? Sei lá, eu só lembro de apagar, talvez eu tenha sido atacado ou algo assim. — Julian esfregou o peito, distraído. — E aí, do nada, eu estou nessa *igreja* com vocês.

Alguns instantes se passaram antes de os olhos de Julian se arregalarem subitamente.

— Eu morri, né? — O tom feroz havia sumido, sua voz soou fraca. — Eu... tô morto?

Yadriel assentiu levemente, constrangido.

— Sim...

Julian deu um passo atrás, seu corpo tremulando como uma câmera tentando focar.

— Ah, Jesus. — Ele levou as mãos ao rosto. — Meu irmão vai *me matar* — murmurou ele contra as palmas.

— Parece que alguém chegou primeiro — disse Maritza, esticando a mão para cutucar o cotovelo de Julian.

— Para com isso! — estourou Julian, afastando o braço. Ele se virou com raiva para Yadriel: — E então? Eu sou um fantasma agora?

Yadriel não sabia o que pensar. Ele não parecia estar bravo ou assustado. Estava no máximo irritado, como se aquilo fosse um inconveniente.

— Um espírito — corrigiu Yadriel.

— Qual é a diferença? — perguntou Julian, balançando a mão para Maritza, que o rodeava como uma mosca.

— Bom, eu não sei se tem uma *diferença* — disse Yadriel, remexendo o colar nas mãos. — Eu acho que "fantasma" é meio... depreciativo?

Julian o encarou, sua boca numa linha severa, as sobrancelhas erguidas.

— A gente usa a palavra "espírito" — explicou Yadriel.

— "A gente" quem?

— Ah, é. Essa é a Maritza — disse ele, apontando para a prima.

Maritza balançou os dedos em um aceno.

Julian deu outro passo para longe dela.

— E eu sou o Yadriel. E, hã...

Yadriel tentou encontrar as palavras certas. Ele nunca precisara explicar o que eram bruxes e o que faziam, já que esse era um enorme e sagrado segredo, o qual a comunidade dedicava a vida a manter escondido.
Ops.
— Nós somos bruxes. Bruxos podem ver espíritos, e, hã, ajudá-los a ir para o pós-vida — explicou Yadriel.
— E bruxas podem curar pessoas — acrescentou Maritza.
— Então vocês são magos — disse Julian, com um olhar desconfiado.
— Não. — Yadriel balançou a cabeça.
— Mas você está vestido como um mago.
Maritza riu.
Yadriel olhou para si mesmo. Estava vestindo jeans preto, seus coturnos favoritos e um moletom bem largo da mesma cor. A tigela pegando fogo na frente dele e os alargadores em suas orelhas provavelmente não ajudavam. Ele corou.
— Somos bruxes — corrigiu ele.
Julian franziu a testa.
— É a mesma coisa que mago...
— Não, "mago" é...
— Depreciativo? — sugeriu Julian, um sorriso divertido surgindo em sua boca.
Foi a vez de Yadriel franzir a testa.
Julian olhou para Maritza.
— Então você cura as pessoas?
— Ah, não, eu não curo — respondeu ela tranquilamente. — É preciso usar sangue animal, e eu sou vegana.
— Entendi. — Ele se virou mais uma vez para Yadriel: — E você aparentemente pode invocar fantasmas e mandar eles para o pós-vida, seja lá o que isso signifique.
— Sim... bem, não... — Yadriel se atrapalhou, tentando se explicar. — Eu não fiz essa parte de libertar *ainda*...
— Nooooossa — zombou Julian, balançando a cabeça enquanto alternava o olhar entre Maritza e Yadriel. — Vocês são uns magos de merda.
Yadriel começou a ficar irritado.

— Olha, essa é minha primeira vez, tá?

Julian o encarou, parecendo pouco impressionado.

— Espíritos, como você, às vezes ficam presos entre a terra dos vivos e a terra dos mortos — tentou explicar Yadriel.

— Sei... — Julian revirou os olhos.

— Espíritos ficam apegados a um *tether*... — Ele mostrou o colar. — Isso os mantém na terra dos vivos, então, pra ajudar você a cruzar para o outro lado, eu só preciso destruir o...

— Não, não, de jeito nenhum! Meu pai me deu esse colar. — Julian tentou arrancá-lo de Yadriel, mas novamente sua mão passou direto e tudo que ele conseguiu pegar foi ar.

Maritza deu uma risadinha.

— Não... só *escuta*. — Yadriel ergueu o próprio talismã.

Julian bufou, o que não era exatamente como Yadriel esperava que qualquer pessoa sã reagisse a uma adaga sendo apontada em sua direção.

— Você vai fazer o quê, me *esfaquear*? — A risada de Julian foi cortante, enquanto ele batia o dedo na têmpora. — Já estou morto, esqueceu?

— Eu não vou te *esfaquear*!

Embora, para Yadriel, a ideia estivesse ficando mais tentadora a cada minuto.

— Eu uso pra destruir a ligação que está mantendo você aqui...

Julian abriu a boca para discutir, mas Yadriel continuou:

— Eu não vou destruir o colar! Eu vou cortar o que está segurando você *ao* colar, e aí você pode ir para o pós-vida em paz, entendeu? — disse Yadriel, irritado.

— É... não. — Julian se empertigou. — Não aceito isso.

Yadriel suspirou. Claro que o primeiro espírito que ele conjurou não ia ser libertado de boa vontade. Não, ele tinha que acabar com um espírito rebelde.

— Fantasmas precisam lidar com os problemas não resolvidos antes de ir, certo? — perguntou Julian. — Bem, eu tenho problemas não resolvidos — disse ele, as sobrancelhas franzidas. — Quero saber dos meus amigos. Eles estavam comigo quando eu morri. Eu quero garantir que eles estão bem.

Sua expressão variava entre tédio e algo parecido com preocupação.

— E talvez eles saibam quem me matou — acrescentou ele, como se fosse um detalhe.

— Eu realmente preciso fazer o corte, tipo, agora — disse Yadriel. Ele não estava confortável com aquilo, mas não tinha muita escolha. — A gente ainda precisa encontrar o Miguel e, além disso, se você ficar por muito tempo aqui desse jeito, vai acabar se tornando maligno e violento e começar a machucar pessoas.

Ele achou que tinha oferecido uma explicação perfeitamente razoável, mas Julian cruzou os braços.

— Não.

Yadriel olhou para Maritza em busca de ajuda, mas ela apenas deu de ombros.

— Olha, eu não queria chegar a esse ponto — disse Yadriel a Julian. Endireitando os ombros, ele apertou a adaga na mão. — Não gostamos de libertar espíritos à força...

Uma sobrancelha grossa se arqueou.

— Você não disse que nunca fez isso antes?

— Mas você não está me dando muita escolha. — Yadriel ergueu o colar mais alto.

Julian ficou parado em uma postura desafiadora, mas seus olhos arregalados iam do colar para o rosto de Yadriel.

— Mostre-me a ligação! — comandou Yadriel.

Seu talismã brilhou forte, enchendo a igreja com uma luz quente que fez os três apertarem os olhos. Um fio dourado ganhou vida no ar, começando no pingente de São Judas e terminando no peito de Julian. Ele tentou dar um passo para o lado, mas a linha o seguiu.

Yadriel inspirou profundamente, pronto para dizer as palavras sagradas.

— Liberto você para o pós-vida!

Julian fechou os olhos, se preparando para o impacto.

Yadriel cortou o ar com seu talismã, mirando diretamente o fio dourado. Mas, em vez de cortá-lo, o fio da lâmina ficou preso no fio. A adaga vibrou em sua mão e pequenas faíscas saíram do ponto de encontro. O fio nem se moveu.

Pelo canto do olho, Yadriel viu a postura de Julian relaxar. Podia praticamente sentir o sorriso irritante no rosto do garoto.

Mas ele não ia desistir. Yadriel levantou o braço e tentou cortar o fio novamente. A força da parada abrupta reverberou por seu braço, subindo até o ombro. Ele tentou fazer força, mas conseguiu apenas mais faíscas.

A luz de seu talismã diminuiu até que ele virou apenas aço de novo. O estômago de Yadriel afundou de decepção.

— Droga.

— Cara, você é ruim mesmo nisso — disse Julian, parecendo muito contente.

Yadriel se virou para Maritza. Seu coração retumbava nos ouvidos e sua garganta parecia estar fechando.

A dor súbita em seu peito ameaçava engoli-lo por inteiro.

— Olha! — Maritza se aproximou no mesmo instante, sua voz calma e reconfortante ao segurar seu braço. — Não se preocupe com isso, não é sua culpa! — Ela indicou Julian com a cabeça. — Ele provavelmente é teimoso demais para ser obrigado a fazer a passagem...

— Ei!

Maritza ignorou Julian.

— Como o Tito, lembra?

— Talvez — murmurou Yadriel, as bochechas corando de vergonha. Talvez aquela fosse a explicação, mas e se não fosse?

— Olha — chamou Julian, dando um passo à frente. — Estou disposto a relevar tudo isso e fazer um acordo com vocês.

Yadriel e Maritza se viraram para ele.

Julian parecia muito mais relaxado agora, sua atenção grudada ao fio dourado no seu peito.

— Se me ajudarem a achar meus amigos e ver se eles estão bem, eu vou, *de boa vontade*, deixar você fazer sua coisa de mago e me mandar para o pós-vida, ou seja lá o que for. — Ele deu um puxão curioso no fio. Já estava desaparecendo. Julian olhou para Yadriel e ergueu as mãos como se estivesse se rendendo. — Fechado?

Yadriel olhou para Maritza. Já estava afundado até o pescoço e algo lhe dizia que aquilo não seria tão fácil quando Julian queria fazer parecer.

— Acho que não temos escolha — disse Maritza.

Era ajudar Julian e resolver aquilo sozinho ou ir até seu pai para pedir ajuda e contar o que acontecera. Yadriel ia arrumar muito problema por ter feito tudo escondido e desafiado as tradições bruxes e desrespeitado seus métodos ancestrais.

E o pior: eles nunca deixariam Yadriel fazer parte do *aquelarre* daquele ano.

— Tá bom — concordou Yadriel a contragosto.

Um sorriso satisfeito fez covinhas surgirem nas bochechas de Julian.

— Mas você tem que fazer o que eu disser — disse Yadriel, balançando seu talismã para Julian antes de guardá-lo na mochila.

— Você é quem manda, *patrón*.

— Eu volto pra te buscar de manhã... — começou Yadriel, fazendo menção de colocar a medalha no altar junto da Senhora Morte.

— Espera, o quê? — Os olhos de Julian se arregalaram. — Você não pode me largar aqui!

— Eu não posso te levar pra casa, alguém vai ver você! — disse Yadriel.

— Eu não vou deixar você me abandonar numa igreja assombrada...

— Não é assombrada!

— Se eu estou aqui, e eu sou um fantasma, então é assombrada — respondeu Julian.

Yadriel soltou um suspiro exasperado.

— Isso não é...

— E isso aí é bizarro! — Ele gesticulou em direção à Senhora Morte.

— Ela não é bizarra! — argumentou Yadriel, na defensiva. — Maritza, dá pra você me ajudar aqui?

Ele se virou para ela, mas Maritza permaneceu afastada, um olhar divertido no rosto.

— Ele tem razão. Você o *invocou* dos mortos, então ele é meio que sua responsabilidade agora.

Quando Yadriel fez um som de indignação, ela continuou:

— Quer dizer, provavelmente é mais seguro você ficar de olho nele, não acha? — sugeriu ela em um tom aparentemente inocente. Mas Yadriel sabia a verdade.

Ele olhou feio para ela, o rosto vermelho. Apertou o colar na mão, tentando achar um bom motivo para deixar Julian na antiga igreja do que não querer esconder um cara gato em seu quarto.

Um cara gato e *morto*.

Yadriel suspirou. Não acreditava que ia concordar com aquilo.

— Você tem que se esconder da minha família, ok?

O rosto de Julian ficou radiante de triunfo.

Yadriel colocou o colar no pescoço. Para levar Julian com ele, era preciso levar seu *tether* também.

— Eles não podem saber que eu estou ajudando um espírito.

Seria difícil, mas desde que ele não passasse muito tempo perto de mais bruxas para não dar tempo de sentirem a presença de Julian, talvez funcionasse. E ele não queria mesmo passar tempo com sua família, de qualquer forma.

— Entendido. — O tom de Julian era confiante, mas ele não tirava os olhos da medalha de São Judas no pescoço de Yadriel, um franzido profundo entre as sobrancelhas. — Espera... — Ele balançou levemente a cabeça. — Como eu me escondo deles, se eles podem ver fantasmas?

Yadriel hesitou.

— Hã... — Ele olhou para Maritza procurando ajuda.

Ela deu de ombros.

— Nem olha pra mim! Eu sou só uma maga de merda que não consegue curar ninguém, lembra? — Maritza se virou e foi até a porta da igreja.

Yadriel apertou os próprios olhos. Típico.

Um arrepio súbito percorreu o lado direito de seu corpo e ele abriu os olhos para ver Julian ao seu lado. Se ele estivesse vivo, seus ombros estariam se encostando. Julian era mais alto, o suficiente para que precisasse inclinar a cabeça para baixo, daquela distância. Ele tinha um olhar muito sério.

Yadriel deu um passo atrás, ignorando o frio na barriga.

— O que foi?

— Fantasmas comem? — Julian pressionou a mão no estômago. — Porque eu estou morrendo de fome, cara.

— Ai, meu Deus. — Yadriel jogou a mochila no ombro e marchou atrás de Maritza.

— Ei, estou falando sério! — reclamou Julian.

O garoto o seguiu e Yadriel se moveu para fechar a porta atrás deles, mas algo o fez hesitar.

Ainda estava com uma sensação estranha. Algo incômodo, como se estivesse esquecendo-se de alguma coisa. O chão sob seus pés parecia carregado. Ele encarou a igreja. A Senhora Morte era pouco mais do que uma mancha preta na escuridão. Yadriel ficou parado escutando e procurando nas sombras, mas tudo o que conseguia ouvir era Julian reclamando sobre querer um hambúrguer e Maritza fingir estar vomitando.

Yadriel esperou um pouco mais, mas, quando nada aconteceu, ele fechou a porta atrás de si e correu pelas lápides ao encontro de Julian e Maritza.

CAPÍTULO 4

—Onde é que a gente tá? — Julian girou lentamente, observando os arredores, enquanto Yadriel e Maritza guiavam o caminho de volta à casa de Yadriel.

— No cemitério — disseram Yadriel e Maritza ao mesmo tempo.

Julian revirou os olhos.

— Eu sei, mas *onde*?

— Leste de Los Angeles — respondeu Yadriel.

Ele observou Julian, suas mãos enfiadas nos bolsos da jaqueta enquanto trotava casualmente entre túmulos. Os olhos dele observavam tudo, absorviam tudo. Se ele não fosse um espírito, já teria tropeçado em umas três lápides. Mas, em vez disso, ele apenas as atravessava sem nenhum problema.

— Sério? — Julian inclinou a cabeça, lançando um olhar confuso a Yadriel. — Eu nunca vi esse lugar e eu conheço as ruas de LA como a palma da minha mãe.

— Palma da sua *mão* — corrigiu Maritza.

Julian fez um gesto displicentemente.

— Tanto faz.

— É secreto — falou Yadriel, ainda um pouco atordoado enquanto seguia os dois.

— Claro, claro, claro — disse Julian, assentindo repetidas vezes. — A sociedade secreta dos *magos*.

Yadriel se sentia no meio de um sonho muito estranho. Como eles podiam estar tão calmos? Julian mal se importara ao descobrir que estava morto. Maritza simplesmente desviava de sarcófagos e urnas encarando o celular, digitando sem parar com suas longas unhas pintadas de cor de lavanda.

Yadriel não entendia. Aquilo era uma coisa séria, gigantesca, enorme! Ele tinha invocado um *espírito* e agora precisavam ajudar Julian para que ele o deixasse libertá-lo para o pós-vida. O Día de Los Muertos chegaria em poucos dias. Yadriel tinha um prazo curto. Como poderia ajudar os bruxos a achar Miguel se estava ali bancando a babá de Julian Diaz?

Se quisesse se provar a tempo de ser apresentado no *aquelarre*, eles precisavam solucionar aquele mistério, e rápido.

— Qual é a última coisa de que você lembra? — perguntou Yadriel, se apressando para alcançar Julian. — Antes de você... sabe... — Ele gesticulou vagamente. — Morrer?

Julian não pareceu se importar com a falta de tato.

Ele deu de ombros.

— Eu só estava com meus amigos, andando pelo parque Belvedere...

— Quando?

— Terça à noite.

— Bom, ainda é terça. — Yadriel checou o celular. Tinha passado de meia-noite. — Ou quarta de manhã, tecnicamente.

Julian franziu a testa.

— Como meu colar foi parar na sua igreja velha e bizarra se o último lugar onde eu lembro de estar é o parque Belvedere? — perguntou ele, como se fosse culpa de Yadriel.

— Como é que eu vou saber? — devolveu ele. Era uma pergunta justa, mas ele não sabia a resposta. — Talvez você tenha vindo aqui, mas não se lembre.

Julian fez um muxoxo, sem se convencer.

— Eu me lembraria desse lugar. — Julian balançou a cabeça e continuou: — Além disso, eu tenho certeza que alguém me atacou. Tinha acabado de anoitecer e a gente tava pegando um atalho pelo King Taco...

Maritza olhou por cima do celular por tempo suficiente para responder:

— Eu *amo* aquele lugar.

Julian abriu um sorriso, os dentes brancos aparecendo.

— Não é? — Ele pressionou a mão na barriga chapada. — As *picaditas* de frango deles são...

— E aí o que aconteceu? — interrompeu Yadriel, sem parar de olhar ao redor para ver se tinha mais alguém no cemitério. Vozes altas alertaram-no de que tinha gente mais à frente. Julian abriu a boca, mas Yadriel o impediu. — *Shhhh*, espera!

Yadriel fez com que desviassem do bruxo que estava discutindo com o espírito de uma mulher idosa e irritada.

— Você nem trouxe as flores que eu pedi? — reclamou a mulher, gesticulando para um belo buquê de rosas em um vaso no pé de uma estátua ornada de anjo. — Eu odeio rosas!

— *Ay, mamá!* Foi o melhor que eu consegui! — exclamou o bruxo. — Não posso discutir sobre isso agora. O Miguel sumiu, pessoas podem estar em perigo...

— Ah, então eles são mais importantes que sua própria *mamá*? — disse a mulher, seu peito inflando de indignação.

Yadriel ouviu o homem bufar enquanto se afastavam.

Quanto mais se aproximavam de casa, mais ansioso ele ficava. Estava atento a luzes de lanterna anunciando a presença de pessoas procurando por Miguel, mas tinha menos gente do que mais cedo. Eles provavelmente tinham começado a concentrar seus esforços em procurar fora do cemitério.

Yadriel devia estar com eles.

— Ok, continue. — Ele gesticulou para Julian seguir com a história.

— Como eu estava *dizendo*, nós pegamos a passarela sobre a rodovia. — Julian voltou a explicar. — Luca correu na frente porque ele gosta de descer a rampa bem rápido... — Julian se interrompeu no meio da frase, os olhos escuros arregalados. — *Porra*.

Maritza tomou um susto e Yadriel se escondeu, achando que tinha visto alguém. Seu coração disparou.

— O que... o que foi...?

— O que aconteceu com meu skate? — disse Julian, jogando a cabeça para trás e resmungando, passando as mãos pelo rosto. — Eu acabei de colocar trucks novos naquele troço!

Yadriel levantou uma sobrancelha para Maritza, que devolveu com um olhar divertido.

Julian virou para Yadriel, as sobrancelhas franzidas:

— A gente precisa achar!

Yadriel o encarou.

Ele estava falando sério?

— Eu acho que você não vai precisar dele agora — comentou Maritza, mas Julian continuou:

— Nossa, se aquele cara pegou! — A boca de Julian se tornou uma linha estreita, o rosto tenso. — Sério, eu juro, eu vou...

— Que cara? — interrompeu Yadriel, antes que Julian perdesse o fio da meada.

— O cara que pegou o Luca! — disse ele, irritado.

Então começou a falar em disparada, gesticulando amplamente enquanto andava para trás:

— Luca gritou e, quando a gente o alcançou, um cara o tinha encostado na parede. Provavelmente tentando assaltar ele ou algo assim, o que foi burrice, porque ele nunca tem dinheiro. — Julian riu. — Então eu dei a volta por trás e o empurrei. Eu achei que tivesse derrubado o cara, mas ele se virou, e antes de eu conseguir fugir...

Distraído, Julian passou direto por um sarcófago de pedra que ia até sua cintura. Ele parou, subitamente perdendo o ânimo. Seus ombros murcharam e suas sobrancelhas se inclinaram. Por um momento, ele pareceu ralo, seus contornos borrados.

— Tudo ficou escuro. — Ele esfregou o peito, distraído. — Quando me dei conta, estava com vocês dois.

Yadriel se sentiu mal por ele. Não sabia o que dizer para alguém que acabara de descobrir que estava morto. Tentativas anteriores tinham provado que ele não era bom em acalmar pessoas, ou consolá-las. Nunca foi seu forte. Ele não era sua mãe.

Yadriel olhou para Maritza. Ela mordeu os lábios e deu de ombros levemente.

— Parece meio vago — disse Yadriel.

Por onde iam começar, afinal?

Julian tinha uma resposta na ponta da língua.

— Precisamos achar meus amigos — insistiu ele, os olhos fixos em Yadriel com uma expressão feroz que o fez recuar um passo. — Eu preciso saber se eles estão bem. Se algo aconteceu com eles e for minha culpa... — Julian se interrompeu, o rosto se iluminando. — Eu posso mandar uma mensagem para eles!

Ele começou a tatear os bolsos. Uma exclamação abafada saiu da sua garganta quando ele notou onde estava. Recuou, batendo freneticamente em suas roupas.

— O que você acha, Yads? — perguntou Maritza, observando com uma expressão de divertimento enquanto Julian pulava de susto.

— Sério? Vocês não podiam ter me avisado que eu estava parado em um caixão? — reclamou Julian, arfando.

— *Shhhh!* — sibilou Yadriel.

— Devo estar todo cheio de sujeira de gente morta...

— Você vai fazer a gente ser pego — avisou Yadriel.

Julian sacudiu os braços, de cara feia. Estalou a língua, depois soltou um resmungo.

— Que vacilo, cara... — Ele colocou as mãos nos bolsos. — Onde está o meu celular?

— Provavelmente com o seu corpo — respondeu Yadriel.

Não sabia como ser menos direto do que isso, mas Julian pareceu mais aborrecido do que incomodado com a menção de seu cadáver.

— A gente pode tentar encontrar eles no colégio amanhã — acrescentou Yadriel, respondendo à pergunta de Maritza.

— Amanhã? — Julian balançou a cabeça. — Sem chance, precisamos achar eles hoje à noite...

— Não tem como a gente ir hoje — disse Yadriel.

Julian começou a discutir:

— Mas...

— Já passou muito de meia-noite — disse Yadriel. — E se meu pai descobrir que eu estou andando pela rua a essa hora e com um espírito que invoquei contra as regras? — Ele balançou a cabeça. — Eu vou ficar de castigo...

— De castigo? — repetiu Julian, o rosto franzido como se nunca tivesse ouvido essa palavra.

— Não vão me deixar participar do *aquelarre*...

— Eu não faço a menor ideia do que isso significa...

— E aí não vamos conseguir procurar por *nada* amanhã — insistiu Yadriel.

Sua casa já estava à vista. Tudo que eles precisavam fazer era entrar com Julian sem serem notados.

— Sem mencionar que amanhã eu tenho aula e preciso acordar daqui a algumas horas.

— *Aula?* — Julian parecia absolutamente ofendido. — Sério que você realmente está preocupado com *aula* agora?

Julian soltou um murmúrio indignado, mas se controlou e não argumentou mais. Em vez disso, enfiou as mãos nos bolsos da jaqueta e olhou feio para Yadriel, com as sobrancelhas franzidas.

— Eu não tenho a versão fantasma de um celular ou algo assim? — murmurou para si mesmo.

— Maritza? Yadriel?

Yadriel pulou e se virou para ver seu irmão Diego e Andrés andando em direção a eles. Cada um carregava uma lanterna em uma das mãos e seus talismãs espalhafatosos na outra.

— O que vocês estão fazendo aqui? — perguntou Diego, franzindo a testa para os dois.

Ele só olhou de relance para Julian. Espíritos no cemitério não eram nada demais. Se Yadriel conseguisse se controlar, talvez eles não ficassem desconfiados.

— Hã — disse ele, encarando seu irmão com uma expressão neutra.

— Nós fomos ajudar a procurar pelo Miguel — respondeu Maritza, sem nem piscar.

Quando ela e Yadriel eram pegos fazendo algo que não deviam, era ela quem conseguia livrar a cara deles.

— Recrutamos um dos espíritos pra ajudar a gente a procurar na igreja antiga — disse ela, indicando Julian com a cabeça.

Diego olhou para ele dessa vez.

Julian não respondeu, a princípio. Sua atenção foi para as adagas antes de se voltar para Diego e Andrés, com um olhar entediado. Por fim, ele empinou o queixo naquele cumprimento que rapazes sempre faziam quando se encontravam.

Houve uma pausa longa em que Yadriel teve certeza de que seu irmão enxergaria a culpa estampada na testa dele, ou pelo menos ouviria seu coração batendo desenfreado no peito.

Mas então Diego assentiu.

— Legal, eu vou falar para o papai que vocês já checaram lá pra gente. — A atenção dele se voltou para Yadriel. — Você precisa voltar pra casa antes que Lita se irrite.

Yadriel apenas assentiu, corando.

Com isso, Diego e Andrés se viraram e foram embora.

Yadriel soltou um suspiro aliviado.

— Quem são esses idiotas? — perguntou Julian, torcendo o nariz.

— Meu irmão e o amigo dele — disse Yadriel, passando a mão pela testa. — Pelo menos ele e meu pai não estão em casa. Só precisamos passar pela Lita sem que ela te veja. — Yadriel se virou para Maritza: — Você devia ir pra casa.

Maritza riu, os cachos rosas e roxos balançando com o movimento.

— Até parece! — disse ela, colocando a mão no quadril. — Eu quero ver como essa história vai terminar!

— Sua mãe não vai se irritar? — perguntou Yadriel, incomodado, tentando não ficar ofendido que sua crise fosse fonte de diversão para ela.

— Eu já mandei mensagem para ela, disse que você precisava de um apoio moral depois de brigar com o seu pai.

Yadriel fez uma careta.

— Ah, valeu.

— Sem problema — disse ela, sorrindo e ignorando o sarcasmo dele. — Além do mais, você é péssimo nisso de mentir e se esconder. Se alguém vai conseguir levar o Gasparzinho até o seu quarto sem ser pego...

— Eu estou bem aqui! — exclamou Julian.

— Esse alguém sou eu.

— *Como* nós vamos entrar com ele sem a Lita ver? — perguntou Yadriel, a ansiedade deixando seus nervos já à flor da pele em frangalhos.

Maritza balançou os dedos.

— De fininho. — Quando Yadriel olhou feio para ela, a prima abaixou as mãos. — Já tá tarde, a Lita provavelmente apagou em frente à TV assistindo a *Telemundo* — comentou Maritza.

Julian aparentemente tinha ficado entediado com a conversa e andado até um túmulo, onde estava tentando sem sucesso pegar uma calêndula.

Maritza estava certa, mas tinham outros fatores para considerar.

— Ok, beleza, eles estão procurando por Miguel *agora*, mas vão voltar para casa em algum momento. *E aí*, o que a gente faz?

— Ei, um passo de cada vez, Yads! — disse Maritza. — Vamos focar em chegar ao seu quarto. A gente lida com o amanhã, *amanhã*.

Julian voltou até eles, com um olhar igualmente desconfiado.

— Então eu vou ficar com ela? — perguntou ele, apontando para Yadriel.

— *Ele* — corrigiram Yadriel e Maritza ao mesmo tempo.

Julian franziu o cenho.

— Ele?

Julian encarou Yadriel, confuso, como se estivesse tentando enxergar direito.

Yadriel ruborizou sob o olhar atento. Então se empertigou, endireitando os ombros e cerrando as mãos, que suavam. Sentiu o corpo ficando tenso enquanto erguia o queixo no que esperava ser uma atitude determinada.

Maritza cruzou os braços, levantando as sobrancelhas.

— Algum problema com isso?

Quando Julian não respondeu rápido o suficiente, Maritza estalou os dedos.

A atenção de Julian se voltou para ela.

— Não — disse ele, seu rosto expressando uma mistura de confusão e ofensa.

— Ótimo. — Maritza se voltou para Yadriel com um sorriso feliz. — Vamos! — disse ela antes de partir em direção à casa.

Yadriel passou as mãos no rosto. Como tinha se metido em uma confusão daquele tamanho em tão pouco tempo? A exaustão o atropelou feito um caminhão.

Perto dele, Julian limpou a garganta.

— Então, hã... — Julian ficou se balançando na ponta dos pés, olhando em volta. — Onde você mora?

Yadriel suspirou e seguiu Maritza pelo caminho rodeado de mausoléus quadrados.

— Lá — disse ele, apontando com a cabeça a igreja à distância. — Nós moramos na casinha ao lado da igreja.

Fumaça ainda saía da chaminé torta.

— Ei, você mora num *cemitério*? — perguntou Julian, perplexo.

Yadriel ajeitou a mochila no ombro. Estava acostumado aos olhares e risadinhas que surgiam quando as pessoas descobriam que ele era o garoto estranho que morava em um cemitério. Somado ao fato de ser abertamente trans, ele estava *muito* acostumado a ser encarado e escutar piadinhas.

— Moro — respondeu ele, esperando uma reação parecida.

Em vez disso, um sorriso travesso surgiu no rosto de Julian.

— Maneiro — disse, assentindo em aprovação.

Yadriel riu, surpreso. Ele lançou um olhar curioso a Julian, estudando seu perfil enquanto ele observava a igreja. Julian tinha sobrancelhas grossas e um nariz empinado que descia em linha reta desde a testa. Uma beleza clássica. Parecia uma daquelas estátuas que adornavam as alcovas da igreja. Um guerreiro asteca reencarnado.

Quando o olhar de Julian encontrou o dele, Yadriel rapidamente desviou o rosto.

— Ah! — disse Julian, como se tivesse repentinamente se lembrado de algo. — Você tem comida, né? Porque eu estava falando sério sobre estar com fome.

Yadriel suspirou, irritado.

— Antes precisamos passar pela minha *abuelita*. — Ele indicou para Julian segui-lo. — Mas ela cozinhou o dia inteiro.

— *Comida caseira* feita pela sua avó? — exclamou Julian, incapaz de conter a animação.

— *Shhhh!*

— Ah. — Ele abaixou a voz. — Foi mal.

Julian se aproximou de Yadriel, que sentiu um arrepio na nuca.

— Espera, fantasmas podem comer? — perguntou Julian, muito preocupado, em seu ouvido.

Santa Muerte, me ajude.

CAPÍTULO 5

Yadriel subiu os degraus com cuidado, Maritza e Julian o seguindo de perto. Uma luz azul bruxuleava atrás das cortinas rendadas.

Pelo menos o pai de Yadriel ainda estava fora, o que era um alívio não apenas pelo fato de estar prestes a esconder um espírito bem debaixo do nariz dele, mas também porque, depois da briga de mais cedo, Yadriel ainda não se sentia pronto para encará-lo. Seu estômago revirava pensando na tentativa inevitável e constrangedora que seu pai faria de pedir desculpas.

Julian, na verdade, era uma distração bem-vinda, e uma desculpa para evitar sua família.

O garoto morto estava vagando pela varanda, se aproximando demais das janelas, como se não tivesse nenhuma preocupação no mundo. Julian tentou pegar o sino dos ventos pendurado no toldo, mas seus dedos atravessaram as peças de vidro.

— Ei, vem pra cá! — sibilou Yadriel, acenando para ele voltar.

Na ponta dos pés, Maritza conseguia espiar pela pequena janela em cima da porta da frente.

— Ela está dormindo — disse ela com um olhar arrogante. — Eu falei!

Yadriel abriu a porta devagar, e ela soltou um pequeno rangido. Ele esperou por um momento, mas quando ouviu roncos pesados e retumbantes, soube que estava tudo bem. Passou pela porta, seguido de perto por Maritza e Julian.

Lita estava na poltrona em frente à TV, a cabeça recostada e a boca aberta. Yadriel fechou a porta o mais silenciosamente possível.

Enquanto isso, Julian avançou pela sala.

— Uau, quando é a festa? — Ele riu, olhando em volta para as pilhas de decorações.

Um ronco de Lita fez Yadriel e Maritza se sobressaltarem. Yadriel congelou, o coração batendo forte, mas ela só se remexeu um pouco antes de voltar a dormir tranquilamente. Uma telenovela passava na TV.

— *Santa Muerte* — sussurrou Maritza, colocando a mão na testa.

— *Julian, fica quieto!* — Yadriel olhou irritado para ele, gesticulando para que ficasse em silêncio.

Julian se abaixou, levantando as mãos em sinal de concordância.

Yadriel guiou o caminho até a cozinha, acenando para os dois o seguirem.

A pequena cozinha ainda estava quente e cheirando a canela, pão doce e *pozole*. Uma grande panela descansava perto da pia. Bandejas de *pan de muerto* e *conchas* coloridas ocupavam todo o espaço da bancada. Um bule de barro estava no fogão, da última leva de café de *olla*.

Os olhos de Julian se arregalaram e ele inspirou profundamente, mas, antes que pudesse fazer qualquer comentário, Yadriel o fuzilou com os olhos, levando um dedo aos lábios. Julian assentiu, seus olhos perpassando toda a comida.

— Sério mesmo, isso tudo é para quê? — perguntou ele em um sussurro. Ou no que Julian considerava um sussurro, embora o resto do mundo não considerasse.

— *Día de Los Muertos* — disse Yadriel enquanto começava a pegar comida. — É um grande evento para nós.

— Ah, claro, claro, claro. — Ele assentiu.

Maritza foi até o fogão e espiou dentro da panela.

— Tem alguma coisa vegana aqui? — perguntou ela, cheirando o *pozole*.

— Eu acho que tudo tem frango no meio.

Maritza torceu o nariz.

— Eu vou ficar de vigia — disse ela, voltando para a sala.

Julian rondava o *pan de muerto*, praticamente babando nos pães doces redondos. Cada um era adornado com detalhes em formato de osso. Alguns eram cobertos com açúcar e canela, e outros, com granulados cor-de-rosa. Yadriel imaginou que aquela fosse a única comida que Julian poderia comer. Ele deixou o *pozole* de lado. Duvidava que dar sopa para o espírito comer funcionaria.

— A sua família comemora? — perguntou Yadriel enquanto pegava alguns pães. Ainda estavam quentinhos. Seu estômago roncou.

— Nada, não somos religiosos — disse Julian, dando de ombros, rondando umas balas de alcaçuz em um canto.

Yadriel foi até a geladeira e colocou alguns cubos de gelo em um copo vazio. O corte em sua língua estava inchado e começando a latejar.

Carregando um bocado de comida, Yadriel voltou para a sala. Ele cutucou Maritza no braço para chamar sua atenção e indicou as escadas com a cabeça. Gesticulou para Julian segui-la.

— É pra lá — disse Yadriel. — Meu quarto é a última porta à esquerda...

O ranger da poltrona de Lita fez Yadriel se interromper, mas dessa vez ela não voltou a dormir. Ela suspirou cansada e se endireitou.

Maritza o encarou de olhos arregalados e Yadriel empurrou os dois em direção às escadas. Em pânico, Yadriel tentou empurrar Julian, e seu braço atravessou direto as costas dele.

Foi como cair em água gelada, e um arfar escapou de seus pulmões enquanto uma das *conchas* caía no chão.

— *¿Quique?* — disse Lita, usando o apelido do pai de Yadriel. Sua voz soou pesada e sonolenta.

— Sou eu, Lita! — respondeu Yadriel, sem fôlego, com um calafrio.

Lita bocejou e se levantou da poltrona.

Ele gesticulou freneticamente para Julian, e o garoto subiu as escadas correndo. Maritza correu atrás dele.

Lita mancou até Yadriel, que tinha um braço cheio de *conchas*. Maritza e Julian congelaram na escada, tentando não chamar a atenção dela.

Lita franziu a testa.

— Eu estava preocupada.

Ele fez o que pôde para não parecer culpado, tentando fazer com que o coração se acalmasse.

— Desculpe. — Ele se abaixou para pegar a *concha* que caíra. — Eu só precisava... — A frase morreu e ele balançou o pãozinho, sem saber como terminar.

Lita assentiu, apoiando as mãos nos quadris.

— Eu sei, eu sei.

Yadriel duvidava muito.

Lita abriu a boca para falar, mas então desistiu e estremeceu.

O coração de Yadriel quase parou.

De sobrancelhas franzidas, Lita esfregou seus braços.

Yadriel prendeu a respiração e se forçou a não olhar para Maritza e Julian nas escadas. Se Lita visse Julian na casa, subindo escondido as escadas com Maritza, ele estaria ferrado.

Em um movimento rápido, Julian correu os últimos degraus.

Yadriel respirou fundo.

Lita virou a cabeça um milésimo de segundo depois de Julian ter sumido de vista.

Deixando Maritza estranhamente agachada nas escadas.

— Maritza? — perguntou Lita, estreitando os olhos no escuro.

Maritza se levantou e sorriu.

— Oi, Lita! — disse ela com um aceno alegre.

Yadriel soltou o ar.

Lita lançou um olhar severo a Maritza.

— Ah, não! Já está muito tarde — disse ela, balançando o dedo para os dois. — Vocês têm aula amanhã! Hora de ir pra casa!

Maritza fez um biquinho e deu uma olhada rápida para o topo das escadas, mas Yadriel lhe lançou um olhar incisivo. Já quase haviam sido pegos, e ele não estava disposto a testar ainda mais a sorte.

— Mas... — ela começou a resmungar.

Lita a cortou.

— Venha — disse ela, gesticulando para Maritza descer. — Vamos ligar para *tu papá* e pedir para ele vir buscar você.

Maritza desceu batendo os pés.

— Te vejo de manhã — disse Yadriel enquanto ela se dirigia à porta.

— Vê se me manda uma mensagem — ameaçou Maritza.

Yadriel quis responder que se ela queria tanto fazer parte da coisa, devia ter levado Julian para a própria casa, mas era tarde.

Lita olhou para o contrabando no braço dele e sorriu.

— Ah! Comendo, finalmente! — Ela riu. — *Bueno, bueno.* — Lita arqueou as costas, se espreguiçando. — Coma e depois vá direto para a cama. Você precisa descansar.

Yadriel deu uma risadinha forçada. Ficar com sono na escola no dia seguinte era a menor de suas preocupações.

— *Sí*, Lita.

— Eu preciso da sua ajuda pra procurar *la garra del jaguar* no sótão amanhã — continuou ela com um resmungo.

— Pode deixar, Lita.

— Não sei onde foi parar...

Quando Yadriel se virou para subir as escadas, ela o chamou de volta.

— Ah, ah! — Lita bateu de leve na bochecha. — Um beijinho, por favor.

Yadriel controlou a irritação e deu um beijo rápido em sua bochecha quente e macia.

Maritza sorriu da porta. Yadriel podia jurar ter ouvido uma risada abafada do topo das escadas.

— *Buenas noches, mi amor.* — Lita sorriu. — Vai, vai! — disse ela a Maritza, empurrando-a para fora.

Assim que a porta se fechou atrás delas, Yadriel subiu correndo os degraus. No topo, olhou pelo corredor que levava até seu quarto, mas não havia nem sinal de Julian. Ele franziu a testa.

— Julian? — sussurrou ele, andando pelo corredor.

— O quê?

Yadriel se virou.

Julian estava na outra ponta do corredor, apontando para uma porta escancarada.

— Isso é um armário — disse ele, dando um olhar crítico a Yadriel.

— Eu disse *esquerda*, não direita.

Yadriel balançou a cabeça e Julian o seguiu até o quarto. Assim que entraram, ele fechou a porta, desejando que tivesse uma tranca.

Julian parou no meio do quarto, olhando em volta. Yadriel reparou no quanto o cômodo estava bagunçado, com roupas jogadas para todos os lados, gavetas entreabertas e uma bagunça de lençóis azuis na cama.

Ficou constrangido, sem saber como agir ou o que fazer com o espírito em seu quarto.

Julian não pareceu se incomodar, nem mesmo notar. Toda a sua atenção estava dedicada à comida que Yadriel estava segurando.

— Posso comer? — perguntou ele, seus olhos escuros encarando-o.

— Hã, pode.

Yadriel tirou rapidamente uma pilha de roupas limpas de cima da velha cadeira de escritório.

— Aqui. — Ele limpou um canto da mesa, tirando do caminho livros didáticos, um queimador de incenso e seu passe livre do ônibus, para que pudesse apoiar os pães. — Vai fundo — disse ele, limpando o açúcar de sua camiseta antes de pegar um cubo de gelo e colocar na boca. O frio ofereceu um alívio instantâneo enquanto ele apertava a língua contra o gelo.

Julian não precisava ouvir duas vezes. Ele se jogou na cadeira e esfregou as mãos, um sorriso aparecendo em seu rosto. Mas suas mãos apenas rondaram os pães.

— Espera, como que eu vou comer isso se eu não consigo encostar nas coisas?

— É *pan de muerto* — disse Yadriel, o cubo de gelo ainda na boca, mas a única resposta de Julian foi um franzir de sobrancelhas. — Significa...

— Eu sei o que significa — interrompeu Julian, revirando os olhos. — Eu *sei* falar espanhol, eu só escolho não falar.

Uma coisa estranha de se dizer.

Yadriel quis perguntar o que ele queria dizer com isso, mas a cara fechada de Julian o desencorajou.

— Nós fazemos essa comida *para* os espíritos — explicou Yadriel, deixando de lado sua curiosidade. — Quer dizer, nós podemos comer também, obviamente, mas usamos como oferendas para receber os espíritos no Día de Los Muertos. — Yadriel deu de ombros. — É comida de espírito.

Julian não precisava ouvir mais nada.

Ele pegou um pão e deu uma grande mordida. Yadriel se pegou sorrindo ao observar Julian jogar a cabeça para trás, rindo de felicidade.

— Ah, cara — murmurou Julian, agradecido, enfiando mais dois pedaços na boca. Seus joelhos balançavam sob a mesa e ele engoliu com esforço antes de colocar mais comida na boca. — Bom demais — murmurou Julian, os olhos se fechando de prazer. Em questão de instantes, ele havia engolido três pãezinhos.

A mãe de Yadriel costumava dizer que o *pan de muerto* de Lita era tão bom que fazia os mortos levantarem para comer. Aparentemente, ela estava certa. Talvez ele devesse ter pegado mais.

A água fria descia pela garganta de Yadriel enquanto o cubo de gelo que sugava derretia. Ele tentou parecer tranquilo, mas acabou se balançando na ponta dos pés enquanto observava Julian. Yadriel sacudiu a cabeça. Olhar para Julian comendo era estranho. Parecia não conseguir se lembrar de como agir normalmente.

Sentar-se parecia o gesto mais relaxado, então Yadriel se jogou na beira da cama.

Um miado o fez se sobressaltar, o coração subindo até a garganta. Julian virou a cadeira. O cobertor se agitou e Mia Casso saiu se espreguiçando.

— Jesus, você quase me matou de susto — disse Yadriel, pegando a gatinha e a colocando no colo.

Ele acariciou ao longo da coluna pontuda e ela ronronou em agradecimento, perdoando-o imediatamente. Sua presença diminuta fez a tensão nos ombros dele diminuir.

— Cacete. — Julian riu daquele jeito profundo, do fundo do peito. — Mas que gato mais zoado!

— Cala a boca! — rebateu Yadriel, abraçando a gatinha. — Não sacaneia ela.

Os miados reverberaram contra seu peito.

Julian ergueu as mãos num gesto de defesa.

— Ei, ei, ei, não quis ofender! Mas, sério... — As risadinhas recomeçaram e ele não se esforçou muito para contê-las. — A aparência dela *é* meio zoada.

Yadriel olhou feio para o garoto, mas Mia Casso não se ofendeu. Ela se contorceu e saltou desajeitadamente para o chão. Com um miado agudo, foi até Julian.

Ele lambeu o açúcar dos dedos.

— O que foi, pequena? — perguntou ele antes de olhar para Yadriel.
— Ela me vê?

— Gatos são como pequenos guardiões dos espíritos — disse ele, dando de ombros. — Vivem passeando pelo cemitério. Minha mãe dizia que eles trazem boa sorte. Gatos podem ver espíritos e senti-los por perto, assim como a gente.

Julian se abaixou e, quando seus dedos roçaram o pelo da gata, um sorriso largo apareceu em seu rosto.

— Eu consigo fazer carinho nela! — Ele coçou atrás das orelhas dela e Mia Casso fechou os olhos, se entregando ao toque.

Yadriel ficou surpreso com quão rápido ela gostou dele. Geralmente, Mia não se interessava por ninguém além dele e sua mãe, mas lá estava ela, com baba se acumulando no canto da boca enquanto Julian coçava seu queixo peludo.

— Nunca tive um animal de estimação, mas sempre gostei de gatos — disse Julian.

Um pensamento ocorreu a Yadriel.

— E a sua família?

Os ombros de Julian ficaram tensos, mas ele não ergueu o olhar.

— O que têm eles?

— Você não quer que eu fale com eles também? — perguntou Yadriel. Por mais desconfortável que fosse a ideia, Yadriel achava estranho que Julian estivesse tão preocupado com seus amigos, mas não tivesse mencionado a família em nenhum momento.

— Você não está preocupado com os seus pais?

— Não tenho pais — disse Julian, curto e grosso. Mia Casso travava uma batalha interminável com a ponta do cadarço dele.

Yadriel ficou desconcertado.

— Ah... — Tendo crescido em uma casa cheia e sendo parte de uma enorme comunidade latina, o conceito de não ter família era muito estranho e angustiante. — Mas você mencionou seu irmão. Ele não vai ficar preocupado?

Julian deu uma risada cortante, quase como um latido.

— Pode acreditar, ele vai achar *bom* eu ter morrido. Deve estar aliviado. A melhor coisa que podia acontecer — ele cuspiu as palavras como se tivessem um gosto ruim.

Yadriel franziu as sobrancelhas. Aquilo soava... horrível. Sua família estava longe de ser perfeita, mas ele ficaria melhor sem ela? Ou vice-versa?

— Quando eu vou começar a mexer coisas? — perguntou Julian, finalmente erguendo o olhar. A conversa sobre sua família estava claramente encerrada.

Mia Casso mancou até um dos moletons de Yadriel no chão e se enroscou nele, se preparando para mais uma soneca.

— Mexer coisas?

— É, sabe... — Julian se levantou e andou pelo quarto. Ele não conseguia ficar quieto e não parava de tentar encostar nas coisas. Ele dedilhou uma pilha de livros em cima da mesa e empurrou a porta do armário. — Tipo bater portas, empilhar cadeiras, coisas assim — explicou, parando diante do altar na cômoda de Yadriel.

O altar tinha três níveis de altura, coberto por um xale laranja, magenta e azul-royal que tinha sido de sua mãe. Estava adornado com velas pela metade de diferentes cores e tamanhos. O primeiro nível tinha fotos em preto e branco de seus parentes — seus avós maternos na frente de uma casa pintada de amarelo no México; seu avô paterno de olhos estreitados por trás dos óculos, encarando o novo celular que ganhara de aniversário.

Julian se agachou para cheirar o incenso apagado.

Yadriel riu.

— Você está levando essa coisa de "fantasma" muito literalmente.

Julian empinou o queixo e sorriu de uma forma que só podia ser descrita como envaidecida.

— Estou muito comprometido com meu novo estilo de vida.

Yadriel deixou escapar uma risada surpresa.

Qual era a desse cara?

— Prática — respondeu Yadriel, sorrindo. Ele pensou nas grandes tesouras de metal que Tito usava para aparar suas preciosas calêndulas. — Você precisa se concentrar e focar.

— Hum — murmurou Julian, franzindo os lábios. — Não são exatamente meus pontos fortes.

— Percebi.

Julian ergueu o olhar.

— O quê?

Yadriel limpou a garganta.

— Pra sua sorte, quanto mais perto do Día de Los Muertos, mais poderosos os mortos ficam — disse Yadriel. — É daqui a alguns dias, então você vai conseguir mover coisas por aí rapidinho. *Não encoste nisso* — ele acrescentou quando Julian se aproximou da estátua da Senhora Morte.

Julian recuou a mão.

— Eu sei quem ela é — disse ele, apontando para a estatueta. — *Santa Muerte*, né? — perguntou, se virando para Yadriel, que ficou surpreso.

— Hã, é. — Ele se levantou e foi até Julian.

No nível superior havia uma pequena estátua pintada da Senhora da Morte que ele havia comprado em uma viagem a Tepito, México. Era feita de argila branca e usava um huipil branco com flores da cor do arco-íris na gola. Sua saia era feita de camadas de vermelho e branco com uma faixa dourada amarrada na cintura. Seu cabelo preto brilhoso caía em uma trança sobre o ombro, ornado com pequenas calêndulas pintadas.

— Nós chamamos de Senhora Morte, ela é nossa padroeira — explicou Yadriel, ajeitando afetuosamente o esqueleto. — Foi ela quem nos deu nossos poderes. Ela cuida de nós, e nós a ajudamos a manter o equilíbrio entre a vida e a morte.

— Então ela é sua padroeira e sua patroa. — Julian riu, satisfeito com a própria piada e ignorando completamente o suspiro de Yadriel. — Ela também é uma das nossas santas — disse ele, assentindo. — Várias pessoas têm altares em casa para ela. Sempre tem alguém derramando *mezcal* para ela nas festas. Um dos meus amigos tem uma tatuagem enorme dela no peito. Meu irmão tem uma no braço. — Ele deu um tapinha no próprio bíceps. — Eu sempre fui mais fã de São Judas... — Seus olhos desceram até o peito de Yadriel, uma pequena ruga se formando entre as sobrancelhas.

São Judas. Yadriel quase esqueceu. Ele apertou os dedos na medalha em seu pescoço — a medalha de Julian. Yadriel se lembrou de como ele havia sido possessivo com ela lá na igreja. Evidentemente significava muito para ele.

— Quem é essa? — perguntou Julian de repente, apontando para a foto da mãe de Yadriel.

Fora tirada no Natal antes de ela morrer. Ela estava rindo, usando um vestido vermelho e com as luzes de Natal ao fundo. Brincos delicados feitos de penas multicoloridas de beija-flor. A mãe tinha um rosto em formato de coração e cabelo castanho que usava solto com suas ondas naturais.

Yadriel recuou.

— Minha mãe — disse, sem mais explicações, na esperança de que ficasse evidente para Julian que aquele era um tópico sobre o qual não queria conversar.

Julian rapidamente afastou a mão e a colocou no bolso.

— Ah.

Yadriel guiou a conversa de volta para a pergunta original.

— Bom, você não vai ter muito tempo para brincar de *Atividade paranormal*. Com sorte, a gente vai resolver tudo, ver se seus amigos estão bem e entender rapidinho o que aconteceu. — Ele cruzou os braços e se encostou na mesa. — Tipo, antes de sexta-feira.

— Do Halloween? — Julian sorriu e assentiu em aprovação. — Maneiro. Muito apropriado.

— O Día de Los Muertos começa à meia-noite de 31 de outubro — explicou Yadriel. — Nós limpamos os túmulos no cemitério em preparação para a chegada dos espíritos, tipo arrumando a casa antes da sua família ir visitar. As pessoas tomam ainda mais cuidado com seus talismãs...

Julian assentiu, como se estivesse entendendo perfeitamente.

— Claro, claro, claro.

— Nós arrumamos oferendas para os espíritos de bruxes que vão retornar. Penduramos fotos deles, seus brinquedos ou comidas favoritas, lembrancinhas, coisas assim. Eles ajudam a guiar os espíritos de volta para o mundo dos vivos, por isso usamos velas e cores brilhantes, tipo as calêndulas. E o cheiro de comida, é claro.

Julian esfregou a barriga, como se estivesse se lembrando do gosto do *pan de muerto*.

— Então, meia-noite o sino toca, começando oficialmente a celebração e sinalizando a chegada dos espíritos. Eles ficam até o anoitecer do dia 2 de novembro. É tipo uma festa de dois dias onde você pode ver todo mundo.

— Como a sua mãe? — perguntou Julian, olhando de volta para o altar.

O estômago de Yadriel se revirou.

— Sim.

Ele estava animado e ansioso para reencontrar sua mãe em poucos dias. Tinha muita coisa que ele precisava fazer antes disso.

Julian estudou o altar com uma expressão séria.

— É tipo... pra todo mundo? — Ele não olhou para Yadriel ao fazer a pergunta.

— Como assim? — perguntou Yadriel, sem entender.

Era difícil acompanhar a linha de pensamento de Julian, já que ele estava sempre pulando de um assunto para outro.

Julian levou a mão ao pescoço, os dedos procurando algo na base da garganta.

— Tipo, pessoas "normais" voltam também? — Sua testa estava profundamente franzida. — Não bruxes?

— Ah... não. — Yadriel se remexeu, nervoso. — Apenas bruxes.

Será que havia alguém que ele queria ver?

Julian assentiu.

— Quando você me trouxe dos mortos...

— Invoquei seu espírito, você não é um zumbi...

Julian revirou os olhos.

— Certo, isso. Você achou que eu era outra pessoa. Miguel?

O coração de Yadriel ficou apertado.

— Sim, meu primo.

— Como ele morreu? — perguntou Julian.

— Nós não sabemos — confessou Yadriel, dando de ombros.

— Espera. — Julian balançou a cabeça. — Então como vocês sabem que ele morreu?

— É uma coisa de bruxe. Se um de nós morre, todo mundo sente.

Julian ainda parecia confuso.

— Mas vocês não sabem o que aconteceu?

Yadriel balançou a cabeça.

— Só sabemos que foi... ruim.

Ele se lembrava da dor aguda que sentira. Como tinha atravessado seu peito. Arrepios desceram por seus braços ao retomar o pensamento. Yadriel franziu a testa. Sentia-se desamparado e frustrado. Ele deveria estar ajudando os outros bruxos a encontrar Miguel. — Espero que ele seja encontrado. Nós *precisamos* encontrar ele — corrigiu-se. — Ele pode estar em qualquer lugar, pelo que sabemos. Mas se estivermos enganados e o espírito dele não tiver ficado preso aqui, pelo menos ele vai poder voltar para o Día de Los Muertos, e aí ele mesmo vai nos contar o que aconteceu — disse Yadriel. — Mas, ainda assim, quanto mais cedo ele for encontrado, melhor. Não é bom para um espírito ficar vagando sozinho.

Julian endireitou o corpo.

— Por que não?

— Espíritos podem ficar malignos se passarem tempo demais na terra dos vivos.

A ideia de que isso pudesse acontecer com Miguel o deixou nauseado novamente.

— Quanto tempo? — perguntou Julian, com certa tensão na voz.

— Depende — respondeu Yadriel, sabendo que não estava ajudando muito.

Ele nunca havia visto acontecer pessoalmente. Os bruxos cuidavam disso, e Yadriel não tinha permissão para participar de um ritual, de qualquer forma.

— Às vezes acontece rápido... os espíritos perdem a essência e se tornam violentos — disse ele, dando de ombros.

Julian estava com uma expressão estranha e, de início, Yadriel não conseguiu identificar o que era. Sua mandíbula estava tensa, e o corpo, rígido. A boca era uma linha dura e as narinas estavam infladas enquanto encarava Yadriel.

Então, ele entendeu: Julian estava com medo.

— Mas isso não vai acontecer com você! — afirmou rapidamente, tentando voltar atrás. — Quer dizer, às vezes demora anos e anos para que isso aconteça!

Julian não pareceu convencido.

— Por isso que precisamos encontrar seus amigos amanhã — ele se apressou a dizer. — Se acharmos eles logo, posso libertar seu espírito antes que algo dê errado.

A expressão de Julian era desconfiada.

— É, bem, vê se usa essa sua faca em mim antes de eu baixar o *Exorcista* — disse ele, o tom duro, arqueando uma sobrancelha. — Fechado?

Yadriel riu, mas concordou.

— Fechado.

Os ombros de Julian relaxaram um pouco. Por um longo momento, ele não disse nada, e Yadriel se sentiu um babaca por ter sido tão insensível.

Ele limpou a garganta.

— Mas não tem mais nada que a gente possa fazer hoje. Todo mundo está lá fora procurando pelo Miguel.

Talvez já o tivessem encontrado e o mistério estaria resolvido pela manhã.

— Eu vou arrumar um lugar para você dormir — disse Yadriel, indo até o armário e revirando tudo à procura de seu velho saco de dormir.

— Por que você não está com eles procurando? Com os outros bruxos? — perguntou Julian. Ele estava de volta na cadeira, os joelhos balançando.

— Eles não me deixaram — disse Yadriel, tirando do caminho uma caixa de roupas antigas.

Julian rodopiou na cadeira.

— Por quê?

— Porque eles não acham que eu sou um bruxo de verdade.

Julian rodopiou mais rápido.

— Por quê?

Yadriel ficou feliz de estar de costas. Seu rosto estava vermelho.

— Porque eu sou trans.

Julian colocou os pés no chão e parou, cambaleando de leve na cadeira.

— Ah. — Ele fez uma pausa. Piscou. — *Ah.*

As mãos de Yadriel finalmente se fecharam no tecido liso do saco de dormir e ele o puxou para fora. Segurou-o contra o peito e se voltou para Julian, esperando algum tipo de crítica. Talvez risos.

Em vez disso, Julian franziu a testa, os lábios curvados de um jeito irritado.

— Que merda, cara.

As palavras foram simples. Direto ao ponto. Sem nenhuma segunda intenção.

Yadriel não estava esperando. Ele exalou, os ombros relaxando.

— É. Uma merda mesmo.

Passara tanto tempo guardando tudo para si e desabafando apenas com Maritza que era bom poder falar com outra pessoa.

— Como eles não acham que eu sou um garoto de verdade, não quiseram me dar um talismã e não me deixaram ter uma cerimônia de bruxo...

Julian franziu a testa.

— Que palhaçada!

— Né? — reclamou Yadriel. — Eles estão tão presos em suas *tradições* que nem me deixaram tentar. — Ele abriu o saco de dormir e o sacudiu com raiva. — Então Maritza me fez um talismã e eu fiz a cerimônia *sozinho.*

Julian sorriu em aprovação.

— Muito foda.

Yadriel se pegou retribuindo o sorriso. Não tivera tempo de processar tudo o que tinha acontecido, pois Miguel morreu assim que terminou o ritual. Era realmente o máximo, mesmo tendo tido que ir contra seu pai e demais bruxes.

— Então eu vou ajudar *você* a achar seus amigos — começou Yadriel, colocando o saco de dormir no chão. — E você vai *me* ajudar ao me deixar te libertar para o pós-vida. Porque aí eles vão *ter* que aceitar que eu sou um bruxo. — Ele se sentou na beira da cama e apoiou os cotovelos nos joelhos. — Na segunda noite do Día de Los Muertos, nós fazemos um *aquelarre*, onde bruxes que fizeram quinze anos naquele ano se apresentam. Esse ano, eles vão *ter* que me deixar participar — falou Yadriel com uma determinação feroz.

Julian pareceu confuso.

— Volta aí um segundo... Você está tentando provar que é um bruxo ou que é um garoto?

A pergunta tão direta pegou Yadriel desprevenido. Abalou um pouco a sua confiança.

— Dá no mesmo — disse ele, irritado.

— Porque, se for para provar que é um bruxo, você já não me invocou? — perguntou Julian.

Yadriel reprimiu uma risada.

— Você não entende como funciona — disse, cruzando os braços. — Isso não é o suficiente.

— Não é o suficiente para quem? — questionou Julian. Ele não estava tentando forçar a barra, não de propósito, pelo menos. Parecia apenas curioso, o que irritou Yadriel ainda mais. — Não é o suficiente para *eles* ou não é o suficiente para *você*?

Yadriel hesitou. A pergunta agarrou em seu peito.

— Dá no mesmo — repetiu.

Mas será que dava mesmo? Yadriel balançou a cabeça. Estava cansado e as perguntas incessantes de Julian o estavam confundindo.

— Você não entende porque não é um de nós. Aqui. — Ele jogou um travesseiro da cama para Julian, que o pegou no ar com facilidade.

— Ei! — Ele sorriu, triunfante, balançando o travesseiro. — Eu peguei!

Yadriel se jogou na cama.

— Bom trabalho. Agora vai dormir. Eu preciso acordar para ir para a escola em... — ele checou o celular e gemeu — três horas.

CAPÍTULO 6

Yadriel foi para o banheiro trocar de roupa e tirar o binder, e vestiu uma blusa de dormir bem larga e calças de pijama. Quando voltou ao quarto, deslizou constrangido para baixo das cobertas. Não gostava de ser visto sem binder, ainda mais por Julian.

Por sorte, ele pareceu não se importar, ou, no mínimo, estar desinteressado.

— Fantasmas dormem? — perguntou Julian, jogado confortavelmente no chão com as mãos atrás da cabeça.

— Eu não tenho ideia — disse Yadriel, puxando os cobertores até o queixo.

Julian não sossegava. Yadriel ficou encarando o teto do quarto escuro, ouvindo os suspiros e bufos de Julian. Eles foram rapidamente seguidos pelas perguntas mais estúpidas que Julian já tivera que encarar às três da manhã.

— Se você virasse um fantasma, onde você ia assombrar?

— Não sei.

— Eu tenho certeza que aquela lanchonete Jack in the Box, em Whittier, é assombrada.

— Hum.

— Uma vez, a gente tava passando o tempo no estacionamento de lá e umas coisas bem fantasmagóricas estavam rolando na lixeira.

— Humm.

— Mas acabou que era só um guaxinim.

— Legal.

— Que quase me mordeu.

— Nossa.

— Caramba, qual foi a última vez que você limpou debaixo da sua cama?

E ele continuou, continuou. Quando Yadriel se recusava a responder, Julian falava sozinho. Yadriel não sabia que era possível alguém ter tão pouco filtro entre o cérebro e a boca. Quando Julian falava, parecia estar em um eterno fluxo de consciência.

Mesmo estando de madrugada, Yadriel sabia que o sono não viria fácil. Seu relacionamento com o sono sempre fora tênue, na melhor das hipóteses. Os acontecimentos daquela noite ainda o agitavam.

Em um intervalo de poucas horas, ele ganhara o próprio talismã e fora abençoado com os poderes de bruxo pela Senhora Morte. E ainda estava preocupado com Miguel. O luto pelo seu primo ainda não parecia real. Além disso, ele tinha invocado um espírito e agora estava abrigando um menino morto em seu quarto.

Yadriel não conseguiu dormir até enfiar a cabeça sob o travesseiro e abafar a voz de Julian ponderando se fantasmas ficavam ou não molhados quando chovia. Algumas vezes, sons de alguém revirando o quarto quase o acordaram, mas ele sempre voltava a pegar no sono.

Quando o alarme tocou, de manhã, Yadriel resmungou com a cabeça apoiada no braço. Sentia-se mais exausto do que antes de ir dormir. Ele rolou na cama, a mão tateando cegamente o celular para apertar "soneca". Com dificuldade, ele forçou os olhos a abrirem.

E viu um par de olhos escuros o encarando.

Yadriel pulou e recuou, batendo a cabeça no parapeito da janela. Em pânico, ele chutou acidentalmente Mia Casso para fora da cama. O alarme continuava a tocar, e Mia miava no chão.

— Finalmente! — gritou Julian, irritado, mas sorrindo ao se pôr de pé. — Eu estava... cara, para de gritar, eu estava esperando há séculos!

O coração de Yadriel batia dolorosamente, incapaz de entender o que Julian estava dizendo. Ele pegou seu celular e desligou o alarme. Mia

Casso parou de miar indignada e se sentou na cômoda, lambendo a pata. Yadriel fechou os olhos, tentando fazer o latejar em sua cabeça parar.

Procurou escutar qualquer sinal de sua família, se perguntando se alguém havia ouvido seu grito, mas só escutava a batida distante da música *tejana* de sua *abuelita* na cozinha.

— Você está me escutando? — perguntou Julian.
— Não.

Yadriel abriu um olho para encarar Julian. Sob seu olhar sonolento, demorou um momento para se lembrar de que ele era um espírito. Parado no meio do quarto, com os braços cruzados e a testa franzida, Julian parecia muito *real* e vivo. Mas então ele piscou, focando o suficiente para ver os sinais. A silhueta difusa e a corrente de ar frio ao seu redor.

— Eu *disse* que andei praticando! — Julian bufou. A quantidade de energia que ele tinha de manhã era obscena.

Yadriel se sentou, empurrando seu cabelo escuro para longe dos olhos.

— Praticando?

A carranca de Julian foi rapidamente substituída por um sorriso.

Ele mudava de humor tão rápido que deixava Yadriel desnorteado.

— *Olha!*

Sentando-se na cadeira, Julian se inclinou sobre a mesa e pegou uma bola de papel entre dois dedos. Era uma das tentativas frustradas de Yadriel de fazer o dever de casa de matemática, no dia anterior.

— Olha, olha, olha! — Com o rosto franzido em concentração, ele lentamente levantou a bola de papel. Julian se virou para Yadriel, um sorriso triunfante no rosto. — Viu?

Os olhos de Julian vibravam com uma energia desenfreada. Yadriel começou a achar que aquilo não era só consequência de uma noite insone, mas o jeito de Julian.

— Bom trabalho — murmurou ele, sentando-se e esfregando as têmporas, tentando abafar uma dor de cabeça.

A bola de papel caiu de volta na mesa. Julian bufou.

— Fiquei trabalhando nisso *a noite toda*, cara!

— Quê? Eu disse "bom trabalho" — respondeu Yadriel, rodando pelas notificações do seu celular para se certificar de que não havia recebido nenhuma mensagem importante.

Nada sobre Miguel. Preocupação somou à dor de cabeça. Eles não o haviam achado ainda?

— Afe — resmungou Julian por entre os dentes.

Ele se recostou de mau humor na cadeira, apoiando os sapatos em cima do colchão. A sola branca do seu Converse estava suja e rachada e havia um grande furo no fundo de um.

Quando ele se moveu para a beira da cama e colocou os pés no chão, pisou em algo afiado.

— *Ai...* o que...? — Os olhos de Yadriel se arregalaram quando ele se deu conta do estado do quarto.

Bem, agora estava acordado.

Parecia que algo havia explodido no meio do cômodo. Ou talvez tivesse sido apenas um furacão humano chamado Julian Diaz.

— O que foi que aconteceu aqui? — questionou Yadriel, pegando o clipe de papel entortado da sola do seu pé. Era só um de mais ou menos vinte jogados pelo carpete.

— Fiquei entediado — disse Julian simplesmente, girando lentamente na cadeira.

Yadriel olhou para a bagunça no chão. Ele realmente estivera cansado o suficiente para dormir enquanto Julian fazia tudo aquilo?

— Certo.

Seu quarto era bagunçado, claro, mas era um caos organizado. A bagunça que Julian fizera era só... caos.

— Você tem um gosto musical de merda, aliás — disse Julian, seu tom factual enquanto apontava o iPhone antigo de Yadriel em cima do saco de dormir amarrotado.

Os fones de ouvido estavam sujos e chiavam se aumentasse muito o volume. Tinha sido um repasse de seu irmão, que ele usava para armazenar músicas, já que não tinha espaço suficiente no seu celular mais novo.

— Não tenho, não! — disse ele, se sentindo estranhamente na defensiva enquanto pegava o celular e o guardava de volta na gaveta. Seu anuário e cadernos velhos estavam na cama desfeita junto de uma caneta piloto e mais bolas de papel.

Yadriel segurou os cadernos esfarrapados e olhou para Julian.

— Você fuxicou minhas coisas?

Julian o encarou.

— Hã... o quê? — Suas orelhas ficaram vermelhas.

Era a expressão mais culpada que Yadriel já tinha visto.

— Não mexa nas minhas coisas!

— Eu não mexi! — disse Julian.

— Você mente muito mal — bufou Yadriel, e guardou os cadernos de volta no lugar, na prateleira.

— Eu não tinha mais nada para fazer — reclamou Julian, colocando os pés de volta na cama.

— Não coloque os sapatos na cama! — brigou Yadriel.

— São *sapatos de fantasma*, não vão sujar a cama! — argumentou Julian.

Se ele pudesse empurrar as pernas de Julian, teria empurrado. Mas Julian era um espírito, então ele teve que se contentar com lançar a ele um olhar bravo.

— Então, qual é o plano, *patrón*? — perguntou Julian, inabalável.

Yadriel se levantou e foi até o armário.

— O *plano* é eu ir para a escola — disse ele, revirando tudo em busca de uma camisa limpa. — E você ficar aqui.

— Espera, o quê? — perguntou Julian, balançando as mãos. — Você está falando sério? Por que você vai para a escola? A gente precisa achar meus amigos!

— Eu procuro eles lá na escola.

Julian deu a ele um olhar seco.

— Eles não vão estar na escola!

Yadriel o ignorou e tentou arrumar a bagunça. Pegou seus jeans no chão e os sacudiu. Tinha um pouco de terra do cemitério neles, mas, fora isso, não estavam muito sujos.

— Ei, você está me ouvindo? — Julian se levantou. — Eu vou *enlouquecer* se você me deixar aqui o dia inteiro! — Ele apontou um dedo.

— Você quer ser assombrado? Porque, juro por Deus, se me deixar aqui, eu vou te assombrar pra sempre!

— Você está sendo dramático — disse Yadriel, balançando a cabeça.

Julian gemeu e bateu a mão na testa.

— Olha pra mim! *Implorando* pra ir pra *escola!* — Ele se jogou na cama, o braço sobre o rosto.

— Sabe — disse Yadriel, jogando alguns tênis para dentro do armário. — Se você me deixasse só te *libertar*, nós podíamos acabar com isso agora mesmo.

Julian bufou.

— Eu sei que você quer ver seus amigos, mas não podemos deixar você se tornar maligno, beleza? — avisou ele, olhando para Julian, que o ignorou propositalmente. Yadriel franziu a testa. — Você não seria mais você, viraria um... um monstro.

Julian olhou para ele por baixo do braço.

— O que faz você pensar que eu já não sou? — murmurou ele.

Yadriel o encarou, tentando decidir se ele estava falando sério ou não. Julian devolveu o olhar sem piscar.

Toc, toc.

Os dois se viraram abruptamente para a porta.

Os olhos de Yadriel se arregalaram. Só podia ser Lita. Ela sabia. Ela pressentira que tinha um espírito em seu quarto. Ele estava totalmente ferrado. Se Lita encontrasse Julian, contaria ao seu pai, e Yadriel estaria muito encrencado por ter desobedecido a ele e agido pelas suas costas. Meu Deus, será que iam expulsá-lo por ter desrespeitado as tradições bruxes?

Yadriel entrou em pânico.

— Espera aí! — gritou, jogando o saco de dormir em cima de Julian. Mas o objeto passou direto por ele e caiu em uma pilha na cadeira.

Julian arqueou as sobrancelhas e apontou para si.

— Fantasma, lembra? — sussurrou ele.

— *Shh!* — sibilou Yadriel, balançando inutilmente as mãos para Julian. — *Se esconde no...*

A porta do quarto abriu.

Maritza se encostou no batente.

Yadriel soltou o ar e levou a mão ao peito.

— *Jesus*, Maritza!

— Bom dia! — cumprimentou ela, alegre. Seu olhar passou de um para outro, de Julian deitado na cama a Yadriel segurando os jeans. Os lábios pintados de rosa se curvaram em um sorrisinho. — Como foi a festa do pijama?

Yadriel a puxou para dentro e bateu a porta atrás dela.

— Você vai fazer a gente ser pego!

— Calma, Yads! — Ela riu, andando pelo quarto para se apoiar na cômoda.

Julian se levantou.

— Ir pra escola é uma perda de tempo! — repetiu ele, como se Yadriel tivesse esquecido.

— Não é, não — disse Yadriel, pegando uma cueca e um binder limpos da gaveta. — Eu tenho prova de matemática.

Julian bufou.

— E, ao contrário de você e seus amigos, eu ligo para as minhas notas. Ele fechou a gaveta com um baque e se virou para encarar Julian.

— Então me leva junto!

— De jeito nenhum, nós *não* vamos levar você para a escola com a gente.

— Você não pode me deixar aqui! — choramingou Julian.

Yadriel cerrou a mandíbula, a paciência acabando.

— Olha — disse ele, olhando para Maritza em busca de apoio. Ela parecia estar se divertindo. — Vamos votar!

— Isso não é justo! — Julian fechou a cara.

Yadriel o ignorou.

— Maritza.

Ela apenas ergueu uma sobrancelha em resposta.

— Você acha que Julian devia ficar aqui enquanto vamos para a escola? — perguntou ele, soando perfeitamente lógico e até bastante controlado.

— É claro que ela vai concordar com você! — protestou Julian, gesticulando largamente. — Sem votação!

— Na verdade — Maritza enrolou um cacho rosa no dedo, pensativa —, eu acho que ele devia vir com a gente.

Julian piscou, os braços ainda erguidos. Um sorriso satisfeito preencheu seu rosto.

— Bem, você ouviu a bruxa. — Ele se sentou à escrivaninha e colocou as mãos atrás da cabeça. — Eu vou!

Foi a vez de Yadriel choramingar.

— *O quê?* — Ele virou a cabeça para Maritza. Devia ter entendido errado. — Você não tá falando sério.

Ela deu de ombros.

— É o que faz mais sentido, Yads...

— Traidora — sibilou ele.

Maritza parecia estar tentando não rir.

— A gente precisa levar ele junto.

Julian sorriu.

— Se deixarmos ele aqui, ele vai ser pego — argumentou ela. — Ele é barulhento demais e não podemos confiar que não vai se meter em encrenca quando estivermos fora.

O sorriso de Julian desapareceu.

Yadriel bufou e passou a mão pelo rosto.

— Nós *não podemos*...

— Se ele ficar aqui, ele vai ser pego pela Lita, com toda certeza — afirmou Maritza. — Ela é uma *abuelita* cubana que não tem nada melhor pra fazer do que zanzar pela casa e arrumar a bagunça dos meninos.

Yadriel não queria admitir, mas ela tinha razão. Quando ele chegava em casa, quase todos os dias, seu quarto estava arrumado e sua roupa estava lavada e dobrada em cima da cama.

Bom, pelo menos naquele dia Lita teria muita arrumação para fazer.

Ele olhou para Julian, que parecia esperançoso, embora mais desesperado. Logicamente, Yadriel sabia que Maritza tinha razão. Ele sabia que era perigoso deixar Julian em casa sem supervisão, mas mesmo assim...

— Talvez ele pudesse ficar no cemitério — disse Yadriel, e Julian reagiu com um outro coro de bufos e muxoxos.

— Yads — disse Maritza firmemente, se empertigando e franzindo a testa para ele. — Qual é o problema?

Calor se acumulou na garganta de Yadriel.

— Eu não quero levar ele para a escola.

— Mas *por quê*?

— Por causa do que aconteceu com Lisa!

Os ombros de Maritza murcharam.

— Yads... — A expressão dela se suavizou para um olhar de pena. Yadriel ficou incomodado.

Enquanto isso, Julian estava olhando para os dois, irritado.

— Uh, eu devia saber quem é Lisa? — perguntou ele, com impaciência.

— Era a garota morta que assombrava minha escola, no ensino fundamental — explicou Yadriel.

Julian arqueou as sobrancelhas grossas quase até a linha do cabelo.

— Só que eu *não sabia* que ela estava morta — continuou ele. — Então eu era a criança estranha que falava sozinha *e* morava no cemitério *e* não tinha amigos! — Yadriel fechou as mãos em punhos, se virando para Julian: — Pronto, essa é uma razão boa o suficiente?

Julian se recostou.

— Ah — disse ele, sua voz constrangida e pequena, as bochechas corando.

— Yads — disse Maritza gentilmente, mas Yadriel rapidamente se desviou de seu toque.

— Eu vou me vestir — disse ele.

Rumou para o banheiro com as roupas nos braços. Quando fechou a porta atrás de si, suspirou profundamente, tentando exalar toda a tensão de seus ombros. Yadriel fechou os olhos e apoiou a testa no espelho, deixando o frescor do vidro aliviar o latejar de sua cabeça. Não pensava em Lisa havia muito tempo.

Quando ele tinha sete anos e ainda estava começando a entender o que eram bruxes e como eram diferentes de todo mundo, ele fez amizade com uma menininha chamada Lisa. Eles brincavam juntos no parquinho, durante o recreio, e passavam tempo juntos nos intervalos entre as aulas. Lisa adorava brincar com bichinhos de pelúcia. O favorito dela era um cachorro malhado com orelhas caídas. Yadriel contou aos pais sobre ela, e sempre fazia desenhos dos dois na aula de artes. Quando as outras crianças começaram a implicar com ele, Yadriel não entendeu o porquê.

Algumas semanas depois, seu professor teve uma reunião com seus pais. Quando eles chegaram em casa, perguntaram sobre Lisa.

Mesmo agora, às vezes Yadriel olhava para alguém e não se dava conta de que era, na verdade, um espírito. Se não prestasse atenção, era fácil confundir. Quando ele era pequeno, achava ainda mais difícil de notar.

Lisa havia morrido no ano anterior de um caso grave de gripe, em apenas alguns dias. Foi súbito e inesperado. O cachorro de orelhas caídas havia se tornado o *tether* de seu espírito.

Yadriel se lembrava de ter ficado inconsolável, chorando e abraçando sua mãe, se recusando a aceitar o consolo do pai, achando que ele ia matar Lisa. Enquanto Camila o embalava no colo, afagando suas costas, Enrique tentava explicar a situação.

Seu pai contou que Lisa já estava morta, mas que estava tudo bem. Eles não forçavam espíritos pacíficos a fazer a passagem. Ele disse que, na verdade, Yadriel tinha ajudado Lisa — agora que Enrique sabia dela, podia ficar de olho e se certificar que ela estava bem. Se ela começasse a ficar "doente" — foi a palavra que ele usou para descrever quando espíritos ficavam malignos —, então ele a ajudaria a passar para o outro lado. Seria indolor e ela ficaria feliz.

Mas quando Yadriel voltou à escola no dia seguinte, não conseguiu relevar o fato de que Lisa era um espírito. Seus colegas de classe implicavam com ele porque, aos olhos deles, Yadriel estava falando sozinho e brincando com uma amiga imaginária. Ele decidiu ignorar Lisa. Ela o seguia para baixo e para cima, e às vezes ficava brava, mas na maior parte do tempo ela só chorava.

Por fim, Yadriel parou de vê-la. Ele ainda não sabia se ela tinha feito a passagem sozinha ou se seu pai libertara seu espírito. Nunca mais chegou perto do cachorro de orelhas caídas.

A ideia de levar Julian para a escola trazia de volta todas as memórias ruins de Lisa. E se ele se descuidasse? E se alguém o visse falando com Julian? A última coisa que queria era chamar mais atenção.

Yadriel deixou que as tarefas mundanas de se vestir, lavar o rosto e arrumar o cabelo acalmassem seus nervos cansados.

Quando abriu a porta, Maritza estava parada com as mãos no quadril, olhando Julian. Ele estava sentado com as mãos no colo e a cabeça abaixada. Os dois ergueram os olhos quando Yadriel entrou.

Yadriel cruzou os braços. Estava mais calmo, até um pouco envergonhado.

— Nós conversamos e chegamos a um acordo — disse Maritza.

— Ela ameaçou me rogar uma praga — corrigiu Julian.

Maritza balançou os cachos e continuou, como se Julian não tivesse falado nada:

— Julian disse que vai se comportar e não vai causar problemas. — O ceticismo de Yadriel devia ter ficado evidente, porque ela completou: — Ou vai sofrer as consequências.

Julian estreitou os olhos para Maritza:

— Não sei se acredito que ela pode fazer isso. — Então, para Yadriel: — Ela pode fazer isso?

— Provavelmente é melhor você não pagar pra ver — disse Yadriel.

O canto dos lábios de Julian se curvou em um sorriso.

— *Fechado?* — interrompeu Maritza.

— Tá, tá, tá. — Julian se levantou, balançando as mãos para ela. — Eu vou me comportar, sem coisas de fantasma, sem ser irritante, blá-blá--blá. Agora nós podemos, *por favor*, ir? Eu tô preso há tempo demais nesse quarto!

Yadriel conseguia quase sentir a energia de Julian escapando em ondas. É, deixar ele ali sozinho definitivamente terminaria em desastre.

— Tudo bem. — Yadriel suspirou, se rendendo. O rosto de Julian se iluminou com um sorriso. — Só um segundo.

Ele pegou sua mochila e tirou de lá a tequila e seu talismã.

— Não quero os seguranças do campus me pegando com álcool e uma faca na mochila.

Yadriel enrolou seu talismã em uma camiseta e colocou no fundo da gaveta da mesa de cabeceira. Era o único lugar onde sabia que Lita não mexeria.

— Ok, vamos. — Yadriel abriu a porta, mas, antes que Julian pudesse passar, ele apontou um dedo. — Vocês dois passam de fininho pela porta da frente enquanto eu distraio a Lita, tá?

Maritza concordou.

— Bora, mortinho — disse ela a Julian.

Ele fingiu se ofender, mas, pela primeira vez, segurou a língua e a seguiu silenciosamente escada abaixo. Talvez ele *estivesse* um pouco preocupado com a ideia de ser amaldiçoado.

CAPÍTULO 7

No andar de baixo, a música *tejana* de Lita tocava da cozinha.

— Encontro vocês lá fora — sussurrou Yadriel.

Julian bateu continência e Maritza o guiou em direção à porta enquanto Yadriel ia para a cozinha.

Ele foi recebido pelo cheiro de arroz e feijão cozinhando no fogão. Uma cafeteira italiana estava em uma das bocas do fogão, enchendo o cômodo com cheiro de café e açúcar mascavo. Música alta saía de uma caixinha de som em cima de uma cadeira, os alto-falantes antigos dando uma distorcida no som. Todas as manhãs, Lita acordava, passava café e cozinhava, escutando o mesmo CD repetidamente.

A rotina parecia estranha comparada aos eventos anormais das últimas doze horas.

Lita estava na pia, lavando louça. Sua cantoria fez Yadriel se retrair.

— *¡Como la flor!*

A música cantava de volta.

— *¡Con tanto amor!*

— Bom dia, Lita! — disse ele acima do barulho.

— Vai se atrasar pra escola — cantou ela.

Embora já fosse idosa, os pés de Lita ainda eram rápidos o suficiente para acompanhar o ritmo da música, os quadris se mexendo na batida.

— Eu sei, eu sei — disse Yadriel.

Ele fez menção de pegar comida, mas Lita segurou seu pulso e o puxou para perto com uma força surpreendente. Segurando-o firme, ela dançou e continuou a cantar alto. Yadriel estremeceu, mas deixou que ela o arrastasse em volta da mesa da cozinha pela duração do refrão. Pelo menos não tinha testemunhas dessa vez.

Cantar e dançar pela cozinha costumava ser uma atividade em grupo liderada por sua mãe. Sempre envolvia risadas e, claro, uma resistência resmungona dele e Diego. Embora Yadriel secretamente gostasse e só reclamasse e fizesse cena para que seu irmão não o achasse um otário.

Mas agora, a proximidade e o abraço forte de Lita o sufocavam. Ele se contorceu até Lita finalmente o soltar.

Yadriel pegou a colher de pau e se serviu de um pouco de arroz e feijão. Levou uma grande colherada à boca, mas, assim que tocou sua língua, uma dor aguda percorreu o corte. Com os olhos marejados, ele se forçou a engolir rapidamente. Estava faminto, mas também com pressa para encontrar Maritza e Julian, então Yadriel vasculhou a gaveta de potes. Podia comer a caminho da escola.

Na bancada, tinha uma TV pequena e antiga, ligada no canal local de notícias em espanhol. Yadriel parou, encarando fixamente a tela e lendo as chamadas e a lista de reportagens a seguir. A caixa de texto ao lado do âncora mostrava uma perseguição de carros pelo centro da cidade. Para Los Angeles, perseguições de carros eram tão comuns quanto a previsão do tempo.

Não tinha nenhuma menção a Julian ou a assaltos no parque.

Ok, talvez assaltos no parque fossem comuns demais para aparecer nos principais noticiários, mas um adolescente desaparecido não deveria levantar suspeitas? Ele nem recebera um Alerta de Rapto de Criança em seu celular. Ninguém notificara o desaparecimento de Julian Diaz até agora? Nem seus amigos? Seu irmão?

E Miguel?

— Ei! — A batida repentina do pano de prato em sua bunda fez Yadriel se assustar. — Pegue um pouco de comida e se apresse!

— Onde estão meu pai e Diego? Ainda procurando por Miguel? — perguntou Yadriel, pegando um pote pequeno manchado de laranja.

Lita suspirou pesadamente, assentindo.

— *Sí*, ficaram procurando a noite toda — falou ela, gesticulando. — *Todavía, nada.*

Ainda nada?

Yadriel franziu a testa e colocou um pouco de comida no pote. Como era possível? A busca com os cachorros não descobrira nada, também? Como Miguel podia morrer no bairro deles sem ninguém ver ou saber pelo menos *alguma coisa*? Ele tinha tantas perguntas a fazer, mas Julian e Maritza estavam esperando, e Lita o enxotou novamente.

A avó passou uma colher para ele e lhe deu um sorriso cansado.

— Aqui, pronto. Agora vá para a escola e tome cuidado, entendeu?

Yadriel forçou-se a sorrir.

— Sim, Lita.

Ele deu um beijo em sua bochecha e saiu, sendo seguido pelo olhar de canto de Lita. Não viu nenhum bruxe. Talvez tivessem movido sua busca para fora do cemitério.

Maritza e Julian o esperavam no portão principal. Maritza estava apoiada em uma estátua desgastada de Nossa Senhora de Guadalupe, rolando a tela do celular, enquanto Julian andava de um lado para outro.

Quando viu Yadriel, seu sorriso brilhante fez aparecerem as covinhas das bochechas.

O estômago de Yadriel se revirou de um jeito que ele *não* gostou.

— Tudo certo? — perguntou Julian, desviando a atenção de Maritza do celular.

— Sim, vamos sair daqui logo antes que alguém nos veja — disse Yadriel, olhando furtivamente para o cemitério de novo.

— Isso! — concordou Julian. — Vamos, vamos, vamos!

Maritza abriu o portão e Julian saiu correndo como se tivesse sido solto mais cedo da prisão por bom comportamento.

— Não vai muito longe! — gritou Yadriel.

— Tá, tá, tá! — disse ele, guiando o caminho até o fim da rua.

Yadriel esfregou os olhos e Maritza alinhou seu passo ao dele.

— Uau, você está com uma cara horrível — disse ela com uma risadinha. — O que aconteceu?

— Julian aconteceu — reclamou Yadriel, observando as costas do garoto andando à frente com as mãos enfiadas nos bolsos e assobiando para si mesmo, parecendo completamente relaxado.

— Então dormir juntinhos foi bom? — Maritza riu.

— A parte de dormir foi bem pouca — murmurou Yadriel. Quando Maritza deu risadinhas, ele a encarou irritado: — Porque ele *não calava a boca*.

Ele pegou uma colherada de arroz e feijão e assoprou antes de comer. Ainda machucou sua língua, mas só um pouco.

Um Honda detonado cheio de adolescentes passou por eles, uma música reverberando de seus alto-falantes vagabundos, tão alta que cada batida do baixo fazia a placa tremer. Do outro lado da rua, uma mulher revirava o lixo reciclável, pegando as latas e garrafas de plástico.

— Quase certeza que espíritos não dormem.

— Também percebi.

Ele tinha que ter invocado o espírito mais teimoso possível, claro. Estava cansado e frustrado, e quanto mais perto da escola chegavam, mais tensão se formava em seus ombros.

— E ele não parece ser o tipo de espírito "senta aí e fica quieto" — acrescentou Maritza, olhando Julian adiante.

— Não mesmo.

Julian seguia em frente, a cabeça virando para todos os lados sempre que algo na rua chamava sua atenção. Quando ele viu uma garrafa de cerveja jogada na calçada, Julian correu até ela e balançou a perna como um jogador de futebol tentando fazer um gol. Mas seu pé atravessou direto a garrafa, fazendo-o se desequilibrar e bambear até um poste de luz. Ele bateu de costas, uma expressão surpresa em seu rosto, antes de gargalhar.

Uma risada brotou no peito de Yadriel. Julian realmente tinha zero controle de seus impulsos? Era quase fofo. Mas só quase.

Ele balançou levemente a cabeça enquanto Julian levantava e seguia caminho até o final da rua. Yadriel brincou com o pingente de São Judas ao redor de seu pescoço, considerando o garoto desenfreado mais adiante. Ele realmente parecia despreocupado. Ainda mais para alguém que descobrira estar morto havia menos de um dia. Como alguém que passava quase o tempo todo ansioso, Yadriel não conseguia entender.

Julian era um enigma.

— Aposto que ele é escorpiano — disse Maritza.

— Meu Deus, Itza, não vem com essa parada de signo de novo — resmungou Yadriel. — Esquerda! — gritou para Julian quando chegaram ao fim do quarteirão.

Julian se dirigiu para a direita.

— A *outra* esquerda!

Julian girou.

— Entendido!

— É *astrologia* e faz todo sentido do mundo! — continuou Maritza. — A energia escorpiana espalhafatosa dele está invadindo seu espaço aconchegante e seguro de câncer.

Yadriel não entendia de nada disso. O que ele queria era descobrir o que tinha acontecido com Miguel, satisfazer as demandas de Julian para que ele o deixasse libertá-lo, e ter uma noite decente de sono. Seu coração parecia um relógio, contando os segundos até o Día de Los Muertos.

— Você soube alguma coisa do Miguel? — perguntou Yadriel, mudando o assunto para algo útil.

Talvez ela tivesse ouvido notícias que Lita não soubesse ainda, embora fosse improvável. *Abuelitas*, de alguma forma, se informavam mais rápido do que adolescentes com celulares.

Infelizmente, não havia nenhuma notícia.

— Mamãe disse que meu pai levou os cachorros para tentar achar o corpo dele, mas eles só ficaram vagando pelo cemitério.

— Eu acho que faz sentido — refletiu ele. — Quer dizer, se ele estava começando o turno no cemitério, então devia estar por lá, né?

Yadriel ofereceu a colher a Maritza.

— Vegano? — perguntou ela.

Ele assentiu e ela comeu um pouco.

— Mas nós não conseguimos encontrá-lo — disse Maritza, mastigando.

O estômago de Yadriel revirou.

— Onde ele está?

Maritza passou o dedo pela argola dourada em sua orelha.

— Sem espírito. Sem *tether*. Sem sinal — murmurou ela, o olhar perdido.

— Não faz sentido — disse Yadriel.

— Você acha que Julian está envolvido de alguma forma?

A princípio, a pergunta pareceu sem sentido, mas pensando bem...

— Talvez. — Yadriel franziu a testa. — Eles morreram na mesma noite, talvez só com algumas horas de diferença.

— Pode ter alguma conexão, mas o quê?

Miguel era um homem adulto. Um homem bom que ajudava a cuidar dos pais idosos. Yadriel achava que ele nunca levara nem uma multa por excesso de velocidade com sua moto.

E ainda tinha Julian, que... Bem, Yadriel não sabia muito sobre ele, além de que se metia em muita confusão na escola. Tinha quase certeza de que Julian havia sido suspenso pelo menos uma vez por se meter em brigas, e ouvira rumores de que ele era membro de uma gangue local.

Como as mortes de Julian e Miguel podiam estar relacionadas?

Com um grunhido, Yadriel passou a mão no rosto.

— Eu não sei, mas quanto mais rápido a gente puder resolver tudo hoje, mais rápido vamos conseguir levar Julian até os amigos dele.

— Talvez eles tenham algumas respostas — acrescentou Maritza, mas não parecia muito confiante.

Mais perto da escola, as calçadas estavam mais cheias. Julian se dirigiu até um menino e uma menina encostados em um muro, conversando. Ele agitou a mão na frente deles, mas os dois continuaram a conversar, sem nem piscar. Julian riu.

Yadriel apertou a mochila nos ombros e apressou o passo.

— *Julian* — sibilou. Maritza soltou uma risada abafada. — *Ei!*

Julian finalmente se virou.

— O quê?

Yadriel gesticulou para ele se aproximar.

— Dá pra parar? Vem aqui — reclamou, tentando não chamar a atenção do casal.

Relutantemente, Julian foi.

Maritza riu.

— Você não está ajudando.

Yadriel olhou para ela enquanto Julian voltava até eles.

— Ei, ele é o *seu* fantasma.

— Eu nunca fiquei tão animado de vir pra escola — disse Julian, sorrindo ao se pôr ao lado dos dois.

— Você precisa ficar por perto — disse Yadriel seriamente. — Não quero que pensem que eu tô falando sozinho.

— Deixa comigo — respondeu Julian logo atrás dele.

Um calafrio percorreu a nuca de Yadriel. Ele tremeu.

— Não precisa ficar *tão* perto.

Julian deu um passo para trás.

— Entendi, entendi, entendi — disse Julian, balançando a cabeça em concordância enquanto se juntavam a um mar de gente se dirigindo às portas principais da escola.

Era um prédio grande de cimento, de dois andares, pintado de um tom entediante de bege. Maritza seguiu ao lado de Yadriel.

— Nós vamos dar um jeito, não se preocupe tanto — disse ela.

— Parece até que você não me conhece.

Ela riu e lhe deu um empurrão.

Andando pelos corredores, era impossível não esbarrar em alguém a cada passo. Tinha muitos estudantes e a escola era simplesmente pequena demais.

— Isso é tão estranho — disse Julian quando uma menina passou através dele.

Ela estremeceu e apertou os braços ao redor do corpo. O lado bom era que, naquela época do ano, se alguém atravessasse Julian, pensaria apenas que era o frio de fim de outubro. Embora estivesse fazendo apenas uns vinte graus, era frio o suficiente para estudantes de Los Angeles andarem em casacos felpudos e botas de couro.

Eles chegaram à sala de Maritza.

— Certo. Vocês dois se comportem — disse ela, seguindo pelo corredor. Ela sorriu por cima do ombro e acenou. — Sejam bonzinhos e aprendam alguma coisa!

Julian aproximou-se mais de Yadriel.

— Eu não preciso prestar atenção na aula de verdade, preciso?

— Não — respondeu baixinho, tentando mover a boca o mínimo possível para não atrair atenção, mas todos pareciam contentes em ignorá-lo, como sempre.

— Ótimo. Porque eu não consigo ficar sentado quieto por tanto tempo.

— *Não me diga*.

Yadriel entrou na sala para a primeira aula e Julian o seguiu.

Acabou que sentar quieto por "tanto tempo" significava cinco minutos, então Julian se levantou e começou a andar pela sala de aula. Enquanto Yadriel tentava fazer anotações sobre os ramos judiciários do governo dos Estados Unidos, Julian aproveitou o tempo encarando a janela e movendo as canetas das pessoas quando elas não estavam prestando atenção.

Em um momento, Julian se agachou na frente de um garoto e gritou com ele a plenos pulmões. Claro que o garoto nem se moveu. Yadriel, por outro lado, levou um susto tão grande que derrubou o livro didático, e todos olharam para ele. Seu rosto ardeu de vergonha.

— Des... desculpe.

Ele se apressou em pegar o livro do chão e olhou ferozmente para Julian, que havia coberto a boca com as mãos, os olhos escuros arregalados.

— Me desculpa, *sério* — disse ele, mas Yadriel conseguia ver o sorriso aparecendo pelas bordas de suas mãos e o modo como o canto de seus olhos se enrugava, além dos ombros chacoalhando com a risada presa.

Quando o sinal bateu, Maritza os encontrou atrás da ala de ciências. Era um corredor aberto que estava sempre deserto, já que metade dos estudantes saía do campus para almoçar e a outra metade ficava no refeitório. Era um bom lugar para se ter um pouco de privacidade.

E para Yadriel brigar com Julian.

— Você vai me arrumar problema!

Maritza se apoiou na parede, comendo um pacote de Doritos, seus olhos indo e vindo entre os dois.

— Não foi minha intenção! — disse Julian, gesticulando largamente, na defensiva, e tentando muito não rir.

Yadriel olhou feio para ele.

— Não tem graça!

Julian apertou os lábios, mas risada escapou pelo nariz. Yadriel se virou para Maritza:

— Dá pra me ajudar?

Maritza lambeu os farelos de Doritos de seus dedos e esfregou as mãos.

— Quer que eu o amaldiçoe agora? — perguntou ela, balançando os dedos e andando na direção de Julian.

Julian recuou.

— Ei, ei, ei!

O pânico repentino em seu rosto *foi* satisfatório, Yadriel tinha que admitir. Quando Maritza riu, Julian franziu o cenho.

— Vocês brincam demais, isso não é engraçado.

— Ah, *a gente* brinca demais? — Yadriel jogou a cabeça para trás. — Hah!

— Espera. — Julian estreitou os olhos para Maritza e inclinou a cabeça. — Você não tinha dito que não conseguia fazer magia?

— Eu disse que *não faço* magia, não que não consigo.

— Por causa da coisa de ser vegana?

— É, por causa da coisa de ser vegana.

— Pelo menos o sangue vem de produção local. A família Lopez é dona do açougue aqui perto e fornece sangue animal à comunidade — explicou Yadriel.

— Isso não melhora as coisas. — Maritza fez uma carranca.

— Por que você não usa seu próprio sangue? — perguntou Julian.

— É proibido.

Julian olhou para Yadriel.

— Por quê?

— É poderoso demais — disse ele, se recostando na parede e deixando escapar um suspiro profundo.

Julian levantou uma sobrancelha.

— E isso é um problema?

— Seria como acender velas de aniversário com querosene — tentou explicar Yadriel. — Seria forte demais. As velas acenderiam, mas o bolo pegaria fogo. Mas, nesse caso, o querosene é sua força vital, e você acabou usando toda sua energia e reserva mágica para acender umas velas de aniversário idiotas, e aí você *morre*.

— Essa foi uma péssima metáfora.

— Foi uma analogia.

Julian o ignorou.

— Podemos ir procurar meus amigos agora? Eu disse que eles não estariam no colégio.

— Eu ainda preciso fazer minha prova de matemática — repetiu Yadriel pela milésima vez.

Julian abriu a boca para reclamar, mas uma voz o interrompeu:

— Ei!

Yadriel pulou e se virou.

Patrice estava no fim do corredor, lançando a ele e Maritza um olhar curioso.

— O que vocês estão fazendo?

Ela era amiga deles, ou melhor, era amiga de Maritza. Durante o intervalo, Yadriel sempre se sentava com a prima e suas amigas, o que era um pouco estranho. Maritza tinha muito mais amigos do que ele, a maioria membros do time de futebol feminino. Yadriel costumava jogar futebol também, mas não mais.

— Ah, você sabe, só conversando — disse Maritza casualmente.

Yadriel olhou de Patrice para ela, mais uma vez se perguntando como ela conseguia permanecer tão calma e mentir tão facilmente sob pressão, quando ele sempre suava frio.

Mas Patrice só riu e balançou a cabeça.

— Ok, esquisita. — Ela sorriu antes de acenar para eles a seguirem. — Vem, nós pegamos uma das mesas de piquenique no pátio.

— Tô indo! — Maritza pegou sua mochila e a jogou nas costas, encolhendo os ombros para Yadriel.

Ele suspirou, mas seguiu a deixa. Não tinha uma boa razão para não ir, e, além disso, ignorar Julian pelos próximos vinte e cinco minutos parecia uma boa ideia.

Julian gemeu em protesto, mas os seguiu de qualquer forma.

As garotas estavam reunidas em um banco do refeitório, rindo e conversando, quando Yadriel se sentou na ponta, forçando-se a comer o sanduíche que comprara de uma das lanchonetes.

Julian se apoiou na árvore que fornecia sombra à mesa, os braços cruzados e a expressão séria, mas seus olhos escuros não paravam de percorrer a multidão de estudantes.

— *Todo mundo* vai ao luau de Halloween na praia? — perguntou Alexa ao grupo, que explodiu em uma conversa animada.

Yadriel revirou os olhos, o que só chamou a atenção de Julian.

— O quê, você não curte luaus? — perguntou ele com uma expressão divertida.

Yadriel balançou a cabeça discretamente e deu mais uma grande mordida no sanduíche de peito de peru.

— Ou você não curte festas?

O olhar sério que lançou discretamente a Julian respondeu: *as duas coisas*.

O luau de Halloween era uma tradição. Estudantes de todos os colégios próximos participavam. Era sempre um jogo de gato e rato com os policiais, por conta da música alta, da multidão e, claro, das substâncias ilegais. Uma parte isolada da praia era escolhida em cima da hora e avisada para todo mundo por mensagem.

Maritza sempre tentava convencê-lo a ir, mas Yadriel evitava como à praga. A última coisa que ele queria era passar tempo com um monte de idiotas bêbados e chapados correndo perto de fogo *e* de penhascos.

Sem mencionar que o Día de Los Muertos começava à meia-noite do Halloween, então ele tinha suas responsabilidades e tarefas com sua família, no cemitério.

Julian riu e se aproximou de Yadriel:

— Por que não estou surpreso?

— Alguma de vocês conhece Julian Diaz? — perguntou Maritza de repente, interrompendo a conversa sobre fantasias de Halloween.

Yadriel se empertigou e tentou não parecer *muito* interessado no tópico.

Enquanto isso, Julian parecia animadíssimo para ouvir o que um grupo de meninas pensava dele.

Alexa, que sempre usava compridos apliques de cabelo e tinha uma expressão azeda permanente, soltou um muxoxo de desdém:

— Ugh, conheço — disse ela, revirando os olhos. — Ele tem uma cara linda...

A arrogância no sorriso de Julian era quase insuportável.

— Mas ele é *tão* desagradável — acrescentou ela.

Julian fechou a cara.

— Sei, tá bom — bufou ele, indignado. — A parte importante é que eu sou lindo.

— Ele jogava no time masculino com aquele outro cara, o Omar, né? — disse Letti, fazendo embaixadinhas com uma bola de futebol. — Eles eram, tipo, melhores amigos, ou algo assim.

Omar? Yadriel tentou relembrar o rosto que acompanhava aquele nome, mas falhou. Lembrava-se de ver Julian pela escola, mas, por alguma razão, não conseguia recordar nenhum de seus amigos.

— Ahh, era *ele*? — disse Maritza, brincando com seu rosário de quartzo rosa.

— É, ele era muito irritante — concordou Patrice enquanto trançava uma mecha do cabelo rosa e roxo de Maritza. — Sempre zoando com tudo e chutando as bolas pro nosso lado do campo.

— Eu não fazia isso — murmurou Julian, petulante.

— Ele me acertou bem na nuca uma vez e *achou graça* — disse Alexa.

— Ok, *isso* aí eu fiz.

Yadriel tentou abafar a risada com uma tossida, mas Alexa notou e bufou indignada, empinando o nariz.

— Por que você quer saber do Julian Diaz? — perguntou Patrice.

Maritza deu de ombros.

— Yadriel estava interessado nele.

Todos os quatro pares de olhos se viraram para ele.

Calor atingiu suas bochechas.

— Hã. — Ele olhou para Maritza, buscando ajuda, mas o divertimento em seus olhos disse que ela estava adorando vê-lo sofrer.

— Nós, hã, nós estamos no mesmo grupo para um trabalho. — Ele finalmente conseguiu mentir. — E eu não sei onde encontrar ele.

— Boa sorte com isso — debochou Alexa.

Julian se irritou.

— Eu não gosto dessa garota.

— Ele, tipo, nunca vem à aula — explicou ela.

— Isso é só meio verdade. — Julian tentou se defender.

— Ele já não foi reprovado, a essa altura do campeonato?

— Ouvi dizer que ele foi mandado para o reformatório.

— Ei! — Julian tentou interromper. — Eu só fui preso uma vez, e o cara tirou todas as queixas depois que o meu irmão se ofereceu pra consertar o carro dele!

— Eu queria tentar pegar o número do Julian com um dos amigos dele — cortou Yadriel, tentando guiar a conversa para algo útil.

Letti pegou a bola e balançou a cabeça.

— Melhor você não se meter com eles — avisou ela. Diferente de Alexa, Letti parecia genuinamente preocupada.

Yadriel franziu as sobrancelhas.

— Por que não?

— Eles são, tipo, de uma gangue.

Julian travou.

— *O quê?*

Yadriel olhou para Maritza, que franziu a testa em resposta. Ele se lembrava de ouvir rumores sobre Julian e seus amigos. Remexeu-se desconfortavelmente no banco, ouvindo todos eles sendo listados. Julian estava ficando agitado, mas seria porque tudo aquilo era verdade?

— Ele e a família são da *Colômbia* — continuou Alexa, em um tom insinuante, mas quando todo mundo apenas a encarou, ela acrescentou, irritada: — Você sabe o que exportam da Colômbia, né?

— Café? — Maritza chutou, em um tom entediado.

— *Crack* — respondeu Alexa.

Julian proferiu uma lista criativa de palavrões.

— Você não quer dizer cocaína? — perguntou Patrice, direcionando um olhar desconfiado a Alexa.

— Qual é a diferença?

— Minha família por parte de mãe é colombiana, e ninguém é traficante de drogas — disse Letti.

Alexa fez um gesto desdenhoso.

— Você não conta. Eles são *garotos de rua*.

Julian fervia de raiva, e Yadriel ficou tenso.

— O irmão mais velho dele assumiu o negócio de drogas da família — continuou Alexa. — Ele comanda tudo da sua oficina.

— Rio *não é* traficante! — exclamou Julian, mas é lógico que elas não ouviram.

— É, eu não me lembro o nome dele, mas também é gato.

— Uma pena que seja um traficante que gosta de meninas novinhas.

Julian deu um passo à frente.

— Não é, não!

— É, você não devia se meter com esses caras — disse Letti a Yadriel, suas sobrancelhas delicadas franzidas em preocupação.

Julian se virou para encará-lo:

— Isso é tudo mentira! — disse, erguendo as mãos.

Yadriel lançou a ele um olhar furtivo. As coisas estavam esquentando rápido demais, mas ele não conseguia fazer nada para impedir. Julian estava ficando mais e mais estressado, e não se podia culpá-lo, mas Yadriel não queria que ele fizesse alguma besteira.

Com todos em volta, ele não podia falar algo *para* Julian na intenção de acalmá-lo.

— Eu acho que os pais dele estão na cadeia — acrescentou Patrice, batendo pensativamente o dedo na bochecha.

— Não, a mãe dele está na cadeia, *pendeja*.

— Achei que a mãe dele tivesse ido embora quando ele era, tipo, um bebê.

Julian ficou visivelmente pálido.

Ah, não. Aquilo tinha ultrapassado os limites.

— Hã... — Yadriel tentou pensar rápido em alguma coisa para mudar o rumo da conversa, mas elas estavam animadas e seguiram em frente.

— Ele virou um babaca no último ano, mais ou menos na época em que parou de jogar futebol — continuou Letti, colocando a bola de futebol entre os pés. — Sempre se metendo em brigas e fazendo bagunça nas aulas. Lembra de quando ele quebrou o nariz do Pancho na aula de biologia?

Julian pareceu sair de seu transe. Seu rosto ficou vermelho vivo em segundos. Uma corrente de vento frio levantou as folhas caídas que cobriam o chão.

— Ah, é — concordou Patrice. — Eu quase me esqueci disso!

— Isso foi porque... — começou Julian, entre dentes.

— A violência deve ser de família — disse Alexa, afastando o cabelo do ombro. — Parece que o pai dele era um matador. Ele fugiu para Los Angeles, mas o encontraram mesmo assim e o mataram no meio do...

O grito de Julian engoliu as palavras dela.

— CALA A BOCA!

Yadriel e Maritza pularam. As outras três não notaram, mas então Julian se moveu e um soluço ficou preso na garganta de Yadriel. Houve uma rajada forte de vento quando Julian chutou. Seu pé acertou a bola de futebol, que voou pelo pátio. Yadriel não viu onde ela pousou, no mar de estudantes, mas ouviu os gritos descontentes a distância.

Alexa, Letti e Patrice ofegaram, olhando em volta, procurando uma explicação para o que havia acabado de acontecer.

Julian marchou em direção ao campo, deixando uma corrente de ar frio em seu encalço.

— Que merda foi essa? — perguntou Alexa, tentando ajeitar seu cabelo bagunçado.

Yadriel pulou do banco. Maritza olhou para ele, os olhos arregalados de surpresa.

— Eu tenho que ir.

Enquanto corria atrás de Julian, ouviu Maritza falar atrás dele:

— Devem ser aqueles ventos de Santa Ana! Tá na época do ano.

— Eles são doidos! — respondeu Letti. — Uma vez derrubaram meu tio do telhado quando ele estava limpando as calhas!

Yadriel seguiu Julian até onde o asfalto encontrava o campo. Foi diminuindo o ritmo até parar ao lado do rapaz, que havia se sentado junto à arquibancada, seus braços ao redor dos joelhos e os ombros erguidos até as orelhas. Sua boca estava pressionada à dobra do cotovelo, os olhos escuros encarando o campo de futebol, ignorando Yadriel propositalmente. Pequenos sopros de vento o rodeavam, levantando folhas e algumas guimbas de cigarro.

— Você está bem? — perguntou Yadriel, gentilmente, depois de se certificar de que não havia ninguém por perto.

— Sim — resmungou Julian, sua voz abafada contra o braço.

Não foi muito convincente.

Yadriel se remexeu. Estava dolorosamente ciente do quanto era ruim em confortar pessoas.

— Você quer... conversar?

— *Não*.

Queria se aproximar e tocar o ombro de Julian, mas ele era um espírito, e sua mão iria atravessá-lo. Então ele se abaixou e se sentou na grama, pelo menos fazendo companhia, mesmo que não soubesse o que dizer. Ele brincou com um fiapo de grama, olhando para Julian pelo canto do olho.

Ele estava com uma expressão séria, linhas profundas marcando sua testa enquanto encarava o nada. De perto assim, era possível ver a gola puída de sua camisa branca. Seu cabelo era raspado de forma irregular, desleixada, como se ele tivesse feito sozinho. Yadriel conseguia ver uma cicatriz por entre o cabelo escuro atrás de sua orelha, que descia até a nuca.

Tudo que as meninas disseram sobre Julian, seus amigos e sua família retumbava na cabeça de Yadriel. Ele não sabia se acreditava que Julian fosse parte de uma gangue e um traficante de drogas, prestes a acabar na cadeia. Pensou na reação de Julian. Sua expressão e sua explosão de raiva. Claro, Yadriel mal o conhecia, mas o rapaz em sua frente não se encaixava na descrição delas. Julian dissera a ele que não tinha pais, mas isso não significava que era porque estavam presos ou tinham sido mortos pelo quartel de drogas rival. Se fossem apenas rumores... Bem, Yadriel sabia muito bem como funcionava.

E mesmo se fosse verdade, fazia diferença? Ele mudaria de ideia sobre ajudá-lo porque Julian era membro de uma gangue ou um traficante de drogas? A ideia o deixava meio nervoso, mas mesmo assim.

Naquele momento, Yadriel via Julian de verdade; era apenas um menino morto que estava preocupado com seus amigos. Ele queria se certificar de que eles estavam bem, e provavelmente só queria ir para casa.

Yadriel podia ao menos ajudá-lo com uma dessas coisas.

À distância, o sinal tocou, marcando o fim do almoço.

— Ei — disse Yadriel.

Os olhos de Julian finalmente se voltaram para o rosto dele.

— Vamos terminar as aulas e então podemos encontrar seus amigos. Tudo bem?

Julian o encarou e por um momento Yadriel teve certeza de que ele não ia reagir nem responder. Mas então Julian passou as costas da mão na boca e se levantou.

— Ok.

Yadriel se levantou também e apontou a escola com a cabeça.

— Vamos lá, a sala de matemática é por aqui.

Julian o seguiu sem protestar.

CAPÍTULO 8

O restante do dia correu sem incidentes. Julian estava estranhamente quieto, tanto que Yadriel se viu torcendo para que ele voltasse a aprontar. Sr. Costanzo, o professor de matemática, precisou alertá-lo duas vezes sobre manter os olhos na própria prova. Yadriel não parava de olhar para o fundo da sala, onde Julian estava sentado encarando o nada pela janela.

Quando o dia escolar finalmente acabou, eles encontraram Maritza e começaram a andar de volta para casa.

Julian caminhou na frente. Yadriel trocou olhares preocupados com a prima. Realmente não aguentava mais o silêncio de Julian. Era estranho. Ele odiava.

— Então, hã... — Yadriel acelerou um pouco o passo para alcançá-lo. — Seus amigos não estavam na escola, né? — disse ele, tentando puxar conversa.

— Eles estão bem — disse Julian, e sua expressão carregada deixou nítido que aquela *não era* a melhor maneira de melhorar seu ânimo. — Eles só matam muita aula, sabe? — Julian assentiu, como se estivesse tentando se convencer. — Eles estão bem.

Yadriel olhou para Maritza em busca de apoio, mas tudo que ela fez foi encolher os ombros exageradamente.

— Foi bem legal que você conseguiu chutar aquela bola de futebol — disse ele.

Julian pareceu confuso, como se tivesse se esquecido.

— Logo, logo você vai conseguir bater portas e arrastar uns móveis — disse Yadriel com uma risada forçada. — Com o Día de Los Muertos chegando, você vai estar no modo turbo de fantasma. Mas talvez seja melhor não ter mais ataques na frente de não bruxes? — acrescentou, fingindo um tom casual.

Julian voltou a sorrir, ainda que fracamente.

— É, foi mal.

Ele ainda não estava 100%, mas estava melhorando, e Yadriel considerou isso melhor do que nada.

— Talvez seja bom aproveitar a chance para melhorar seu autocontrole.

Julian riu.

— Entendido.

— Ótimo, agora que você parou de bancar o chorão... — Maritza se colocou entre eles. Julian revirou os olhos para Yadriel por cima da cabeça dela, e ele não conseguiu evitar sorrir. — A gente precisa passar na minha casa para deixar minhas coisas. Eu não posso sair correndo por Los Angeles arrastando o tijolo que é meu livro de química — disse ela, levantando a mochila nos ombros para dar ênfase.

Por sorte, a família de Maritza morava a um quarteirão de distância do cemitério, então era uma parada rápida no caminho. A casa era quadrada e amarela, com uma cerca de arame em volta. O portão tinha uma placa com os dizeres CUIDADO COM O CACHORRO, e os carros dos pais dela estavam na garagem.

— Você fica aqui — disse Maritza a Julian, apontando para a minivan cinza de sua mãe.

Julian fez um som indignado.

— Quanto tempo vai demorar?

— Só um segundo.

Ele não pareceu convencido.

— Seja discreto — pediu Yadriel. — E se alguém te olhar, provavelmente será algum bruxe, então só aja como um espírito...

Julian estreitou os olhos.

— Mas eu sou um espírito...

— Só não faça nada suspeito, tá?

Julian olhou em volta, meio perdido.

— Deixa pra lá, só... — Yadriel agitou as mãos. — Só se esconde atrás da van e a gente já volta!

Julian revirou os olhos, mas obedeceu, se agachando atrás da van empoeirada.

— Eu não sei como *isso* não parece suspeito, mas ok — murmurou ele.

— Nós já voltamos! — repetiu Yadriel, empurrando Maritza para dentro de casa.

— Cheguei! — gritou ela assim que entrou, jogando sua mochila no sofá.

— Estou aqui! — respondeu a mãe de Maritza.

Yadriel seguiu a prima até a cozinha. Tia Sofia estava de pé em frente ao fogão, mexendo uma panela cheia de um creme marrom que cheirava a doce e parecia grudento. Outra grande panela de metal estava ao lado, tampada, jorrando calor pelas bordas.

A irmã mais velha de Maritza, Paola, estava à mesa da cozinha com dois livros didáticos enormes abertos, além de um caderno. Paola estudava medicina na universidade das redondezas. Por mais sem tempo que estivesse, Paola sempre deixava seu cabelo impecável, com os cachos pretos caindo pelo rosto enquanto se inclinava sobre o caderno. Ela escrevia ferozmente, usando marca-textos e post-its coloridos.

A outra metade da mesa estava coberta de talismãs que tio Isaac estava consertando ou fabricando para vários bruxos. Tinham algumas adagas simples junto das escolhas mais elaboradas dos bruxos mais jovens. Um ruído alto, rítmico, cortou o ar. A porta aberta que dava para o quintal exibia tio Isaac parado em sua bancada de trabalho, martelando uma lâmina.

— Como foi a escola? — perguntou tia Sofia, olhando para eles enquanto acrescentava *piloncillo* na mistura. Em uma folha de papel laminado ao lado dela descansavam cubos cor de laranja de *calabaza en tacha* — doce de abóbora.

— Chata, como sempre — disse Maritza, indo até a bandeja e pegando um pedaço do doce de abóbora.

— Ai, cuidado! — avisou tia Sofia, mas era tarde demais.

Maritza deu um pulo, abanando a boca.

— *Ah, quente!* — Ela cuspiu o pedaço escaldante de doce, que caiu com um *plop* molhado em cima de um livro de Paola.

Paola ofegou, seu belo rosto contorcido de irritação.

— *Sério, Maritza?* — Ela deu um tapa na bunda de Maritza antes de pegar o doce e jogá-lo na pia.

— *Ai!* Foi sem querer! — reclamou Maritza.

— Ah, *claro* que foi! — Paola limpou o doce da página.

— Você tá levando muito a sério.

— Você é que não leva a escola a sério *o suficiente*! — rebateu Paola. — Qual é exatamente o seu plano para depois que se formar na escola, se você não consegue nem ser curandeira?

— Forjar talismãs, como nosso pai — respondeu Maritza, como se fosse óbvio.

Paola revirou os olhos.

— É claro.

— O que você quer dizer com isso?

— Você quer um pedaço, Yadriel? — perguntou tia Sofia, se virando para Yadriel com um sorriso, segurando um pedaço de doce de abóbora em sua colher de pau. Suas filhas brigavam ferozmente atrás dela.

— Não, *gracias* — disse Yadriel com um sorrisinho, apoiado na bancada.

O corte na língua o incomodara o dia inteiro, e só agora estava aliviando. Ele não queria piorar a situação de novo.

— É claro que quer! — Ela riu afetuosamente. — Aqui!

Yadriel sabia bem que não se devia negar duas vezes a oferta de comida de uma mãe latina. Cuidadosamente, ele deu uma mordida, posicionando o doce na bochecha para evitar o contato com o corte.

Tia Sofia esperava ansiosamente.

— Gostoso?

Yadriel assentiu e sorriu, porque é claro que estava gostoso. A abóbora era macia e a calda tinha a quantidade perfeita de açúcar mascavo e raspas de laranja.

— Ótimo! — Tia Sofia deu uma batidinha carinhosa em sua bochecha antes de voltar a cozinhar. — Você está animado para o Día de Los Muertos? Ai, claro que está! *Tu mamá* vai estar aqui!

Yadriel tentou devolver seu sorriso animado, mas era difícil acompanhar aquele nível de entusiasmo.

— Sim, vai ser um ano bom mesmo...

— Não briguem perto dos talismãs! — gritou tio Isaac, pausando seu trabalho por um momento.

Ele tinha aprendido o ofício com seu pai, no Haiti. Isaac coçou a barba longa, o suor escorrendo pela pele marrom-escura, depois bufou profundamente, seu peito largo enchendo.

— Alguma hora essas brigas vão virar uma luta de faca, tô até vendo — falou tio Isaac para Yadriel em uma exasperação conspiratória.

Em uma casa cheia de pessoas de pavio curto, ele era, de longe, minoria, mas nunca reclamava disso. Mesmo quando as três mulheres começavam a brigar, tio Isaac só suspirava e balançava a cabeça. Era um bom homem com muita paciência.

— Você provavelmente tem razão — concordou Yadriel, olhando os talismãs espalhados pela mesa. Ele costumava passar muito tempo assistindo ao tio Isaac trabalhar, olhando os talismãs com melancolia, desejando ter um próprio.

Agora não precisava mais desejar.

— Você vai jantar com a gente, Yads? — perguntou tio Isaac. A lâmina que ele estava forjando estalou quando ele a jogou em um balde de água.

— Eu vou fazer ta-ma-leeees! — cantarolou tia Sofia, indicando a panela fervente.

— Não, na verdade...

— E fiz *rajas con queso* pra você, Itza — disse ela, levantando a tampa da panela. O cheiro doce de *masa* invadiu o cômodo. — Espero que o queijo vegano derreta dessa vez — acrescentou ela, cutucando as palhas de milho com uma expressão desconfiada.

Tamales eram uma tradição do Día de Los Muertos, preparados em fornadas obscenamente grandes. Nos tempos antigos, eles eram banhados em sangue e oferecidos a Bahlam, o deus-onça de Xibalba.

Para a sorte de Maritza — e de todo mundo, na verdade —, não tinha mais sangue de sacrífico envolvido na receita.

— Guarda um pouquinho pra mim e eu boto no micro-ondas quando chegar em casa! — disse Maritza.

— Eu estou te fazendo tamales *do zero* e você vai *colocar no micro-ondas* mais tarde? — indignou-se Sofia, levando a mão ao peito. — E noite passada você perdeu o *diri djondjon* que seu pai fez! E ele fez até sem camarão!

— Nós temos *coisas* pra fazer, não vamos ficar para o jantar — explicou Maritza.

Tia Sofia bufou antes de acenar desdenhosamente para a filha.

— Ah, é? Que *tipo* de coisa? — perguntou Paola.

Yadriel viu pelo olhar que as irmãs trocaram que aquilo não ia terminar bem.

— Só vamos dar uma volta, enxerida! Mãe, onde está minha jaqueta corta-vento?

— Está por aí — disse ela, indicando a sala de estar.

— *Isso não ajuda!*

— Eu não acho que vocês devam ficar andando por aí sozinhos depois da escola — disse tio Isaac, sua silhueta robusta preenchendo o batente da porta enquanto ele limpava as mãos em um pano.

— Seu pai está certo — concordou tia Sofia. — É muito perigoso, ainda mais depois de Miguel... — Incapaz de completar a frase, ela se benzeu.

O estômago de Yadriel revirou.

— Ainda não encontramos nada? — perguntou ele.

Tio Isaac balançou a cabeça, sério.

— Ainda não.

Yadriel não entendia. Como aquilo era possível?

— Sem falar... — Tia Sofia levou a mão ao quadril e apontou a colher para a filha — que você ainda não provou o vestido que eu comprei para você para o seu *aquelarre*, e você disse que tiraria essas cores do cabelo antes do Día de Los Muertos!

Yadriel olhou sério para Maritza. Eles precisavam achar os amigos de Julian e encontrar respostas para satisfazer o espírito teimoso, e, principalmente, resolver tudo aquilo antes do Día de Los Muertos.

Maritza acenou, entendendo o recado.

— Ai, gente! — Ela choramingou. — Eu vou provar o vestido mais tarde, e eu *nunca disse* que ia repintar meu cabelo...

Tia Sofia abriu a boca para argumentar, mas Maritza a cortou.

— Eu disse que *pensaria nisso*, e eu pensei e decidi que não.

Yadriel apertou a ponte do nariz. Discutir com a mãe sobre vestidos e cabelos não ia deixar tia Sofia de bom humor.

— *Maritza* — ele sibilou.

A garota olhou para ele como se tivesse esquecido sua presença e a questão que estavam tratando.

— E o sol não se põe até, tipo, seis horas! — argumentou ela, voltando ao assunto. Maritza fez uma pausa por um segundo e então passou os dedos pelas lâminas na mesa de cozinha. — De repente, se nós tivéssemos umas dessas para nos defender...

— Não! — seus pais responderam juntos.

— Eles *podiam* levar os garotos... — sugeriu tio Isaac, olhando para a esposa.

Os olhos de Maritza se arregalaram.

— Pai, não...

Tia Sofia assentiu.

— Sim, *mi amor*! — Yadriel sempre gostou de como o sotaque dela transformava os R suaves em L, então soava como *mi amol*. — Boa ideia!

— *Mãe!*

Paola riu.

Maritza bufou e se virou para Yadriel:

— Vai pra casa e pega... hã... suas coisas. Te encontro lá. — Com isso, ela se virou para os pais, os punhos cerrados apoiados nos quadris. — eu não vou levar eles com a gente! eles só atrapalham! e eles são fedidos!

Yadriel saiu de fininho da cozinha antes que fosse tarde demais.

Lá fora, Julian estava exatamente onde eles o deixaram, encostado na van e parecendo entediado.

— Cadê a Maritza? — perguntou ele, olhando de volta para a casa de onde Yadriel ainda ouvia uma intensa discussão.

— Hã, ela ficou um pouco enrolada — respondeu ele. Julian pareceu achar graça. — Vamos, ela vai nos encontrar lá em casa.

Ele começou a ficar preocupado. Se os pais de Maritza serviam de parâmetro, não seria fácil escaparem de casa depois da escola. No geral, o pai de Yadriel não gostava que ele ficasse na rua depois de escurecer, mas agora? Era provável que os adultos instaurassem um toque de recolher, depois do que acontecera com Miguel, especialmente porque eles ainda não sabiam *o que* tinha acontecido. Parecia só uma questão de tempo.

Além disso, era o fim de outubro, então o sol estava se pondo mais cedo. Eles só tinham algumas horas.

Yadriel seguiu seu caminho, virando a esquina e atravessando a rua para o cemitério. Ele conferiu se estava vazio antes de atravessar o portão. Não tinha bruxes entre o portão e sua casa, embora pudesse ver algumas figuras à distância, perto das tumbas.

— Vamos logo — disse Yadriel, ficando de olho em qualquer bruxe enquanto apressava o passo. — Antes que alguém...

— Espera, Yads!

Julian esticou a mão na intenção de agarrá-lo, mas, claro, ela atravessou seu ombro, atingindo-o com um choque de frio.

No instante seguinte, Yadriel tropeçou em algo, cambaleou e caiu de costas, perdendo o fôlego. Ao seu redor, coisas quebraram. Yadriel gemeu.

Ele olhou para cima e Julian pairava sobre ele, a mão na frente da boca enquanto ria.

— Cara, você está bem?

Yadriel o encarou.

— Eu te ofereceria uma mãozinha, mas... — Julian riu de novo.

— Que ótimo que você acha minha dor engraçada — reclamou Yadriel enquanto se levantava novamente.

— Machucou alguma coisa?

— Só a dignidade.

Ele bateu a poeira das calças e virou para ver no que tinha tropeçado. Uma pilha de caixas de cerveja tinha sido derrubada e várias calêndulas estavam jogadas pelo chão. Pequenas pétalas cor de laranja por toda parte.

— Ô-ou — disse Julian, se aproximando.

— Minhas *cempasúchitl*! — exclamou Tito, aparecendo do nada. O ar em volta de seu corpo translúcido oscilava como ondas de calor. Ele olhou para suas tão amadas flores e se ajoelhou, cuidadosamente recolhendo os buquês.

— Me desculpe, Tito! — disse Yadriel. — Aqui, deixa que eu ajudo! — Ele se abaixou para pegar uma das flores, mas Tito o enxotou.

— Não! Não toque nisso! — Seu rosto redondo e bronzeado de sol estava brilhante, seus olhos indo e vindo entre Yadriel e Julian. — Encrenqueiros! — reclamou ele, balançando um dedo na direção dos dois.

— Eu sinto muito, Tito — Yadriel se encolheu; sabia o quanto Tito tinha trabalhado o ano inteiro em suas calêndulas para garantir que ficassem perfeitas no Día de Los Muertos. — Nós estávamos só, hã...

A atenção de Tito se voltou para Julian, que deu um passo atrás, encolhendo os ombros, um sorriso dolorosamente culpado em seu rosto.

— Hã, esse é o... — Yadriel se perdeu, sem saber o que dizer.

Com certeza não podia falar a *verdade*. E se Tito contasse ao seu pai que ele e um menino espírito estragaram algumas de suas calêndulas? Não precisava que seu pai ficasse desconfiado ou fazendo perguntas. Podia só mentir e dizer que Julian era um espírito novo no cemitério, certo? Isso não ia exigir muita explicação.

— Esse é... Ele só... — balbuciou Yadriel, tentando formar frases coerentes. Os olhos de Tito se estreitaram. — Ele é...

Tito levantou a mão, interrompendo-o.

— Eu não quero saber! Vão aprontar longe daqui! — explodiu ele, antes de voltar às suas calêndulas e murmurar palavras de consolo em espanhol para elas.

Yadriel não ia discutir com ele, então se virou e marchou em direção à casa com Julian em seu encalço.

— Você acha que ele vai nos dedurar? — perguntou Julian quando chegaram à porta.

— Espero que não — disse Yadriel, pulando para tentar espiar pela janela acima da porta. Não ouvia ninguém lá dentro nem qualquer movimento atrás das cortinas. — Tito geralmente cuida da própria vida.

— Mas você estragou algumas flores... — comentou Julian, balançando a cabeça em reprovação.

— Foi sem querer! — sibilou de volta. Não sentia cheiro de comida, o que era um bom sinal. Yadriel abriu a porta e colocou a cabeça para dentro. — Olá? Tem alguém em casa? — Ele aguçou os ouvidos, esperando uma resposta ou o som de passos, mas a casa estava silenciosa.

Pelo menos uma coisa estava dando certo naquele dia.

Yadriel seguiu na frente até seu quarto, fechando a porta atrás deles, e foi imediatamente até a mesa de cabeceira. Ele abriu a gaveta, pegou a camiseta enrolada e conferiu seu talismã. Ainda estava lá, intocado e escondido. Ele se sentou pesadamente na beira do colchão e apertou a adaga contra o peito, suspirando em alívio.

Seu segredo ainda estava a salvo.

— Quanto tempo vamos esperar a Maritza? — perguntou Julian, os braços cruzados, parecendo impaciente.

— O tempo de ela convencer os pais a deixarem ela sair — disse Yadriel enquanto guardava seu talismã na bainha em seu quadril. — Não se preocupe, ela sempre consegue praticamente qualquer coisa.

Julian soltou um gemido frustrado e caiu na cama ao seu lado.

Yadriel observou Julian encarando de cenho franzido o teto, esperando ver o fluxo de emoções que perpassavam seu rosto quase o tempo todo, mas naquele momento ele parecia apenas tão... cansado. Sombras escureciam a delicada pele marrom sob os olhos. Yadriel não sabia se era um truque de luz, mas ele parecia quase mais pálido. Não, "pálido" não era a palavra certa, só menos sólido? Intocável.

— Eu só quero achar meus amigos — disse Julian finalmente.

Yadriel se sentiu um pouco culpado. Julian tinha feito quase tudo que Yadriel pedira até então, mas ele ainda não cumprira sua parte do acordo. Julian estava chateado, e Yadriel queria animá-lo, mas não sabia como.

Talvez distração fosse a melhor aposta.

— Por que você não me mostra como eles são? — sugeriu Yadriel, pegando seu anuário, jogado no chão.

Geralmente, sua família não tinha grana para comprar o anuário. O segundo ano do ensino médio fora o primeiro em que seu pai comprara um, mesmo que o dinheiro estivesse curto, sem o salário de enfermeira de sua mãe. Além de ser líder dos bruxes, seu pai também trabalhava como empreiteiro para ajudar nas contas. A maioria de seus empregados eram outros bruxos, mas eles conseguiam poucos projetos, só de vez em quando. Eram as bruxas, trabalhando como médicas, doulas, enfermeiras e psicólogas, que sustentavam as casas.

Mesmo assim, seu pai dera um jeito de arranjar os cinquenta dólares do anuário. Yadriel passou os dedos pelas páginas brilhantes.

Ele olhou para Julian, esperando, mas o garoto continuou teimosamente parado por uns momentos antes de desistir e se sentar ao lado dele.

— Então, quem eu procuro? — perguntou Yadriel, passando pelas páginas.

— Flaca não vai estar aí — disse Julian. — Ela largou a escola no ano passado. Mas Rocky deve estar.

— Sobrenome?

— Ramos.

— Na nossa série?

— É.

Yadriel passou pelo R, os olhos escaneando as páginas em busca de Ramos, mas não viu nenhum menino chamado Rocky.

— Ali. — Julian pressionou o dedo na página, mas Yadriel já havia virado para a próxima. A página virou por cima do dedo dele.

Yadriel voltou para ver onde ele estava apontando.

— Essa é a Rocky — disse ele.

Rocky, ou melhor, Raquel Ramos, era uma garota bonita que usava um rabo de cavalo alto e liso. Tinha um piercing no septo e uma expressão entediada. Yadriel se lembrava dela vagamente, o que não era estranho quando se estudava em um colégio com centenas de alunos.

A boca de Julian se retorceu em um sorriso.

Yadriel olhou dele para a foto.

— Ela é bonita — disse ele, sem saber bem o porquê, e se remexeu. — É sua namorada ou algo do tipo? — perguntou Yadriel em seu melhor tom casual.

Julian riu.

— Não. — Ele se recostou, apoiado nos cotovelos. — Eu não tenho *namoradas*.

Yadriel revirou os olhos e bufou.

— Por quê? Você é tipo um mulherengo ou algo assim? Muitas mulheres para escolher só uma? — perguntou ele, meio irritado.

— Não. — O tom de Julian foi direto e firme, os olhos ainda na página. — Porque eu sou *gay*, babaca.

Yadriel hesitou. Ele... não esperava isso. Encarou Julian.

— Ah.

Sua mente acelerou para absorver a nova informação sobre o garoto ao seu lado. Julian ergueu os olhos.

— Algum problema? — perguntou ele com a expressão severa e uma sobrancelha arqueada.

— Hã... não, não, problema nenhum. — As bochechas de Yadriel esquentaram.

— E Rocky é lésbica — continuou Julian despreocupadamente. — Então a gente se equilibra.

— Sério?

Ele assentiu.

— Pessoas queer são tipo lobos — disse Julian. — A gente anda em bando.

— Eu... eu também sou. Quer dizer... — Yadriel limpou a garganta. — Eu gosto de caras. — Seu peito apertou enquanto esperava uma resposta de Julian.

Mas Julian apenas o encarou demoradamente, como se estivesse esperando Yadriel revelar algo mais interessante.

— Legal — disse ele quando Yadriel não falou mais nada. Julian indicou o anuário. — Luca Garcia.

Yadriel não sabia se ficava aliviado ou irritado pelo desinteresse.

Ele pigarreou e passou as páginas, tentando ignorar a agitação em seu peito. Roubou alguns olhares de Julian. Ele tinha dito aquilo tão... "casualmente" não era a palavra certa, mas talvez "facilmente" fosse. Sempre que Yadriel se assumia para alguém, era uma provação que ele analisava demais e adiava ao máximo. Era sempre estressante ficar esperando para ver a reação de alguém, se iam rejeitá-lo ou não, ou sequer entender o que significava quando um garoto trans revelava que era gay.

Mas não para Julian. Ele se assumira quase como um desafio. De um jeito que deixava nítido que não se importava com o que pensavam.

Era intimidador e impressionante.

Yadriel achou Luca Garcia, mas em vez de uma foto havia só um quadrado preto com as palavras "NENHUMA FOTO DISPONÍVEL" escritas em branco.

— Ah. — Julian franziu a testa para a imagem faltante. — Ele não foi nesse dia, eu esqueci. Ele estava, hã, doente — disse ele rapidamente, evitando olhar para Yadriel.

Yadriel arqueou uma sobrancelha e as bochechas de Julian ficaram vermelhas. Ele estava evidentemente mentindo, mas Yadriel não entendia o porquê. Parecia algo insignificante para se mentir a respeito.

— Vai pra do Omar — disse Julian, acenando para Yadriel virar a página. — Ele estava lá. Omar Deye.

Yadriel ficou tentado a pressioná-lo por respostas, mas em vez disso balançou a cabeça e virou as páginas até o começo dos D.

— Ele parece... — começou Yadriel.

— Um escroto? — Julian riu. — É, eu sei — disse ele em um tom afetuoso, com um sorriso no rosto.

Omar Deye estava sentado com a postura rígida em sua foto, as costas retas e queixo empinado, olhando para a câmera com superioridade. Ele era negro, usava o cabelo em um corte degradê perfeito e tinha uma expressão taciturna. Seu maxilar estava tensionado, como se estivesse pressionando os dentes.

— Ele só morde e não late — disse Julian, balançando a cabeça.

— Você quer dizer que ele late, mas não morde — corrigiu Yadriel. Um rosto familiar chamou sua atenção. — E aqui está você — disse ele, pressionando o dedo no nome *Julian Diaz*.

Ele usava a mesma jaqueta de couro com capuz. Havia um enorme sorriso em seu rosto, as covinhas aparecendo em suas bochechas e enrugando seu nariz e o canto dos olhos. Ele olhava para além da câmera e, a julgar pela silhueta um tanto borrada, estava no meio de uma risada.

Era o tipo de rosto para o qual não se conseguia evitar sorrir de volta.

— Ei, você tá rindo de mim? — acusou Julian, mas estava sorrindo também.

— Não! — Yadriel riu. — Você só tá...

— Tá, tá, tá! Vamos ver se a sua está melhor! — pediu Julian, gesticulando para que ele virasse a página.

A risada de Yadriel morreu na hora. Ele fechou o anuário com força.

— Não vamos, não.

Ele atravessou o quarto e devolveu o livro ao lugar de origem na prateleira. Julian continuou onde estava, com uma sobrancelha arqueada e uma risada nervosa, confuso pelo súbito afastamento de Yadriel.

A verdade era que Yadriel não queria mostrar sua foto do anuário porque ela não dizia *Yadriel Vélez Flores* embaixo. Sem mudar legalmente seu nome — o que demandava dinheiro e tempo —, a escola se recusara a usar seu nome de verdade, colocando para sempre seu nome morto embaixo de sua foto dolorosamente constrangedora.

Parecendo seguir a deixa, seu celular vibrou no bolso.

Estamos aqui fora.

Julian se levantou.

— Agora?

— É. — Yadriel sorriu. — Bora, vamos... — Quando ele abriu a porta, vozes e o cheiro de comida flutuaram lá de baixo. — Droga. Lita voltou.

Ele podia ouvir sua voz mais alta que a de todos, como sempre.

Julian soltou um grunhido descontente.

— Espera um pouco — disse Yadriel antes de sair pela porta.

Ele desceu cuidadosamente os primeiros degraus da escada para ver o que estava acontecendo lá embaixo. Lita estava dando ordens a três outras bruxas que carregavam caixas de suprimentos para a cozinha.

Irritado, Yadriel pegou seu celular e mandou uma mensagem para Maritza, pedindo para ela entrar e ajudar Julian a sair despercebido.

Não posso. Os meninos não podem entrar na casa, lembra?

— *Droga.* — Ele ia precisar resolver sozinho. Criar uma distração para que Julian pudesse sair pela porta sem ser notado. Yadriel voltou ao seu quarto. — Ok, nós vamos...

Julian deu um pulo. O anuário estava em seu colo e ele o fechou rapidamente com uma batida.

— O que você está fazendo? — perguntou Yadriel.

Julian piscou.

— O quê?

— O que você está...?

— Nada! — Seus olhos arregalados, além das bochechas rosadas, pareciam tão culpados que era quase cômico. — Olha! — disse Julian, apressando-se em mudar de assunto, enquanto abria e fechava a capa.

O rosto de Yadriel se franziu em confusão.

— Eu consigo pegar e mover! — disse Julian, sorrindo.

— Ok... — Yadriel chegou mais perto. — Por que você...?

Julian se levantou rapidamente da cama, jogando o anuário de lado. Uma caneta piloto caiu do colo dele.

— Maritza tá esperando pela gente, né? Vamos — disse ele, indo até a porta. — Hora de sair e achar meus amigos — disse Julian, seguindo para o corredor.

Yadriel balançou a cabeça e pegou o anuário. Antes de guardar na prateleira, ele virou as páginas até abrir na própria foto. Seu rosto o encarou de volta, sorrindo como se sentisse dor. Ele vestia o mesmo moletom preto de sempre, e seu cabelo estava em um topete cuidadoso.

Ele estava prestes a fechar quando notou.

Abaixo de sua foto, seu nome morto havia sido riscado com piloto preto. Embaixo, escrito em letras cursivas, lia-se Yadriel.

CAPÍTULO 9

— Eu posso simplesmente pular pela janela — sugeriu Julian, parando no topo das escadas, tentando pensar em um plano.

Yadriel se virou para encará-lo.

— Quê? — disse ele, olhando surpreso para Julian enquanto brincava com o pingente de São Judas.

Julian encarou a medalha, os dedos dele no mesmo ponto no próprio pescoço.

— Você não está falando sério — disse Yadriel.

Julian revirou os olhos antes de encará-lo.

— O que vai acontecer, eu morrer?

— Eu acho que o problema maior seria as pessoas verem um corpo caindo da janela.

— Então pensa você em alguma coisa!

— *Shh!* — Ele parou para escutar, mas as conversas seguiam inalteradas lá embaixo. — Embora seja tentador jogar você pela janela... — Julian abriu a boca, mas Yadriel o cortou. — Eu acho que nossa melhor chance é você sair pela porta.

— Você acabou de dizer que ninguém pode me ver...

— Isso, então vamos precisar ser discretos. — Yadriel suspirou na tentativa de se acalmar. — Eu vou até a cozinha distrair elas e você sai de fininho, ok?

Julian parecia hesitante, mas assentiu.

— Fique por perto — disse Yadriel enquanto descia lentamente as escadas. Um arrepio percorreu seu corpo, como dedos gelados em sua coluna.

A voz de Julian ecoou em seu ouvido, um ar frio contra seu pescoço:

— Você é quem manda, *patrón*.

Talvez isso fosse perto demais.

Eles desceram a escada e Julian se apertou contra a parede perto da entrada da cozinha. Yadriel olhou para ele antes de entrar no cômodo.

— Oi, Lita — cumprimentou ele, e foi recebido por uma cacofonia de ois.

Todos os olhos se viraram para Yadriel, e ele se encolheu com a atenção repentina.

Lita o puxou para a frente e Yadriel foi para o outro lado do cômodo, se colocando em um ângulo que forçasse Lita e as outras bruxas a ficarem de costas para a sala de estar.

— Você está com fome? — perguntou Lita. — Estamos fazendo tamales!

As bruxas estavam alinhadas na bancada, formando uma linha de produção de tamales. Uma delas espalhava a massa na palha de milho, a próxima colocava o recheio, a terceira fechava o bolinho e passava para Lita, que os colocava em uma panela grande para ser cozido.

— Hã... — hesitou Yadriel. Julian o olhou do canto da parede, esperando por suas instruções. Ele precisava ganhar a atenção delas.

Sabia o que fazer para isso.

— Guarda um para mim? Não estou com fome. — Todas as quatro mulheres olharam para ele. — Não estou me sentindo muito bem.

O cômodo irrompeu em um falatório desordenado enquanto todas elas se juntavam ao redor de Yadriel. Enquanto lhe perguntavam o que estava sentindo, todas tocando suas bochechas e verificando a temperatura na testa, Yadriel tentava não se contorcer.

— Eu tenho *vivaporú* na minha bolsa!

— Eu vou fazer um chazinho de camomila!

Ele deu um aceno sutil de cabeça e Julian foi até a porta.

— Tira a camisa — ordenou Lita. — Eu vou pegar um ovo!

Ela fez menção de ir até a geladeira, mas Julian só estava na metade do caminho, bem à vista.

— *Não!* — gritou Yadriel, e todos pularam, incluindo Julian.

Lita agarrou seu rosário e encarou Yadriel.

— *Não?* — repetiu ela, visivelmente ofendida.

— Eu... eu estou bem, sério.

Pegando a deixa, Julian correu até a porta e saiu.

Uma onda gelada de alívio tomou Yadriel.

— Mas... — Lita começou a argumentar.

— Sério, estou bem — disse ele, forçando um sorriso. — E estou com pressa, tenho que encontrar Maritza.

Lita franziu a testa.

— A gente tem um negócio importante da escola para fazer — acrescentou ele, sabendo que "escola" era uma desculpa segura. — Um trabalho grande.

As bruxas se viraram para Lita, que pensou um pouco, os lábios apertados. Mas depois de um momento ela assentiu.

— Tudo bem...

Yadriel correu para a porta.

— Nada de ficar por aí depois de escurecer! — falou Lita atrás dele.

— Não vamos!

— E vamos passar *vivaporú* em você quando voltar! — A voz dela ecoou enquanto Yadriel descia os degraus para a rua.

Julian o esperava na grama verde do mausoléu.

— Tudo certo? — perguntou ele, se aproximando.

— Sim, mas acho que eu me condenei a ser melecado com Vick Vaporub hoje à noite — disse Yadriel.

— Ah. — Julian riu. — A cura latina pra tudo.

— Nossa, real — concordou ele, com uma risada.

Vozes chamaram a atenção de Yadriel e ele virou a cabeça para a direita. Imediatamente reconheceu a nuca de seu pai.

— Meu pai costumava...

— Pare! — sibilou Yadriel.

Julian olhou freneticamente em volta.

— O que foi?

— Se abaixa! — Yadriel se agachou atrás de um sarcófago de pedra. Pela primeira vez, Julian obedeceu.

— O quê? — ele perguntou em um sussurro. — O que houve?

Cuidadosamente, Yadriel espiou por cima da grande lápide de pedra para ver melhor.

— É meu pai e meu irmão — murmurou.

Julian se aproximou mais, gelado contra a lateral do corpo de Yadriel, e olhou também.

Mais adiante, o pai de Yadriel e Diego estavam lado a lado. Enrique tinha o braço no ombro de Diego enquanto falavam com duas mulheres. Yadriel reconheceu a mais velha como Beatriz Cisneros. Ela tinha cabelos brancos curtos, usava um xale pesado e era evidentemente um espírito. Ao seu lado estava Sandra Cisneros, sua filha.

— Tem certeza de que está pronta? — perguntou Enrique.

— O que eles estão fazendo? — disse Julian, sua voz suave no ouvido de Yadriel.

— Eu acho que Diego vai libertar o espírito dela.

Yadriel sentiu uma pontada de inveja. Depois que um bruxo fazia quinze anos, geralmente passava mais um tempo só observando os bruxos mais velhos e aprendendo antes de ser autorizado a libertar um espírito por conta própria. Aquela seria a primeira vez de Diego.

— Sim, tenho certeza — disse Beatriz com uma risadinha afetuosa. — Eu estava com medo de deixar Sandra sozinha, mas nós conversamos. — Ela sorriu para a filha, que tentou sorrir de volta, mas seu queixo tremeu. — Ando sentindo o frio me rondando nesses últimos dias — disse ela, segurando seu xale mais apertado aos ombros. — Precisamos fazer isso agora, antes que seja tarde demais.

— Tarde demais? — A voz de Julian era um sussurro.

— Antes que ela se torne maligna — respondeu Yadriel. Ele apontou para Beatriz. — Vê como ela está apagada?

Suas cores estavam desbotadas, como se ela fosse apenas uma fotografia em preto e branco. Ver através dela era como olhar por uma janela embaçada. Os detalhes estavam levemente desfocados e ondulados.

— Na maioria das vezes, quando os espíritos começam a se perder, eles vão se apagando assim antes de se tornarem malignos. Outros pulam essa parte e só se transformam, sem aviso. — Yadriel nunca tinha visto isso acontecer, mas já ouvira outros bruxos falando a respeito.

Ele olhou de relance para Julian, que estava pálido, e ele o viu engolir em seco.

— É hora de nós duas seguirmos em frente — disse Beatriz.

Enrique concordou.

Sandra e Beatriz trocaram palavras sussurradas e Diego pegou seu talismã. Beatriz chegou mais perto, sua mão fantasmagórica afagando a bochecha da filha.

— Bobinha! Eu vou voltar para o Día de Los Muertos! Agora vamos, meu marido está me esperando.

Sandra foi até Diego e entregou a ele um rosário de contas vermelhas. Devia ter sido o talismã de Beatriz, transformado em sua ligação com o mundo dos vivos.

O pai de Yadriel apertou os ombros de Diego para encorajá-lo e disse algo em seu ouvido. Diego deu um passo à frente. Em uma das mãos ele segurava o rosário, e na outra, sua lâmina longa e curvada. A caveira dourada balançava do punho da adaga, mas sua mão estava firme.

— *Muéstreme el enlace* — disse Diego, sua voz firme e forte.

Yadriel se lembrou de como suas palavras saíram tremidas e incertas em sua tentativa frustrada de libertar Julian.

O fio dourado apareceu, correndo do rosário para o centro do peito de Beatriz.

Ela sorriu, suas bochechas formando covinhas adquiridas em várias décadas.

— *¡Te liberto a la otra vida!*

Diego cortou o ar com sua adaga. Ao passar pelo fio, Beatriz fechou os olhos. Houve uma forte luz dourada. Beatriz desapareceu em uma explosão de pétalas de calêndulas.

— Uau — suspirou Julian, os olhos escuros fixos e os lábios entreabertos à medida que as flores brilhantes caíam em cascata no chão.

A luz se apagou, até que havia apenas pétalas cor de laranja sobre o túmulo de Beatriz.

Sandra suspirou. Enrique sorriu para Diego, que sorriu de volta.

— Muito bem, meu filho — disse Enrique, puxando Diego para um abraço apertado.

A garganta de Yadriel se fechou e seus olhos arderam.

— Vamos — disse ele, levantando-se e se virando em direção ao portão. Julian o encarou com um olhar confuso, ainda agachado atrás do sarcófago. — Vamos sair daqui...

— Yadriel?

Ele parou e se virou. Seu pai o encarava, a testa franzida. Diego estava entregando o rosário de Beatriz de volta a Sandra, conversando distraidamente.

— Hã... — Ele olhou de relance para Julian, que se agachou mais ainda, tentando se esconder. — Pai. Oi.

Enrique se aproximou e Yadriel entrou em pânico, sem saber o que fazer.

Julian moveu a boca, falando sem som, e Yadriel não precisou ler seus lábios para reconhecer que era um palavrão. Ele parecia estar discutindo consigo mesmo. O rosto de Julian se franziu, e Yadriel não tinha ideia do que ele estava fazendo, até que o garoto avançou e desapareceu dentro do sarcófago.

Yadriel suspirou, encarando o ponto onde Julian desaparecera.

O pai dele parou perto do sarcófago.

— Você está saindo? — perguntou ele, olhando para a mochila de Yadriel.

— Hã, sim. — Yadriel tentou retomar o foco. — Eu e Maritza vamos dar uma volta.

O franzido na testa se aprofundou.

— Eu não acho uma boa ideia, não é seguro...

Yadriel ficou tenso.

— Vamos ficar bem. Ela está trazendo os meninos. Nós temos um trabalho da escola pra fazer — acrescentou depressa.

— Ah. — Isso pareceu acalmá-lo, mas só um pouco.

Yadriel notou que o pai estava vestindo as mesmas roupas da noite anterior. Sua camisa xadrez estava amarrotada e para fora da calça. Será que ele havia dormido desde que Miguel morrera?

— Eu preciso ir... — começou Yadriel, esperando que seu pai fosse embora.

Ele se remexeu, mas seu pai não saiu do lugar.

— Eu queria ver como você estava... — disse Enrique, deixando a frase morrer, coçando seu cabelo cheio de gel. — E pedir desculpas. — Suas pálpebras estavam pesadas de exaustão. — *Anoche*...

— Tudo bem — interrompeu Yadriel. Não queria falar sobre aquilo agora. Especialmente com Julian por perto.

E, bem, ele não sabia como era a acústica de dentro de um caixão.

— Eu não quis dizer... — Seu pai estreitou os olhos, tentando achar as palavras certas.

Yadriel engoliu em seco. Não parecia justo seu pai parecer tão incomodado e Yadriel se sentir tão mal por isso. Ele queria continuar com raiva. Tinha o direito de estar bravo, não tinha? Mas isso não o impedia de se sentir culpado. Mesmo que seu pai tivesse dito coisas estúpidas que o magoaram, ele ainda era seu pai, e não gostava de vê-lo triste.

Mas naquele momento ele precisava se livrar daquela conversa para que seu pai fosse embora.

— Olha, pai, sério, está tudo bem...

— Eu ainda tô aprendendo. — Ele deu uma risada leve e curta. — Sua *mamá* era melhor nisso. E sem ela aqui... — Ele fez uma pausa, suas sobrancelhas franzidas, o olhar perdido para além de Yadriel. — Sem ela... — recomeçou ele, mas se perdeu novamente, os olhos indo para o sarcófago.

Yadriel ficou tenso.

— *Pai* — disse ele, tentando chamar sua atenção novamente.

Enrique se recuperou, seu olhar voltando para Yadriel.

— Podemos conversar outra hora? — Yadriel se moveu pelo túmulo de pedra para ficar entre seu pai e o local onde Julian estava escondido. — Eu tô com pressa.

Enrique franziu a testa, os lábios se curvando sob o bigode.

— Mas...

— Maritza está me esperando...

— Não quis te magoar, Yadriel — sussurrou ele, fazendo Yadriel hesitar.

Ele cerrou os punhos. Um misto de culpa, raiva e vergonha pesou em seu estômago. A vergonha aqueceu e ruborizou suas bochechas enquanto ele baixava os olhos.

Yadriel se controlou para não dizer que estava tudo bem, porque não estava. Não mudava o que seu pai havia dito. Se fora um erro, seu deslize era mais revelador do que suas desculpas.

Por que ele sempre precisava desculpar as pessoas? Não queria ser compreensivo. Dessa vez, não queria ter que perdoá-lo.

As palavras de seu pai ficaram sem resposta quando as vozes de Diego e Sandra ecoaram até onde estavam.

Yadriel ouviu seu pai suspirar.

— Vamos jantar juntos hoje — disse ele. — Volte antes de escurecer, tudo bem?

— Ok.

Houve um longo momento antes de, finalmente, seu pai forçar um sorriso fraco, virar e voltar até Diego e Sandra.

Yadriel esperou, sentindo seu coração bater fora de compasso, antes de os três finalmente começarem a andar de volta para casa.

Rapidamente, ele se virou e bateu na tampa do sarcófago.

— Julian! — chamou em um sussurro tenso. — Já pode sair daí...

Julian atravessou a pedra, caindo de costas. Ele se afastou do sarcófago, resmungando enquanto sacudia os braços e as pernas.

— *Grudou em mim?* — perguntou ele.

Estava parecendo um idiota, virando o pescoço para trás para procurar teias de aranha ou restos de ossos, Yadriel não tinha certeza.

— Não tem nada em você — disse Yadriel, tentando não rir.

Julian ofegava, puxando a camisa branca. Tinha um olhar apavorado ao encarar Yadriel, seus olhos escuros parecendo aficionados.

— Puta merda. Isso foi *nojento*...

— Levanta, a gente precisa sair daqui antes que alguém nos veja — disse Yadriel, caminhando até o portão.

Julian se levantou e o seguiu, limpando os braços enquanto corria.

— Era *escuro* e *fedia* e eu encostei em alguma coisa *pegajosa*. — Julian se interrompeu com um tremor violento. — Puta merda, não sei quanto tempo aquele corpo está lá dentro, mas pelo visto não foi tempo o suficiente! — Ele fez uma careta de nojo. — Por que não podia ser só um esqueleto?

— Demora entre uns oito a doze anos para isso — explicou Yadriel enquanto passavam por um columbário.

Julian tremeu de novo, soltando o ar, oscilante. Yadriel sentiu o olhar dele sobre si quando Julian o alcançou.

— O que foi? — perguntou ele entre dentes, sentindo-se à flor da pele.

— Aquilo foi constrangedor — disse Julian, de cara.

Yadriel deixou escapar uma risada surpresa pela completa falta de filtro dele. A honestidade desmedida de Julian era indelicada, mas era um alívio não precisar lidar com fingimentos.

— É, foi mesmo — concordou Yadriel. O portão alto rangeu quando ele o abriu e passou.

Julian abriu a boca e Yadriel se preparou para um monte de perguntas, mas Maritza o salvou.

— Por que essa demora toda? — Ela estava apoiada no muro de pedra, uma das mãos no quadril, parecendo estressada. Os meninos a acompanhavam.

Julian recuou vários passos, erguendo as mãos.

— Ei, ei, ei!

Os "meninos" eram pitbulls de trinta e cinco quilos. Estavam sentados um de cada lado de Maritza, suas cabeças quadradas enormes chegando até o meio das coxas dela. Com orelhas cortadas e camisas azul-prateadas, eles pareciam mais gárgulas do que cachorros. Usavam grandes coleiras de couro, presas ao cinto na cintura de Maritza.

— Nos enrolamos — respondeu Yadriel antes de se virar para Julian. — O quê, você tem medo de cachorros?

— Isso não é *cachorro*! — declarou Julian, apontando.

Yadriel revirou os olhos e voltou-se para os animais.

— Donatello, Michelangelo! — chamou ele. Imediatamente eles abriram a boca e puseram as línguas para fora, contentes.

— Tipo *As Tartarugas Ninja*? — perguntou Julian, ainda se mantendo a uma distância segura.

— *Não* — disse Maritza, lançando a ele um olhar indignado. — Como os artistas italianos renascentistas, *pendejo*.

Ela cambaleou quando os dois cães avançaram para Yadriel. Julian ergueu as mãos.

— Eita, foi mal.

— Eu não ia nomear meus cachorros em homenagem a tartarugas de um desenho idiota — resmungou Maritza.

Donatello e Michelangelo pularam em Yadriel, deixando marcas de baba em seus jeans enquanto pediam carinho. Sempre que ele e Maritza queriam passear pela cidade depois da escola, os pais dela os obrigavam a levar os meninos. Mesmo que eles fossem gigantes gentis, eles assustavam. As pessoas ficavam longe, sempre optando por atravessar a rua do que passar por eles na calçada.

— Vocês são uns fofinhos, não são? — murmurou Yadriel. — Julian é só um *bebezão*, não é? — Ele olhou para Julian, que bufou em resposta, mas não se aproximou.

Maritza riu.

— Não é como se eles pudessem te morder — comentou Yadriel. — De qualquer forma, eles não conseguem nem ver você.

Ele se endireitou antes que os cachorros o derrubassem em sua animação.

— Não mesmo?

Cautelosamente, Julian se aproximou. Ele moveu a mão na frente do rosto de Donatello para conferir. Por um momento, o cachorro enorme cheirou o ar, mas voltou a lamber o joelho de Yadriel.

— Por que seu gato consegue, mas eles, não?

Yadriel olhou para os cachorros.

Michelangelo tremia inteiro de empolgação, tanto que seu rabo batia na própria cara. Donatello, o maior dos dois, estava sentado, os olhos entreabertos, ofegando e babando alegremente em Yadriel.

— *Por isso.* — Yadriel sorriu.

Julian gargalhou, seus ombros relaxando e retornando à postura despreocupada de sempre.

— Não gostei da insinuação. — Maritza bufou, indignada, tirando Michelangelo do caminho com o quadril. — Meu pai resgatou os dois ainda filhotes, de um cara suspeito que os estava vendendo na frente de um supermercado. Está vendo as orelhas deles? — Ela passou o polegar pelo pouco que sobrara da orelha direita de Donatello. — Isso se chama corte de batalha. As pessoas fazem isso quando estão criando pitbulls para rinhas de cachorros — explicou ela. — Assim não tem nada para o oponente arrancar numa luta.

— É a mesma razão pela qual eu uso meu cabelo curto — disse Julian casualmente, passando a mão em seu cabelo escuro e raspado.

Yadriel o encarou. Ele estava falando sério? Ele olhou para aquela cicatriz curvada atrás de sua orelha.

— Era para eles terem sido treinados como cachorros de busca, do tipo que usamos para procurar *elos* — disse Yadriel. — Mas não passaram no teste.

— Mas eu amo os dois do mesmo jeito — disse Maritza, beijando o topo da cabeça enorme deles.

— Só falta uma ruiva de botinhas pra gente ser a turma do Scooby-Doo — disse Julian, contente.

— Você tá dizendo que eu sou a *Velma*? — perguntou Maritza. — Eu sou o Fred!

— Obviamente, eu sou o Fred — disse Julian, como se não a tivesse ouvido.

Maritza bufou e eles seguiram discutindo sobre quem era mais Fred. Yadriel balançou a cabeça.

— Ei! — Ele precisou estalar os dedos para que calassem a boca e olhassem para ele. — Então, aonde vamos? Onde seus amigos costumam ficar?

— Um monte de lugares. — Julian pensou por um momento. — Mas se eles estiverem tentando não chamar atenção... — A frase morreu, como se ele não gostasse da resposta que a acompanhava. Julian balançou a cabeça levemente. — Tem uma passagem subterrânea embaixo dos trilhos de trem onde a gente costuma ficar. Vamos tentar lá primeiro.

— Dá para ir a pé? — perguntou Yadriel. — A gente não pode pegar o ônibus com esses dois.

— Dá, a gente não tem esses bilhetes chiques de ônibus.

"Chique" seria a última palavra que Yadriel usaria para descrever o cartão furreca que seus pais compraram com desconto de estudante para ele.

— A gente vai a pé para todo lugar. Ou de skate. — Como se tivesse acabado de se lembrar, ele acrescentou: — Cara, espero que eles tenham encontrado meu skate.

Maritza lançou a Yadriel um olhar crítico, mas ele apenas encolheu os ombros em resposta.

— Ei, seu aniversário é mês que vem? — perguntou ela a Julian.

Ele hesitou.

— É, no dia 13. Espera, como você...?

Maritza fez uma expressão arrogante.

— Viu? — Ela lançou a Yadriel um olhar de sabedoria. — Eu falei.

Então se virou e começou a andar na direção dos trilhos. Donatello e Michelangelo abriam caminho como uma barreira de guarda-costas.

— Mas como você...? — Ele se virou para Yadriel: — Como ela sabia disso?

— Chame de intuição de bruxa! — disse Maritza por cima do ombro.

Yadriel não conseguiu evitar rir enquanto corria para alcançá-la. Julian os seguiu, exigindo respostas.

CAPÍTULO 10

Quanto mais se afastavam de casa, mais inseguro Yadriel ficava sobre aquele plano. O trânsito da tarde mantinha as ruas cheias, e o ar, repleto de sons de buzinas, sirenes e caixas de som brigando pela dominância. Mas à medida que seguiam os trilhos do trem, as estradas principais começaram a se desobstruir, até que os ruídos do trânsito fossem apenas um zumbido a distância. Trilhos vazios se estendiam diante deles.

O caminho estava cheio de garrafas quebradas, pacotes de fast-food e guimbas de cigarro. Donatello e Michelangelo se divertiam cheirando o lixo e Maritza tentava, em vão, impedi-los.

Um homem de jaqueta preta larga, com as mãos enfiadas no bolso, começou a andar em direção a eles, mas, quando viu Donatello e Michelangelo, atravessou a rua e os encarou intensamente enquanto eles passavam.

— Se formos assaltados ou sequestrados por uma gangue, eu vou ficar bolada — disse Maritza.

Yadriel riu, mas isso não aliviou a tensão em seus ombros.

— Anotado.

Julian parecia indiferente à tarde abafada. A luz dourada que atravessava o céu e se espalhava contra os muros dos edifícios não o tocava. Em vez disso, ele estava lavado em azul-baço, a cor do crepúsculo.

Julian acelerou o passo até que Maritza e Yadriel tivessem que correr para acompanhá-lo. Donatello e Michelangelo trotavam, suas enormes patas batendo contra o pavimento.

— A gente tá perto? — perguntou Yadriel.

— É logo ali na frente!

Yadriel enfiou o colar de Julian para dentro da camisa. Não queria ter que pensar em uma explicação se os amigos dele notassem.

— Aqui, aqui, aqui! — Julian acenou freneticamente para eles enquanto corria para o lance de escadas que guiava a descida dos trilhos.

— Espera! — gritou Yadriel atrás dele, sendo dominado pelo pânico enquanto seguia Julian.

Por sorte, Julian parou no topo da escada, mas estava pronto para descer, uma das mãos já no corrimão.

— O que foi? — perguntou ele.

— Qual é o plano? — disse Yadriel, as mãos inquietas.

— Plano? — repetiu Julian, fazendo uma expressão confusa.

— É, tipo, o que a gente fala pra eles?

Julian gesticulou casualmente:

— Nada, eu só quero saber se eles estão bem!

— Hã. — Maritza se juntou a Yadriel. — A gente não pode chegar ao esconderijo dos seus amigos e ficar, tipo, "Oi, só vim ver se vocês estão bem!", e ir embora — disse ela.

Yadriel assentiu às pressas. Ficou muito grato de ter outra voz da razão ao seu lado.

Julian resmungou, como se planejar fosse um enorme inconveniente.

— Eu te digo o que falar na hora!

— Espera, tipo *Cyrano de Bergerac*? — perguntou Yadriel com um riso sarcástico.

Julian pareceu confuso.

— Hã... é.

— Você nem sabe quem é, né? — perguntou Maritza.

Julian bufou.

— Sei!

Ele definitivamente estava mentindo.

— Esse plano não funcionou muito bem pra ele, então não acho que vai funcionar pra gente — argumentou Yadriel, mas Julian já não estava prestando atenção.

— Blá-blá-blá! Vai dar tudo certo! — insistiu ele, já virado para as escadas, se remexendo. — Bora, eles estão logo ali!

— *Julian* — sibilou Yadriel, mas era tarde demais.

Julian já estava na metade da escada quando Yadriel o alcançou. Desceu o mais rápido que pôde, tropeçando apenas uma vez quando seu calcanhar raspou em um degrau irregular. Na base das escadas, ele virou a esquina para encontrá-lo no túnel de concreto sob os trilhos. Grama crescia pelo pavimento rachado e água escorria pelas grandes pilastras. O chão se inclinava para cima nas duas pontas, encontrando a parede do arco.

— Graças a *Deus*. — Julian soltou o ar, um sorriso iluminando seu rosto.

Um pequeno grupo de pessoas estava no meio de um monte de coisas. Uma barraca surrada com espaço para duas pessoas, remendada com fita adesiva. Galões parcialmente cheios de água. Algo que parecia uma lona, e alguns outros itens.

Uma parede inteira fora coberta com tinta spray. Não era um mural, e certamente nada feito por um artista de rua como Banksy, mas havia alguns rabiscos coloridos e um monte de palavras, algumas em inglês, algumas em espanhol, e outras em um idioma completamente desconhecido. Uma grande caveira fora grafitada em tons néon roxo, rosa e azul. A maioria de seus dentes estava faltando, mas os que restaram eram tortos e dourados. Abaixo, em letras pretas e inclinadas, estava escrito *Hay niñas con pene, niños con vulva y transfóbicos sin dientes*. No canto inferior, lia-se *St. J*.

Yadriel reconheceu a caligrafia. Um sorriso surgiu no canto de seus lábios.

Um sofá floral surrado estava encostado contra a parede. Uma menina estava sentada no descanso de braço, com os pés plantados no assento. Yadriel reconheceu o rabo de cavalo alto e o piercing no nariz; era a amiga de Julian, Rocky. Com um skate nas coxas, ela encarava seriamente o menino sentado em uma bicicleta baixa, segurando o guidão alto. O cabelo dele era raspado nos lados com pequenos dreads no topo. O queixo de Omar estava tão tenso quanto Yadriel tinha visto na foto do anuário.

Perto de Rocky, havia uma menina magra afundada no canto do sofá, os braços cruzados no peito. Tinha um cabelo volumoso e escuro, o rosto de uma surpermodelo e um nariz curvo. Suas sobrancelhas eram desenhadas com uma precisão experiente e suas unhas estavam pintadas de um tom de roxo. Yadriel a reconheceu; já tinha visto aquela garota antes, só não a conhecia como Flaca.

— Oi, *pendejos*! — chamou Julian, sorrindo de orelha a orelha.

Os três nem se mexeram.

— EI!

— Eles não conseguem te ouvir, lembra? — sussurrou Yadriel. Conseguia ouvir Maritza tentando descer as escadas com Donatello e Michelangelo.

— Ah. — Julian franziu a testa. — Espera, cadê o Luca? — disse ele para si mesmo, e depois para Yadriel, com mais urgência. — Cadê o Luca?

Yadriel mal teve tempo de encolher os ombros antes de Julian sair marchando em direção aos seus amigos.

— Luca! — gritou ele, a onda de pânico em sua voz era tão forte que fez Yadriel ter uma injeção de adrenalina.

— Eu te disse — sibilou Yadriel, avançando, mas sua mão atravessou as costas de Julian, fazendo gelo correr pelas veias do seu braço. — Eles não... — Mas ele falou alto demais.

Todos os três pares de olhos se viraram para Yadriel, que congelou, parado na ponta dos pés.

Flaca se ajeitou no sofá e o encarou, confusa. O olhar dela foi de surpresa para reconhecimento e curiosidade. Já Rocky parecia indiferente, e Omar só pareceu bem irritado.

— O lugar já está ocupado — falou Omar.

— Pergunta a ele onde está o Luca — pediu Julian.

— Hã... — foi a resposta genial de Yadriel.

Foi então que uma quarta pessoa espreitou na borda da pilastra ao redor da qual estavam todos reunidos. Um par de olhos grandes sob uma faixa de cabelos castanho-dourados.

— Luca! — Os ombros de Julian relaxaram. Uma risada meio histérica saiu de seus lábios.

Luca saiu de trás da pilastra e olhou para Yadriel por cima do ombro de Omar. Ele era baixo e vestia um suéter verde-oliva grande demais. As mangas praticamente engoliam suas mãos. Seu cabelo ondulado emoldurava o rosto, cacheando perto das orelhas. Tinha uma mancha preta em seu nariz e um skate coberto de adesivos embaixo do braço.

— Quem é esse? — perguntou Luca.

— Você não tá me ouvindo, não? — Omar saiu da bicicleta, ficando em pé. — Eu *disse*...

— *Jesus!* — Uma Maritza descontente virou a esquina, puxada por Donatello e Michelangelo, que ofegavam. — Eu quase *caí de bunda* naquelas escadas! — anunciou ela, esfregando o traseiro. — Muito obrigada. — Ela olhou feio para os cachorros.

Donatello alegremente bateu na própria cara com o rabo enquanto Michelangelo encarava Maritza de volta, sua língua pingando baba.

Os quatro amigos de Julian moveram-se ao mesmo tempo. Flaca se afundou mais no sofá enquanto Rocky se pôs de pé, protegendo o território mesmo com o pânico nítido em seus olhos enquanto encarava os cachorros e Omar.

Maritza afastou o cabelo rosa e roxo do rosto e ergueu os olhos, finalmente notando que não estavam sozinhos.

— Ah, oi — disse ela, acenando.

Omar deu um passo para trás e Luca desapareceu atrás dele.

— O que vocês querem? — perguntou ele, os ombros empertigados e o peito inflado.

Eles estavam começando com o pé esquerdo.

É claro, Julian não estava sendo de muita ajuda.

— Meu skate!

Ele foi até um skate de aparência muito desgastada, encostado no braço do sofá. Tinha rachaduras e bordas escoriadas. No verso, o nome de Julian estava escrito em grandes letras verde-néon. O skate estava coberto de adesivos, a maioria dos quais havia sido quase raspada, mas Yadriel reconheceu um de São Judas.

Julian olhou o sofá e a barraca.

— Eles estão dormindo aqui de novo? — falou para si mesmo, antes de virar para os amigos.

— Nós não queremos nada — disse Maritza, fazendo sua melhor expressão despreocupada. — A gente só estava de passagem. — Ela olhou para Julian. — Parece que tá todo mundo aqui, então nós vamos...

Yadriel grunhiu em pensamento.

— Do que você tá falando? — perguntou Flaca, e voltou a atenção para Yadriel. Seus lábios se abriram. — Eu conheço você da escola.

O rosto de Yadriel esquentou.

— Hã, é, eu acho que sim — respondeu, mesmo que ele *com certeza* a conhecesse.

— Vocês se conhecem? — perguntou Julian, olhando de um para o outro.

Flaca foi a primeira pessoa abertamente trans que ele conheceu. Os dois tinham algumas aulas juntos e até fizeram um trabalho de história em dupla. Yadriel se lembrava da primeira vez que Flaca usou uma saia na escola e de como ele ficou encarando. Achou o gesto incrivelmente corajoso e, ao mesmo tempo, aterrorizante.

Flaca era assumidamente ela mesma. Ele estava sentado ao lado dela na aula certo dia quando ela foi expulsa de sala pelo professor e mandada para a diretoria. Enquanto os outros estudantes a vaiavam e comemoravam a expulsão, Flaca se levantou de sua carteira e saiu com o queixo erguido, sem olhar para ninguém.

Era daí que ele reconhecia Rocky, também. Ele a havia visto fazer guarda do lado de fora da cabine enquanto Flaca usava o banheiro feminino, lançando um olhar desafiador para qualquer um que sequer olhasse para Flaca da maneira errada. Mais de uma vez, ele vira Rocky seguir os professores pelo corredor, gritando com eles enquanto escoltavam Flaca até a diretoria. Toda vez, Flaca mantinha o queixo erguido, caminhando com toda a confiança.

Foi ver Flaca, sua bravura, que encorajou Yadriel a usar um binder na escola pela primeira vez. Ninguém pareceu notar, mas quando ele se sentou ao lado de Flaca, ela o olhou de cima a baixo, sorriu e disse:

— Ficou ótimo.

O rosto de Yadriel ardera de vergonha, mas Flaca deixara por isso mesmo.

Quando ela parou de aparecer na escola, na metade do ano anterior, Yadriel notou.

Agora, Flaca o encarava novamente.

— Qual é seu nome? — perguntou ela.

Era uma pergunta simples, mas fez o peito de Yadriel se apertar, como se o binder estivesse espremendo o ar de seus pulmões.

— Seu nome *de verdade* — corrigiu Flaca.

A tensão estourou como uma bexiga.

— Yadriel — disse ele, aliviado.

Flaca sorriu.

— Bem melhor.

Yadriel sorriu de volta.

— Quem é você? — quis saber Omar, chamando a atenção de Yadriel de volta à questão. Ainda tinha três pessoas olhando-o com desconfiança.

Yadriel hesitou, sem saber como responder. Olhou para Julian.

— Ah — disse ele, como se estivesse se lembrando subitamente da sua tarefa. — Fala que você é meu amigo.

Yadriel tentou responder o mais rápido possível, mas a pausa enquanto esperava as instruções de Julian foi longa e constrangedora.

— Nós somos amigos do Julian — repetiu Yadriel.

— Não são, nada — rebateu Rocky.

Ela apertou o skate que segurava. Não estava exatamente brandindo-o, mas Yadriel não tinha dúvidas de que ela já o havia usado como arma antes, e não hesitaria em usá-lo novamente.

Maritza olhou para Yadriel.

— Isso não tá indo muito bem — observou Julian, de fora.

Não ajudou muito.

— Tem razão, estamos mais para colegas — disse Yadriel. Ninguém pareceu exatamente convencido. Era melhor ir embora antes que algo ruim acontecesse. Mesmo que eles fossem amigos de Julian, Yadriel não os conhecia. — Desculpa, a gente não quis incomodar, só achamos que ele estava aqui. — Ele recuou para a escada. Flaca o observou cuidadosa e calculadamente. — Mas é óbvio que ele não está, então a gente...

— Espera! — Luca saiu de trás de Omar. — Vocês viram o Jules? — Sua voz soou esperançosa. Luca falava com o queixo para baixo, olhando para eles sob a franja. A gola larga do seu suéter escorregou por sua clavícula.

— *Luca* — avisou Omar, segurando o braço do menino menor.

Yadriel olhou para Julian, buscando instruções.

— Não, você não viu — disse ele, balançando com força a cabeça.

— Não, não vimos — ecoou Yadriel.

Os ombros de Luca murcharam.

— A gente também não. Não desde a noite passada...

Omar deu um puxão nele.

— A gente não conhece eles... — sibilou Omar, mas Luca saiu de seu aperto com habilidade, e seu recuo súbito fez Omar bambear.

— Nós estamos procurando por ele.

Julian ficou tenso.

— Meu Deus, Luca.

Ele se aproximou do amigo, fazendo o movimento de pegar seu queixo, mas parou, provavelmente lembrando que não conseguiria tocá-lo.

Yadriel prestou mais atenção no menino, sem saber o que Julian tinha visto para ficar tão chateado. Mas então percebeu.

A mancha na ponte do nariz dele não era sujeira, mas um hematoma. Tinha um corte vermelho no canto da sua boca. E seu lábio inferior estava inchado?

— Ele está desaparecido — disse Flaca, finalmente.

Luca assentiu enquanto Rocky se remexia, baixando os olhos.

— *¡Cállate, Flaca!* — avisou Omar.

Flaca o ignorou, fazendo um gesto irritado.

Por um momento, o fingimento e a postura defensiva sumiram. Eles eram apenas quatro adolescentes preocupados com seu melhor amigo. Yadriel liberou um pouco da tensão que estava segurando. Não tinha nenhum vestígio de drogas, nenhuma arma à vista. Era *ele* quem tinha uma adaga na cintura.

Se eles achavam que Julian estava apenas desaparecido...

— O que aconteceu?

Flaca falou primeiro.

— Ele foi atacado no parque.

— Nós nem conhecemos eles! — disse Omar, ainda tentando manter segredo, mas era óbvio que havia perdido o controle da situação. A preocupação com Julian pesava mais do que qualquer coisa.

— Eu fui atacado — corrigiu Luca. Os ombros dele estavam caídos. — Jules tentou impedir os caras. Estava escuro, ele nos disse pra correr, então a gente se espalhou. — Ele torceu as mangas entre os dedos. — Não conseguimos encontrá-lo.

Aquilo não era bom. Não havia pistas de por onde começar. Se eles pensavam que Julian estava desaparecido, significava que não tinham encontrado seu corpo. E isso também queria dizer...

— Eles não sabem que eu morri.

Julian ficou parado, as mãos abaixadas. Ele encarou Luca, e sua expressão, as sobrancelhas franzidas e a linha firme de seus lábios fizeram Yadriel sentir um aperto no coração.

— Quando nos encontramos de novo, Julian não estava lá, então começamos a procurar por ele, mas o cara sumiu sem deixar pistas — explicou Luca.

Sumiu sem deixar pistas.

Yadriel pensava rápido, encaixando as peças. Julian morrera na noite anterior. Ele fora atacado na noite anterior, e, quando seus amigos tentaram encontrá-lo, ele tinha desaparecido. Não havia sinal do seu corpo.

Igualzinho a Miguel.

— Vocês falaram com Rodrigo? — perguntou Luca, um toque de esperança na voz.

Julian ficou tenso, mas Yadriel evitou olhar para ele, ainda sob a vigilância de Omar.

— Meu irmão — disse Julian, sério.

— Não, não falamos — respondeu Yadriel.

Flaca suspirou.

— Rio provavelmente também acha que Julian fugiu. Eles brigaram *feio* uns dias atrás e Jules não tinha voltado pra casa ainda.

— *Isso não é da conta deles* — sibilou Omar.

A aproximação estrondosa de um trem encheu os ouvidos de Yadriel. Enquanto passava acima deles, as rodas estalavam alto, cortando no ar e cheirando a diesel. Rocky, Flaca e Omar pareciam estar discutindo, suas vozes abafadas pela passagem do trem. Luca apenas se encolheu, tapando os ouvidos.

Donatello e Michelangelo repuxavam a coleira, e Maritza ajoelhou, afagando-os para acalmá-los.

Naquela comoção toda, Yadriel ousou olhar para Julian. Ele encarava o chão, as mãos fechadas em punhos. O vento sacudia sua jaqueta e repuxava sua camisa branca.

Quando o trem terminou de passar, Omar parecia insatisfeito, mas estava de boca fechada.

— Alguém precisa ir contar ao Rio o que aconteceu — disse Luca. — Mas... — Ele se interrompeu.

Todos pareciam envergonhados, até Omar.

— A casa deles é perto do Belvedere — contou Flaca. — E nós estamos assustados demais pra voltar...

Yadriel suspirou mentalmente. Não podia culpá-los por ter medo, certo? Mas, ao mesmo tempo, estava frustrado. Conhecendo Julian, provavelmente não havia nada assustador o suficiente para impedi-lo de ir conferir se seus amigos estavam bem. Mas também... Nem todos eram destemidos como Julian Diaz. Nem mesmo seus melhores amigos.

Quase perguntou por que eles não haviam ligado ou mandado uma mensagem para Rio, mas se conteve. Obviamente, se eles não tinham feito isso ainda, era porque não *tinham* celulares para ligar ou mandar mensagem para ele.

— Vocês contaram à polícia? — perguntou Maritza.

A risada de Omar foi cortante como uma faca e escura como carvão.

— Eles não quiseram nem ouvir — disse Flaca. — Nós abrimos um B.O. hoje cedo, quando Julian não apareceu, mas não conseguimos nem dar uma descrição do cara que atacou ele. Estava escuro demais para ver qualquer coisa.

— Eu também não me lembro — confirmou Julian em um resmungo.

Por que será que o irmão de Julian o deixava tão abalado?

Quando Yadriel encarou Julian, Omar estreitou os olhos, tentando identificar o que Yadriel estava olhando.

— Eles nem mandaram um alerta de pessoa desaparecida — continuou Flaca.

— O quê? — Yadriel balançou a cabeça. — Por que não?

— Porque ele é um garoto latino e órfão que mora no leste de Los Angeles — disse Omar, irritado.

— Concluíram que ele fugiu — explicou Rocky. — Quando uma criança desaparece, eles presumem que ela está em perigo, então mandam alertas, a mídia dá atenção ao caso e a polícia procura e pergunta por aí. Mas e se foi alguém que fugiu de casa? — Ela balançou a cabeça. — Nada.

— Nós podemos tentar falar com ele... — sugeriu Yadriel.

Julian correu até ele.

— Não!

Yadriel olhou para Julian por instinto. Tentou desviar os olhos rapidamente, mas Omar o encarava com atenção.

— Ele pode saber de alguma coisa.

— Eu disse *NÃO!* — gritou Julian, tão alto que ele e Maritza se sobressaltaram, sendo atingidos no rosto por uma brisa gelada.

Suas atenções se voltaram para Julian, que tinha o maxilar retesado, as narinas dilatadas e o corpo rígido enquanto os encarava. Sua silhueta piscava.

Flaca, Luca e Rocky olharam em volta, procurando o que os dois estavam encarando, e trocaram olhares confusos.

Mas Omar estava focado em Yadriel.

— O que foi? — perguntou ele.

Yadriel o encarou.

— O que foi o quê?

— O que você tá olhando?

— Nada — disse Yadriel, rápido demais. Estava começando a suar.

— A gente só quer encontrar o Julian e saber se ele está bem — disse Rocky, segurando o skate contra o peito. — Não queremos que ele desapareça para sempre.

— Como os outros — acrescentou Luca, infeliz.

Yadriel franziu a testa.

— Os outros? Como assim?

— Alguns meninos de rua desapareceram... Já foram três, né? — Rocky olhou para Flaca em busca de confirmação, e a amiga assentiu.

— *Três* crianças desaparecidas? — repetiu Maritza.

Luca apertou as mãos contra os olhos. Yadriel teve um vislumbre de seu queixo tremendo antes de Omar se colocar na frente dele, bloqueando Luca de vista.

— Isso não é nenhuma novidade — insistiu Omar. — Adolescentes somem o tempo todo, mas ninguém nota, porque eles já estão vivendo nas ruas, ou foram expulsos de casa.

Flaca se retraiu.

— É, mas todos eles desapareceram na mesma área, perto do Belvedere, e todos foram considerados fugitivos — disse Flaca. Suas unhas afundaram na curva do cotovelo. — A pessoa que os pegou provavelmente pegou Jules também.

— Eles estão se preocupando demais comigo e de menos com eles — disse Julian, se aproximando do grupo. — Eles precisam ir pra algum lugar mais seguro do que *aqui*.

— Tem algum lugar mais seguro onde vocês possam ficar? — perguntou Yadriel.

— Geralmente, quando as coisas ficam feias, Rio deixa a gente ficar lá — disse Flaca em uma voz baixa e infeliz.

— Tem que ter outro lugar! — explodiu Julian, sua paciência mais uma vez acabando.

— Não tem outro lugar onde vocês possam ficar? — tentou Yadriel.

— Nem todo mundo tem uma casa pra voltar quando estão com problemas — falou Omar, como se pensasse que Yadriel estava se gabando.

Isso pegou Yadriel de surpresa.

— Tem que ter alguém — disse ele, balançando a cabeça. — E seus pais? Suas famílias?

— *Somos só nós* — respondeu Omar, indicando a si e a seus amigos. — Nós cuidamos *uns dos outros*.

Ele se empertigou, a teimosia evidente no rosto.

— Sangue da aliança — disse Omar, erguendo as mãos.

Julian suspirou e disse em um tom derrotado:

— É mais grosso que água do último.

— É mais grosso que água do último — repetiu Yadriel, no automático.

Então ele franziu a testa e olhou para Julian, mal conseguindo se impedir de corrigi-lo em mais um ditado errado. Yadriel estava tão distraído que nem notou que Luca, Flaca, Rocky e Omar o encaravam.

— *O quê?* — sibilou Omar.

Yadriel deu um pulo, voltando a atenção para eles. Suas expressões estavam em graus variados de choque e confusão.

— O quê?

— O que você falou? — perguntou Flaca, encarando-o como se tivesse visto um fantasma.

— Hã... — Yadriel tentou pensar rápido em uma resposta coerente. — Sangue da aliança é mais grosso que água do útero.

— Não, você disse *do último* — insistiu Rocky.

— Disse? — Uma risada nervosa escapou de sua garganta.

— *Merda*, você não devia ter dito isso! — reclamou Julian.

Yadriel olhou irritado para ele. Não tinha feito de propósito.

— Para o que você fica olhando? — perguntou Omar.

Yadriel recuou.

— Eu... hã...

— Jules sempre falava assim — disse Luca, confuso.

— Como você sabia o que dizer? — pressionou Omar.

— Não responde! — gritou Julian, seu corpo inteiro tremeluzindo como um raio por trás de nuvens tempestuosas.

Yadriel não pôde deixar de olhar na direção dele quando a voz de Julian ecoou em seus ouvidos de forma tão aguda. Queria dizer que obviamente não ia dizer a eles. Yadriel não ia tirar Julian do armário como "morto" se ele não quisesse, e com certeza não ia tirar a si mesmo do armário como capaz de ver espíritos...

— EI!

Os olhos de Yadriel voltaram para Omar.

— Olha para mim quando estiver falando com você! — Omar deu outro passo à frente.

Donatello e Michelangelo imediatamente baixaram a cabeça, rosnados ecoando de seus peitos. Eles mostraram os dentes em um esgar alerta.

— *Yads* — disse Maritza, os olhos arregalados enquanto segurava mais forte as coleiras.

— Não conte para eles! — repetiu Julian, bravo.

Tinha muita gente falando ao mesmo tempo. Era desnorteante. O pânico travou sua garganta.

Flaca e Rocky recuaram. Omar puxou Luca para trás de si.

Yadriel ficou vermelho sob o escrutínio dos outros.

Não queria assustá-los, só estava tentando ajudar, e os cachorros só queriam proteger ele e Maritza. Aquilo estava saindo de controle rápido demais.

— *Como você sabia o que dizer?* — gritou Omar.

Maritza tentou puxar os cachorros.

Flaca segurou o braço de Omar.

Yadriel se atrapalhou, tentando dizer *qualquer coisa* para encobrir seu erro.

— Eu... ele...

— ME ESCUTA! — berrou Julian.

Ele pegou seu skate do sofá e o ergueu acima da cabeça com as duas mãos antes de bater com ele no chão. A madeira explodiu como um raio contra o pavimento, ecoando pelo túnel e pelos ossos de Yadriel.

Todos pularam de susto. Donatello e Michelangelo ganiram, assustados, enquanto Maritza tentava recuperar o controle e não ser derrubada.

O skate pousou de cabeça para baixo, as rodas girando.

Julian passou correndo pelo grupo e subiu as escadas, uma onda de vento frio o seguindo e fazendo lixo esvoaçar contra o rosto de Yadriel.

Ele ficou parado por um momento, perplexo. Omar, Flaca, Rocky e Luca tinham se amontoado e o encaravam de boca aberta.

Um calor tomou o rosto de Yadriel. Como conseguira estragar tanto as coisas?

— Eu... desculpe, eu...

Omar o cortou, apontando na direção da estrada.

— Saia. Agora. — Sua voz era um rosnado baixo.

— *Yads* — avisou Maritza, já recuando alguns passos, os cachorros grudados em seus quadris.

Ele viu os olhares de choque e medo. Rocky apertava Flaca, que tremia, tentando parecer destemida, mas falhando. Mal dava para ver Luca atrás de Omar, seus olhos ainda grudados no skate.

— Eu...

— Agora! — gritou Omar.

Yadriel se encolheu, mas rapidamente obedeceu.

Maritza já estava subindo as escadas, Donatello e Michelangelo a puxando. Enquanto Yadriel a seguia, tudo que conseguia pensar era em Julian e em seus amigos. Seus rostos.

Ele não era bom naquilo. Só havia piorado as coisas para todo mundo.

CAPÍTULO 11

— Bem, isso podia ter sido melhor — disse Maritza enquanto ela e Yadriel corriam para alcançar Julian.

Donatello e Michelangelo trotavam felizes ao lado deles, como se nada tivesse acontecido.

— Isso não tem graça.

Humilhação e culpa disputavam espaço dentro de Yadriel, mas ele também estava irritado com Julian. Sua explosão o chateara. Gritar e ficar bravo era uma coisa, mas agir violentamente era outra.

Julian se recusava a diminuir o passo e esperar por eles, então Yadriel e Maritza precisaram correr atrás dele nas ruas. Suor escorria pelas costas de Yadriel, sob o moletom. O mês de outubro em Los Angeles não era fresco o suficiente e seu binder não o deixava respirar fundo o bastante.

Eles atravessaram a rua até o portão de ferro do cemitério. Não seria bom se Julian entrasse abruptamente, chamando a atenção de bruxes e de outros espíritos.

Yadriel correu à frente, alcançando Julian.

— Ei! Que merda machista foi aquela?

Ele estava irritado e o ataque de Julian o havia assustado, o que só o deixou ainda *mais* irritado. Julian se virou tão abruptamente que fez Yadriel recuar.

— Você ia falar que eu morri! — rosnou ele, mostrando os dentes.

Um ar frio esvoaçou ao redor dele, fazendo sua jaqueta balançar.

Yadriel se manteve firme sob o olhar letal de Julian, mesmo que seu instinto lhe dissesse para recuar.

— Não ia, não! — respondeu, tentando parecer o mais feroz possível.

A risada de Julian foi cortante, seu sorriso, sarcástico e desconfiado.

Isso irritou Yadriel, o que provavelmente era a intenção. Usou cada grama de paciência para não revidar.

— Você me disse para não contar, então eu não contei. — Ele devolveu o olhar de Julian, desafiador. — Eu *não ia fazer isso*.

A expressão brava de Julian vacilou por um momento. Seu olhar era intenso, questionador e calculista.

Yadriel o sustentou sem se abalar.

— Eu não tiro pessoas do armário.

Lentamente, sua expressão muito dura começou a derreter. O vento acalmou. O frio no ar diminuiu. Foi Julian quem desviou o olhar primeiro.

A tensão nos ombros de Yadriel amenizou.

Por um longo momento, Julian olhou fixamente para onde o sol tinha se posto atrás das colinas.

Yadriel pensou vagamente que escureceria em breve. Se eles não se apressassem, arrumaria problemas com Lita e seu pai. Mas, naquele momento, havia assuntos mais importantes a tratar do que descumprir o toque de recolher.

— Eu só queria que eles ficassem tranquilos com a minha partida — disse Julian num tom baixo.

Yadriel não achava que fosse possível. Como alguém poderia ficar tranquilo com a ausência de Julian, depois de conviver com ele?

Falava por experiência própria.

Yadriel estudou o perfil de Julian. A preocupação em sua testa, seu nariz forte e a curva teimosa de seu queixo. Suas bochechas estavam coradas, os músculos da mandíbula, tensos. A luz minguante lavava tudo em tons pastel frios. Era como se Julian tivesse sido pintado contra a cidade em tons de azul-prateado. Um reflexo aquoso.

Ele era meio babaca. Cabeça dura, impulsivo e, definitivamente, irritante. Mas Yadriel via como ele cuidava ferozmente das pessoas que amava. Acreditava que Julian morreria por seus amigos.

E provavelmente tinha morrido mesmo.

— Eu sei que você não quer magoar seus amigos — disse Yadriel, usando seu tom mais gentil. — Ou seu irmão. — Julian olhou para ele pelo canto do olho. — Mas esse assunto não é mais *só* sobre você.

Julian parecia prestes a discutir, mas Yadriel se apressou em continuar antes de ele ter a chance.

— Você foi atacado noite passada, e a pessoa que fez isso matou você. Isso a gente sabe. Mas então você... seu corpo... desapareceu completamente, sem deixar pistas — explicou Yadriel. — Algumas horas depois, Miguel morreu, e agora não conseguimos encontrá-lo também.

De primeira, ele não tinha ligado os pontos. Até falar com os amigos de Julian e ficar sabendo dos detalhes que o garoto não se lembrava ou não sabia. Eles preencheram as lacunas, e a imagem que estava se formando era assustadora.

— Era para Miguel estar fazendo a guarda no cemitério, e nós encontramos o *seu* colar no cemitério — explicou Yadriel, puxando o pingente de São Judas de dentro do moletom.

Julian olhou o pingente, as sobrancelhas franzidas. Ele levou a mão ao pescoço, como se ansiasse tê-lo de volta.

— Não pode ser coincidência. O que aconteceu com você aconteceu com Miguel também. — Yadriel suspirou, baixando a mão. — Tem algo maior rolando, mas eu não sei o quê.

Ele hesitou, antecipando a reação de Julian antes de sequer conseguir falar.

— Se pudéssemos ir até sua casa...

— Eu não quero ver meu irmão — declarou Julian.

Cansaço e frustração tomaram Yadriel.

— Eu sei, mas...

Maritza os alcançou.

— Se a gente pudesse pegar uma camisa sua ou algo assim, podíamos tentar achar seu corpo — sugeriu ela, dando de ombros. — Quer dizer, Donatello e Michelangelo não passaram no teste de farejador, mas é o que temos pra hoje.

Julian olhou deles para os cachorros, desconfiado.

Yadriel, por outro lado, tinha esperanças.

— Podemos deixar eles cheirarem sua roupa e voltar ao lugar onde você foi atacado — disse ele. — Eles podem farejar e nos levar até seu corpo, e talvez ao do Miguel também.

Não era um plano muito bom, mas era um começo. E era melhor do que ficar sem fazer nada.

Ele tentou de novo:

— Se a gente pudesse falar com o Rio por um segundo...

Julian bufou, parecendo tão irritado quanto Yadriel se sentia.

— Eu *não*...

— Nós podemos perguntar se ele ouviu alguma coisa. Talvez a polícia tenha achado seu corpo e o contatado — continuou Yadriel. — Enquanto a gente o distrai, você pode pegar algo seu para os cachorros sentirem seu cheiro. Quer dizer, você andou praticando suas habilidades de fantasma, né? — disse ele, pensando na bagunça que Julian fizera no seu quarto.

Julian deixou a cabeça pender para trás e fez um som frustrado na direção das nuvens cor de cobalto.

Yadriel considerou um bom sinal Julian não discutir imediatamente. Talvez fosse possível convencê-lo.

— Olha, eu sei que você só queria garantir que seus amigos estavam bem — disse ele. — Mas eles também podem estar em perigo.

Julian ficou tenso.

— O que aconteceu com você provavelmente aconteceu com Miguel e os outros meninos desaparecidos. — Todas aquelas conexões não podiam ser pura coincidência. — E se não descobrirmos quem fez isso, essa pessoa pode ir atrás de seus amigos.

Isso prendeu a atenção dele.

Yadriel viu seu pânico crescer. As mãos de Julian tornaram-se punhos. Seus olhos observaram ao redor, como se ele estivesse tentando pensar em um plano alternativo.

Yadriel não sabia o que faria se Julian negasse. Não era só uma questão de se provar como bruxo. Era muito mais que isso. Ele queria encontrar Miguel e ajudá-lo. Queria ajudar os outros. Não podia deixar Julian relevar o fato de ter sido assassinado. Yadriel se recusava a deixar que a pessoa que fizera aquilo com Julian e Miguel saísse impune.

— Precisamos da sua ajuda — disse Yadriel. — *Eu* preciso da sua ajuda.

Ele se inclinou, tentando olhar nos olhos de Julian.

Julian se virou, as sobrancelhas franzidas e os lábios apertados entre os dentes.

— Por favor, Jules.

Julian se retraiu, mas então seus ombros caíram em derrota. Yadriel se encheu de esperança quando ele abriu a boca.

— Eu...

— Eu vou ajudar vocês — disse alguém.

Yadriel, Julian e Maritza se viraram em direção à voz.

Um menino em um suéter verde-oliva estava do outro lado da rua, com um skate debaixo do braço.

— Ô-ou — murmurou Maritza.

É. Era um grande ô-ou.

Julian deixou os ombros penderem.

— Luca, seu idiota — disse ele enquanto o garoto atravessava a rua e se empoleirava no meio-fio.

— Oi... — começou Yadriel, constrangido. O quanto será que ele tinha ouvido?

— Eu vou ajudar vocês — repetiu Luca. Ele não parecia assustado nem magoado. Parecia mais curioso do que qualquer outra coisa.

Maritza e Yadriel trocaram olhares.

— O que ele está fazendo aqui? — Julian fez uma carranca, andando em frente ao Luca. — Ele não devia ter vindo aqui sozinho.

— Olha, o que aconteceu lá foi meio... estranho — disse Luca, uma risada nervosa escapando de seus lábios.

— A gente realmente não queria causar problema — disse Yadriel, porque era verdade e ele sentia que devia uma explicação.

— Eu quero ajudar — ofereceu Luca de novo, remexendo o skate enquanto seus olhos se desviavam o tempo todo para Donatello e Michelangelo.

Julian gemeu e passou a mão pelo rosto.

Maritza olhou com surpresa para Yadriel.

— Você... quer?

Ele ia manter sua promessa a Julian e não dar nenhuma informação sem saber exatamente do que Luca estava falando, ou do quanto ele sabia. Ou suspeitava.

Luca assentiu, a sombra de um sorriso em seus lábios se formando enquanto assistia a Donatello balançar o rabo com sua atenção.

— Viu? É isso! Esse é o seu problema, Luca! — reclamou Julian, jogando as mãos para o alto.

— Jules está morto?

A pergunta foi tão repentina e tão casual que deixou Yadriel sem palavras.

— Eu não sei se acredito em fantasmas — admitiu Luca.

— Meu Deus — resmungou Julian.

— Mas o skate... — Luca coçou a cabeça. — Jules sempre foi meio estourado.

— Ah, jura? — resmungou Maritza baixinho.

Julian bufou e colocou o capuz na cabeça.

Luca abriu um sorriu de desculpas.

— Ele não faz por mal.

Julian o encarava irritado, a testa franzida sobre os olhos escuros, mas Luca parecia estar desfazendo sua raiva.

— Mas quando ele fica bravo, ele joga o skate daquele jeito, sabe? Foi bem bizarro. — Ele encolheu os ombros. — E, também, vocês estavam conversando com o nada. — Luca gesticulou vagamente. — Então ou vocês dois são malucos, ou o Julian está morto. E vocês conseguem vê-lo?

Maritza olhou para Yadriel, que manteve o silêncio. Em vez disso, olhou para Julian. Não ia falar nada sem autorização.

Luca seguiu seu olhar, procurando no ar e inclinando a cabeça, como se precisasse apenas da luz certa para conseguir ver Julian parado logo ali.

Os olhos de Julian estavam cobertos pelo capuz. Yadriel não conseguia ler sua expressão, mas podia ver que sua mandíbula estava tensa. Depois de um momento, ele deu um aceno curto.

— Ok. Pode contar.

Yadriel engoliu em seco, tentando recuperar a voz em sua garganta embargada.

— Sim — respondeu.

Ele se arrependeu na mesma hora.

A expressão de Luca variou entre surpresa e tristeza.

— Foi o que eu tinha imaginado — disse ele, fungando enquanto seus olhos enormes começavam a brilhar na luz do crepúsculo. — Julian não ia nos abandonar sem um motivo, ele não ia... — Luca se interrompeu, passando a mão pela testa.

Yadriel sentiu o luto emanando dele, atingindo-o como um soco no estômago.

Julian ficou parado, tenso, sua expressão ainda escondida.

Yadriel tentou pensar em algo para dizer e confortar o menino.

O que sua mãe diria, se estivesse ali?

— Luca... — começou ele, gentilmente, mas Luca não o deixou terminar.

— É, olha, de jeito nenhum que o Rio vai falar só com vocês. — Luca limpou o nariz com a manga, fazendo Yadriel reparar outra vez no hematoma. — Ele não gosta de estranhos, não confia nas pessoas... é tipo o Omar, mas pior.

Yadriel não sabia se aquilo era possível.

— Mas se eu estiver com vocês, ele vai pelo menos abrir a porta — explicou Luca.

Julian cruzou os braços e balançou a cabeça.

— Seu traidorzinho... — disse, mas sem muita convicção.

— Eu não sei... — começou Yadriel, esperando pelas instruções de Julian.

— Eu devo isso a ele. — Luca fez uma expressão angustiada, a testa franzida. Apertava ansiosamente a bainha do suéter. — A Julian, quero dizer. Se ele está morto, é por minha causa. Ele tentou me proteger, então eu fugi e... — Ele engoliu em seco.

Yadriel olhou para Julian, que havia tirado o capuz e olhava para o amigo com uma expressão sombria.

— Luca...

— Eu quero descobrir o que aconteceu — continuou Luca. — Nós ficamos com medo demais para ir falar com o Rio, mas se ele souber alguma coisa... Eu quero ajudar, se puder — disse ele, agora soando mais firme, mais confiante.

Luca estava olhando para os cachorros novamente, como se eles fossem parte da conversa.

— Eu devo isso ao Jules, e ao Rio.

Julian fez uma careta.

— Você não me deve porra nenhuma — disse ele baixinho e inclinou a cabeça para o lado, encarando Luca, que esperava por uma resposta.

Yadriel não disse nada. Era uma escolha de Julian, não dele, por mais que torcesse por uma resposta positiva.

Luca, por sua vez, estava distraído.

— Posso fazer carinho nos seus cachorros? — perguntou ele a Maritza, arqueando as sobrancelhas em uma expressão esperançosa.

Maritza riu.

— Pode, claro — disse ela, se aproximando. — Eles são tranquilos.

Luca imediatamente largou o skate e se agachou, esticando os braços pequenos cobertos pelas mangas compridas. Donatello e Michelangelo o derrubaram na mesma hora. Ele foi praticamente engolido pelos cães enormes, que pulavam e o lambiam alegremente.

Enquanto Luca ria, fazendo carinho nos dois, Donatello lhe deu uma boa lambida, que empurrou para trás seu cabelo escuro, revelando uma grande cicatriz que descia pela lateral de seu rosto. A pele naquela região era uma faixa manchada.

O coração de Yadriel se apertou. Já vira cicatrizes como aquela no braço do pai de Maritza. Queimaduras.

Maritza também notou, o sorriso sumindo de seu rosto em uma expressão de choque.

Julian não disse nada.

Tinha muito sobre Julian e seus amigos que Yadriel ainda não sabia.

Quando Julian seguiu em silêncio, Yadriel disse:

— Eu acho que ele não quer que a gente vá ver o Rio.

Luca ergueu seus enormes olhos castanhos-mel para Yadriel enquanto Michelangelo lambia sua orelha.

— Então você pode ouvir ele? E ver?

Yadriel assentiu.

— Posso.

Luca olhou em volta, torcendo os dedos.

— Onde ele está?

Yadriel e Maritza olharam para Julian.

Ele ficou parado observando Luca. Até mesmo o silêncio de Julian era barulhento. Sua tranquilidade era inquietante. Yadriel não gostava. Quase preferia a gritaria de Julian àquilo.

Luca tateou o ar vazio, estreitando os olhos, ousando dar um passo para mais perto.

— Ele consegue me ouvir?

— Consegue — disse Yadriel suavemente.

Luca estendeu a mão, hesitante.

— Ele consegue me tocar?

A expressão de Julian era neutra, os ombros caídos e o olhar opaco encarando Luca. Ele deu um passo à frente e estendeu o braço. Sua mão pairou logo acima da de Luca. Yadriel prendeu a respiração enquanto Julian se concentrava.

Julian baixou a mão e seus dedos passaram direto pela palma da mão de Luca.

Luca estremeceu, seu braço tremendo dentro da manga grande, mas não reagiu mais que isso.

— Não funciona assim... — disse Yadriel enquanto Julian se afastava e virava o rosto.

Luca corou e baixou a mão, esfregando o braço. Ele deu aquele pequeno sorriso de desculpas novamente.

— Tudo bem.

A voz de Julian foi tão baixa que Yadriel pensou não ter ouvido direito, de primeira.

— Sério? — perguntou ele, tentando ver seu rosto, mas Julian se manteve virado. Em vez disso, ele deu um aceno curto.

— O quê? — perguntou Luca, olhando em volta. — O que ele disse?

— Ele disse sim — respondeu Yadriel.

O alívio foi tão grande que ele sorriu.

Luca sorriu de volta.

— Eu posso encontrar vocês amanhã de manhã? Aí hoje de noite vocês pensam.

— Teria que ser de tarde, a gente tem que ir pra escola. — Yadriel indicou Maritza com a cabeça.

— Ah, certo. De tarde, então — concordou Luca. — Onde eu encontro vocês? Você mora por aqui?

— Sim, eu moro ali — disse Yadriel, indicando o grande portão. As luzes estavam acesas em sua casa. A igreja assomava imponente do outro lado.

Os olhos de Luca se arregalaram.

— Você mora ali? Uau, então não é surpresa você ver fantasmas.

Maritza riu.

Yadriel sorriu também e se segurou para não o corrigir.

— Eu sou a Maritza, aliás — disse ela. — E esse, você já sabe, é o Yadriel.

— Ah. — Os olhos de Luca deram aquela passada rápida pelo peito de Yadriel.

Por instinto, Yadriel se encolheu, cruzando os braços enquanto ruborizava até o pescoço. Odiava aquele olhar, e odiava o misto de constrangimento e vergonha que o acompanhava.

— Eu sou o Luca. — Ele abriu um sorriso torto. — Mas acho que o Jules já falou isso, né? — Ele riu. — Ok, bem, eu encontro vocês aqui amanhã à tarde, então.

Julian se empertigou quando Luca subiu em seu skate.

— Ele não pode voltar sozinho, já está escuro...

— Você precisa de um lugar pra passar a noite? — perguntou Yadriel rapidamente.

Já estava abrigando *um* garoto em segredo e não achava que fosse aguentar outro, mas Julian estava certo — estava escuro, e se alguém *estivesse* à solta sequestrando garotos de rua...

— Você pode ficar na minha casa — ofereceu Maritza, brincando com seu rosário. — Eu aposto que se eu falar com meus pais...

— Ah, não, tudo bem! — disse Luca, coçando a nuca. — Meus pais moram algumas ruas abaixo... — Yadriel pôde ver Julian ficar tenso. — Eu vou passar a noite lá.

Antes que Yadriel pudesse pensar em algo convincente para dizer, Luca já estava descendo a rua em seu skate e virando a esquina.

Por um momento, os três permaneceram ali sem dizer nada.

Toda a ferocidade que Julian havia mostrado anteriormente parecia ter se esvaído. E, para ser honesto, Yadriel também se sentia exausto demais para discutir.

— Julian...

Ele girou nos calcanhares e deslizou através das barras de ferro do portão.

Yadriel suspirou.

Maritza o empurrou.

— Vai atrás dele. Tenho que ir para casa antes que minha mãe me mate. — Ela deu um aceno curto antes que Donatello e Michelangelo a puxassem pela rua.

Yadriel correu pelas lápides para alcançar Julian. Vozes vinham da igreja e Yadriel podia ver através das janelas que bruxes tinham se reunido lá dentro. Uma luz morna se derramava das portas abertas da igreja sobre os degraus e o caminho forrado de calêndulas. Algumas pessoas estavam entrando.

Yadriel se lembrou do que seu pai dissera mais cedo; que eles iam ter um jantar em família. Ele quis dizer que era uma reunião? Ou aquilo era um encontro improvisado?

De qualquer jeito, precisava levar Julian em segurança para o quarto antes de poder descobrir. De início, achou que Julian fosse simplesmente entrar de forma abrupta na casa, mas ele havia parado na porta e estava esperando Yadriel alcançá-lo.

Yadriel abriu a porta bem devagar e prestou atenção. Sem música, sem vozes. Todos já deviam estar na igreja. Ele acenou para Julian e o guiou pelas escadas acima.

— Preciso ir à igreja — disse Yadriel enquanto tirava o celular do bolso para verificar suas mensagens. — Lita vai me matar se eu... — Ele se interrompeu.

Julian não prestou atenção. Foi direto às escadas.

— Ei — disse Yadriel, olhando-o da base das escadas.

Julian olhou por cima do ombro.

Yadriel franziu o cenho para ele.

— Você está bem?

Julian o encarou, irritado.

Foi uma pergunta idiota. Ele estava morto — tinha sido assassinado — e preocupado com seus amigos. Obviamente não estava bem.

— Yadriel? — A voz veio da cozinha.

Yadriel congelou. O chão rangeu. Arregalou os olhos, mas ele não precisou avisar Julian, que desapareceu pelas escadas e virou o corredor antes de Catriz entrar na sala.

— Aí está você — disse tio Catriz com um suspiro. — Seu pai me mandou te procurar. — Ele franziu o cenho e olhou ao redor da sala vazia. — Com quem você estava falando?

— Hã. — Yadriel ergueu o celular. — Maritza.

Tio Catriz o observou por uns três segundos a mais do que era confortável, mas depois sorriu.

— Vocês dois são carne e unha mesmo — disse ele com um risinho, balançando a cabeça.

Yadriel riu junto, talvez um pouco alto demais.

— Vamos — disse ele, acenando para que Yadriel o seguisse. — Seu pai convocou uma reunião com todo mundo. Até os renegados — acrescentou tio Catriz com um sorriso divertido.

— É. — Ele voltou a atenção para Julian. — Posso só guardar minha mochila, bem rápido? — perguntou Yadriel, já começando a subir a escada.

Tio Catriz concordou.

— Os filhos rebeldes têm que aparecer atrasados — disse ele, sorrindo e alisando a frente de sua camisa de botões.

Yadriel correu para o quarto.

Julian estava sentado na beira da cama, com os cotovelos nos joelhos e as mãos inquietas.

Yadriel jogou a mochila em cima da mesa.

— Você está bem? — perguntou de novo, um pouco tenso.

— Estou ótimo — respondeu Julian, nem se dando o trabalho de olhar para ele.

Cruzando os braços, Yadriel o olhou por um longo momento. Estava irritado com Julian, mas também se sentia mal por ele. As duas emoções estavam em guerra, o que tornava difícil resolver a questão. Ele só queria ajudar. Não apenas Miguel, mas todos, incluindo Julian e seus amigos, mas as coisas estavam ficando cada vez mais complicadas e difíceis. Queria que Julian pegasse um pouco mais leve com ele.

Por outro lado, ele devia pegar mais leve com Julian também.

Yadriel tentou se colocar no lugar dele. Como estaria lidando com a situação, se morresse subitamente e acordasse como um espírito? Se não pudesse falar com seus amigos e família? Se achasse que eles estavam em perigo?

É, ele definitivamente não estaria bem. Talvez tão mal quanto Julian. Talvez pior.

Yadriel suspirou.

— Eu preciso ir à igreja, tem alguma reunião acontecendo. — Quando Julian não respondeu, ele se dirigiu para a porta, mas então parou com a mão na maçaneta. — Mas primeiro...

Julian ergueu os olhos.

— Se você der um escândalo daqueles de novo, e eu tiver algum motivo para pensar que você vai machucar alguém, especialmente Maritza... — Yadriel puxou o colar para fora do moletom, exibindo a medalha de São Judas. — Eu vou jogar isso e você pelo esgoto. Entendido?

O rosto de Julian ficou vermelho-vivo. Ele assentiu, os ombros afundando.

— Ótimo.

Yadriel saiu do quarto e bateu a porta.

CAPÍTULO 12

A reunião de bruxes estava acontecendo no pátio ao ar livre atrás da igreja. As festas eram sempre feitas ali, desde casamentos até aniversários. Havia arcos de pedra pintados da mesma cor da igreja e mesas longas se espalhavam pelo pátio, cobertas por toalhas compridas de *serape* e vasos de barro ornamentados com flores de papel. Dezenas de bandeirolas coloridas estavam penduradas no alto, junto com lanternas de papel.

Mesas cheias de comida tinham sido dispostas entre as pilastras. Tinha *pan de muerto*, arroz, feijão e grandes travessas de alumínio cheias de *ropa vieja*. A carne desfiada cozida com especiarias e pimentas vermelhas era uma das especialidades de Lita.

Lita havia designado uma mesa para bruxes mais jovens, e colocara todo mundo para trabalhar. Oito bruxes entre seis e catorze anos faziam artesanatos para o Día de Los Muertos. Caveiras de açúcar estavam aguardando ser decoradas. Caixas cheias de calêndulas e crisântemos estavam empilhadas ao lado, deixando o ar adocicado.

Yadriel seguiu seu tio e pegou um prato de comida antes de tentar se infiltrar na multidão que rodeava seu pai. A expressão de todos era tensa, as vozes, baixas. Ele viu tio Isaac, mas ele era fácil de localizar a distância: comprido e largo, ele era pelo menos uma cabeça mais alto do que todo mundo ali. Mas não viu sinal da tia Sofia ou de Paola.

Equilibrando o prato em uma das mãos, Yadriel pegou o celular com a outra e digitou uma mensagem para Maritza.

Está todo mundo na igreja. Cadê você?

A resposta de Maritza foi quase imediata.

Tô sendo feita de refém. Estão me fazendo provar vestidos. Mande o resgate.

Yadriel riu.

Vou rezar por você.

O pai de Yadriel estava no meio do pátio, o bigode desgrenhado, se virando de um lado para outro enquanto era bombardeado de perguntas.

— Enrique — chamou tio Catriz. Ele apontou Yadriel e seu pai precisou ficar na ponta dos pés para vê-lo.

Yadriel se encolheu quando todos se viraram para ele.

Seu pai suspirou aliviado e Yadriel sorriu sentindo-se culpado, se apertando por entre o mar de bruxes para chegar até ele.

— Onde vocês estavam? — perguntou seu pai, a voz frustrada, embora ele soasse mais cansado.

Yadriel sentiu uma nova onda de culpa. Seu pai parecia exausto, seus olhos inchados e com círculos pretos em volta. Quanto ele dormira nas últimas quarenta e oito horas? Não podia ter sido muito.

— Desculpa, pai — disse Yadriel, porque realmente estava arrependido.

Não queria deixar o pai preocupado; ele já tinha muito com que lidar sem que Yadriel causasse mais estresse.

— Você fica fugindo e chegando tarde em casa — disse Enrique, como se fosse uma pergunta.

Yadriel tentou pensar em uma desculpa. O que Maritza diria?

— Eu só...

— Ele estava comigo, *hermano* — disse tio Catriz com um sorriso apologético e a mão no ombro de Yadriel. — Nós estávamos conversando, perdemos a noção da hora. Não queríamos preocupar você — explicou ele com uma sinceridade gentil.

Yadriel olhou para ele, surpreso.

Enrique franziu o cenho, rugas fundas cortando sua testa. Algo ardia no fundo de seus olhos, mas Yadriel não conseguiu identificar o que era. Teve a sensação de que seu pai não gostara da resposta, mas ele apenas assentiu.

Por sorte, Yadriel não ia levar um sermão, pelo menos não naquele momento. Seu pai tinha assuntos mais importantes.

— Como pode não ter nenhum sinal de Miguel? — perguntou uma jovem bruxa, e o grupo se agitou em mais perguntas.

Eles rodearam seu pai novamente, empurrando Yadriel e seu tio para fora do caminho.

— Obrigado — disse Yadriel. — Você não precisava me salvar.

A última coisa que ele queria era arrastar mais gente para a bagunça que arrumara, especialmente seu tio.

Catriz riu.

— Eu não conto se você não contar — disse ele com uma piscadela.

Yadriel sorriu de volta. Queria que tratassem seu tio melhor. Ele era um bom homem, que sempre cuidara de Yadriel. Mesmo que fosse horrível ser um rejeitado entre bruxes, pelo menos podia passar por aquilo com o tio ao seu lado. Yadriel se perguntou se as coisas mudariam depois que todos soubessem que ele era um bruxo. Isso criaria uma barreira entre eles? Tio Catriz ficaria chateado? Yadriel achava que não.

Ou, pelo menos, torcia para que não.

— Coma, sobrinho — disse tio Catriz, apertando seu ombro. — E tente não arrumar problemas.

Yadriel não precisou ouvir duas vezes. Estava faminto, e imediatamente começou a se encher de comida. Caminhou devagar por entre o grupo de bruxes conversando concentradamente, tentando ouvir e identificar qualquer informação que pudesse ser útil.

— A Claudia e o Benny foram à polícia? — perguntou tio Isaac, sua voz grave se sobressaindo. — O Miguel foi dado como desaparecido?

O pai de Yadriel assentiu, correndo os dedos pelo bigode.

— Eles foram hoje pela manhã, mas não acabou muito bem. — Os cantos de seus lábios se curvaram para baixo.

— Como assim? — perguntou Diego.

Ele e Andrés tinham atravessado o grupo, como se fossem muito importantes e precisassem estar no centro da discussão.

Yadriel revirou os olhos e comeu uma boa garfada de *ropa vieja*.

— Claudia e Benny não falam inglês muito bem — explicou Enrique, a exaustão evidente em sua voz. — Eles pediram por um intérprete, porque não queriam perder nada importante e também para dar todas as informações possíveis à polícia. Claro que só isso já era complicado, porque eles não podiam falar que sabiam que Miguel estava morto sem explicar como — contou ele ao grupo.

Murmurinhos cresceram no grupo.

Sim, Yadriel entendia como aquilo complicava as coisas.

— Mas os policiais não arrumaram um intérprete, e só seguiram fazendo perguntas. — Seu pai balançou a cabeça. — Não tenho certeza do que aconteceu, mas quando cheguei lá pra ajudar, a polícia já estava dispensando o caso, e começaram a perguntar se Miguel era um cidadão legal dos Estados Unidos... Se Claudia e Benny eram.

Os murmúrios ficaram irritados, e Yadriel, também. Nos últimos anos, mais e mais pessoas da comunidade latina — bruxes e não bruxes — haviam sido deportadas. Famílias eram separadas e boas pessoas eram arrancadas de suas casas. Isso os fazia ter medo da polícia, os fazia ter medo de buscar ajuda quando precisavam.

Bruxes tentavam se unir e se ajudar. Já eram uma comunidade muito fechada e exclusiva, e aquilo só exacerbara o medo de pessoas de fora.

— Eles ficaram com medo de que a polícia achasse uma razão pra deportá-los, então foram embora. Eu nem sei se o Boletim de Ocorrência foi preenchido, mas eles ficaram com medo demais para voltar.

Catriz balançou a cabeça lentamente, o canto dos lábios se curvando em desgosto.

— Que horrível.

— Que a Santa Morte os ajude — murmurou um bruxo mais velho, fazendo o sinal da cruz.

— Miguel vai voltar no Día de Los Muertos — insistiu uma moça.
— Então vai nos dizer o que aconteceu.
— Mas e se ele não voltar? — perguntou outra, e todos se exaltaram em mais perguntas, até que tudo virou apenas uma cacofonia ininteligível de vozes.

Yadriel apertou seu prato vazio, se sentindo subitamente enjoado. A única informação nova que eles tinham era que a polícia não encontrara o corpo de Miguel, o que não era muito. Ele ainda estava desaparecido. Eles ainda precisavam encontrá-lo.

Mesmo que o Día de Los Muertos fosse dentro de dois dias, Yadriel não ia ficar sentado esperando Miguel aparecer. E se o primo não retornasse, era porque seu espírito estava preso, caído em alguma armadilha. Yadriel odiava a ideia de Miguel agarrado em algum lugar, incapaz de falar com eles. Onde poderia ter ido parar, para que ninguém conseguisse achá-lo? Não era como se tivessem poços no leste de LA para cair dentro. Nenhum penhasco do qual ser jogado. Se um prédio ou algo assim tivesse desabado, eles teriam ouvido no jornal.

Desapareceu sem deixar pistas. Como Julian.

Yadriel tinha certeza de que onde um estivesse, o outro também estaria. Ele e Maritza estavam um passo à frente dos outros. Eles pelo menos sabiam onde Julian tinha sumido, e no dia seguinte veriam se Donatello e Michelangelo o farejariam por lá.

— Ah, que ótimo, você terminou de comer!

A voz de Lita despertou Yadriel de seus pensamentos.

Antes que conseguisse responder, ela havia puxado seu prato de papel das mãos e o empurrado em direção à mesa com bruxes mais jovens.

— Deixe eles se preocuparem com Miguel — disse Lita, firme.

— Lita — respondeu Yadriel, sério. Não queria ficar com as crianças fazendo artesanato. Seu lugar era com os adultos. — Eu não sou criança...

— Eu sei! — retrucou Lita, parando perto das caixas.

Yadriel bufou, sem acreditar.

— Mas você é o melhor decorador de caveiras! — argumentou ela, sacudindo a saia.

Yadriel olhou para as caixas de caveiras de açúcar em branco e para os tubos de cobertura néon derretida sobre a mesa. As crianças mais velhas estavam sentadas ali, parecendo mortas de tédio, com umas cinco caveiras decoradas, que eram sem graça na melhor das hipóteses.

Já Leo e Lena, os gêmeos de seis anos, estavam na ponta da mesa, espremendo cobertura azul e verde-neon na boca um do outro. Eles riam histericamente, cobertos de açúcar.

Decorar caveiras de açúcar era a parte preferida de Yadriel do Día de Los Muertos, mas agora ele tinha coisas mais importantes com que se preocupar.

— Lita, preciso mesmo? — disse ele, tentando não soar como uma criança mimada.

— Só faltam dois dias até o Día de Los Muertos! — choramingou Lita, se jogando na cadeira à cabeceira da mesa. — Ainda tem tanto para cozinhar e assar!

Bruxes adolescentes conversavam entre si. Leo e Lena estavam agora correndo um atrás do outro, espalhando cobertura pelos braços.

Yadriel queria sair dali e voltar para casa, onde podia falar com Julian. Ele provavelmente ainda estava irritado, mas Yadriel torcia para que tivesse usado aquele tempo para se acalmar e ouvir a voz da razão.

Quando ninguém respondeu, Lita se aborreceu.

— *Ay, yi, yi*, como minhas costas doem! — anunciou ela, mais alto dessa vez, e com um suspiro alto. Ela olhou em volta, esperando.

Alejandro, um bruxo de treze anos com um ego enorme e uma má educação maior ainda, revirou os olhos.

— *Aye*, Lita — disse ele com desdém, mordendo uma caveira de açúcar.

Com uma agilidade surpreendente, Lita ergueu seu tamanco.

— *¡Cállate!* — brigou ela, batendo na cabeça de Alex.

— Ai!

Os outros riram.

Yadriel suspirou internamente. Não ia conseguir sair dali até satisfazer os desejos de Lita. Então respirou fundo e sorriu.

— Todo mundo aprecia seu trabalho duro, Lita — disse ele, tentando soar honesto sem parecer sarcástico. — As oferendas estão lindas esse ano, mais ainda do que ano passado. Você trabalha muito — repetiu ele, se sentando e puxando uma caixa de caveirinhas de açúcar.

Satisfeita, Lita sorriu e balançou a mão.

— ¡*Ah, gracias, mi amor!* Mas eu nunca reclamaria disso, fico feliz em fazer.

Alejandro riu, mas rapidamente transformou a risada em tosse quando os olhos de Lita se fixaram nele.

Yadriel escolheu algumas coberturas neon e começou a trabalhar. Quanto mais rápido terminasse, mais rápido escaparia dali. Com uma precisão meticulosa, Yadriel pintou flores amarelas, cílios roxos e teias de aranha verdes na caveira de açúcar para sua mãe.

Tinha uma para cada ancestral que receberiam de volta no Día de Los Muertos, seus nomes escritos na testa das caveiras.

— Você ainda precisa me ajudar lá no sótão — disse Lita, chamando sua atenção. — Ainda não consegui achar *la garra del jaguar*.

— A o quê? — perguntou Ximena, uma bruxa baixinha que teria sua cerimônia de iniciação no verão seguinte.

— ¡*La garra del jaguar!*

Bruxes mais jovens trocaram olhares confusos.

Yadriel balançou a cabeça, mas continuou a trabalhar. Sempre sabia quando Lita estava prestes a começar um sermão. Ele pintou ondas amarelas e azul-claras nas bochechas ossudas da caveira.

Lita bufou, ofendida.

— Quatro lâminas sagradas! São artefatos antigos, costumavam fazer os sacrifícios proibidos.

Alex pareceu confuso.

— Os o quê?

Lita se empolgou com a atenção geral.

Yadriel escreveu cuidadosamente o nome de sua mãe na testa da caveira, em letra cursiva de cobertura vermelha.

Camila.

Yadriel colocou a caveira na caixa junto das outras, com cuidado, e pegou a próxima para decorar, apoiando-a no colo enquanto Lita mergulhava em sua história em espanhol, sem paciência para as nuances do inglês para uma história tão importante.

Lita contava a lenda de Bahlam, o rei jaguar, desde que ele era pequeno. Ele praticamente sabia a história de cor.

Bahlam, o rei jaguar, era o rei de Xibalba. Quando alguém morria, precisava atravessar Xibalba para chegar ao mundo pacífico do pós-vida, onde a Senhora Morte governava. Alguns ganhavam uma passagem direta para o pós-vida da Senhora Morte, como aqueles que morreram em batalha, jovens ou durante o parto, mas a maioria tinha que lidar com os desafios de Xibalba.

Para passar por Xibalba, era preciso ser esperto e corajoso. Também conhecido como o Lugar do Medo, Xibalba era cheio de monstros e deuses da morte os quais era necessário contornar e derrotar.

Bahlam governava Xibalba. Ele comia os espíritos que falhavam nessa jornada. Parte homem, parte besta, ele era apavorante, cruel e insaciável. Insatisfeito com os espíritos que pegava em Xibalba, Bahlam começou a convencer humanos a ajudá-lo a cruzar para o mundo dos vivos, para que ele pudesse se alimentar.

Ele usava de medo e manipulação para dobrar os humanos à sua vontade. Bahlam dizia a eles que, para escapar de suas garras, era preciso fazer sacrifícios humanos em sua homenagem. Sem esses sacrifícios para satisfazer sua fome, ele ameaçava destruir a terra dos vivos, levar morte e caos para a raça humana e se certificar de que nenhum de seus entes amados chegassem no pós-vida.

Para convencer os humanos mais egoístas, Bahlam também oferecia poder imenso em troca dos sacrifícios.

Sob a ameaça de morte e a promessa de poder, os seguidores de Bahlam cresceram. Ele dava a *garra del jaguar* aos seus adoradores. As quatro lâminas precisavam ser cravadas no coração de seu sacrifício, enquanto o adorador usava um amuleto no formato de cabeça de onça pendurado no pescoço. Os rituais eram realizados em um cenote. Os sumidouros e lagos subterrâneos eram o portal entre a terra dos vivos e Xibalba. O sangue dos humanos sacrificados escorria pelo cenote, e assim que a última gota caía na água, Bahlam era convocado.

Ele aparecia no cenote em sua forma monstruosa de onça e arrastava os espíritos dos sacrifícios para Xibalba. Lá, ele se alimentava desses espíritos. Em troca dos sacrifícios, Bahlam dava às pessoas poder canalizado pelo amuleto. Quem o usava se tornava poderoso o suficiente para matar com um estalar de dedos e trazer pessoas de volta à vida com um aceno de mão. Mas o poder obtido com vida humana corrompia a mente e envenenava o corpo.

Os seguidores de Bahlam matavam sem controle. Guerras começaram pelo mundo, lideradas pelos adoradores corruptos de Bahlam.

O equilíbrio entre a vida e a morte foi afetado pela quantidade de espíritos presos em Xibalba em vez de passarem para o pós-vida, onde a Senhora Morte governava. Vendo o sofrimento e a tortura causados para agradar o rei jaguar, a Senhora Morte saiu de seu trono nos céus para confrontar Bahlam.

A Senhora Morte e Bahlam batalharam em uma guerra que durou três dias e três noites. Bahlam era forte, mas a Senhora Morte era mais esperta. Ela prendeu Bahlam em Xibalba e destruiu todas as *garras del jaguar*, para que ninguém mais pudesse invocá-lo.

— Exceto por uma — disse Lita, erguendo um dedo e dando um olhar cheio de significado. — Esse último conjunto a Senhora Morte deu à primeira família de bruxos e bruxas. Esses humanos queriam ajudar a Senhora Morte a reequilibrar o mundo dos mortos e o dos vivos. Ela nos abençoou com a habilidade de curar os vivos e guiar em segurança o espírito dos mortos para o pós-vida, para que ninguém mais sofresse nas mãos e nas provações de Xibalba. Ela confiou a nós a última *garra del jaguar* como um lembrete do que a avareza e a corrupção são capazes de fazer. Nosso sangue carrega essa tradição, servindo à Senhora Morte. Em troca da nossa ajuda, a Senhora Morte nos deu o Día de Los Muertos, a época do ano em que nossos entes podem voltar para a terra dos vivos. Por dois dias, nós podemos rever as pessoas que amamos e já se foram.

Lita fez uma pausa, provavelmente esperando os "uhh" e "ahh", ou pelos menos alguns aplausos.

Mas...

Yadriel olhou em volta. Leo e Lena estavam à beira das lágrimas. Até Alejandro parecia profundamente triste.

— Você acha que foi isso o que aconteceu com Miguel? — perguntou Lenny, os olhos arregalados e o queixo tremendo. — Bahlam pegou ele?

Ah, não. Yadriel se ajeitou na cadeira, dando um olhar preocupado para Lita. Talvez aquele não fosse o melhor momento para contar a história de Bahlam.

— Não, não, não, é claro que não! — disse Lita, tentando rir da ideia. — *Aye*, nena. — Ela foi até Lenny e passou o braço pelo ombro da menina. — Bahlam está trancado em Xibalba. Ele não consegue escapar, a Senhora Morte se certificou disso. Nós nos certificamos disso.

Yadriel aproveitou a oportunidade para escapar. Ele guardou a caveira que terminara no bolso do moletom, para escondê-la em seu quarto.

Enquanto Lita estava distraída, ele recuou e seguiu contornando o muro, indo pelas sombras para fazer o caminho de volta. Parou logo adiante, porém, quando ouviu vozes familiares.

Seu pai e seu tio estavam sob um dos arcos. Tio Catriz encarava o irmão mais novo, a expressão calma, exceto por um pequeno franzir das sobrancelhas grossas. Enrique estava de costas para ele, mas Yadriel via a tensão em seus ombros, a maneira que suas mãos estavam fechadas em punhos.

Yadriel chegou mais perto, parando atrás de uma pilastra para ouvir o que eles estavam dizendo.

— Os tempos mudaram, *hermano* — disse seu tio, em um tom direto e quase implorando. — Nós precisamos mudar para sobreviver. A magia da nossa linhagem enfraquece cada vez mais.

Yadriel apurou os ouvidos. Do que eles estavam falando? Avançou um pouco mais, e o movimento chamou a atenção de Catriz. Seus olhos escuros foram até Yadriel, que se preparou para recuar, com vergonha de ter sido pego bisbilhotando, mas algo na expressão de tio Catriz mudou.

Ele focou novamente no irmão.

— Nós deveríamos estar abraçando as diferenças, mesmo que isso nos assuste — implorou Catriz. — Não rejeitando e excluindo.

Orgulho e gratidão encheram o peito de Yadriel. Estavam falando dele? O conceito de ter bruxes transgênero na comunidade ainda era confuso para muitos, e seu pai evidentemente não sabia o que fazer com isso.

Yadriel sorriu. Finalmente, alguém estava lutando por ele. E lógico que seria seu tio. Catriz sabia o que era ser excluído por não cumprir as expectativas bruxes tradicionais.

Expectativa e entusiasmo bombeavam em suas veias. Ele contornou a pilastra e deu um passo incerto adiante. Será que devia contar a eles? Era o momento certo? Com seu tio ao seu lado, será que seu pai escutaria? Poderia contar como ele e Maritza fizeram sua cerimônia de iniciação. Como a Senhora Morte o havia aceitado e o abençoado e o ligado ao seu talismã.

Ele deu mais um passo, determinado, enquanto pegava sua adaga.

— Catriz.

Yadriel parou, os dedos segurando a bainha.

O tom de seu pai era firme, beirando a raiva. Enrique dissera o nome do irmão como um aviso, sua expressão dura como pedra.

— Eu não quero mais saber disso.

O estômago de Yadriel despencou.

Catriz uniu as mãos.

— Eu te imploro para ter a mente mais aberta, *hermano*. Se nos fecharmos para as possibilidades de fora da nossa tradição...

— Catriz...

— Estaremos destinados à extinção.

As palavras pairaram por um momento. Catriz e Enrique se encaravam fixamente.

Quando seu pai falou, ele não levantou a voz, mas suas palavras não davam brecha.

— Eu já te disse minha decisão. Não vou mudar de ideia.

A expressão de tio Catriz se tornou derrotada, e a esperança de Yadriel morreu.

Catriz levantou as mãos em um gesto de submissão, e abaixou de leve a cabeça.

Yadriel sentiu a pele arder de vergonha, e a ardência chegou aos olhos. Seu tio olhou para ele com uma expressão de desculpas.

Quando Enrique se virou para seguir o olhar dele, Yadriel não ficou tempo o suficiente para ver sua reação. Tentou manter a cabeça erguida e ir embora parecendo firme, mesmo que pudesse sentir seu coração se partindo. Ele se preparou para ouvir o pai chamar seu nome, para oferecer algum tipo de justificativa e forçar outro pedido de desculpas.

Mas ninguém o chamou. Não enquanto ele atravessava o mar de bruxes. Não enquanto saía da igreja. Apenas os mortos assistiram enquanto ele caminhava pelas lápides e voltava para casa, e eles também ficaram em silêncio.

CAPÍTULO 13

Quando Yadriel chegou de volta ao quarto, viu Julian deitado na cama. Ele estava esticado preguiçosamente como um tigre, uma mão atrás da cabeça. Mia Casso havia se aninhado no peitoril da janela, seu rabo se movendo lentamente como o pêndulo de um relógio. Julian encarava a janela. As luzes piscavam nas colinas a distância, além das fronteiras do cemitério. Era a coisa mais próxima de estrelas que eles tinham na cidade. O jardim de lápides e mausoléus se estendia até sumir na escuridão. O antigo iPhone de Yadriel estava no travesseiro perto de Julian, um fone em seu ouvido. Ele jogava uma bola de papel para cima e a pegava repetidamente.

A porta se fechou com um clique, e Julian se virou.

Sua pele reluzia com um brilho prateado. Ele não tinha certeza se era a lua ou os efeitos de ser um espírito. Julian o encarou em silêncio, a bolinha de papel ainda na mão.

Pela primeira vez, Yadriel não conseguiu identificar de imediato o que ele estava pensando só pelo olhar em seu rosto geralmente tão expressivo.

— Escutando minhas músicas de merda? — perguntou Yadriel, tirando o moletom e jogando-o no guarda-roupa.

— Hum — murmurou Julian em resposta.

Yadriel tirou seu talismã e guardou a adaga na mochila antes de se sentar na beira da cama. Olhando para Julian, ele levantou uma sobrancelha.

— Como você está?

— Ainda uma merda — respondeu ele, mas um pequeno sorriso apareceu no canto de sua boca, criando uma covinha.

Yadriel deu uma risada curta. Quando Julian se moveu para mais perto da janela, Yadriel se deitou e colocou um fone no ouvido. Uma voz cantava suavemente palavras sonhadoras. Julian voltou a jogar a bola de papel para o alto.

Arrepios subiram pelo braço de Yadriel, que descansava mais perto de Julian. Ele suspirou e fechou os olhos, deixando a música ecoar em sua mente e aliviar o estresse em seu corpo. O som baixinho de Julian pegando a bola no ar entrou no ritmo da batida constante.

— É *triste* — disse Julian.

— Não é triste — murmurou Yadriel. — É só... íntimo.

Embora ele achasse que era por isso que Julian não gostava. Não combinava com o jeito dele.

Ele parou com a bolinha, e, por um longo momento, os dois ficaram só escutando. Yadriel se sentia pesado, como se estivesse afundando na cama enquanto a exaustão o levava ao sono. O cobertor era macio sob seus dedos. Yadriel flutuava entre o mundo real e os sonhos quando a voz de Julian o chamou de volta.

— Desculpa.

— Hum?

— Mais cedo. Eu fui um babaca.

Yadriel abriu os olhos com esforço e virou a cabeça.

Julian encarava o teto com a testa franzida enquanto virava a bola de papel nas mãos.

— Eu podia mentir e dizer que é porque eu sou um espírito, mas eu também nunca fui bom em controlar meu temperamento quando estava vivo — admitiu ele, sem olhar para Yadriel. Julian se remexeu, constrangido, esperando por uma resposta.

— Uau — disse Yadriel. — Você não faz muito isso, né?

Julian finalmente se virou para ele com a testa franzida.

— O quê?

Yadriel sorriu.

— Pedir desculpas.

— *Tch* — sibilou ele entre dentes. — Cara, vai se ferrar!

Ele jogou a bola de papel em Yadriel, e ela quicou na testa dele antes de cair na cama entre os dois.

— *Tô brincando*, tô brincando! — disse Yadriel, as palavras tremendo pela risada. Julian bufou e Yadriel se forçou a parar de rir.

Um momento em silêncio se estendeu, acompanhado pelo ritmo tranquilo da música.

— Por que você precisa provar que você é um bruxo, um garoto, para eles? — perguntou Julian repentinamente, franzindo o cenho para o teto.

A pergunta pegou Yadriel de surpresa. Ele provavelmente ainda estava pensando no que tinha ouvido durante o incidente do sarcófago.

— Por que você precisa provar alguma coisa a alguém?

Yadriel se mexeu, incomodado.

— As coisas sempre foram assim. Para que eles me deixem ser um bruxo...

— Você não precisa da permissão de ninguém para ser você, Yads — interrompeu Julian, novamente frustrado.

E Yadriel começou a se irritar.

— Porque...

— Quer dizer, você me invocou, então você *tem* poderes de bruxo, certo? — continuou ele, pegando a bolinha de papel e começando a amassá-la distraidamente. — Tipo, isso é a Senhora Morte decidindo quem conta como homem e quem conta como mulher? E pessoas não binárias? Ou intersexo? E agênero?

Yadriel se surpreendeu que Julian sequer soubesse o que aquelas palavras significavam.

— Eu sou o primeiro bruxe trans... — tentou explicar, mas Julian o interrompeu com uma risada sarcástica.

— Não é, não.

— Sou, sim!

Julian balançou a cabeça e rolou para ficar de lado, olhando diretamente para Yadriel.

— Não, impossível.

Quando Yadriel tentou argumentar, Julian o cortou de novo.

— Não tem como vocês existirem há centenas de anos sem ter tido *uma* pessoa que não se encaixou nessa merda toda de "homens são isso, mulheres são aquilo". — Julian soou tão convencido, tão *certo*. Seus olhos escuros encontraram os de Yadriel. — Talvez eles tenham se escondido, ou fugido, ou sei lá, alguma outra coisa, mas não tem como você ter sido o primeiro, Yads.

Tudo que Yadriel conseguiu fazer foi encará-lo.

Não sabia o que dizer. Passara tanto tempo se sentindo isolado... convencido de que era um caso único, um estranho com quem ninguém sabia lidar... Nunca havia considerado que, em algum ponto ao longo da linhagem, houvera mais bruxes como ele.

Quando ele não reagiu, Julian se deitou novamente de costas, pressionando a bola de papel entre as palmas.

— Parece que a magia sabe, certo? — ponderou Julian. — Ou a Senhora Morte sabe... Ou sei lá quem toma essas decisões. Você fez a cerimônia e foi capaz de me invocar, certo?

— É — disse Yadriel, ainda abalado pela revelação anterior.

Julian assentiu.

— Então, ela entende. — Os cantos de seus lábios formaram um sorriso. — Isso é bem legal.

Yadriel olhou para sua estatueta da Senhora Morte em seu altar. Claro que ela sabia — ela via quem Yadriel realmente era. Deixara isso claro ao abençoá-lo com seu talismã. Mas Yadriel não tinha considerado que havia uma história perdida de bruxes como ele. Julian estava certo; parecia óbvio agora. De jeito nenhum ele havia sido o primeiro, e não seria o último.

— Então — começou Julian novamente. — Por que isso não é o suficiente?

— Não será suficiente para outros bruxes — argumentou Yadriel. — Vão precisar de mais provas.

— Não vai ser suficiente para eles ou para *você*? — perguntou Julian, finalmente olhando para ele.

A pergunta bateu fundo.

— É complicado...

— Porque se tudo isso for só pra se provar para *eles*... Eu não estou querendo voltar atrás no nosso acordo, mas...

— Eles são minha *família*...

— Bom, eles que se fodam, se estão fazendo você passar por toda essa merda! — explodiu Julian.

Yadriel ficou dividido entre querer defender sua família e acatar a mensagem de Julian. De modo geral, estava cansado e frustrado. Cansado de brigar, de todas as formas.

— Não é tão simples assim...

— Quer dizer, Flaca não é menos mulher só porque outras pessoas olham para ela e não enxergam uma — continuou Julian. — Só porque ela não toma hormônios ou algo do tipo, ou porque ela não "passa como cis", não significa que outras pessoas possam decidir quem ela é. E isso vale para você também.

O rosto de Yadriel ficou corado.

— Você não deve merda nenhuma a ninguém — disse Julian, uma raiva tempestuosa iluminando seus olhos escuros.

Ele era um pouco babaca. Julian era explosivo, às vezes rude, e não parecia ter muito tato. Mas, por alguma razão, o coração de Yadriel ainda acelerou.

Ele encarou Julian, sem saber o que dizer. Parecia fácil demais, utópico demais. As coisas não funcionavam assim no mundo real.

Não bastava ter invocado Julian, ter sido ligado ao seu talismã ou recebido a bênção da Senhora Morte com sua luz dourada. Ele precisava fazer *tudo* que os homens faziam antes de pedir que qualquer bruxe o aceitasse na comunidade. Não podia deixar brechas para eles questionarem.

Amava sua família, e o pior desfecho era ser excluído por eles. Via como o tratavam, como tratavam seu tio Catriz. Se descobrissem o que Yadriel estava tramando antes que ele fosse bem-sucedido em libertar um espírito, tinha medo de que o isolassem para sempre. Inclusive seu pai.

Mas como podia explicar isso a Julian?

— Eu meio que queria poder trocar minha família pela sua — disse Yadriel com uma risada fraca.

Eles não eram parentes de sangue, mas no curto período que Yadriel havia interagido com eles, tinha visto como se protegiam ferozmente. Especialmente Julian.

— Eu não os trocaria por nada no mundo — disse Julian, resoluto.

Yadriel sorriu. Invejava qualquer pessoa que tivesse a devoção de Julian. Era uma força cálida e firme de proteção.

— Eles parecem legais.

Julian lançou a ele um olhar sério.

Ok, eles não tinham sido muito amigáveis, exceto por Luca.

— Bom, Omar parece meio sério — cedeu Yadriel.

— Ele é. — Julian riu afetuosamente, brincando com a ponta do rabo balançante de Mia Casso.

Yadriel pensou nos rumores que as amigas de Maritza comentaram na escola e na reação intensa de Julian.

— Ele é... você sabe, de uma gangue?

Ele encarou Yadriel na mesma hora.

— *O quê?*

Evidentemente um passo errado. Yadriel tentou consertar.

— Hã, ele já fez parte de uma gangue?

A risada de Julian foi afiada.

— Não. — Ele traçou formas na vidraça com o dedo, depois acrescentou casualmente: — Mas o Luca fez.

Foi a vez de Yadriel se surpreender.

— O quê? *Luca?* — Sua cabeça girava. O garoto doce com o sorriso tímido? Não fazia sentido. — Mas... mas ele é tão... não encaixa...

— Claro que encaixa — disse Julian, impaciente. — Eles passam longe do Omar. Não iam conseguir nada com ele sem uma boa briga. Muito trabalho. Mas o Luca? — Julian balançou a cabeça como um pai pensando em um filho que fez besteira. — Você viu. Ele é tipo um cachorrinho, só quer se encaixar e que as pessoas gostem dele. Faria qualquer coisa para se sentir parte de uma família. Ele é uma presa fácil para gangues.

Julian soou chateado, até bravo, mas Yadriel não tinha certeza se era por causa de Luca ou por causa dos que tiravam proveito dele.

Provavelmente ambos.

— Os pais não ligam para ele — continuou Julian, os lábios se retorcendo de desgosto. — Na maior parte do tempo, nem notam se ele está em casa, e, quando notam, o tratam feito lixo. Fazem o Luca dormir do lado de fora por qualquer coisa, como deixar louça na pia. O merdinha do pai dele usava o Luca como cinzeiro. — A raiva de Julian era palpável, como uma tempestade elétrica ao redor dele. — Ele não foi no dia da foto na escola porque estava com um olho roxo.

O estômago de Yadriel se revirou.

— Caramba... — Ele entendia a raiva de Julian. Só conhecia Luca há algumas horas, mas o pensamento de alguém fazendo mal a ele deixava seu sangue fervendo.

— Ele foi atraído para uma gangue assim que começamos o ensino médio — continuou Julian. — Ele sumiu por semanas e os pais nem ligaram. Uma coisa a menos para se preocupar, acho. Quando o encontramos, o Luca estava morando em uma boca de fumo e já tinha sido tatuado. — Julian passou um dedo pela lateral de seu rosto.

Yadriel se lembrou da cicatriz de Luca.

— O que aconteceu? — perguntou ele, sabendo que a resposta seria feia.

— Meu irmão, Rio. — A expressão de Julian se suavizou um pouco. — Ele tinha sido da mesma gangue quando tinha nossa idade. Ele foi lá e trouxe Luca de volta, o que *não* foi fácil. — Julian encolheu os ombros. — Eu nunca perguntei como ele conseguiu. Talvez devessem algo a ele? Sei lá. Mas você não pode só *sair*. Quando o Rio trouxe o Luca pra casa, eles tinham queimado suas tatuagens.

Yadriel respirou fundo e Julian devia ter ouvido, porque acrescentou:

— Geralmente é preciso dar sangue para entrar e sangue para sair, então foi a melhor alternativa.

Yadriel se encolheu involuntariamente. Era um tipo de dor que ele não podia nem começar a imaginar. Se queimar no fogão já era quase insuportável.

— Rio tem as mesmas cicatrizes no braço. Luca ficou no nosso sofá por *semanas*. Quando não estava dormindo, estava gemendo de dor — disse Julian, se encolhendo como se ainda pudesse ouvir.

— Por que vocês não o levaram ao hospital?

— Ele não tinha plano de saúde. Luca ficou bem doente. Nós fizemos tudo que podíamos, mas ainda infeccionou. Ele ficou com febre. Meu irmão ouviu falar dessa mulher que fazia, tipo, coisas de cura natural. Sabe, ervas estranhas e fedidas... Ela o fez beber um troço que parecia água de louça suja. Depois de uns dias, ele se sentiu melhor. As cicatrizes dele são bem melhores do que as do Rio agora. Sei lá o que ela fez, mas funcionou.

— Será que era uma bruxa? — disse Yadriel.

Julian olhou para ele.

— Você acha?

Yadriel deu de ombros.

— Parece, né? Se ele estava tão mal e ela o curou tão rápido...

Com certeza parecia possível.

— Então tem magas por aí que podem curar pessoas *assim*. — Ele estalou os dedos. — E elas saem fazendo favores aos pobres coitados?

— Bem, algumas são médicas — explicou Yadriel. — A irmã de Maritza, Paola, faz faculdade de medicina...

— Isso não é trapaça? — Julian franziu a testa.

Yadriel ficou sério, se sentindo subitamente na defensiva.

— Faz diferença, se elas estão ajudando pessoas?

Julian empinou o queixo e deu de ombros.

— Enfim, a gente precisa se sustentar de alguma forma, então elas arranjam empregos em que possam usar seu poder de cura. E, como você disse, algumas delas abrem pequenos negócios em suas casas e os disfarçam de naturopatia. Era isso que minha mãe fazia. — Os olhos de Yadriel foram até a foto emoldurada dela. Estava escondida nas sombras, mas ele ainda conseguia ver seus dentes brancos e o grande sorriso. — Às vezes ela nem aceitava pagamento, mesmo que curar sempre cobrasse um preço.

— Ah, certo. Tarefas maiores usam mais magia, vocês têm uma quantidade limitada pra usar, blá-blá-blá. — Julian assentiu, se lembrando da conversa do outro dia.

O estômago de Yadriel se revirou. Sua boca estava seca, como se sua língua estivesse presa ao céu da boca.

— E se você usar muito, pode morrer — disse ele, se recusando a olhar para Julian ao dizer isso. Podia praticamente ouvir o cérebro de Julian fervendo com um monte de perguntas, então cortou logo pela raiz. — E algumas pessoas nascem com pouca magia, ou nenhuma. Tipo meu tio Catriz.

— O cara alto e narigudo, com os alargadores e o coquinho masculino? — perguntou Julian.

Yadriel franziu o cenho.

— Não é um coquinho masculino! — disse, na defensiva. — Usar o cabelo comprido e ter alargadores na orelha é algo muito tradicional.

Julian riu e Yadriel revirou os olhos.

— Enfim. Mesmo que a gente seja de uma linhagem poderosa de bruxes, que é mais antiga que os grandes Astecas e os Maias, a magia dele é tão fraca que ele só consegue ver e sentir espíritos — explicou Yadriel. — Ele não consegue fazer as outras tarefas dos bruxos. Chamam isso de *dilución de la magia*, que significa...

— Diluição da magia, é, eu sei — interrompeu Julian. — Eu te disse, eu falo espanhol.

— Bom, meu tio é um excluído, como eu — continuou Yadriel. — Quer dizer, Maritza *escolhe* não ser bruxa, mas eu e meu tio não tivemos escolha.

Ele deu de ombros.

— Ele me entende e sempre me protege — disse Yadriel, lembrando como tinha sido defendido por Catriz mais cedo. Como ele tentara falar com Enrique. Mesmo que não tivesse funcionado, Yadriel estava profundamente grato pela tentativa. Devia muito a ele por conta disso.

— Bom, pelo menos sua família é mais aberta do que a de Flaca — disse Julian, seguindo sua própria linha de pensamento. — Ela é trans, mas ela é uma "largada".

— Largada? — repetiu Yadriel, tentando organizar seus pensamentos.

Ele notara, ou presumira, que Flaca era trans, mas não sabia o que "largada" significava.

— É, os pais dela a expulsaram quando ela contou a eles. — Julian olhou para o teto. — Largada. Foi difícil no começo; ela não tinha pra onde ir, então ficava muito com a gente. Mas agora ela arrumou uns parentes distantes, primos, eu acho, que deixam ela dormir lá. A maior parte do tempo, pelo menos.

— E Rocky e Omar? — perguntou Yadriel. — Se eles estão se escondendo lá naquela passagem porque estão com medo, os pais deles não ficam preocupados?

— Rocky mora em um abrigo — disse Julian, como se isso explicasse tudo.

— Nem todo lar adotivo é ruim — Yadriel se sentiu obrigado a argumentar. Uma de suas primas e o marido eram pais adotivos que haviam abrigado uma menininha. — Muitas crianças são adotadas por boas famílias...

— Um abrigo *não é* a mesma coisa que uma família adotiva — disse Julian. — É só uma casa grande comandada pelo Estado. Rocky odeia aquilo lá. Crianças demais, camas de menos, e a maioria é muito babaca. — Julian suspirou alto. — Sempre que ela precisa de uma folga, Rio a deixa dormir lá no nosso apartamento. Flaca também, e Luca, como eu disse. Ele nem pergunta nada, só pega outro cobertor do armário. — Sua expressão se suavizou. — É um mundo de cachorro — disse Julian com um suspiro.

Os cantos da boca de Yadriel tremeram.

— *Mundo cão.*

— Tanto faz.

— E Omar?

— Omar é o melhor de nós. — Julian riu. — Com certeza o mais inteligente do grupo. Boas notas. Geralmente é quem nos impede de se meter em muito problema. Ele é o único que tem pais que realmente *gostam* dele — disse Julian. — Mas eles foram deportados.

Yadriel se retraiu. Pensou em bruxes que tiveram o mesmo destino e deixaram um buraco na comunidade, uma dor em várias famílias e gerações. Yadriel se odiou por ter julgado Omar tão rápido.

— Mas Omar nasceu aqui, então não precisou ir com eles. Ele *queria*, mas seus pais não deixaram — explicou Julian. — Eles sacrificaram tudo para chegar aqui nos Estados Unidos e garantir que Omar tivesse uma vida melhor que a deles, sabe? É uma merda, cara.

Julian balançou a cabeça lentamente.

— Rio disse que Omar podia morar com a gente, mesmo que não tenha muito espaço. Os pais dele tentam ligar sempre que podem, mas... — Julian deu de ombros. — Ele se finge de durão, age como se não ligasse pra merda nenhuma, mas eu vejo que ele liga. Chamada de vídeo não é a mesma coisa que ter seus pais *aqui* com você.

Yadriel sabia disso bem demais. E, pela entonação de Julian, ficou evidente que ele tinha alguma experiência com isso também.

— Você se incomoda de eu perguntar o que aconteceu com seu pai? — perguntou Yadriel.

— Levou um tiro. — Julian tensionou o maxilar. — Bala perdida de um carro passando. Lugar errado na hora errada. Ele me deu esse colar quando eu era mais novo.

Ele indicou a medalhinha de São Judas que descansava na garganta de Yadriel, que correu os dedos por ela.

— Você sabe, padroeiro das causas perdidas e tal. — Julian sorriu como se fosse uma piada interna.

— E a sua mãe? — perguntou Yadriel, passando o dedo pelas letras gravadas.

Sua pergunta fez o sorriso de Julian desaparecer.

— Ela e meu pai se conheceram na Colômbia e se mudaram para cá antes do meu irmão nascer. Depois que nasci, ela fugiu. Meu pai nunca mais soube dela. — Julian se remexeu. — Minha vida é bem chata comparada a todos os rumores. Eu acho que gosto mais daquela história dos sicários fugitivos. — Ele riu.

— Sinto muito pela sua mãe — disse Yadriel, mas Julian não parecia muito chateado.

Ele deu de ombros.

— Não dá pra ter saudade de alguém que você nunca conheceu, né?

Yadriel imaginou que ele tinha razão.

— Parece que Rio realmente cuida de vocês.

Julian encolheu os ombros antes de dizer simplesmente:

— Somos uma família.

— Ele deve estar morrendo de preocupação com você — disse Yadriel gentilmente.

— É, bem... — Julian se moveu para colocar as mãos atrás da cabeça. — Nós brigamos feio há uns dias, então eu fui embora. Disse pra ele que não ia voltar. — Uma ruga profunda surgiu entre as sobrancelhas de Julian. — E aí eu fui e morri, então... Ele já aturou muita merda por minha causa. — Ele balançou a cabeça. — Só tinha vinte anos quando meu pai morreu, e foi lá e virou meu guardião legal para eu não ir parar no sistema. Mas que cara de vinte anos quer cuidar do irmãozinho? E ainda acolher Omar?

Julian bufou.

— Ele teve que ir trabalhar na oficina que meu pai e o amigo dele tinham. Carlos deixou a gente ficar no apartamento em cima da loja e Rio trabalha para ele para conseguir pagar o aluguel, comprar comida e coisas assim. Ele provavelmente vai conseguir pagar um lugar *de verdade*, sem ter que me sustentar.

Julian brincou com a pata de Mia Casso, que descansava no parapeito. Ela fez um barulho de indignação sonolenta.

Yadriel sabia muito pouco sobre Rio, mas, por tudo que tinha ouvido, algo lhe dizia que Julian estava completamente enganado. Duvidava que o irmão dele estivesse melhor sem Julian.

— O que aconteceu com sua mãe? — perguntou Julian.

Era uma pergunta óbvia. Era surpreendente que Julian não a tivesse feito antes. Ele devia estar se segurando muito. Mas isso não significava que Yadriel daria detalhes.

— Acidente de carro — respondeu simplesmente.

Julian franziu a testa.

— Por que ninguém a curou?

Yadriel ficou tenso. Seu estômago revirou.

— Ou, tipo, a trouxe de volta à vida ou algo assim? — Julian coçou a cabeça.

— Bruxas só podem curar se ainda houver um coração batendo — respondeu Yadriel. — A pessoa tem que estar viva. E bruxes não são capazes de trazer ninguém de volta à vida desde...

Julian se sentou de repente.

— Espera, vocês realmente podem trazer pessoas de volta à vida? Eu estava brincando!

— *Shh!* — sibilou Yadriel. — *Podíamos*, não podemos mais. Eu te disse, diluição da magia com o tempo.

— Mesmo assim! — Ele se deitou na cama novamente, rindo. — Isso é tão foda.

— É, bem, como eu falei... exigia muito poder.

— Então as pessoas que vocês traziam de volta, tipo, *com certeza* eram zumbis, certo?

Yadriel resmungou.

— Zumbis de novo, não...

— Ressuscitar alguém usando poderes malignos só pode resultar em zumbis! Eu sei disso, eu li uns livros — disse Julian.

Yadriel levantou uma sobrancelha.

— Ok, ok, ok, mas eu vi filmes o suficiente pra saber como isso termina! — corrigiu-se Julian, mal abafando risadinhas.

Yadriel passou a mão no rosto.

— Você é impossível! — disse ele, rindo.

Ele colocou as mãos atrás da cabeça e olhou para o teto.

— Eu baguncei um pouco as coisas, né? — disse Yadriel.

Não estava tentando despertar compaixão, só falando o óbvio. Manter segredos da própria família. Falar besteira em mais de uma ocasião. Estragar completamente a conversa com os amigos de Julian. Mais mentiras, mais segredos. Estava perdido.

— É — concordou Julian de um jeito objetivo, sem maldade, sem sequer um tom implicante. — Mas agora sua bagunça é minha também. — Ele virou a cabeça para Yadriel e falou suavemente: — Vai ser mais fácil se resolvermos juntos, certo?

As covinhas de seu sorriso cansado deixaram Yadriel tonto.

Pela primeira vez em muito tempo, Yadriel não se sentia um caso perdido. Era legal ter alguém para conversar sobre aquelas coisas. Ele tinha seu tio e Maritza, claro, mas a experiência deles ainda era distante da de Yadriel. Quando ele se assumiu, teve trabalho para explicar ao seu tio e a Maritza quem era. Custou muito tempo e muito esforço emocional.

Mas Julian já o entendia, não precisava ser educado. Era... fácil. Yadriel não sabia que fazer alguém enxergá-lo como era podia ser tão fácil e indolor.

Por um momento, eles ficaram ali deitados, uma risada baixinha se misturando com a música suave tocando do iPhone.

Julian soltou um suspiro irritado e profundo.

— Então, acho que eu desisto.

— Desiste de quê?

— Podemos ir ver o Rio amanhã.

Yadriel se virou para olhá-lo. Ele não parecia muito feliz.

— Sério?

— Só pra ver se ele sabe de alguma coisa, se a polícia ligou pra ele ou qualquer coisa assim, e pegar uma camisa minha — disse Julian, firme. — E só pra... — Ele se calou. — Não sei. Pra ver se ele está bem antes de eu ir.

Aquelas últimas palavras atropelaram os pensamentos de Yadriel.

Antes de ele ir.

Era verdade. Aquilo tudo era para que Yadriel pudesse libertar Julian para o pós-vida. Onde ele ia ficar para sempre, porque Julian era um garoto normal. Depois que fizesse a passagem, acabava. Ele não era um bruxo. Não haveria nenhuma oferenda para ele no Día de Los Muertos. Para Julian, a morte era definitiva. Quando o pai dele morreu, Julian nunca mais o viu. E agora os amigos de Julian e seu irmão nunca mais o veriam, também.

— Levando tudo em conta, você tá lidando muito bem com essa coisa toda de estar morto — disse Yadriel.

Julian deu uma risadinha.

— Eu não sei, nunca esperei viver muito, de qualquer jeito.

Yadriel não soube o que dizer. Havia algo profundamente triste na maneira como ele dissera aquilo tão casualmente.

— Mas eu pensava que teria, tipo, uns trinta, não me imaginava mais velho do que isso. Quase dezesseis anos me parece meio jovem. — Seus lábios se curvaram em um sorriso torto. — A parte de virar fantasma foi definitivamente uma surpresa. — Julian rolou de lado, apoiando o rosto na mão. — Eu posso possuir você?

Uma risada de surpresa brotou no peito de Yadriel.

— Não. São demônios que fazem isso.

— Mas está chegando o Día de Los Muertos, certo? Você disse que nós, mortos, ficamos mais fortes nessa época.

Julian se inclinou, os olhos estreitados, seu rosto a centímetros de distância. Yadriel podia ver a sombra delicada na mandíbula dele. Havia uma pequena cicatriz em sua sobrancelha.

— Se eu me concentrar *bastante*... — Ele pairou um dedo sobre Yadriel. — Eu consigo te tocar?

Yadriel sentiu o rosto esquentar. Seu coração acelerou perigosamente.

— Acho que não, Jules. — Uma risada trêmula fez suas palavras falharem.

Covinhas marcaram as bochechas de Julian. Ele inclinou a cabeça para o lado.

— Por que não?

— Você não tem poder mental o suficiente.

A risada de Julian foi sincera e relaxada.

— *Shh*, para! — mandou ele, entre os risos. — Eu tô me concentrando!

Ele balançou a mão antes de pairar acima de Yadriel novamente. O rosto de Julian se contorceu, os lábios afastados.

Yadriel prendeu a respiração. Seus dedos apertaram o cobertor embaixo dele. Um arrepio correu por sua coluna até a ponta dos dedos dos pés. Era desconcertante, e sua cabeça estava cheia de pensamentos perigosos. Queria sentir as mãos fantasmagóricas de Julian em sua pele e se perguntava como seria sentir o cabelo curto dele nos dedos, qual seria o cheiro de sua pele ou se seus lábios seriam tão macios ao toque quanto pareciam.

Mas essa era uma ideia boba e estúpida, porque não se podia tocar meninos mortos e eles não podiam tocá-lo.

Julian baixou a mão e, por um momento, nada aconteceu.

— Viu? — Yadriel soltou o ar. O anseio doloroso devorou a esperança em seu peito. — Você...

Mas então ele sentiu. O tremor da medalha contra sua garganta. O correr de um dedo — obviamente frio — por sua pele.

Yadriel arfou baixinho e apertou a mão atrás da cabeça.

Julian recuou.

— Você sentiu? — perguntou ele, os olhos arregalados.

— Senti!

— Isso! — O sorriso de Julian era brilhante.

Os dois irromperam em risadas. O tipo de risada afobada, meio delirante, que fez Yadriel se sentir quase bêbado.

— *Viu?* — Julian empinou o queixo, orgulhoso.

Yadriel revirou os olhos.

— Tá, tá.

— Eu te disse, eu...

Mas Julian não terminou a frase. Por um segundo, ele congelou.

— Jules? — Yadriel fez menção de se sentar.

Julian respirou fundo, de um jeito rascante, e desabou na cama.

Mia Casso correu da janela e sumiu de vista.

Yadriel se levantou. Seu coração martelava no peito.

— Ei, o que tá acontecendo...?

A boca de Julian pendia aberta, seus olhos revirados, e seu corpo inteiro começou a espasmar. Não, não eram espasmos; ele estava tremendo, *vibrando*. A silhueta de Julian piscava, sumindo e voltando como uma lâmpada prestes a queimar.

— *Jules!* — As mãos de Yadriel pairavam acima dele, sem saber o que fazer ou o que estava acontecendo. Ficou apenas olhando o corpo de Julian sumir e reaparecer.

Levou um momento para que visse a mancha vermelha na região do peito da camisa branca do garoto. Começou como uma mancha escura, mas cresceu lentamente, aparecendo em flashes.

Mais tremores. Apenas uma sombra de Julian.
Então ele desapareceu e não voltou mais.
O coração de Yadriel foi parar na garganta.
— *Jules*!
Seus olhos percorreram a cama freneticamente enquanto tateava o colchão, como se ainda pudesse senti-lo ali, como se talvez Julian estivesse invisível, mas ele havia sumido. Não tinha nada. Nem uma onda fria sob seus dedos.

Tão rápido quanto desaparecera, Julian voltou a existir. Ele ofegou do fundo da garganta e abriu os olhos subitamente.

Yadriel recuou, quase caindo da cama.

Julian respirou fundo, a mão agarrando a camisa onde o sangue aparecera. Mas então ele começou a desaparecer.

Era como se alguém tivesse diminuído sua saturação e opacidade. Julian parecia mais embaçado agora, sua silhueta, um pouco mais borrada do que antes. A mancha vermelha diminuiu até sumir.

— O que... que merda aconteceu? — perguntou Julian, sem fôlego.

Yadriel só conseguiu balançar a cabeça.

— *O que foi isso?* — Sua voz estava tomada pelo pânico.

Yadriel encarou as próprias mãos, que tremiam incontrolavelmente.

— Eu... eu não sei.

CAPÍTULO 14

— **V**ocê... você desapareceu! — Yadriel encarou Julian, com medo de piscar e ele sumir novamente. — Aonde você foi?

Julian pulou da cama.

— Eu... eu não sei! — balbuciou ele.

Julian começou a se contorcer, tateando o próprio corpo, olhando seus braços e pernas.

— Você estava *sangrando*. — A voz de Yadriel estava tensa de pânico, e ele odiou soar tão assustado, *estar* tão assustado.

Julian apertou a mão no peito e arfou, como se ainda pudesse sentir.

— Mas por quê? O que houve?

Yadriel revirou seu cérebro, tentando se lembrar de tudo que sabia sobre espíritos, mas era difícil se concentrar. Só via o rosto contorcido de Julian e o flash de seu peito ensanguentado.

— Quando... quando espíritos ficam muito tempo no mundo dos vivos, quando eles começam a se tornar malignos, às vezes eles revivem suas mortes — disse Yadriel.

— Alguém me esfaqueou? — perguntou Julian, seu rosto fantasmagórico mortalmente pálido. — Eu levei um tiro?

— Mas você morreu ontem — argumentou Yadriel. Ele passou as mãos pelo cabelo, tentando pensar. Alguns espíritos se tornavam malignos mais rápido do que outros, mas só havia passado um dia. — Não devia estar acontecendo tão rápido.

Julian se sentou pesadamente na beira da cama.

— Não sei o que foi isso, mas não quero que aconteça nunca mais.

— Isso não é nada bom.

Os olhos preocupados de Julian encontraram os dele.

— O que isso significa?

— Significa que nosso tempo está acabando.

Foi impossível dormir.

Yadriel ficou na beira da cama, deitado de lado para poder ver Julian em seu saco de dormir no chão. Mia Casso se aninhou atrás de seus joelhos. Julian estava de costas para ele, mas não havia como ele estar dormindo, certo? Toda vez que Yadriel começava a cair no sono, voltava a despertar no susto. Não parava de rever Julian caído, de olhos revirados, o sangue escorrendo da ferida que deve tê-lo matado.

O que deveria fazer? Yadriel ouvira falar de espíritos revivendo suas mortes quando estavam prestes a se tornarem malignos, mas nunca tinha presenciado um caso. Seus pais sempre o protegeram disso. Quando espíritos do cemitério se tornavam malignos, bruxos habilidosos eram mandados para lidar com isso o mais rápido e humanamente possível.

Yadriel tinha centenas de perguntas, mas nenhuma forma de respondê-las. A história bruxe era passada por tradições orais, não havia uma enciclopédia onde pudesse pesquisar a questão. E ele não podia *perguntar* a ninguém por que um espírito ficaria maligno tão rapidamente sem levantar suspeitas.

Não, não tinha ninguém a quem pudesse recorrer. Teriam que lidar com aquilo.

A ideia de libertar Julian à força, como ameaçara fazer naquela primeira noite, era impensável agora. Julian só precisava aguentar um pouco mais.

Se pudessem encontrar o corpo dele, talvez encontrassem o de Miguel e os dos outros que haviam sumido. Se Yadriel pudesse se provar para todo mundo, então teriam que deixá-lo participar do *aquelarre*. O prazo do Día de Los Muertos estava se aproximando. O Halloween seria em dois dias, e à meia-noite o primeiro dia do Día de Muertos começaria.

※ ※ ※

Quando seu despertador tocou de manhã, Yadriel já estava acordado. Ele esperou, observando Julian se sentar.

— Dormiu bem? — perguntou ele.

— Estou começando a achar que fantasmas não dormem — respondeu Julian com um sorriso fraco.

Ele parecia cansado, claro, mas não era só isso. Havia um olhar vidrado em seu rosto. Uma vigilância intensa. Julian olhou para Yadriel enquanto ele se arrastava da cama e ia até o armário.

— E parece que bruxos também não.

Yadriel murmurou algo incompreensível. Quando voltou do banho, encontrou Julian sentado ao pé da cama. Ele estava com as mãos cruzadas, esfregando o polegar pela palma. Preocupação marcava cada linha do seu rosto.

— Vou ter que convencer você a me levar para a escola de novo? — perguntou Julian com uma risada nervosa.

— Não — disse Yadriel, brincando com o pingente de São Judas. — Dessa vez eu quero que você venha.

Agora, estava mais preocupado com o desaparecimento de Julian e com aquela coisa de ele reviver sua morte. Pelo olhar dele, Yadriel tinha certeza de que Julian estava preocupado com a mesma coisa. Se não conseguisse impedir que isso acontecesse, pelo menos garantiria que Julian não estivesse sozinho. Yadriel não queria voltar para casa e descobrir que o Julian que ele conhecia tinha desaparecido, deixando apenas um espectro horrível em seu lugar.

Julian arqueou as sobrancelhas.

— Sério?

Yadriel assentiu, então deu de ombros, como se não ligasse.

— É pegar ou largar — falou enquanto passava pomada no cabelo.

— Vou pegar! — Julian pulou de pé. A preocupação havia sumido e o sorriso elétrico estava de volta. — Com certeza eu pego!

Julian esperou impacientemente na porta enquanto Yadriel arrumava suas coisas. Ele abriu a mochila para tirar seu talismã e guardá-lo, mas hesitou ao segurar a bainha.

Novamente, a imagem de Julian convulsionando e piscando o assombrou. Se fosse um sinal de que Julian estava sumindo, será que ele podia perder o controle de si mesmo enquanto estavam na escola?

Yadriel olhou para Julian com uma queimação no estômago.

— Você tá pronto ou não? — bufou Julian. Ele viu a adaga na mão de Yadriel e levantou uma sobrancelha. — Achei que estivesse com medo de te pegarem com essa coisa na escola.

Se Julian se tornasse maligno durante as aulas, Yadriel seria obrigado a cortar sua ligação com o *tether* e libertar seu espírito antes que ele machucasse alguém.

— Melhor prevenir do que remediar, né? — disse Yadriel.

Julian o encarou por um segundo, então deu de ombros.

— Só não seja pego, eu não quero passar a noite com você na cadeia.

Yadriel colocou seu talismã na bainha e então na cintura do jeans, e colocou a mochila no ombro.

Escutou cuidadosamente à porta, e parou a cada passo enquanto descia as escadas, mas a casa estava silenciosa e vazia. Isso era estranho, considerando que Lita geralmente estava ocupada na cozinha àquela hora. Ele abriu a porta da frente, e Julian saiu correndo.

— *LIBERDADE!* — comemorou ele, pulando os degraus da varanda.

Yadriel riu e balançou a cabeça. Julian estava de bom humor. Yadriel hesitou ao passar pela porta, e pegou sua adaga de novo. Realmente precisava dela? Dava azar presumir o pior? Estaria apenas dando abertura para algo de ruim acontecer, levando-a à escola? Talvez ele devesse deixar a adaga em casa...

Antes que ele pudesse se decidir, a porta da garagem se abriu e Lita entrou na cozinha.

— Vou preparar alguma coisa — disse ela, indo para o fogão.

Tio Catriz e seu pai a seguiram, carregando uma caixa grande. Yadriel congelou, o pânico grudando seus pés ao chão. A voz em sua cabeça gritou para ele sair correndo, mas seu corpo parecia em curto-circuito, recusando-se a ceder.

— Onde a gente coloca isso? — perguntou seu pai, de costas para Yadriel.

Tio Catriz se virou e imediatamente cruzou olhares com Yadriel por cima do ombro de Enrique.

O rosto dele foi de surpresa para confusão. Antes que Yadriel pudesse reagir, os olhos dele foram para o talismã na mão de Yadriel, que sentiu seu coração se apertar.

Catriz vira a adaga em sua mão. Ele a reconheceria imediatamente como um talismã.

Por um segundo, o rosto de seu tio ficou pálido como giz enquanto ele encarava a lâmina, mas então...

Então ele sorriu.

— Coloque na sala — instruiu Lita, balançando a mão enquanto colocava uma panela no fogão.

Enrique começou a se virar para a sala, onde Yadriel continuava preso no batente na porta, segurando sua lâmina.

Estava ferrado. Seu pai o veria com o talismã. Seria pego em flagrante.

Um barulho alto assustou todo mundo.

A caixa que tio Catriz estava segurando havia caído de seus braços, jogando velas de orações e incensos por todo o chão da cozinha.

— *Aye*! — Lita arfou, a mão no peito.

— Cuidado com o vidro! — avisou o pai de Yadriel quando cacos se partiram sob seus sapatos.

— Vou pegar a vassoura! — Lita correu para a garagem.

— Ah, desculpa, *hermano* — disse tio Catriz enquanto ele e Enrique se abaixavam para pegar os cacos maiores.

— Não se preocupe, temos muito mais — Enrique o tranquilizou.

Yadriel se recuperou e rapidamente colocou o talismã na bainha novamente.

Tio Catriz olhou para ele por cima do ombro de seu pai e piscou.

Alívio e gratidão encheram o peito de Yadriel. Seu tio acabara de salvar sua pele, e não parecia bravo de ter visto Yadriel com um talismã. Ele parecera... bem, ele parecera *orgulhoso*, o que era um sentimento que Yadriel não recebia havia muito tempo.

Ele devia ter imaginado que tio Catriz ficaria do seu lado. Queria contar *tudo* ao tio, mas ainda não era o momento.

Enquanto os dois catavam os cacos, Yadriel saiu pela porta e correu para o portão principal, onde Julian e Maritza o esperavam.

— Aí está você. — Maritza suspirou, recostada no portão, e então se impulsionou para partirem. Ela vestia uma jaqueta felpuda preta e jeans apertados, o cabelo dividido em duas pequenas *box braids*.

— Caramba, como você demora tanto? — perguntou Julian, incrédulo. — Pensei que estava... por que está sorrindo assim?

Um sorriso enorme iluminava o rosto de Yadriel, sua cabeça estava a mil. Seu coração estava prestes a explodir, martelando no peito.

— Minha família apareceu — Yadriel falou rápido. — Meu tio viu o meu talismã...

Maritza arregalou os olhos.

— O quê?

— Ô-ou — disse Julian, olhando ansioso para a casa.

— Não, não, está tudo bem! — Yadriel se apressou em acrescentar, rindo de felicidade. — Não deu em nada! Ele até distraiu Lita e meu pai para eu poder sair de lá sem que eles me vissem!

Maritza balançou a cabeça em descrença.

Enquanto isso, Julian sorria.

— Incrível!

— Ele realmente não ligou? — perguntou Maritza, franzindo a testa. — Você acha que ele vai contar ao seu pai?

— Não, não acho que ele me entregaria — disse Yadriel. Julian sorriu, mas Maritza parecia estranhamente preocupada. — Sério, Itza. Meu tio me entende, ele é o único que entende...

Ela fez uma expressão magoada.

— Tirando você, é claro! — ele acrescentou depressa, cutucando-a afetuosamente.

— Você vai contar tudo para ele? — insistiu Maritza, as sobrancelhas bem-delineadas franzidas.

— Ah, acho que sim, provavelmente. — Yadriel deu de ombros. Seria bom ter um adulto ao seu lado. Quando chegasse o momento de contar tudo ao seu pai e a Lita, seria bom ter o seu tio para apoiá-lo. — Obviamente não *agora*. A gente precisa ir para a escola e depois ver o Rio.

Yadriel começou a andar pela rua, gesticulando para que eles o seguissem. Seu sorriso era tão grande que chegava a fazer o rosto doer. Julian foi atrás dele, mas Maritza ficou parada por um momento, os braços cruzados.

— Tá bom. — Ela finalmente suspirou antes de os seguir.

— Viu? Tudo está se resolvendo! — disse Julian, as covinhas aparecendo quando sorriu para Yadriel.

— Está mesmo — concordou Yadriel, o coração acelerado.

Aquele era um passo a mais na direção certa. Um passo mais perto de se tornar um bruxo. Um passo mais perto de ser ele mesmo.

Ainda estava na onda de adrenalina quando chegou na primeira aula. Estava com um ótimo humor, e Julian, melhor ainda. Yadriel nem se importou quando o garoto, depois de ficar imediatamente entediado na aula de matemática, resolveu aprontar um pouco.

Ele esperou a srta. Costanzo escrever problemas matemáticos no quadro e então, quando as pessoas pararam de prestar atenção, o que não demorou muito, apagou um número aleatório quando ela não estava olhando. Ela precisou checar suas anotações três vezes, com um olhar confuso, enquanto tentava descobrir o que estava errado.

Julian se segurou na beirada da mesa dela e gargalhou. Yadriel precisou cobrir a boca com a mão para se impedir de gargalhar.

Durante o almoço, Maritza se juntou a eles atrás das arquibancadas. Ela ajudou Julian a melhorar suas habilidades de fantasma ao alinhar os dedos como um gol para Julian jogar uma bolinha de papel.

Yadriel ficou sentado, comendo um sanduíche ressecado da cantina. Gostava de observar Julian focado em alguma coisa. Suas sobrancelhas grossas se franziam, os olhos ficavam concentrados, a ponta da língua entre os dentes. Ele era tão vivaz. Quando fazia um gol, dava um soquinho no ar, gritando um "Uhul!" animado. Quando errava, abaixava as mãos e se jogava na grama dramaticamente. Yadriel viu Maritza olhá-lo de relance mais de uma vez. Ele tentava tirar o sorriso estúpido do rosto, mas não conseguia evitar.

No fim do dia, estava começando a se sentir exausto. Depois de duas noites quase insones, era um milagre ter aguentado tanto. Para piorar a situação, a última aula do dia havia sido de História, e o Sr. Guerrero era péssimo; falava em um tom monótono sem o menor sinal de emoção.

Lentamente, Yadriel afundou em sua carteira até que seu livro virou um travesseiro, o queixo acomodado em seus braços cruzados. Manter os olhos abertos exigia esforço, e seu moletom era quentinho e macio, evidentemente trabalhando contra ele ao seduzi-lo a tirar uma soneca ali mesmo, na carteira da escola.

— Ei! Acorda!

Julian havia voltado depois de ir fuxicar a mochila dos outros alunos. Yadriel respondeu com um *humph* desinteressado.

Julian se agachou ao seu lado, segurou o canto da mesa e descansou o queixo nos dedos, ficando no nível dos olhos de Yadriel, seus narizes a alguns centímetros de distância.

— Podemos ir dar uma volta? Vamos dar uma volta. Não é uma ótima ideia? — perguntou ele, uma explosão de energia mal contida no corpo de um adolescente.

Yadriel focou nos olhos escuros o encarando em expectativa. Deu a Julian um olhar descontente. Ele não ia matar aula, ainda mais tão perto do fim do dia. Só precisava aguentar um pouco mais.

— Vai ser rapidinho! — argumentou Julian, como se estivesse lendo sua mente. — Em volta da escola?

Quando Yadriel piscou lentamente, Julian emendou:

— Ok, ok, ok, então só até o corredor e voltamos?

Ele tamborilou os dedos na mesa e se balançou na ponta dos pés.

Odiava admitir, mas a ideia parecia mesmo boa. Se pudesse se levantar e se mover, talvez despertasse um pouco. Ele não conseguiria descansar nem tão cedo.

Yadriel deu um suspiro profundo e se sentou.

— Sr. Guerrero? — chamou ele, levantando a mão. — Posso ir ao banheiro?

— *Isso!* — Julian se levantou e saiu da sala antes até de o Sr. Guerrero dar a permissão para Yadriel.

Yadriel se espreguiçou, arqueando as costas enquanto eles andavam pelo corredor vazio.

— Meu Deus, como você aguenta aquilo *todos os dias*? — perguntou Julian, balançando a cabeça de maneira exagerada.

— Geralmente não é tão ruim — disse Yadriel com um bocejo. — Quando estou mais acordado, até que é suportável.

— Eu ia morrer — disse Julian. — Tipo, *de novo*.

Yadriel riu.

— Você gosta mesmo desse negócio de escola, né? — perguntou Julian com um sorriso divertido.

Yadriel deu de ombros, esfregando os olhos.

— Eu quero entrar numa boa faculdade, ter um bom emprego, ajudar minha família, ser bem-sucedido.

Julian olhou para ele de cara feia.

— *Tch*, você não precisa ir bem na escola para ser bem-sucedido na vida — disse ele, irritado.

— É, você tem razão. — Yadriel se corrigiu, imediatamente mais alerta. — Eu quis dizer...

— Carlos, o cara que abriu a oficina mecânica com meu pai, nem chegou a terminar o ensino médio! — continuou Julian. — Ele pegou uma vaga de apêndice...

— Aprendiz.

— Recebeu uma oferta de emprego de cara, aprendeu tudo que tinha do negócio, fez dinheiro *pra caramba* — continuou Julian, batendo o punho na mão para dar mais ênfase. — Depois abriu *a própria loja* e fez isso tudo sem um diploma e sem dívida de empréstimos estudantis. — Com o queixo erguido orgulhosamente, ele lançou um olhar desafiador a Yadriel.

Por um segundo, Yadriel não soube o que responder. Foi pego de surpresa pela observação muito válida de Julian e se sentiu envergonhado por dizer algo tão obviamente classista.

Maritza teria sentido vergonha dele.

— Você tem razão, me desculpe — disse Yadriel, erguendo as mãos em rendição. — Eu só quis dizer...

Julian parou.

— Espera, espera, espera! Eu não escutei direito, o que você disse? — perguntou ele, colocando a mão na orelha, fingindo confusão.

— Ai, meu Deus — resmungou Yadriel.

— Algo sobre eu ter razão? — disse Julian, convencido.

O corredor acabou e Yadriel parou de andar.

— Você é insuportável — disse ele, olhando em volta.

— É, mas eu acho que você gosta — respondeu Julian, dando de ombros.

Yadriel escolheu ignorar.

Havia um bebedouro e os banheiros do outro lado. Yadriel se dirigiu ao banheiro feminino.

— O que você está fazendo? — perguntou Julian, levantando as sobrancelhas.

— Indo ao banheiro.

Julian apontou para o banheiro masculino.

— Hã, banheiro errado, cara.

Yadriel hesitou.

— Hã... eu nunca usei o banheiro masculino — confessou ele, o rosto vermelho.

— O quê? — Julian franziu a testa. — Por quê?

Às vezes Julian o surpreendia com o quanto era esperto e bem-informado.

Outras vezes, nem tanto.

— Muitas razões — disse Yadriel, cruzando os braços. — Inclusive, mas não somente: pessoas me assediando, me xingando, me empurrando... humilhação geral — listou ele.

Para falar a verdade, ele nunca tivera coragem de usar o banheiro masculino. Em público, ele sempre tentava encontrar um banheiro neutro, o que era difícil. A escola não tinha um desses, então Yadriel só segurava o máximo que conseguia antes de se forçar a usar o feminino, e só ia durante as aulas, quando era menos provável cruzar com alguém.

— Ah. — A expressão de Julian se suavizou por um momento, o que Yadriel odiou, mas então ficou raivosa, o que era muito menos humilhante. — As pessoas são escrotas.

Uma risada surpresa escapou da garganta de Yadriel.

— Pessoas *são* escrotas — concordou ele.

— Bom, não tem ninguém por perto agora — comentou Julian.

Ele foi até a porta de metal do banheiro masculino e literalmente atravessou a cabeça por ela, causando outra risada de Yadriel.

— E ninguém dentro! — A voz de Julian ecoou de dentro do banheiro. Ele se endireitou e se virou para Yadriel: — Quer dizer, se você quer ver qual é o auê, agora é sua chance — disse Julian com um sorriso.

Yadriel bufou, incerto se Julian estava brincando ou não, mas o humor dele realmente tornava tudo menos... assustador. Ele sempre ficava uma pilha de ansiedade, rondando o banheiro masculino e tentando criar coragem para entrar, e no fim desistia.

Mas as piadas ruins de Julian, seu sorriso fácil e sua indiferença pareciam sugar todo o estresse da situação. Ou ao menos diluí-lo.

— Tudo bem. — Yadriel bufou, como se estivesse fazendo um favor a Julian. Ele foi em direção ao banheiro e Julian se moveu para segui-lo. — O que você está fazendo?

— O quê?

— Você não pode entrar comigo!

— Eu não vou ficar *olhando*!

— Eu... eu tenho uma bexiga tímida! — gaguejou Yadriel.

Julian jogou a cabeça para trás e gargalhou.

— Ai, meu Deus!

— Eu não consigo fazer se você estiver escutando!

— Ok, ok, ok! — Julian riu, um sorriso enorme no rosto. — Eu vou ficar de guarda — disse ele, levando dois dedos à têmpora como uma continência. — Quer que eu tampe os ouvidos? Cante uma música?

— Cala a boca!

Com isso, Yadriel marchou para dentro antes que pudesse mudar de ideia.

E, de repente, ele estava no meio do banheiro masculino pela primeira vez na vida. Yadriel olhou em volta. Não sabia o que estava esperando, mas depois de toda a expectativa, era um pouco... medíocre. E fedido.

Mas ele era um garoto, e, se os banheiros masculinos eram assim, então teria que se acostumar.

Quando Yadriel saiu, Julian estava apoiado em uma parede, ainda parecendo estar se divertindo demais.

— Você não está tapando os ouvidos. — Yadriel o olhou. — E eu não ouvi nenhuma cantoria.

— Minha voz cantando é sexy demais — disse Julian com um aceno solene de cabeça. — Você ia se apaixonar por mim, tipo, imediatamente.

Yadriel revirou os olhos e começou a voltar para a sala de aula.

Julian andou ao lado dele.

— Foi como você sonhava? — perguntou ele.

— Uma experiência realmente mágica — respondeu Yadriel, seco, mas estava sorrindo, apesar de tentar reprimir.

A empolgação formigava sob sua pele. Ele tinha *oficialmente* usado o banheiro masculino pela primeira vez, e na *escola*! Claro, não tinha ninguém por perto além de Julian, mas ainda parecera um grande passo em assumir sua identidade. Yadriel olhou de relance para Julian.

— Obrigado.

Julian sorriu.

— Sempre que precisar, *patrón*.

Quando o dia letivo acabou, eles encontraram Maritza perto do estacionamento antes de voltarem para o cemitério.

— Esse foi o dia mais divertido que já passei na escola — disse Julian, andando de ré na calçada à frente deles.

— Ah, sério? — perguntou Maritza, ajeitando suas tranças *box braids* com uma caretinha. — Você aprendeu muita coisa?

Julian riu.

— Não, mas arrumei outras coisas para me ocupar — disse ele antes de se virar e descer a rua.

— Uhum — murmurou Maritza, olhando para Yadriel com um sorriso. — Tenho certeza que sim.

Yadriel franziu a testa, odiando a maneira como suas bochechas ficaram coradas.

— *Cala a boca* — sibilou baixinho.

Por sorte, Julian estava longe o suficiente para não escutar, chutando folhas de arbustos no caminho.

— Ei, não acho ruim — disse Maritza, tendo pelo menos a decência de abaixar a voz. — Quer dizer, ter um namorado fantasma pode ser meio sexy. — O sorriso sabichão dela era irritante.

Ele a empurrou e, que maravilha, agora suas axilas estavam suando.

— *Itza!*

Ela riu, observando Julian sem pudor algum.

— Ele *tem* praticado as habilidades de fantasma, então talvez...

— Ai, meu Deus, *para*! — disse Yadriel, sério, incapaz de aguentar a provocação. — Não é nada disso! Não *tem como* ser.

Seus olhos foram até Julian, observando enquanto ele subia em uma mureta baixa de tijolos ao redor da casa de alguém e caminhava ao longo dela.

Yadriel tentou combater o frio na barriga, a empolgação nervosa.

— Olha, não custa nada aproveitar enquanto ele está por perto — sussurrou Maritza, dando-lhe um empurrãozinho com o cotovelo.

— Ele pode não ficar por muito mais tempo — retrucou Yadriel. O frio na barriga foi rapidamente substituído por uma queimação desagradável. — Ainda mais depois da noite passada.

Maritza franziu o cenho.

— O que aconteceu?

Mantendo a voz baixa, Yadriel contou a ela sobre o desaparecimento de Julian. Como ele se contorcera de dor. O sangue em sua camisa. A maneira como ele tinha sumido. As lembranças lhe causaram um calafrio.

Quando terminou, o sorriso implicante de Maritza e os olhares espertos tinham sumido, substituídos por um de puro assombro.

— Isso é tão bizarro.

Yadriel tremeu.

— Nem me fala.

— Acho que ele não devia mais ficar com você.

Foi tão inesperado que Yadriel parou.

— Espera, *o quê?*

— Talvez a gente devesse deixar ele em algum lugar durante a noite, tipo lá na velha igreja? — sugeriu ela, seus olhos fixos nas costas de Julian.

Yadriel franziu o cenho, de repente na defensiva, querendo proteger Julian. Os nervos exaustos e em frangalhos não ajudavam seu estado de espírito.

— Do que você está falando?

Maritza emitiu um som frustrado do fundo da garganta.

— E se ele surtar e se tornar um espírito maligno no meio da noite?

Yadriel balançou a cabeça.

— Julian não me machucaria.

— Julian não, mas se ele se tornar maligno, não será mais o Julian.

Yadriel deu as costas ao olhar sábio de Maritza.

— Vamos só resolver as coisas de hoje, tá bom? — murmurou Yadriel. — Luca disse que nos encontraria depois da escola.

Maritza suspirou, mas não discutiu mais.

Yadriel assistiu a Julian arrastar os dedos ao longo de uma cerca de arame. Ele estreitou os olhos para o sol, sorrindo quando um carro esportivo vermelho-cereja passou, *cúmbia* ecoando dos alto-falantes. Julian ficava feliz na cidade, Yadriel podia ver isso. Ele gostava do barulho e da agitação e das pessoas. Combinava com ele. Era seu lugar. Não morto ou no pós-vida, por mais agradável que fosse.

Pela primeira vez, Yadriel se tocou do quanto tudo aquilo era injusto. Ele não havia parado para pensar no que aconteceria quando tudo estivesse resolvido, depois que libertasse o espírito de Julian e ele partisse.

Ele não merecia a morte. Ele não merecia nada disso. Julian literalmente havia morrido protegendo seus amigos. E Yadriel tinha certeza de que *ele* não merecia Julian. Não tinha motivo para Julian ajudá-lo a encontrar Miguel, mas ele o estava ajudando mesmo assim, e Yadriel nunca poderia retribuir.

Ele dava tudo e não esperava nada em troca.

O coração de Yadriel se apertou.

Não, nenhum deles merecia Julian Diaz.

CAPÍTULO 15

— Preciso ir falar com meus pais e pegar os cachorros — disse Maritza, atravessando a rua para a casa. — Vocês dois esperem aqui. Meus pais iam me deixar de castigo pelo resto da vida se soubessem que eu estou dando voltinhas com um espírito.

Julian fingiu se ofender.

Maritza correu pela rua e entrou em casa. A porta de tela bateu atrás dela.

Yadriel se apoiou em um muro próximo, recostando a cabeça contra o tijolo frio enquanto fechava os olhos. Sirenes ressoavam ao longe. Um ruído alto de broca soava da construção na avenida principal. Ele ouvia as vozes altas de Maritza e sua família, não gritando, apenas lutando para serem ouvidas.

— Ei — sussurrou Julian em seu ouvido. — Não durma, você pode cair, e eu não consigo te segurar.

— Hum — murmurou Yadriel, abrindo um olho.

Julian encostou o ombro na parede, sorrindo para ele.

— É sua culpa eu estar tão cansado — grunhiu Yadriel.

— Ei, ei, ei, não me use como bode respiratório.

Yadriel deu uma risada cansada.

— *Bode expiatório*, Jules.

Uma covinha se formou em sua bochecha esquerda enquanto ele mordiscava o lábio inferior.

O coração de Yadriel subiu à garganta. Ele se forçou a fechar os olhos, tentando tirar as palavras de Maritza da cabeça. *Não faça isso*, disse a si mesmo. A única coisa mais estúpida do que fazer coisas escondido de sua família, invocar espíritos e tentar resolver múltiplos assassinatos seria se apaixonar por um menino morto.

Especialmente se fosse Julian Diaz.

Alguns momentos depois, o som da porta de tela batendo e o tilintar de coleiras anunciaram a volta de Maritza.

— Tudo pronto! — disse ela, sendo puxada por Donatello, que queria babar na mão de Yadriel, o rabo batendo no próprio rosto enquanto ele tremia de emoção. Michelangelo se sentou e arrotou. Maritza revirou os olhos e abanou a mão em frente ao nariz. — Jesus, *gordito*.

— Ela não falou sério — disse Yadriel, coçando Donatello.

— Isso é para você. — Ela jogou uma latinha para Yadriel, que capturou desajeitadamente. Era Red Bull sem açúcar. — Paola bebe, tipo, duas dessa por dia.

Yadriel abriu a lata.

— Ah, cara, eu amo esse troço! — choramingou Julian.

Yadriel deu um gole e quase engasgou.

— Ugh! — Ele tossiu. — É nojento.

— É, bom, mas vai te acordar! — disse Maritza, dando um tapinha nas costas dele. — Então aguenta!

Quando chegaram ao cemitério, Luca já estava esperando. Ele rolava no skate de um lado para outro, olhando ansiosamente ao redor, tentando espiar dentro do cemitério sem chegar muito perto. Quando viu Yadriel e Maritza, seu corpo relaxou e ele acenou, sorrindo.

— Achei que vocês tivessem mudado de ideia — admitiu Luca.

Ele estava usando o mesmo suéter verde-oliva, os dedos perdidos nas mangas enquanto se remexia.

— Só tivemos que fazer uma paradinha — respondeu Maritza.

Ele sorriu para os cachorros, mas se forçou a parar, buscando o olhar de Maritza, pedindo permissão.

— Vai fundo.

Luca se ajoelhou e Donatello e Michelangelo o sufocaram ferozmente com beijos babados, causando nele um ataque de riso.

— O cara precisa de um cachorro — disse Yadriel, sorrindo. O Red Bull estava começando a surtir efeito.

— O cara precisa de uma casa primeiro — resmungou Julian. Ele parecia menos entusiasmado, sua postura estava rígida, e a expressão, azeda.

Estava começando a esfriar, as nuvens acima ficando escuras e cinzentas. Como era uma tarde de sexta-feira, as pessoas se preparavam para o fim de semana. As portas da garagem estavam abertas, pessoas se movimentando lá dentro, música berrando, copos vermelhos na mão. Havia carros subindo e descendo as ruas, esportivos estilizados e latas-velhas.

Maritza e Luca tagarelavam, conversando sobre diversos assuntos enquanto Yadriel ficava mais atrás, observando Julian. Quanto mais se aproximavam, mais Julian ficava tenso. Quando chegaram à rua certa, Julian estava em silêncio e andando junto de Yadriel. Seus ombros estavam retesados, sua mandíbula, cerrada.

— É logo ali na frente! — anunciou Luca, erguendo o skate para a mão e caminhando ao lado de Maritza.

— A gente não vai demorar — disse Yadriel, ficando mais nervoso à medida que chegavam perto. — Só precisamos ver se ele sabe de alguma coisa e roubar algo com o cheiro de Julian.

Era bem simples. Não podia ser muito difícil, certo?

— Tem algo que precisamos saber antes de entrar? — perguntou Yadriel.

— Hã... não. — Luca meneou a cabeça. — Não sei. Isso é tudo meio estranho.

Ele olhou em volta. Talvez estivesse procurando novamente por Julian.

— Só conte a verdade. O Rio é muito bom em reconhecer mentirosos — disse Luca, evidentemente falando por experiência própria.

— Ótimo — murmurou Maritza.

— E ele não gosta de cachorros — acrescentou Julian.

Yadriel suspirou.

— Começamos bem.

A oficina de automóveis era um armazém de esquina com três grandes portas e um minúsculo escritório anexo. O exterior de tijolos era laranja-fosco e as palavras OFICINA MECÂNICA MARTINEZ E DIAZ tinham sido pintadas em letras cursivas ao longo da entrada. Havia um grande mural de Nossa Senhora de Guadalupe grafitado acima. Ela estava em sua típica veste vermelha e manto azul salpicado de estrelas. Tons de laranja e amarelo irradiavam em torno dela. Como era de esperar, ST. J estava escrito logo abaixo de seus pés.

Vários carros estavam estacionados em uma fila na frente, alguns sem para-choques ou com faróis quebrados. Um Cadillac brilhante fora içado em um elevador hidráulico enquanto um homem de macacão azul-marinho fazia o conserto embaixo dele. Uma música tocava em algum lugar de um rádio com chiado.

Através da janela da frente, Yadriel podia ver clientes esperando em cadeiras de plástico. O jornal local era transmitido em uma pequena TV montada no canto. Uma mulher com lábios vermelhos e brilhantes e saltos altos barulhentos, segurando uma prancheta, andava por ali. Tudo cheirava a gasolina e graxa de motor.

Luca foi direto a um homem parado junto a uma bancada de trabalho, classificando ferramentas. Ele era forte e alto, usando bermudas cáqui, meias brancas e uma camiseta preta.

— Carlos! — chamou Luca sobre o barulho de perfuração de uma máquina.

— Luca! — Carlos sorriu ao vê-lo. Um de seus dentes da frente era de ouro e seu cavanhaque era grisalho. — Onde você esteve, cara?

Ele apertou o ombro de Luca com sua mão enorme e lhe deu uma sacudida. Luca cambaleou.

— Com fome? Acho que tenho algumas coisas na geladeira...

— Estou bem! — interrompeu Luca, sorrindo de volta. — Hum, nós estamos procurando o Rio, na verdade.

— Ah.

Carlos olhou para Yadriel e Maritza, que estavam esperando. Seu sorriso vacilou assim que ele avistou Donatello e Michelangelo. Maritza balançou os dedos em um aceno.

— Esse é o Carlos — disse Julian no ouvido de Yadriel.

— Percebi — respondeu Yadriel baixinho, movendo os lábios o mínimo possível.

— Podemos falar com ele? — pediu Luca quando Carlos não disse nada.

A atenção do homem voltou ao Luca, o sorriso retornando a todo vapor.

— Claro, claro, colega! — Ele se virou para as grandes portas e assobiou alto. — Rio! Um de seus filhotes está te procurando!

O capô de um dos carros se fechou, revelando um jovem atrás dele.

— Luca? — Ele se moveu ao redor do carro e pisou na luz do sol.

Não havia como negar que Rio era o irmão mais velho de Julian. Eles tinham o mesmo nariz e a mesma fronte expressiva. Rio era alto e forte, e usava um macacão azul-marinho com a parte de cima abaixada, as mangas amarradas na cintura. Sua regata branca estava coberta de manchas de graxa. Seus ombros eram definidos e os músculos de seus braços saltaram enquanto ele limpava as mãos em um trapo. Em seu braço direito, Yadriel viu a grande tatuagem preta e branca da Senhora Morte que Julian já havia mencionado. Um manto estrelado emoldurava seu rosto esquelético.

Quase imediatamente Yadriel sentiu algo emanando de Rio. Quando olhou para Maritza buscando confirmação, ela deu a ele um olhar confuso, como se tivesse sentido também. Não sabia bem do que se tratava. Não era como pressentir um espírito, mas com certeza tinha a ver com sua saúde. Julian não havia mencionado qualquer doença ou ferida, mas havia algo ali.

Rio tinha um corte de cabelo prático e um rosto sério. Era incrivelmente bonito e ainda mais intimidante.

— O que vocês estão fazendo aqui? — Seus olhos castanho-acobreados se viraram para Yadriel e Maritza, e então para os cachorros. Seu cenho se franziu ainda mais e ele jogou o trapo de lado. — O que houve?

— Nada... não houve nada! — disse Luca rapidamente, com uma risada nervosa.

Yadriel começou a achar que a habilidade de Rio de notar quando alguém estava mentindo era menos mérito dele e mais porque Julian e seus amigos eram péssimos mentirosos.

— A gente pode conversar rapidinho? — perguntou Luca, amassando a bainha de seu suéter.

Novamente, Rio olhou para eles. O suor escorria pela nuca de Yadriel, mas ele se forçou a não piscar ou desviar os olhos. Ao seu lado, Julian estava muito sério.

Finalmente, Rio assentiu.

— Vamos.

Ele guiou o caminho pela oficina, seus sapatos pretos pesados rangendo contra o cimento oleoso. Um molho enorme de chaves balançava no seu quadril.

Eles o seguiram, mas Yadriel já estava se arrependendo de sua decisão. Depois de tudo que ouvira sobre Rio — como ele cuidava e protegia Julian e seus amigos —, esperara que ele fosse, bem... diferente. Mais amigável, pelo menos. Aquele cara não parecia o tipo de pessoa que tirava um jovem rapaz de uma gangue, ou abrigava crianças que não tinham para onde ir.

Contornando o prédio, Rio destrancou um grande portão de arame. Nos fundos, havia um galpão de armazenamento e uma tenda branqueada pelo sol cobrindo um carro lindo. Era um Corvette Stingray azul-elétrico, de acordo com o logo. Yadriel não entendia muito sobre carros, mas podia ver que era antigo, mas muitíssimo bem-cuidado.

Julian foi até o veículo, passando as mãos sobre o capô redondo afetuosamente. Tinha um formato estranho, como um sapato de palhaço.

Escadas instáveis levavam até o apartamento no andar de cima, mas Rio parou no primeiro degrau.

— Os cachorros ficam aqui — disse ele em uma voz tão firme que deixou claro que não havia espaço para discussão.

Yadriel se virou para Maritza, nervoso.

— Tudo bem. — Ela acenou para Yadriel seguir em frente, e falou baixinho: — Fica tranquilo.

Mas ele certamente não se sentia tranquilo.

Não queria fazer aquilo sozinho. O papel de Luca era apenas fazer as apresentações, e Julian estava estranhamente quieto perto do carro. Mas Yadriel engoliu um suspiro e concordou.

Maritza se ajeitou contra o carro.

— Não se apoie no carro — disse Rio.

Ela se endireitou.

Rio começou a subir as escadas e Maritza se contentou em andar com Donatello e Michelangelo pelo pequeno jardim, para que eles pudessem cheirar os pneus velhos e as peças de carro enferrujadas.

Yadriel seguiu Rio e Luca escada acima e apartamento adentro.

Era pequeno. Muito menor do que ele esperava.

À esquerda, o cômodo principal tinha uma mesa quadrada e três cadeiras, cada uma de estilo e madeira diferentes. A mesa estava coberta de envelopes e manuais de carros. Contra a parede mais distante, havia uma TV de tela plana em cima de um carrinho de ferramentas vermelho e preto. Tinha um PlayStation antigo e alguns controles com os cabos retorcidos e embolados. De frente para a TV estava um sofá de couro preto de aparência confortável, embora os assentos estivessem rachados, e os apoios de braço, gastos. Havia um travesseiro amarelo velho e encaroçado de um lado e um cobertor azul com acabamento de cetim e aspecto desgastado no outro. Um edredom floral estava atirado sobre uma poltrona verde no canto, e mais cobertores dobrados se amontoavam precariamente sob a janela quadrada.

Seguindo em frente era o quarto. Yadriel viu de relance que quase não havia espaço suficiente para um colchão no chão. Como foi o último a entrar, Yadriel fechou a porta atrás de si. Havia dois buracos nela, na altura do joelho.

Luca se sentou em uma das cadeiras de jantar, encolhendo as pernas. Rio dobrou à esquerda, entrando na cozinha. Era tão estreita que Yadriel duvidava que desse para abrir completamente a porta da geladeira sem batê-la na bancada.

Rio tirou uma travessa da geladeira e pegou um garfo de uma gaveta.

— Então, quem é você? — perguntou ele enquanto enchia uma caneca com água da torneira.

— Meu nome é Yadriel.

Rio colocou a travessa e a caneca em cima de alguns papéis na frente de Luca. Era bolo de chocolate com uma cobertura cremosa. Apenas um pequeno pedaço tinha sido cortado do canto. A mão grande de Rio bateu no peito de Luca, que agarrou o garfo e atacou.

— Sou amigo de Julian — acrescentou Yadriel, sentindo-se pressionado a preencher o silêncio.

Enquanto Rio não estava olhando, ele deu a Julian um pequeno aceno de cabeça. Julian andou ao redor do cômodo e desapareceu dentro do quarto. Seu irmão se recostou contra a bancada e cruzou os braços, com as mãos enfiadas sob os bíceps, e olhou para Yadriel de cima.

— Não é, não.

Julian riu, mas sem a alegria de sempre.

— Eu sou um amigo novo — corrigiu ele. Quase acrescentou "da escola", mas sabia o suficiente para não cometer aquele erro.

Os olhos de Rio se estreitaram até virarem fendas. Ele não disse nada, só ficou ali esperando.

— A gente queria saber se você viu o Jules — disse Luca, apesar da boca cheia de bolo.

Rio manteve os olhos em Yadriel por mais alguns momentos antes de desviar a atenção para Luca.

— Não, não vi. Ele foi embora há alguns dias.

— Você não soube nada dele?

— Não, Luca. — Seu tom era frustrado. — Ele foi embora. Provavelmente para sempre desta vez.

Por um momento, seu estoicismo impassível falhou. Yadriel conseguiu ver além; a forma como ele baixou os olhos, como esfregou um ponto em seu pescoço.

Yadriel percebeu o que sentira emanando de Rio quando o viu pela primeira vez. Ele não estava doente ou ferido, mas seu cansaço era tão grande que Yadriel podia realmente senti-lo.

Luca franziu o cenho.

— Jules não iria embora desse jeito.

Rio ergueu o olhar para Yadriel, como se não quisesse ter aquela conversa na frente dele, mas Luca era persistente.

— Sério, Rio, ele não iria!

— Tem anos que ele estava louco para se mandar daqui — disse Rio. — Nós tivemos uma briga. Ele falou que não aguentava mais morar nesse buraco. Disse que eu... — Ele olhou novamente para Yadriel e parou.

Yadriel não estava gostando do jeito que ele falava de Julian, ainda mais quando o garoto não podia se defender. Começou a se irritar sob o olhar desconfiado de Rio.

— Qual é! — Luca tentou sorrir. — Você sabe que ele só se estressa às vezes.

— Não dessa vez, Luca. — Sua voz foi firme, mas longe de um grito.

— Ele nunca ia largar a gente desse jeito!

Yadriel queria concordar com ele, contar a Rio que Luca estava certo. Sabia que precisava ficar de boca fechada, mas estava cada vez mais difícil controlar a língua.

— Dessa vez ele falou sério. Eu vi a cara dele.

Rio suspirou e passou a mão pelo rosto, deixando uma mancha de graxa na testa. Preocupação e exaustão o faziam parecer ter muito mais do que vinte e dois anos.

— Eu te falei.

Julian estava ao lado do irmão, uma camisa xadrez cinza e preta amassada nas mãos. Ele encarava o irmão com os olhos escuros pegando fogo.

— Eu só dificulto a vida dele. Ele está melhor sem mim.

Yadriel tensionou a mandíbula. Queria gritar umas verdades a Julian e Rio.

— A polícia não passou aqui? — perguntou Yadriel, tentando orientar a conversa para algo que os ajudasse a encontrar não só Julian, mas também Miguel.

A mão de Luca congelou, o garfo a centímetros de levar mais um pedaço de bolo até a boca.

— Não. — Rio franziu o cenho. — Por que ir à polícia?

— Ele está desaparecido, então não *devíamos* ir à polícia? — intrometeu-se Luca, as bochechas coradas.

Rio suspirou pesadamente e passou a mão nas têmporas.

— Ele não está desaparecido, ele fugiu. — disse, soltando uma risada curta e amarga. — Nem contou pra gente que estava indo embora — acrescentou Rio, com uma expressão furiosa.

Julian se afastou do irmão, torcendo a camisa xadrez nas mãos. Suas orelhas estavam ficando vermelhas. A mágoa estava escrita em cada músculo tenso de seu rosto, ombros e braços.

Yadriel foi tomado pela raiva e cerrou os punhos, suas unhas pressionadas nas palmas das mãos. Só conhecia Julian havia alguns dias, mas sabia que não tinha como o garoto abandonar seus amigos, sua família. Queria gritar com Rio, dizer que ele estava completamente enganado.

Luca pousou o garfo e balançou a cabeça, fazendo seu cabelo desgrenhado se sacudir para a frente e para trás.

— Não, ele...

— *Luca*. — A voz de Rio era firme. — Ele não se importa.

Julian se retraiu, afastando-se de Yadriel, mas era impossível não ver sua expressão magoada ou o brilho em seus olhos escuros.

A faísca em Yadriel pegou fogo.

— Se é isso que você pensa, então não conhece Julian nem um pouco — disse ele, as palavras escapando antes que pudesse se impedir.

Os três se viraram para encarar Yadriel.

Julian o olhou, surpreso.

O olhar de Rio era duro e implacável. Luca olhou ansiosamente entre ele e Yadriel.

— Você acha que o conhece melhor? — perguntou Rio. — Eu nunca te vi antes. Eu conheço Julian a vida inteira — disse ele, batendo o dedo no peito. — Eu o mantive fora das ruas e o criei desde...

— Parece que sim! — cortou Yadriel, forçando-se a se manter firme, mesmo se sentindo incrivelmente intimidado por Rio. — Se você realmente acha que Julian não se importa com vocês, então, sim, eu o conheço melhor!

Julian o encarava de boca aberta.

Rio se empertigou.

— Você...

Mas Yadriel não o deixou falar. Não estava pensando em proteger o próprio segredo, só queria fazer Rio enxergar como estava sendo estúpido, como suas palavras machucavam.

— Ele pode ter um temperamento forte e fazer idiotices, às vezes, mas você devia saber que o Julian não abandonaria vocês, a não ser que realmente não pudesse voltar!

Os olhos de Rio se encheram de desconfiança.

— Quem é você? — perguntou ele, mais como uma ordem do que como um pedido.

— E se algo tiver acontecido ao Julian? — disse Luca, o queixo tremendo.

— Do que você está falando? — perguntou Rio, mas Luca se recusou a olhar para ele, então Rio olhou para Yadriel.

Ele não conseguiu pensar em nenhuma resposta que não fosse deixar Rio ainda mais desconfiado – ou pior, preocupado. Ao notar a hesitação de Yadriel, Rio endireitou a postura.

— O que aconteceu? — Seus olhos se alternavam entre Yadriel e Luca.
— Não.

A palavra concisa chamou a atenção de Yadriel de volta a Julian. Ele estava ali, a camisa retorcida como uma corda em suas mãos.

— Não conta para ele — disse Julian.

Yadriel desviou os olhos dele rapidamente. Não podia chamar a atenção de Rio para Julian, ou ele veria a camisa pairando no ar.

— Luca — disse Yadriel em aviso, balançando a cabeça. Tinha prometido não entregar Julian, e cumpriria a promessa.

Luca baixou a cabeça, suas bochechas queimando vermelho-vivo.

A expressão cansada de Rio sumiu. Ele estava alerta e com uma postura protetora quando se colocou entre Yadriel e Luca.

— O que você quer? E por que arrastou Luca para essa confusão? — disse ele, irritado.

O coração de Yadriel pulsava na garganta.

— Eu... eu...

— Mas Rio... — interrompeu Luca, o pânico embargando sua voz.
— E se...

— Luca. — Rio respirou fundo e soltou o ar pelos lábios apertados. Ele se agachou ao lado de Luca, de modo que pudessem se olhar nos olhos, e apertou o ombro do menino. — Ele *fugiu*.

Yadriel sentia o frio emanando de Julian em ondas, e sob ele havia uma dor palpável.

A voz de Rio soou estranha quando ele voltou a falar. Como se quisesse usar um tom de consolo, mas não soubesse como.

— Se ele não quer mais fazer parte desta família, então precisamos deixá-lo ir, está bem?

Aconteceu em um piscar de olhos. Yadriel foi o único que viu Julian sair correndo.

Mas todos ouviram seu pé acertar a porta, deixando nela um terceiro buraco. Ela se abriu inteira, batendo contra a grade. Com a saída de Julian, uma rajada de vento gelado soprou, fazendo papéis voarem.

Todos pularam. Luca se retraiu. Rio se pôs de pé na mesma hora.

Yadriel pensou que seu coração ia explodir no peito.

Os olhos de Rio se voltaram para ele, arregalados e assustados. Ele apontou para a porta.

— Vai embora.

Yadriel recuou.

— Me desculpe... Eu...

— Agora.

Ele conseguiu olhar de relance para Luca, encoberto por Rio. Ele tremia, os olhos grudados no novo buraco que Julian havia feito na porta. Yadriel saiu correndo e desceu as escadas.

CAPÍTULO 16

Yadriel desceu as escadas o mais rápido que seus pés permitiram, seus coturnos ecoando por todo o caminho. Julian corria à frente, sem sinais de desacelerar. O portão de arame tremeu quando ele passou.

— Vamos. — Ele acenou para Maritza. — A gente precisa ir.

Maritza encontrou Yadriel no fim das escadas.

— O que aconteceu? — perguntou ela, olhando dele para as costas de Julian, se afastando.

Michelangelo gania ansiosamente. Enquanto isso, Donatello mastigava alegremente algo que poderia ter sido uma garrafa de plástico amassada.

— Parece que não deu muito certo.

— Não deu — concordou Yadriel enquanto davam a volta no prédio.

Algumas pessoas se viraram para olhar quando Julian disparou pelo lugar cheio, acompanhado por uma rajada de vento forte.

Uma mulher arfou e deu um soco no braço do homem ao seu lado.

— Você viu isso? — perguntou ela, apontando exatamente por onde Julian havia passado. Sem dúvida ela tinha visto a camisa nas mãos dele flutuando por conta própria.

O homem riu.

— Esses ventos de Santa Ana são loucos — respondeu ele, balançando a cabeça.

Yadriel acelerou o passo, atualizando Maritza enquanto perseguiam Julian. Seu estômago se retorcia, pesado de culpa, quando se lembrava dos olhares de Luca e de Rio. Yadriel não tinha certeza se Luca acreditava plenamente que Julian estava morto, muito menos que ele era um fantasma. De qualquer forma, o menino com certeza ficara assustado.

Não tivera a intenção de perturbá-los, mas não conseguira se controlar. Com aquela postura desdenhosa e *errada* de Rio sobre Julian, como ele podia simplesmente deixá-lo continuar falando? Especialmente quando Julian estava ali, ouvindo tudo e incapaz de se defender. Como Rio podia pensar tão mal de Julian? Será que tinha sido sincero? Que realmente achava aquilo? Ou só estava agindo daquele jeito porque estava magoado?

Os irmãos Diaz pareciam ter problemas em processar suas emoções. Julian marchou rua abaixo.

— *Julian!* — sibilou Yadriel, tentando acompanhá-lo.

A camisa pendendo do punho de Julian chicoteava loucamente. Os ventos de Santa Ana eram um disfarce frágil, na melhor das hipóteses. Se não tomassem cuidado, iam chamar a atenção de alguém. Era a última coisa de que precisavam.

— Espera!

Julian virou a esquina, desaparecendo atrás de uma igreja antiga.

Yadriel, Maritza e os cachorros correram para alcançá-lo. Quando o acharam, Julian estava andando de um lado para outro na porta da igreja, como um animal enjaulado. Grades enferrujadas de filigrana e cruzes fechavam as portas e janelas. Um vento furioso e frio esvoaçava terra e detritos ao seu redor. A expressão de Julian era séria e frustrada, os músculos da mandíbula apertados e as narinas dilatadas.

Maritza se manteve afastada. Donatello ganiu e Michelangelo se sacudiu, nervoso. Ela deu a Yadriel um olhar alerta.

Suas palavras de mais cedo ecoaram na cabeça dele.

Não será mais o Julian.

Mas Julian não estava se perdendo, se tornando maligno. Yadriel sabia disso.

— Julian... — Ele estendeu a mão, mesmo sabendo que não sentiria nada além de frio na ponta dos dedos.

Mas Julian se afastou.

— Não.

Então Yadriel recuou.

Ficou apenas encarando Julian cautelosamente. Não tentou chegar mais perto, mas também não se afastou.

— Ei, você... — começou em um tom gentil.

— Eu sei, eu sei, eu sei! — rebateu Julian, impaciente. — Você vai me jogar pelo esgoto!

Maritza olhou alarmada para Yadriel.

Um rubor se espalhou da nuca para o rosto.

— Eu não...

— *Só me dá um segundo!*

Julian se agachou e apertou a camisa contra o rosto. Emoldurada sob o arco das portas fechadas, uma luz amarelo-fluorescente se derramava sobre os degraus da igreja, mas não chegava a tocar Julian. Um santo fora pintado na parede de cimento acima dele. Um homem sem rosto em uma túnica preta com uma corda branca amarrada em volta da cintura. Em sua mão direita, ele segurava um crânio. Na esquerda, um crucifixo. Círculos coloridos de tinta formavam uma espiral ao seu redor.

Yadriel sentia o peito apertado, mas tudo o que podia fazer era se afastar e dar espaço a Julian enquanto ele guerreava consigo mesmo.

As costas de Julian se expandiam enquanto ele respirava fundo. Lentamente, o vento se estabilizou.

Julian inspirou profundamente e soltou o ar pelos lábios apertados. Quando se levantou e encarou Yadriel, suas bochechas estavam coradas e úmidas. Ele passou a mão pelos olhos antes de finalmente baixá-las.

Yadriel se abraçou.

— Você está bem?

A risada de Julian foi forçada.

— Jesus. — Ele fungou, olhando para qualquer coisa menos Yadriel. — A gente pode não falar de *sentimentos* agora?

— Eu não acho que Rio estava falando sério — continuou Yadriel, se juntando a Julian no degrau. — Ele só está magoado. Você percebeu, né?

Julian encarava o chão, parecendo inseguro.

— Eu falei para ele um monte de merda que não era verdade — murmurou Julian. Ele levou a mão à garganta, procurando por algo que não estava ali, e olhou de relance para onde seu colar estava, no pescoço de Yadriel. — Eu só estava tão *puto*! — Ele balançou a cabeça, o maxilar tenso.

— Ele vai entender, ele vai...

Os olhos de Julian encontraram os dele.

— Ele vai *o quê*, Yads? Me perdoar? Conversar comigo? Me acolher de volta? — Julian apertou o peito, amassando sua camisa no punho. — Eu tô *morto*.

Yadriel fechou a boca. Um arrepio o percorreu.

— A gente vai dar um jeito — disse ele, sem ter a menor ideia de como.

Não queria ver Julian daquele jeito e não queria que Rio passasse o resto da vida achando que seu irmão o havia abandonado.

Julian já estava balançando a cabeça.

— Eu posso tentar falar com ele de novo... — sugeriu Yadriel, esfregando o arrepio na nuca.

— Não — disse Julian. A raiva em sua voz estava sendo vencida pela exaustão. — É melhor ele pensar que eu fugi — repetiu ele pela enésima vez. — É mais fácil assim.

Talvez fosse mais fácil, mas não parecia certo. Yadriel queria discutir, mas a família não era dele. A escolha não era dele.

— Eu vou fazer o que você achar melhor.

Julian o encarou, os olhos escuros e calculistas.

— Desculpa interromper...

Yadriel quase esquecera que Maritza ainda estava ali antes de ela dar um passo à frente. Donatello e Michelangelo eram duas muralhas imóveis ao seu lado, deitados no cimento e parecendo muito relaxados.

— Tá ficando tarde — disse ela, ainda passando bem longe de Julian. — E meu celular está avisando que vai começar a chover.

Todos eles inclinaram a cabeça para olhar o céu. Nuvens pesadas e escuras estavam aparecendo, roubando o sol da tarde.

— Os cachorros já não são muito bons nessa coisa de rastrear... — Maritza apontou para Donatello e Michelangelo, que a encaravam com as línguas penduradas alegremente para fora das bocas. — Já se passaram alguns dias, e se chover...

— Então eles não vão conseguir pegar o cheiro mesmo — completou Yadriel. Maritza assentiu, dando um olhar nervoso a Julian.

Depois da confusão que arrumara, Yadriel não esperava que Julian quisesse continuar com o plano. Ele não queria contar ao irmão ou aos amigos que havia morrido, então que razão tinha para ajudá-los a encontrar seu corpo?

— Toma. — Julian deu um passo à frente e entregou a camisa para Yadriel.

O tecido era gasto e macio, e havia um furo no ombro. Ele sentiu o vestígio de perfume almiscarado e um leve aroma de gasolina.

Julian passou por eles e começou a descer a rua.

O coração de Yadriel se apertou. Ele agarrou firmemente a camisa e se virou para Maritza, que já tinha uma expressão derrotada, então sentiu o pânico subir à garganta. Queria chamar Julian e dizer a ele para parar, que...

Julian os encarou por cima do ombro e franziu o cenho.

— Não estamos com pressa? — ele perguntou, parecendo aborrecido. — Vamos lá. — Ele gesticulou com o queixo. — O parque é por aqui.

Yadriel o encarou.

Maritza soltou um suspiro alto e aliviado.

Julian olhou de um para o outro, o cenho franzido.

— O que foi?

— Eu... eu pensei que... — gaguejou Yadriel.

— *Caramba*, Yads. — Ele suspirou, exasperado, revirando os olhos. — Ainda temos que encontrar seu primo, certo?

Yadriel conseguiu apenas assentir.

Um sorriso divertido surgiu no canto dos lábios de Julian.

— Então vamos — disse ele, chamando-os com um aceno. — Antes que a chuva acabe com qualquer chance que o Debi e Loide têm.

Maritza bufou.

— Não chame eles assim!

Julian riu.

— *Você* é que é estúpido — disse ela, começando a seguir Julian, com Donatello e Michelangelo trotando obedientemente.

Yadriel sentiu um calor de gratidão. Queria parar Julian e agradecer-lhe verdadeira e genuinamente, mas podia imaginar como ele reagiria.

A gente pode não falar de sentimentos *agora?*

Em vez disso, ele agarrou a camisa firmemente contra o peito e seguiu Maritza e Julian, que continuavam a brigar enquanto desciam a rua.

O parque Belvedere era composto de duas partes. No lado norte ficava o parque comunitário, que tinha uma piscina pública, uma pista de skate e campos esportivos. O lado sul tinha um lago artificial. A autoestrada 60 o cortava ao meio. Havia uma passarela para pedestres atravessarem a rodovia, que ligava o norte ao sul. Julian os levou até o lado sul, onde a passarela terminava em um pequeno estacionamento.

— A gente estava descendo aquela rampa — disse Julian, apontando para onde a ponte gradeada acabava. — Luca foi na frente, eu o ouvi gritar, vi um cara...

— Tem certeza que era um cara? — perguntou Maritza, chutando uma lata de cerveja vazia.

— Tenho, era um cara — disse Julian, irritado. — Ele era mais alto que eu, e...

— Tem muitas mulheres com mais de 1,80m de altura...

— Bem, a pessoa era forte o suficiente para *me assassinar* — rebateu Julian.

— Eu tenho certeza que várias mulheres são espertas o suficiente para vencer você — disse Maritza casualmente, olhando as unhas.

Julian ensaiou uma fala, mas Yadriel o cortou antes que eles se desviassem muito do assunto. Novamente.

— E isso é tudo que você lembra? — perguntou ele, dando uma volta lenta.

Julian deu de ombros.

— É só isso.

O pavimento estava rachado e cheio de ervas daninhas. Os muros divisórios estavam cobertos de grafite e não ajudavam muito a bloquear o alto zumbido do trânsito do outro lado. Havia algumas árvores e alguns arbustos grandes, além de lixo espalhado em montes pelo gramado seco; canudos, embalagens de comida e muitas guimbas de cigarro.

Não havia nenhum sinal de luta. Embora, para ser honesto, Yadriel não soubesse o que procurar. De qualquer forma, não havia nada nitidamente óbvio, como sangue ou uma arma do crime, e muito menos um cadáver.

Mas por isso tinham levado os cachorros. Com sorte, os cães notariam algo que eles não notaram e encontrariam algum detalhe útil.

— Prontos pra tentar, meninos? — perguntou Yadriel.

A atenção repentina fez com que os dois se agitassem, entusiasmados.

— Dedos cruzados — disse Maritza, tirando suas coleiras.

Yadriel se agachou, segurando a camisa de Julian para que eles pudessem cheirar bem. Seus focinhos úmidos resfolegaram contra o tecido, emitindo sons mais parecidos com os de porcos do que de cães.

Michelangelo se afastou primeiro, provavelmente percebendo que não havia nada comestível escondido entre as dobras.

Donatello, por outro lado, não desistiu tão facilmente.

Antes que Yadriel se desse conta, Donatello estava engasgado com uma das mangas.

— Não, não *come*! — Ele puxou a camisa e Donatello deu uma mordida. — Ah, Santa Morte — resmungou Yadriel, franzindo o nariz enquanto segurava a camisa fora do alcance de Donatello, que pulava com suas pernas atarracadas.

Julian correu até eles.

— Cara, essa é minha camisa favorita! — lamentou ele.

— Ele não rasgou — disse Yadriel, examinando o punho da manga coberto de baba. — Está só meio... molhada. Para, Donatello!

Donatello o ignorou e continuou a choramingar, batendo pateticamente a pata na perna de Yadriel.

Julian fez cara feia para o cachorro.

— Está ajudando *muito*.

— Gente! — Maritza estava ao lado de uma fileira de arbustos, onde Michelangelo se enfiara até a metade do corpo. — Parece que encontramos alguma coisa!

Yadriel e Julian se apressaram até lá. Folhas se agitaram quando Michelangelo se enfiou mais no arbusto. Ele enfiou as patas na terra e começou a repuxar alguma coisa.

Subitamente, Yadriel se deu conta do quanto *não queria* ver o cadáver de Julian, que estava tenso, os olhos arregalados e o peito arfando.

— O que é? — perguntou ele, a voz embargada.

Julian era a pessoa mais viva que Yadriel conhecia. Mesmo como espírito, ele era animado e cheio de uma energia constantemente em movimento. Um sol comprimido no corpo de um garoto. Não queria vê-lo sem sua luz.

Maritza foi investigar, empurrando ramos enquanto procurava nas folhagens.

Yadriel prendeu a respiração.

Maritza xingou. Quando se endireitou, ela carregava um saco de papel branco onde se lia *King Taco* em letras cursivas e vermelhas.

— Meus tacos! — exclamou Julian, com uma surpresa feliz.

Yadriel soltou o ar pesadamente, zonzo.

— Eca, isso está *podre* — disse Maritza, fazendo careta enquanto mantinha o saco o mais afastado possível.

Michelangelo se sentou, parecendo muito orgulhoso de si mesmo. Donatello chegou mais perto e tentou alcançar o saco de tacos estragados.

— É só isso? — perguntou Yadriel, dando um passo à frente. — Não tem mais nada?

Maritza empurrou alguns galhos com a mão livre, procurando, mas enfim deu de ombros.

— É só isso.

O alívio foi rapidamente substituído por decepção. Realmente achara, ou torcera, que encontrariam algo útil. Se não um corpo, então algum tipo de pista para guiá-los. Yadriel olhou em volta, checando novamente se não estavam deixando algo passar, mas não havia nada.

— Você não se lembra de mais nada? — perguntou a Julian pela enésima vez.

Julian deu de ombros.

— Já te falei tudo.

Nem sinal do corpo de Julian. Nem sinal de Miguel.

— A gente devia voltar — disse Maritza, jogando o saco de volta no arbusto. Ela pôs a coleira em Donatello antes que ele pudesse pular atrás dos tacos. — Acho que vai começar a chover.

Yadriel sabia que ela tinha razão; estava escurecendo rápido, mas ele não queria ir para casa de mãos vazias. Queria ajudar Julian, queria encontrar Miguel. Odiava a ideia de apenas esperar o Día de Los Muertos para que o espírito de Miguel lhes contasse o que havia acontecido. E se, como Julian, Miguel também não conseguisse lembrar?

Yadriel sentiu a primeira gota de chuva na ponta do nariz.

Julian estendeu as mãos quando começou a chuviscar, e as gotas passaram direto através de suas palmas.

CAPÍTULO 17

Quando Yadriel e Julian voltaram ao cemitério, a garoa já havia virado chuva. O moletom de Yadriel estava ensopado e os jeans colados estavam começando a irritá-lo. A água entrara no binder, deixando-o apertado e congelante, roubando qualquer calor do seu corpo. Seu cabelo estava uma bagunça. Gotas de água gelada escorriam dos fios e respingavam na nuca. Enquanto corriam pela rua, os coturnos de Yadriel espirravam água das poças.

— Cuidado — sussurrou Yadriel enquanto atravessava o portão o mais silenciosamente possível. — Meu pai está fazendo o turno no cemitério hoje à noite.

As nuvens escuras mergulharam o mundo na noite assim que o sol se pôs.

Julian não tinha falado muito no caminho de volta, e Yadriel odiou isso. Seus papéis pareciam invertidos enquanto Yadriel tentava preencher o silêncio que Julian havia deixado.

— A gente só precisa de um novo plano — disse ele, buscando soluções e palavras de incentivo para animar Julian a voltar a falar.

O rosto dele estava tenso, com vincos profundos na testa.

Yadriel só queria saber o que ele estava pensando.

— Você está bem? — perguntou ele enquanto passavam por entre as lápides. As pedras escorregadias refletiam as luzes da rua, dando a tudo um brilho sinistro.

— Estou ótimo. — Foi a resposta seca de Julian, nem se dando ao trabalho de olhar em sua direção.

— Você não parece ótimo — devolveu Yadriel, passando os dedos pelo cabelo molhado em um gesto ansioso, mas ele não parava de cair de volta em seus olhos. — Ainda está chateado com aquilo do seu irmão?

Julian parou subitamente e franziu a testa para o cemitério.

Yadriel agarrou as alças encharcadas da mochila. Julian tinha todo o direito de ficar bravo; ele não o culparia por isso.

— Eu posso tentar falar com meu tio, ver se ele nos ajuda. Quer dizer, ele viu meu talismã, então ele sabe... — disse Yadriel, esfregando os braços arrepiados enquanto tremia debaixo da chuva.

Julian sacudiu a cabeça, frustrado, e voltou a caminhar em direção à casa, sem sequer ouvir as sugestões, seus olhos varrendo as lápides e tumbas coloridas.

Yadriel o seguiu, angustiado para fazer Julian lhe dar ouvidos.

— Olha, eu sei que estraguei as coisas, mas ainda acho que...

Irritado, Julian se virou para olhá-lo.

— *Yads.*

Mas então ele congelou, o olhar vidrado.

— O quê? — A palavra saiu de seus lábios como uma nuvem. Um arrepio correu sua coluna, vibrou em seus dentes.

Não, Julian não estava olhando para ele.

Estava encarando algo além dele.

Yadriel se virou e se viu cara a cara com um homem. Ele arfou. Seu primeiro pensamento foi que tinham sigo pegos — alguém os vira, vira Julian, e sabia agora que Yadriel estava escondendo um espírito e ia contar ao seu pai.

Mas então ele reconheceu a camisa cor de vinho. O chapéu de palha.

Foi tomado por alívio.

— *Cacete. Puta merda*, Tito... — Ele se forçou a rir. — É só o Tito.

Ele olhou de relance para Julian, mas a postura do garoto ainda estava rígida. Seus olhos escuros arregalados em alerta.

— Tá tudo bem, ele é... — Mas Yadriel se interrompeu ao se virar para Tito. Algo estava errado.

Ele se deu conta subitamente.

Tito não parecia bem. Ele estava perfeitamente imóvel, sua tesoura de jardinagem na mão. Sua amada camisa da Venezuela estava cheia de manchas escuras. Sua pele estava inchada e cinza. A aba de seu chapéu deixava seus olhos em sombras escuras. Então Yadriel sentiu o cheiro. Um cheiro terreno e pútrido.

Tito abriu a boca — abriu demais, como se sua mandíbula estivesse solta. Ele respirou fundo, de um jeito ruidoso. Seus dedos inchados se apertaram em torno das alças da tesoura, que rangeram como se estivessem enferrujadas.

— Yadriel! — gritou Julian.

Ele não teve tempo de fazer nada além de ofegar antes de Tito levantar o braço e mover a tesoura em sua direção. Yadriel tentou se afastar, mas tropeçou nos próprios pés e caiu com força de costas, perdendo o fôlego. Esperou sentir o aço enferrujado afundar em seu peito. Em vez disso, ouviu uma colisão de corpos, seguido de um grunhido alto.

Tossindo, Yadriel rolou para o lado, tentando recuperar o fôlego, sentindo gosto de lama.

Julian estava de pé e lutando. Tito o golpeou com a tesoura, mas Julian usou o braço para desviar o ataque. Ele deu um soco no nariz do Tito, e houve um som triturante e um gemido monstruoso, algo totalmente inumano que fez Yadriel ranger os dentes. Julian acertou uma joelhada na barriga de Tito com um som abafado, e depois uma cotovelada na nuca, quando Tito se dobrou.

A tesoura caiu no chão.

Yadriel arqueou suas costas e se contorceu, tirando o talismã da bainha. Precisava cortar o laço entre Tito e sua tesoura.

Abrindo sua mochila, Yadriel mergulhou a mão lá dentro, procurando por sua garrafa cheia de sangue de galinha.

Julian lutava bem, mas aquela não era uma briga qualquer de escola. Não era uma briga de rua. Seu oponente não era nem mesmo humano. Aquela coisa terrível que já tinha sido Tito pegou Julian pelo pescoço, os dedos sob seu maxilar, e o ergueu do chão.

— *Julian!* — gritou Yadriel, o medo transbordando em sua voz.

Julian se debateu, as mãos agarrando o braço de Tito, os pés chutando selvagemente enquanto ele sufocava.

Yadriel pegou a garrafa e desatarraxou a tampa. Com mãos trêmulas, ele jogou o sangue sobre a lâmina.

— ¡Muéstrame el enlace! — disse ele, e sua adaga explodiu em luz brilhante.

O fio dourado apareceu, desenhando o caminho da tesoura de jardinagem no chão ao centro do peito de Tito.

Tito se virou para olhar Yadriel e atirou Julian para o lado com uma força surpreendente. Julian atravessou lápides e sumiu de vista. Yadriel não tinha ideia se um espírito podia destruir outro, mas ouvia os gemidos de Julian.

Tito avançou para ele e Yadriel mal foi capaz de se jogar atrás de um sarcófago a tempo. A voz em sua cabeça gritava para que alcançasse a tesoura, cortasse o fio.

Um grito inumano encheu o ar. Tito se jogou no sarcófago, as unhas cavando na pedra em frenesi, tentando alcançar Yadriel, que fugiu do alcance, seus pés escorregando na lama enquanto tentava correr.

Ele mergulhou na direção da tesoura, mas não foi rápido o suficiente.

Tito estava sobre ele em um piscar de olhos, derrubando-o mais uma vez.

Prendendo Yadriel no chão, Tito abriu bem a boca. Lábios escuros se afastaram, revelando dentes podres. Um rosnado ecoava de seu interior. Algo se mexia sob sua língua púrpura.

Yadriel tentou pegar sua adaga, mas Tito segurava seu pulso com uma força monstruosa. Ele bateu no rosto de Tito com a mão livre, tentando afastá-lo, mas sua pele morta estava escorregadia e cedeu sob seus dedos.

Os dentes podres de Tito bateram.

Yadriel se debateu intensamente, o coração batendo nos ouvidos.

Um grito estrangulado saiu rasgando sua garganta.

— ¡Muéstrame el enlace! — entoou alguém.

Em sua visão periférica, houve uma explosão de luz, mas tudo que Yadriel podia ver era a forma aterrorizante de Tito em cima dele. O fio dourado brilhava no centro do peito de Tito e seguia para a esquerda.

Tito levantou um punho pesado acima de sua cabeça, pronto para acertar Yadriel.

Ele fez um escudo com os braços, mas a pancada nunca veio.

— *¡Te libero a la otra vida!*

O rosto de Tito relaxou.

Yadriel podia jurar ter ouvido um suspiro suave e, um momento depois, Tito se dissolveu em milhares de pétalas de calêndula brilhantes. Elas caíram em uma suave cascata sobre ele, roçando suas bochechas antes de desbotarem e desaparecerem na lama.

Yadriel olhou fixamente para o local onde Tito estivera, sua respiração ardendo nos pulmões.

Quando olhou para cima, viu um homem assomando sobre ele com uma capa de chuva preta e um talismã brilhando na mão. Quando o homem tirou o capuz, era o rosto atordoado de seu pai olhando de volta para ele.

— Yadriel? — Ele puxou o filho para ficar de pé e segurou firmemente seus ombros. — Você está bem?

Os olhos assustados de seu pai o encararam, depois o revistaram todo.

— Sim, estou bem. — Sua voz falhou. Imediatamente, ele procurou por Julian, mas o garoto não estava por perto. — Eu...

Seu pai o puxou para um abraço forte, pressionando o nariz no cabelo de Yadriel.

— Graças aos santos!

Yadriel sentia a respiração trêmula do pai. Seu próprio corpo tremia no abraço. Enrique se afastou, ainda agarrando seus ombros.

— O que aconteceu?

O nervosismo e a adrenalina deixaram o cérebro de Yadriel em branco enquanto ele tentava encontrar uma resposta.

— Eu... eu...

Finalmente, ele notou o talismã na mão de Yadriel. Seus olhos se arregalaram ao ver o brilho da lâmina ir se apagando até voltar a ser aço.

— *Santa Muerte* — sussurrou ele, desnorteado, passando a mão pelos cabelos molhados. — Onde você conseguiu isso?

O estômago de Yadriel se revirou de culpa e de pânico. Queria inventar uma história, algum tipo de desculpa, mas não daria para escapar daquela situação com mentiras.

— Maritza fez um talismã para mim...

— Maritza? — Enrique balançou a cabeça, mas não soou surpreso pela resposta. — Mas... estava brilhando. Brilhou. — Ele continuava balançando a cabeça, como se quisesse fazer o cérebro funcionar. — Como?

Parecia que não havia espaço suficiente no peito de Yadriel para ele respirar fundo. Suas pernas estavam trêmulas. Ele estava aterrorizado.

— Eu fiz minha cerimônia de iniciação — contou Yadriel, segurando o talismã contra o peito, com medo de seu pai tomá-lo. — Sozinho.

— Sozinho? — repetiu ele, encarando a lâmina. — E... e funcionou?

Yadriel assentiu.

— Você recebeu a bênção da Senhora Morte?

Ele assentiu novamente, o rosto cada vez mais quente, os ombros tensos. Será que seu pai um dia o perdoaria por ter feito aquilo pelas costas dele? Por mentir? Por quebrar as regras e tradições bruxes sagradas?

— Yadriel...

Ele deu um grande suspiro e Yadriel se encolheu, preparando-se para o golpe.

Quando seu pai falou, sua voz soou baixa e derrotada:

— Me desculpe.

Yadriel ficou confuso. Ele estava... pedindo desculpas? Olhou de relance para o pai, convencido de que ouvira mal.

— Pensei que não fosse possível — confessou Enrique, ainda em choque. — Eu pensei... — Ele balançou a cabeça. — O que eu pensei obviamente estava errado.

Foi a vez de Yadriel ficar chocado.

— Estava?

Ele devia estar fazendo uma expressão estranha, porque seu pai soltou uma pequena risada.

— Temos muito o que conversar — disse ele, esfregando o rosto. — Precisamos conversar em família, com a sua mãe.

— Com a minha mãe? — repetiu Yadriel, o coração apertado.

Enrique assentiu, a expressão cheia de remorso.

— Já negamos sua cerimônia por muito tempo. Não vou deixar você perder mais um *aquelarre*.

— Sério? — Yadriel se sentia prestes a desmaiar. Esperança, alívio, choque; um turbilhão vertiginoso de emoções. Já nem sentia mais o frio ou a chuva. — Mas e se os outros não concordarem?

O pai apertou seu ombro com força.

— A Senhora Morte não daria uma adaga para você... a *sua* adaga, se você não fosse um bruxo, Yadriel.

Ele foi tomado pela animação, e as palavras escaparam de sua boca:

— Isso significa que eu posso fazer parte dos bruxos? Posso ajudar a procurar o Miguel? Eu...

— Calma, Yadriel! — disse seu pai, erguendo as mãos. — Você vai ter tempo de sobra para aprender o trabalho dos bruxos.

Yadriel queria interromper, queria contar ao pai como estavam tentando encontrar Miguel. Contar a ele sobre as outras pessoas desaparecidas, e sobre...

Yadriel se conteve. Julian. Não tinha certeza se estava pronto para contar ao pai sobre Julian. Pressentindo o olhar dele, Yadriel olhou para o lado e viu Julian parado à sombra de um columbário, tentando ficar fora de vista. Ele parecia ileso — tanto quanto um espírito poderia estar, pelo menos —, mas sua expressão era ilegível, escondida nas sombras.

Não, ainda não estava pronto para contar a mais ninguém sobre Julian. Era um segredo que queria manter. Parte dele ainda não confiava muito que seu pai manteria mesmo a palavra. Mas mesmo assim.

Ele sentiu um calor no peito e se pegou sorrindo. Se já iam deixá-lo ser um bruxo, então ele não precisaria nem libertar Julian.

— Miguel voltará para nos ver amanhã à noite e nos dará respostas — continuou seu pai, recuperando a atenção de Yadriel. — Por enquanto, preciso voltar ao trabalho. — Ele se endireitou e puxou o capuz de volta à cabeça. — E preciso que você vá para casa e descanse. Amanhã será um grande dia para todos nós. Quando sua mãe voltar, nós contaremos a ela, e também a Diego e Lita, o que aconteceu. E depois contaremos a todos os outros. — Ele deu a Yadriel um pequeno sorriso. — Está bem?

Yadriel concordou avidamente, sorrindo de orelha a orelha.
— Ok.
Assim que o pai saiu de vista, Yadriel socou o ar.
— Jules, vamos! — disse ele, acenando para Julian segui-lo. Eles correram para a casa e Yadriel abriu a porta sem pensar.
— Yadriel? — A voz de Lita veio da cozinha.
Julian subiu as escadas correndo enquanto Yadriel permaneceu na sala.
— Sim, Lita!
Diego colocou a cabeça para fora da porta da cozinha, viu Yadriel e franziu o cenho.
— Nossa, o que aconteceu com você?
Yadriel mal havia reparado em si mesmo. Estava encharcado até os ossos e coberto de lama, mas não se importou.
Estaria no *aquelarre* naquele Día de Los Muertos. Estava triunfante. Era poderoso. Estava pronto para dominar o mundo.
Ele era um bruxo.
— O tio está aqui? — perguntou ele.
— Não — disse Diego, dando a ele um olhar estranho.
Yadriel ficou desapontado, mas apenas um pouco. Haveria muito tempo no dia seguinte para contar ao tio o que acontecera.
— Você está bem? — insistiu Diego, entrando na sala.
— Sim, estou bem. — Yadriel sorriu para o irmão mais velho, o que só pareceu confundi-lo mais. — Estou ótimo!
Sem mais explicações, ele correu escada acima e entrou em seu quarto, batendo a porta atrás de si.
O sorriso de Yadriel era tão grande que doía. Não precisaria libertar Julian para o pós-vida. Ele poderia permanecer no cemitério, como os outros espíritos.
Julian podia ficar.
O pensamento o deixou tão feliz que Yadriel sentiu o coração prestes a explodir.
Mas, quando se virou, encontrou Julian sentado na beira de sua cama com as mãos enfiadas nos bolsos, a postura curvada, como se estivesse sentindo dor.

— Você está bem? — perguntou Yadriel, confuso.

— *Você* está bem? — rebateu Julian, com uma expressão preocupada.

— Sim, estou bem! — Yadriel riu.

Julian não respondeu.

Yadriel queria agarrá-lo e sacudi-lo. Ele não via como aquilo era incrível? Por que parecia tão taciturno?

Um caroço debaixo do edredom se moveu e Mia Casso se mexeu para sair. Com um grunhido, ela se aproximou de Julian e se esfregou no braço dele. Quando ele coçou o queixinho dela, um ronronar alto vibrou pelo corpo minúsculo da gata.

A animação de Yadriel começou a se esvair rapidamente. Julian devia ter ficado abalado por ver Tito transformado em um espírito maligno.

— Aquilo foi assustador, né? — perguntou Yadriel, sentado ao lado dele na cama.

Julian continuou em silêncio, concentrado em Mia. Ele estava muito quieto, muito calado. Aquilo deixava Yadriel nervoso.

— Você salvou a minha vida. Quer dizer... — Yadriel deixou escapar uma risadinha. — Foi completamente idiota e inconsequente, e se você tentar algo assim de novo, eu juro que...

— Eu vou ficar daquele jeito? — Julian finalmente o encarou. Seus olhos estavam vazios e distantes. — É aquilo que acontece com espíritos?

— Não, não com todos os espíritos — disse Yadriel às pressas, querendo falar qualquer coisa para Julian. — Só os que se tornam malignos.

Ele não conseguia suportar a expressão de Julian.

— O Día de Los Muertos é daqui a pouco, você vai ver, Tito vai estar bem melhor. Igual ao meu Lito, sabe? Quando ele morreu, estava fraco e cansado. Não parecia mais o mesmo. Mas quando ele voltou pro Día de Los Muertos? Parecia que tinha voltado a ser quem era antes — contou Yadriel. Estava tagarelando, preenchendo o estranho silêncio de Julian. — Ele não estava cansado e nem com dor, nem nada disso, ele estava ótimo.

A memória o fez sorrir.

Mesmo assim, Julian não disse nada.

— Meu ponto é: você ainda vai ser você mesmo por muito tempo. Quer dizer, não tem por que eu libertar você agora! Você pode ficar quanto tempo quiser — disse ele, tímido e esperançoso. Sentiu o rubor surgindo nas bochechas. — E então, quando um dia você atravessar para o pós-vida, vai poder voltar todo ano para me ver.

Mas Yadriel daria um jeito de isso ainda demorar muito para acontecer.

— Você está se esquecendo de uma coisa, Yads — disse Julian, finalmente o encarando.

— De quê?

Algo no olhar de Julian o deixou nervoso. O garoto abriu um sorriso triste.

— Eu não sou um bruxo.

O coração de Yadriel se apertou. Seus ombros caíram.

Não. Ele não era bruxo. Julian não ia voltar.

Yadriel se permitiu encarar Julian. Ele era tão... visceral. Tão *real*. Mesmo com sua silhueta borrada e seu toque congelante, ele era uma força da natureza. Era barulhento, teimoso, determinado, imprudente. Mas, mesmo assim, ele ia desaparecer.

Yadriel se lembrou da outra noite. Das convulsões, da dor em seu rosto. Do sangue que escorria por sua camisa. Da dificuldade para respirar.

Se ele ficasse, ia sumir aos poucos até não ser mais o Julian, igual ao Tito.

E se Yadriel o libertasse, ele iria embora para sempre.

— Você está me deixando nervoso — disse Julian, sua voz pouco mais que um sussurro, o olhar firme.

Yadriel tentou engolir o nó da garganta.

— Eu tô só pensando...

— Pensando no quê?

— Em uma coisa egoísta.

Por um momento, eles ficaram sentados em silêncio. Yadriel não conseguia desviar o olhar, mesmo com seu coração batendo tão forte que parecia estar na garganta.

Julian o olhava curiosamente. Seu olhar desviou para a boca de Yadriel, seus olhos meio fechados.

Yadriel prendeu a respiração.

— Yads? — Seu nome era suave e doce nos lábios de Julian.

— Oi.

Mas alguma coisa na expressão de Julian estava estranha. Uma serenidade, com ele ali sentado em silêncio, um reflexo aguado do garoto que um dia fora.

Algo que o corpo de Yadriel reconheceu antes que sua cabeça conseguisse identificar. Cada músculo em seu corpo ficou tenso, se preparando para o golpe.

A voz de Julian soou gentil, suas palavras suaves demais:

— Eu quero que você me liberte.

CAPÍTULO 18

— O *quê?* — Você precisa me libertar — repetiu Julian, calmo.

Yadriel odiou ouvir isso.

Ele forçou uma risada.

— Você não quer dizer *agora*, né?

Não tinha como ele estar falando sério.

Julian desviou o olhar e brincou com o rabo de Mia Casso.

— Não tem motivo para esperar.

Yadriel ficou atônito.

— Você *quer* dizer agora — disse ele, em tom de descrença.

— Meus amigos vão ficar bem — argumentou Julian, dando de ombros. — Rio aceitou que eu fui embora e não vou voltar.

— Mas você... você... — gaguejou Yadriel.

Julian engoliu em seco e umedeceu os lábios.

— Eu já estou sentindo isso acontecer — disse ele, sua voz baixa, derrotada. — Como se estivesse perdendo o controle de mim mesmo. — Ele encarou as próprias mãos e as flexionou em punhos, depois as relaxou novamente. — Não sei, talvez eu sempre tenha sido ruim, e agora estou sendo dominado...

— Isso *não é* verdade — disse Yadriel, bravo, odiando como sua voz soava estrangulada.

— Eu não quero me tornar um monstro...

— Você não vai! Eu não vou deixar! — insistiu Yadriel, mesmo que, na melhor das hipóteses, aquilo fosse apenas boas intenções. Ele não tinha nenhum controle sobre Julian se tornar ou não maligno.

Julian balançou a cabeça.

— Eu só arrumo problema para todo mundo, inclusive você...

— Claro que não! — Yadriel se retraiu assim que as palavras escaparam, raivosas.

Ele lançou um olhar nervoso para a porta. Se continuasse gritando, alguém o ouviria do andar de baixo, mas precisava fazer Julian mudar de ideia.

— Você ouviu o que meu pai disse. Não quer ficar para ver meu *aquelarre*?

Julian soltou o ar.

— Você precisa me libertar.

Yadriel não suportava a calma e o sangue-frio que ele estava tendo. Queria que Julian lutasse. Que ele discutisse, que ficasse bravo ou *qualquer coisa*. Aquele Julian estava muito seguro, muito calmo.

Ele abriu um sorriso triste e reservado.

— Eu quero ir antes que algo ruim aconteça, antes que eu machuque alguém de quem eu gosto — disse Julian. Ele mordeu o lábio inferior, como se estivesse segurando a língua, mas depois balançou a cabeça. — É melhor assim. Todos ficarão melhor...

— Meu Deus, não aguento mais ouvir você falar isso! — explodiu Yadriel. Julian ergueu os olhos, surpreso. — E se você acha mesmo que *qualquer pessoa* na sua vida está melhor sem você, então você é mais estúpido do que parece, Julian Diaz.

Julian fez uma carranca, as narinas dilatadas, mas Yadriel não se importou. Pelo menos substituiu aquele olhar terrível e derrotado.

— Você faria qualquer coisa pelos seus amigos, certo? E eles fariam qualquer coisa por você também. Você acolhe pessoas e as protege, é o seu jeito! E seu irmão também! Vocês dois são muito protetores, e deve ser por isso que brigam o tempo todo...

— Yadriel...

— Só dois idiotas que não sabem conversar sobre o que sentem, então brigam e discutem! — rosnou ele, jogando as mãos para cima.

— Um final tranquilo — disse Julian. — Você prometeu...

— Eu não prometi merda nenhuma — rebateu Yadriel, se sentindo petulante.

Julian suspirou e passou a mão pela cabeça raspada.

— Você queria se livrar de mim no primeiro dia, lembra?

Yadriel cruzou os braços e o encarou com raiva. Sim, ele lembrava, mas aquilo não contava mais.

— O acordo era você me ajudar a ver se meus amigos estavam bem e depois eu te deixaria me libertar, pra você mostrar a todo mundo que é um bruxo, certo? — Ele baixou as mãos para o colo. — Estou fazendo o que você quer, eu vou *voluntariamente* deixar você me libertar, Yadriel. Não vou discutir.

Mas Yadriel *queria* que ele discutisse. Ele não conseguia entender isso?

— Era o que você queria, né? — insistiu Julian.

— Era — disse ele, relutante. Sentia o coração acelerado.

A irritação finalmente começou a dominar a voz de Julian.

— Então, o que mudou agora?

— Tudo!

Houve um longo e arrastado silêncio entre eles.

Julian olhou fixamente para Yadriel, os olhos levemente estreitos, como se ele fosse um enigma que estava tentando resolver.

Yadriel devia estar pegando as manias dele, porque tudo o que queria fazer era bater em Julian e gritar até ele perceber que estava sendo estúpido.

O problema era que ele *não estava* sendo estúpido. Deixara óbvio seu ponto de vista. O argumento era até *lógico*, Yadriel ousou pensar. Emoções guerreavam dentro dele, exigindo ser sentidas, impedindo qualquer pensamento racional.

Era rápido demais. Ele não estava pronto. Precisava de mais tempo. Começou a entrar em desespero, tentando encontrar outra solução.

Mas a verdade era que não existia outra opção.

A garganta de Yadriel estava apertada. Suas mãos estavam escorregadias de suor.

— Mais um dia — disse ele, a voz vacilante.

Julian gemeu.

— Estamos só enrolando, Yads. Qual é o ponto?

— Mais um dia — insistiu ele, mais firme. — Amanhã à meia-noite o Día de Los Muertos vai começar e...

— E todos os fantasmas vão poder voltar, eu lembro — resmungou Julian.

Yadriel não tinha tempo nem paciência de corrigi-lo educadamente.

— Aí eu liberto você. Isso nos dá mais um dia.

Julian parecia prestes a discutir. Quando ele abriu a boca, Yadriel o cortou.

— *Amanhã à noite*, está bem?

Julian se calou, o maxilar tensionado, mas por fim disse:

— Tudo bem.

Yadriel sentiu certo alívio.

— *Tudo bem*.

Ele foi até o armário, arrancou seu moletom e o jogou com raiva no cesto de roupa suja transbordante. Abriu uma gaveta e pegou roupas limpas antes de fechá-la com um baque.

Sem outra palavra, ele saiu para o banheiro, batendo a porta atrás de si.

Yadriel fechou a cortina do chuveiro e abriu a torneira de água quente. Quando entrou no banho, a água estava quase queimando, mas ele queria sentir a dor em sua pele enquanto se esfregava. Quando garantiu que não havia mais vestígios daquela gosma preta sob suas unhas ou do cheiro da carne podre de Tito em seus cabelos, a água quente havia ficado morna. Sua pele estava vermelha e arranhada.

Dominado por uma onda de exaustão, Yadriel encostou a testa contra a parede fria de azulejo e fechou os olhos. A água caía em sua nuca e descia em cascata pelas costas. Ele queria se agarrar à raiva, porque estava com medo do que sentiria sem ela, mas estava cansado demais para isso.

Estava tão perdido em pensamentos que não teve o cuidado de se secar direito antes de tentar colocar o binder. Todos os seus binders mais fáceis de colocar, com fivelas laterais, estavam para lavar, então ele precisava usar um de estilo camiseta. Conseguiu passá-lo pela cabeça, mas quando tentou abaixar o tecido apertado e elástico, ele agarrou sem piedade em seus ombros molhados. Yadriel deu um puxão, se contorceu, mas só parecia ficar mais apertado. Sua frustração ferveu e ele se debateu, praticamente tropeçando no tapete do banheiro enquanto lutava. Um momento depois, ele estava preso, com apenas um braço vestido e o binder embolado e apertado em suas clavículas. Yadriel desabou, caindo no assento do vaso sanitário enquanto tentava recuperar o fôlego.

Por que estava agindo daquele jeito?

Tantas coisas haviam dado tão certo e tão errado em um espaço de tempo tão curto. Seu pai mudara de ideia. Finalmente enxergara o verdadeiro Yadriel. Até concordara em deixá-lo participar do *aquelarre* daquele ano. Ele veria sua mãe em breve, e ela saberia o quanto ele conquistara desde a sua partida. Seria recebido e aceito por sua comunidade por quem ele era. *Finalmente.*

Mas também perderia Julian na mesma noite. Por que a dor disso o afetava mais do que todas as outras coisas?

Se tinham apenas mais um dia juntos, Yadriel não ia contar a ninguém sobre ele. Nem a seu pai, nem a tio Catriz ou a qualquer outra pessoa. Julian era seu segredo e Yadriel queria guardá-lo só para si pelo máximo de tempo possível.

Por fim, puxando e se contorcendo, ele conseguiu colocar o binder. Quando voltou ao quarto, Julian estava esparramado sobre a cama. Mia Casso estava deitada em seu peito, o nariz enroscado no rabo, dormindo profundamente.

— Isso ainda é tão estranho — disse Julian, passando o dedo pela coluna torta de Mia.

— Já te falei pra não sacanear a aparência dela — disse Yadriel, penteando o cabelo molhado para trás.

Julian revirou os olhos, mas um sorriso divertido surgiu em seus lábios.

— Eu não estava falando disso.

Yadriel caiu na cama ao lado dele e encarou o teto. Ficaram deitados por um minuto, com apenas o som distante do trânsito e o ronronar alto de Mia entre eles.

— Jules? — chamou Yadriel finalmente. Seu coração batia na garganta.

Julian murmurou em resposta.

Yadriel o olhou de relance. O garoto estava focado em Mia Casso, seus cílios escuros escondendo os olhos.

— Por que você não gosta de falar em espanhol?

A mão de Julian parou, os dedos roçando o pelo de Mia, que fez um som descontente pela pausa abrupta no carinho.

O silêncio durou um longo momento. Yadriel pensou que ele não fosse responder à pergunta. Era estranho que aquilo tivesse tanto peso.

Quando Julian finalmente falou, foi com um tom baixo e hesitante.

— Meu pai não sabia muito inglês, então a gente só falava espanhol em casa. — Ele não olhou para Yadriel, apenas brincou com o rabo de Mia Casso. — Não é que eu não *goste* de falar espanhol, quer dizer, sou *eu*, sabe? Eu penso em espanhol, sonho em espanhol, mas... — Ele se interrompeu, a expressão tensa enquanto tentava achar as palavras certas. — Mas é meu pai também, sabe?

Julian emitiu um som frustrado.

— Eu não sei explicar. Na escola, a gente tinha que falar inglês e meus amigos falavam inglês também, mas espanhol era mais, tipo... o que a gente usava em casa. Era o que eu usava com meu pai, a *única* língua que eu falava com ele. Então, quando ele morreu...

Yadriel sentiu uma dor no peito.

Julian encolheu os ombros.

— Sei lá, cara. Só não parecia certo usar sem ele, eu acho. Parece muito... — Ele fez um gesto com a mão, a frustração fazendo sua mandíbula ficar tensa.

— Íntimo? — sugeriu Yadriel.

Os olhos de Julian se arregalaram em uma expressão tão intensa que o atingiu como um raio.

— Isso — disse ele finalmente. — Algo assim.

Yadriel assentiu de leve.

— Isso soa besta, né? — perguntou Julian, olhando de relance para Yadriel, como se estivesse esperando que ele risse.

— Não, não soa nada besta. Faz sentido não querer compartilhar uma coisa tão pessoal que significa tanto para você. — Yadriel puxou a medalha de São Judas com o dedo, deixando balançar. — Tipo um estranho usar isso?

Julian encarou o colar de prata, estendeu a mão, e o pingente balançou com seu toque fantasmagórico.

— É, tipo isso.

Julian recolheu a mão e limpou a garganta. Yadriel não discutiu quando ele mudou de assunto sem cerimônias.

— Como o Día de Los Muertos funciona, exatamente? — perguntou Julian, olhando-o de relance. — Toda a comida e altares e decorações e essas coisas.

Yadriel se espreguiçou e colocou as mãos sob a nuca.

— Bem, para receber nossos antepassados, fazemos oferendas para os membros da nossa família. Usamos fotos, pertences e as comidas favoritas deles. Mas algumas coisas padrão, como *mezcal, pan de muerto*...

— Parece que é uma festa. — Julian sorriu.

— E é. Uma *grande* festa — concordou Yadriel. — Decoramos o cemitério com bandeirolas coloridas, fazemos arcos com bambus. — Yadriel gesticulou, desenhando um arco no ar. — Cobrimos os arcos com calêndulas... com *cempasúchitl*, especificamente. Eles são os portais que os espíritos usam para passar do mundo dos mortos para o dos vivos. A comida, os enfeites, a cor e o cheiro doce das calêndulas guiam os espíritos dos nossos entes queridos de volta ao cemitério.

— Você precisa estar enterrado aqui para voltar? — perguntou Julian.

Yadriel fez que não.

— Tem muitos bruxes que são imigrantes. Do México, da América do Sul, do Caribe, de todos os lugares. Tem muitos cemitérios como o nosso pelos Estados Unidos. Então não, eles não precisam estar enterrados aqui. Seria estranho se as pessoas carregassem corpos ou cinzas pela fronteira — comentou ele. — Só é preciso fazer a oferenda.

— Então é, tipo, *todos* os seus ancestrais? O cemitério é grande o suficiente para receber centenas de gerações? — Julian deu a ele um olhar de dúvida, a sobrancelha arqueada.

— Só quem nós chamarmos, quem a gente ainda lembrar. Algumas pessoas nós esquecemos, obviamente. Eu não sei quem a minha tatatatataravó é.

Julian murmurou.

— Isso me parece triste.

Yadriel deu de ombros levemente.

— Eu não acho. Toda a família próxima dessas pessoas já morreu, certo? Então eles se reúnem e se divertem juntos no pós-vida. Não tem por que eles voltarem para visitar.

— Como é o pós-vida?

Julian tentou soar descontraído, mas Yadriel percebeu que ele estava preocupado.

— Eu não sei — respondeu honestamente.

Julian pareceu desapontado.

— Mas deve ser muito legal. Todos voltam sempre sorridentes e felizes.

— Você nunca perguntou a eles?

— Não, tipo... não se fala disso.

Outro momento de silêncio.

— Existe um inferno?

Quando Yadriel virou a cabeça para encarar Julian, os olhos do garoto já estavam fixos nele. Estudou o rosto de Julian no feixe de luz pálida que vinha da janela.

— Bem, tem Xibalba...

Os olhos de Julian se arregalaram.

— Mas você não vai para lá! — ele se apressou em completar. — Sério, a Senhora Morte se certificou disso.

— Eu acho que eu seria um bom bruxo — disse Julian, brincando com o rabo de Mia Casso.

Yadriel sorriu.

— Ah, é?

— Com certeza. Eu gosto dessa estética do talismã. O seu é fodão.

Yadriel riu.

— Não é só ter uma faca legal.

— Eu sei, eu sei, eu sei. — Julian o dispensou com um gesto. — Mas é a parte *mais legal*. — Ele sorriu. — É realmente uma pena que eu não seja um bruxo.

— Uma pena mesmo — concordou Yadriel, disfarçando com o tom de sarcasmo.

Se Julian fosse um bruxo, eles não estariam naquela confusão. As coisas seriam mais simples, mais fáceis. Não seriam impossíveis. Yadriel não teria que deixá-lo ir.

Ele queria passar a noite acordado, apenas conversando e respondendo às perguntas de Julian, mas, mesmo relutante, em certo ponto começou a pegar no sono. Ele tirou o binder enquanto Julian se acomodava novamente no saco de dormir no chão.

Enrolado nas cobertas, Yadriel esperou até Julian virar de lado, de costas para ele. A luz azul de seu velho iPhone brilhava através de sua forma translúcida enquanto Julian rolava a lista de músicas.

Yadriel se virou para a janela e pegou a camisa cinza e preta de Julian que tinha escondido debaixo do travesseiro. Ele esfregou a flanela macia entre os dedos, fechou os olhos e enterrou o nariz na camisa. Adormeceu inspirando o cheiro de Julian, que já estava começando a sumir.

CAPÍTULO 19

— Eu teria que ir pra escola hoje, e Maritza disse que me cobre depois da aula — disse Yadriel.

Contanto que chegasse a tempo para o Día de Los Muertos e para o badalar dos sinos da igreja, ficaria tudo bem.

— Então temos o dia inteiro para fazer o que você quiser!

— O que eu quiser? — repetiu Julian, olhando-o desconfiado.

— O que você quiser — confirmou Yadriel, penteando cuidadosamente o cabelo no estilo que gostava.

Ele não se lembrava de ter sonhado na noite anterior, mas ao acordar havia uma dor no peito e um tremor parecidos com os que se tinha após um pesadelo.

— Bom, dentro do razoável — acrescentou ele. — A gente não tem tempo nem dinheiro pra voar pro Havaí ou algo assim.

— Tudo bem, eu não gosto de abacaxi e "viajar de avião" nunca foi nenhum grande desejo mesmo. — Julian deu de ombros.

— Você nunca viajou de avião?

Yadriel não viajava muito; quando iam visitar a família de sua mãe no México, atravessavam a fronteira de carro. Fora de avião até Cuba algumas vezes para visitar parentes distantes de seu pai, mas mesmo assim ficou surpreso.

— Tch, *nem pensar!* Entrar em um pássaro gigante mortífero de metal? — Julian negou com a cabeça. — É, não, eu passo.

— Bem, você tem um tempinho pra decidir — disse Yadriel enquanto enchia a mochila com os itens que iriam precisar mais tarde. — A gente precisa pegar uns suprimentos antes.

— Eu ainda não acredito que você vai matar aula — comentou Julian enquanto se levantava do chão. Ele já estava animado. — Você parece muito careta pra isso.

— Eu não sou careta! — resmungou Yadriel.

Julian levantou uma sobrancelha.

— Você já matou aula antes?

— Não.

Julian sorriu.

— Ah, cala a boca.

Yadriel verificou novamente seu celular enquanto colocava o talismã na bainha, encaixada na sua lombar. Precisaria dele de noite, quando chegasse a hora de libertar Julian.

Mas não queria pensar nisso naquele momento; só queria se concentrar em Julian e em seu último dia na terra.

Enviou a Maritza uma última mensagem de agradecimento. Ela perguntara duas vezes se podia ir com eles; Yadriel não sabia se era porque ela queria matar aula ou porque não queria deixá-lo sozinho com Julian. De qualquer forma, estava se permitindo ser egoísta.

Colocando a mochila especialmente pesada nos ombros, Yadriel se virou para Julian:

— Pronto?

Mas ele não precisava ter perguntado. Julian estava elétrico, os olhos brilhantes.

— *Com certeza*. — Um sorriso malicioso marcou as covinhas em suas bochechas e Yadriel não conseguiu evitar sorrir de volta.

— Seja discreto — avisou ele. — Ainda precisamos atravessar o cemitério.

Era a manhã de 31 de outubro. A maioria das famílias estava decorando a casa para o momento de doces-ou-travessuras, ou arrumando os filhos para a escola, mas no cemitério bruxe a história era outra.

Ao passar rapidamente entre as lápides, Yadriel viu homens e mulheres entrando e saindo da igreja e descendo as trilhas de pedra, carregando caixas de velas, bandeirolas e bambus. Os espíritos residentes também estavam por ali, caminhando entre os vivos e conversando animadamente. Havia muita coisa acontecendo, e Julian se misturou facilmente com a multidão, andando a uma distância segura de Yadriel.

Lita estava nas escadas da igreja, gritando instruções e direcionando as pessoas para lá e para cá, como uma maestra. Ela usava um de seus melhores vestidos, branco com mangas curtas e flores coloridas bordadas ao longo da gola e da bainha. Um pesado colar de contas estava em seu pescoço, com um pingente de ouro representando o calendário maia. Pulseiras de ouro e jade chacoalhavam em seus pulsos.

Seu pai estava no portão, apontando as pessoas na direção certa enquanto tentava ajeitar seus cabelos ondulados. Ele usava calça social e uma *guayabera* de manga curta vermelho-brilhante, que Yadriel sabia ser a cor favorita de sua mãe.

Ele estava prestes a sair correndo quando seu pai o parou.

— Yadriel! — chamou ele, acenando. Enrique parecia nervoso, ainda lutando com seu cabelo.

— Estou com pressa, pai. — Yadriel tentou distraí-lo. — Atrasado para a escola.

Julian passou por trás de Enrique, desviando de bruxes e espíritos.

— Precisamos ajeitar os últimos detalhes na oferenda para a sua mãe, então não se atrase — disse seu pai, penteando o bigode com os dedos. Ele alisou a camisa e se empertigou, encolhendo a barriga.

Yadriel assentiu. Mesmo que estivesse se acostumando a fazer coisas escondido, ainda não tinha a coragem de mentir na cara do pai. Ele não voltaria logo depois da aula, provavelmente não voltaria até muito tarde, depois de...

Seu estômago se apertou. Não, não queria pensar nisso. Naquele momento, queria apenas fazer Julian feliz. Não queria pensar sobre como seria depois de meia-noite.

Por sorte, seu pai não suspeitou de nada. Enrique soltou o ar e sua barriga esticou a camisa, passando um pouco por cima do cinto.

Yadriel tirou vantagem da distração.

— Ok, até mais tarde! — disse, acenando para o pai e correndo até a esquina onde Julian esperava.

— Então, para onde vamos, *patrón*? — perguntou ele, andando de ré na frente de Yadriel.

— Para o mercado.

— Pra quê?

— Sua comida favorita. O que você quiser.

Os olhos de Julian brilharam.

— O que eu quiser?! Mas... espera. — Ele franziu a testa. — Pra mim? Mas eu achei que não desse para eu comer comida normal.

— Não dá — concordou Yadriel, olhando para os dois lados antes de atravessar. — É para mais tarde.

— O que vai ter mais tarde? — perguntou Julian, correndo atrás dele.

— É segredo — respondeu Yadriel.

Esperava que Julian discutisse, ou pelo menos resmungasse e exigisse respostas. Em vez disso, Julian mordeu o lábio inferior, um largo sorriso se abrindo em seu rosto. As pontas de suas orelhas ficaram vermelhas, e Yadriel se encheu de satisfação.

Foram para o mercado mexicano ali perto. Era um grande prédio de cimento pintado de amarelo. Enquanto percorriam os corredores, Yadriel jogava qualquer coisa que Julian apontasse em uma cesta de compras vermelha que rapidamente se encheu com embalagens de *Gansitos*, duas garrafas de Coca, biscoitos de coco e batatas chips.

— *TAKIS, TAKIS, TAKIS!* — gritou Julian, correndo para a prateleira.

— *Limón* ou *fuego*? — perguntou Yadriel, segurando os dois pacotes.

Julian franziu o cenho, como se tivesse comido algo azedo.

— Afe, *fuego*, claro. — Ele estremeceu. — Não gosto de coisas com muito limão.

Yadriel riu e jogou o pacote na cesta.

— Você é uma vergonha para o seu povo.

Ele pagou os lanches com o dinheiro que havia economizado nas últimas semanas. Quando saíram, havia um senhor em uma barraquinha cheia de pacotes de massa frita em formato de rodas.

— *AAAAH, DUROS, YADRIEL!* — gritou Julian, tão de repente que o fez pular.

— *Ok*, caramba — sussurrou ele, baixinho.

Foi até o homem e pediu um pacote. O vendedor abriu um e jogou calda, frutas picadas e um molho de chili que cheirava a vinagre.

— Sem limão, sem limão, sem limão! — Julian entrou em pânico quando o homem pegou uma pequena garrafa verde.

— Sem limão, por favor — pediu Yadriel. Quando se afastaram o suficiente, ele parou para enfiar o contrabando em sua mochila já lotada.

— Ugh, minha mochila nunca mais vai voltar ao cheiro normal — disse Yadriel, torcendo o nariz.

Julian, por outro lado, inspirou profundamente, fechando os olhos.

— Hum, eu tô literalmente babando agora — murmurou ele.

— Você decidiu para onde a gente vai? — perguntou Yadriel.

Julian tamborilou os dedos no queixo.

— Hum. Eu tive algumas ideias, mas nenhuma delas é legal o suficiente para O Último Dia na Terra. — Ele franziu a testa.

O celular de Yadriel vibrou em seu bolso de trás. Ele o pegou e verificou a tela. Estava paranoico que alguém da escola avisasse o pai sobre sua falta e ele arrumasse sérios problemas. Estava tentando adiar o pânico iminente para o final da tarde, quando não voltasse da escola para casa. Ele se sentia péssimo por isso, mas era por uma boa razão. Era por Julian.

— Quem é? — perguntou Julian, olhando por cima de seu ombro.

— A Letti mandou uma mensagem no grupo — disse ele, passando pela mensagem. Havia uma localização e vários pontos de exclamação. — Parece que decidiram onde vai ser o luau de Halloween.

Yadriel deu de ombros. Quando ergueu os olhos, Julian o estava encarando, a boca aberta em um sorriso animado. Os ombros de Yadriel murcharam.

— Julian, *não...*

— *Sim*, Yads!

Foi a vez de Yadriel reclamar.

— Qual é, tem que ter outra coisa que você queira fazer!

Julian negou alegremente com a cabeça.

— Não, eu quero fazer isso!

— Jules...!

— Ei! *Eu* é que vou morrer! — disse ele, batendo um dedo no peito. Fez uma pausa. Franziu a testa. — Hã... Morrer *de novo*... ficar mais morto ainda? — Julian balançou a cabeça, ignorando a confusão. — Eu escolho!

— Mas...

— São as regras!

Yadriel resmungou e cruzou os braços.

— Eu realmente não quero ir para uma festa com um monte de gente da escola.

Ele fechou a cara. Não queria ficar perto de seus colegas de classe nem durante as aulas. A ideia de sair com eles para uma festa onde a maioria estaria bêbada e agressiva soava horrível na melhor das hipóteses, e perigosa na pior. Yadriel era antissocial por autopreservação.

— Eu vou ficar deslocado. Igual um peixe fora da água.

— Então que bom que é Halloween, né? A gente te arranja um disfarce! — respondeu Julian, descendo a rua.

Já era Halloween, o que significava que a loja de artigos de festa estava praticamente sem opções. Havia estantes vazias por toda parte e penas e glitter espalhados pelo chão.

— Que tal isso? — disse Julian, brincando com uma máscara feita de penas de pavão.

— Aham, *isso* vai me ajudar a me enturmar. — Yadriel o fuzilou com os olhos.

Julian riu.

— Tá, tá, tá. — Ele passou o dedo por um kit de pintura facial de caveira de açúcar. — Isso?

Yadriel bufou.

— *Não*. Eu não apoio a apropriação cultural em massa de caveiras de açúcar na cultura ocidental...

— Ok, então. — Julian riu, passando para a prateleira seguinte.

Yadriel certificou-se de que não havia mais ninguém no corredor antes de continuar sua reclamação aos sussurros.

— Caveiras de açúcar são uma parte *sagrada* do Día de Los Muertos, não são uma fantasia de Halloween para...

Mas Julian já estava procurando a próxima opção.

— Que tal isso?

"Isso" era uma máscara preta para ser usada sobre o nariz, onde a parte inferior de um esqueleto fora desenhada.

Yadriel murmurou, incerto.

— Não é isso o que motociclistas usam? — perguntou ele, pegando a máscara e traçando os dentes quebrados da caveira com os dedos.

Julian se recostou na prateleira e olhou para Yadriel.

— Eu não acho que alguém vai confundir você com um motociclista. — Ele riu.

Yadriel o encarou, em dúvida.

— Olhe, é praticamente uma máscara! Vai cobrir metade do seu rosto, ninguém vai te reconhecer *e* combina com seu estilo — acrescentou ele, gesticulando para Yadriel como um todo.

Ele olhou de relance para seu moletom, jeans preto rasgado e coturnos, depois estreitou os olhos para Julian.

— E qual é meu *estilo*?

Julian inclinou a cabeça de um lado para o outro.

— Mago gay gótico?

Yadriel agarrou uma pilha de guardanapos de abóbora e jogou em Julian. Os guardanapos o atravessaram e bateram de forma inofensiva na estante.

Ao saírem, Yadriel amarrou a máscara e a deixou pendurada ao redor do pescoço.

— Vamos demorar um pouco para chegar à praia — disse ele, ajeitando o cabelo antes de pegar o celular para consultar o horário dos ônibus.

Julian franziu o cenho.

— Por quê?

— Vamos ter que fazer pelo menos duas baldeações de ônibus e andar um pouco, dependendo de para qual praia você quer ir — disse ele, dando uma olhada no aplicativo.

— De jeito nenhum, a gente não vai pegar *o ônibus* — bufou Julian.

— Eu não tenho como pagar um Uber...
— Você sabe dirigir? — perguntou Julian.
— Bem, sei...
— Câmbio manual?

Ele não gostou da expressão de Julian.

— Sim, por quê?

Podia ver a mente dele trabalhando. Aquele sorriso esperto não significava nada além de problemas.

Muitos problemas.

Pouco tempo depois, Yadriel estava parado na calçada em frente ao portão dos fundos da oficina mecânica que levava ao apartamento de Rio e Julian.

— Eu não devia estar fazendo isso. Não posso acreditar que estou fazendo isso. — Ele olhou para Julian, louco para que ele dissesse que estava só brincando. — Eu vou mesmo fazer isso? Nós vamos mesmo fazer isso?

Julian sorriu, feliz.

— Não se preocupe tanto, vai ser legal! — disse ele, chegando ao portão.

— Ser preso por roubar um carro *não* é a minha ideia de legal! — sibilou Yadriel, esticando o pescoço à procura de testemunhas.

A oficina fechava às sextas, deixando o local vazio. Poucos carros passavam. Uma moça com dois chihuahuas andava do outro lado da rua. Yadriel se apressou para alcançar Julian.

— Não acredito que você está me forçando a fazer isso!

— Eu não estou te *obrigando* a nada! — rebateu ele. — Agora anda, Rio deve estar cochilando e ele *não tem* um sono pesado.

Julian atravessou o portão, deixando Yadriel do outro lado.

— Como eu entro aí? — sibilou ele, olhando para a porta no topo das escadas.

— Ah, é.

Julian recuou, atravessou o portão novamente e passou por uma pequena pilha de blocos de concreto contra a parede. Com os olhos estreitos em concentração, ele enfiou a mão em um buraco em um dos blocos e puxou um molho de chaves. Satisfeito consigo mesmo, ele as jogou para Yadriel.

— Aqui.

Yadriel se atrapalhou para pegar as chaves antes que caíssem no chão

— Seu irmão mantém um chaveiro reserva aqui fora? — perguntou ele.

Não parecia muito seguro, e Rio não parecera o tipo que escondia as chaves em um local tão óbvio.

— O quê? — Julian bufou. — Não, de jeito nenhum, ele é muito paranoico! Eu é que deixo a chave ali. — Ele sorriu orgulhosamente.

Isso fazia muito mais sentido.

— Cansei de perder ela o tempo todo e o Rio brigar comigo. Deixar uma chave ali removeu o problema.

— Resolveu — corrigiu Yadriel, dedilhando pelas chaves.

Julian fez um aceno de desdém.

— Mesma coisa. A chave com fita adesiva é a do portão.

A mão de Yadriel tremia enquanto destrancava o portão com dificuldade. Ele só precisava sair logo dali. Descobrir o que fazer depois aquela noite — com o carro, as chaves e consigo mesmo — seria um problema para mais tarde. Quando Yadriel abriu o portão, o rangido do metal e os estalidos do cascalho pareceram ensurdecedores.

Julian parecia completamente despreocupado. Foi direto para o carro e passou as mãos sobre o capô.

— Oi, bonitão — sussurrou ele, apoiando a bochecha contra o teto do carro. — Corvette Stingray 1970 — murmurou Julian afetuosamente. — O orgulho do papai. Ele mesmo fez as modificações. Levou *anos* para deixar como ele queria.

— Ótimo, então vou roubar um carro caro pra cacete *e* com valor sentimental — murmurou Yadriel.

Sentiu que começava a suar de nervoso. Entre a mão trêmula e a verificação constantemente da porta do apartamento, Yadriel teve dificuldade para pegar a chave certa.

— A grande — disse Julian, ficando impaciente.

O rangido da porta do carro se abrindo fez Yadriel se encolher. Ele entrou e a fechou o mais silenciosamente possível.

O interior do Corvette era revestido de couro do mesmo azul-elétrico que o exterior. O volante era enorme, os assentos, baixos. Um rosário de plástico preto estava pendurado no espelho retrovisor. Um santinho de Nossa Senhora de Guadalupe em seu manto azul estrelado fora enfiado no espaço onde um painel de instrumentos estaria, em um veículo mais novo. Havia várias imagens atrás de Nossa Senhora de Guadalupe, mas tudo o que Yadriel enxergava era um cotovelo e o canto de um edifício.

O carro estava quase intacto. Tudo cheirava a couro quente. Evidentemente, o pai de Julian tinha cuidado bem dele. A julgar pela arrumação do apartamento, Yadriel ficou surpreso por Julian e Rio terem mantido o Stingray tão bem conservado.

Julian já estava no banco do carona, batucando os dedos nos joelhos.

— Vamos, bora, bora, bora!

Yadriel enfiou a mochila entre os pés de Julian, colocou a chave na ignição, mas depois hesitou.

— Não acredito que vou fazer isto — disse ele. Mais suor escorreu por suas costas. O pânico fincou-se em sua garganta. — Seu irmão vai chamar a polícia, isso vai acabar em uma perseguição de carro.

— Perseguições de carro acontecem *o tempo todo* em Los Angeles — disse ele, como se isso fosse ajudar a acalmá-lo. — Eles têm condenados e outros merdas para perseguir.

Yadriel pressionou as mãos contra as têmporas.

— Ai, meu Deus, vou sair em todos os jornais!

— Não se você cobrir a cara, bobão. — Julian se aproximou e puxou a máscara de esqueleto sobre seu nariz. — Ha! — Mas a máscara não cobriu o olhar mortífero que Yadriel lançou a ele. Julian riu e balançou a cabeça. — Parece até que você nunca roubou um carro!

— Eu *nunca* roubei um carro! — explodiu Yadriel. Seu hálito aqueceu o tecido preto que cobria sua boca.

— Ah. — Julian fez uma pausa. — Bem, quer dizer, tecnicamente você nem tá roubando mesmo...

— *Como não?*

— Papai deixou o carro pro meu irmão *e* pra mim — explicou Julian.
— Eu tenho uma chave e tudo. Estou te dando *permissão* para usar.

— Eu não acho que isso vai ser válido num julgamento.

— Então é melhor você dirigir rápido, né?

Ele abriu um sorriso frenético, um brilho inconsequente nos olhos.

Julian se aproximou.

Yadriel prendeu a respiração.

— Jules!

Mas era tarde demais. Julian agarrou a chave na ignição e a girou.

O motor ligou com um rugido. Reggaeton explodiu do rádio.

— *VAI, VAI, VAI!* — gritou Julian, a voz trêmula de riso.

Yadriel silenciou o pânico em sua cabeça. Ele não pensou. Não se virou ao som da porta do apartamento se abrindo.

Pisou na embreagem, passou a marcha e saiu arrancando.

O cheiro do escapamento ardeu em seu nariz. O som do grito empolgado de Julian ecoou seus ouvidos. O baixo da música ressoava em seu peito.

Yadriel dirigiu e não olhou para trás.

CAPÍTULO 20

Eles partiram em direção à praia, mas isso significava atravessar Los Angeles primeiro. O trânsito não acalmou os nervos de Yadriel. Ficava checando os retrovisores, convencido de que a qualquer segundo luzes azuis e vermelhas iam refletir no espelho.

Julian não estava ajudando. Ao seu lado, ele quase vibrava com uma animação mal contida, impaciente e se mexendo sem parar. Ele se esticou e ligou o rádio de novo, enchendo o carro com um baixo ritmado.

Yadriel se encolheu e baixou a máscara para o pescoço.

— Precisa ser tão alto?

— Precisa! — gritou Julian por cima do barulho, girando o botão, pulando de estação em estação.

Yadriel revirou os olhos e abaixou a janela, deixando entrar ar fresco no carro abafado. O vento bagunçou seu cabelo, abrandando a música. Isso o acalmou e o fez respirar melhor.

Julian trocava de estação tão rápido que Yadriel não tinha ideia de como ele sequer sabia o que estava tocando. Às vezes ele parava e Yadriel achava que finalmente achara uma de que gostava, mas Julian sempre terminava procurando por outra música antes de aquela acabar.

Entre o chiado da troca de estações houve um flash tão rápido de música que Yadriel nem registrou até Julian gritar:

— Isso!

— Ai, sério? — gritou Yadriel por cima do *bum ba-dum bum bum* de um reggaeton alto.

— Sim, sério! — Julian respirou fundo e cantou a plenos pulmões. Yadriel explodiu em risada.

— Ai, meu deus!

— Cala a boca, essa é minha música preferida! — gritou Julian de volta, a voz tremendo com a risada.

Objetivamente, Julian era um *péssimo* cantor, mas, caramba, ele se entregava. Agitando os ombros, Julian dançava no assento e cantava como se sua vida dependesse disso. O modo como ele desafinava fazia Yadriel apertar o volante em desespero, enquanto sua barriga doía de tanto rir.

Descarado e radiante — aquela era a sua versão preferida de Julian. Animado, despreocupado, transbordando de energia contagiante.

Vivo.

Julian flagrou Yadriel olhando para a sua cantoria gritada e suas sobrancelhas se franziram.

Yadriel abaixou a cabeça e afundou mais no banco, o rosto ardendo em vermelho-vivo. Isso só fez com que Julian risse mais, e então os dois perderam a compostura.

Atravessaram a cidade, e, àquela altura, o trânsito já havia diminuído consideravelmente. Deixaram os arranha-céus para trás e o cenário se abriu. O céu estava coberto de um laranja estonteante e um rosa luminoso, beijando o horizonte onde se encontrava com o oceano. O azul profundo esticava-se, a luz do sol refletia nas ondas. A quebra preguiçosa das ondas juntou-se à música. O ar fresco misturado à maresia.

Yadriel entrou na Rodovia da Costa do Pacífico, passando por mansões e praias pálidas.

— Mais rápido! — pediu Julian, girando em seu banco para olhar para Yadriel.

— Já estou indo rápido! — disse Yadriel, o velocímetro beirando o limite de velocidade.

— *MAIS RÁPIDO, SEU COVARDE!* — Julian agarrou o joelho de Yadriel.

Um arrepio correu a coxa dele. O fôlego ficou preso em seus pulmões. Ele conseguia sentir a pressão dos dedos de Julian, o peso de sua palma.

Yadriel olhou de relance, encontrando o olhar faminto de Julian. Seu sorriso era inconsequente. A luz do sol refletia em seus olhos. Yadriel sentiu a barriga aquecer. Bufou, mas um sorriso já estava se formando no canto de seus lábios, traindo sua carranca.

Segurando o volante precisamente na posição correta, Yadriel checou os retrovisores. Seus dedos apertaram o couro suave e, com um ronco do motor, as costas de Yadriel pressionaram o banco à medida que o Stingray avançava mais rápido.

Julian rugiu de alegria. Ele se segurou na porta e se inclinou para fora da janela aberta.

A mão de Yadriel se esticou para segurá-lo, e ele se sentiu patético quando seus dedos atravessaram seu ombro.

Com as covinhas marcando as bochechas, Julian esticou os braços e gritou alguma coisa que foi engolida pelo vento.

Julian estava livre, ardendo brilhantemente.

Yadriel se sentia enlevado ao passarem pelas ondas, palmeiras e praias pintadas de rosa pelo pôr do sol. O motor vibrava em seu corpo. Seu coração batia no ritmo.

Quando finalmente estacionaram junto à praia, o sol não era nada mais do que uma mancha vermelha brilhante contra o horizonte. A festa já estava a todo vapor. Uma multidão estava reunida em volta da fogueira entre duas torres abandonadas de salva-vidas. A música tocava de caixas de som em algum lugar. As chamas crepitantes lançavam sombras tortas que dançavam nas ondas.

Yadriel pegou o celular. Havia perdido várias ligações do pai. Ele deslizou rapidamente pelas mensagens antes de as dispensar. Não tinha estômago para lê-las, muito menos para ouvir as mensagens na caixa postal, então desligou as notificações.

— Você tem *certeza* que quer fazer isso? — resmungou Yadriel, colocando o celular no bolso.

— Tenho! — respondeu Julian, pulando ao seu lado.

Yadriel ergueu o olhar para ele.

— Esse é o meu pior pesadelo, Jules.

Ele não pareceu ligar.

— Esse é meu último desejo, Yads — disse ele com uma sinceridade zombeteira, subindo a máscara para o nariz de Yadriel. — *Vamos, bora, bora, bora!* — chamou ele, acenando enquanto se dirigia à festa.

Relutantemente, Yadriel o seguiu.

Para um grupo tão grande de pessoas, Yadriel se sentiu surpreendentemente invisível, e isso era um alívio. Quando falava com Julian, a máscara cobria sua boca, então ninguém ia pensar que estava falando sozinho. Sem mencionar o fato de que sua voz não ecoava muito naquela cacofonia de música e vozes.

Todo mundo estava de fantasia, ou pelo menos de máscara. Havia sereias, demônios e fantasias detalhadas. Algumas pessoas usavam apenas máscaras de papel colorido e se davam por satisfeitas.

Ele não reconheceu ninguém, e ficou repetindo para si mesmo que, da mesma forma, ninguém o reconheceria e ninguém se importava. Ninguém lançou a ele nenhum olhar estranho, ninguém sequer o notava quando Yadriel esbarrava acidentalmente neles. Era apenas um menino em um mar de corpos.

Julian estava à vontade. Ele gostava de lugares barulhentos e pessoas barulhentas. Um garoto tempestuoso que parecia mais confortável no caos. Todo mundo celebrava, dançava e bebia. O ar cheirava a fumaça, álcool e maresia. Ele se juntou a um grupo em volta de um cara usando uma máscara de cavalo, rindo enquanto ele entornava uma lata de cerveja. Julian assobiava e aplaudia. Pessoas passavam através dele, mas ninguém parecia notar. Ou estava frio demais para repararem, ou o álcool inebriava seus sentidos. Provavelmente os dois.

— Cerveja? — perguntou Julian, gesticulando para caixas enormes de cerveja barata que estavam abertas, com latas caindo para fora.

— Não — disse Yadriel, tenso e ainda *mais* desconfortável, se isso era possível.

Havia várias razões para ele não gostar de ir a festas, e uma delas era a pressão para beber. Julian olhou para uma caixa de isopor e para as várias garrafas de bebida enterradas na areia.

— Provavelmente tem tequila, ou algo assim...

— Eu não bebo — resmungou Yadriel. Ele cruzou os braços, meio esperando que Julian risse ou tentasse convencê-lo a beber. Ele se preparou para defender sua posição.

Mas Julian apenas assentiu.

— Foi mal!

E então ele partiu para a próxima coisa que chamou sua atenção, deixando Yadriel parado ali.

Ele assistiu a Julian seguir em direção a uma menina vestida em uma fantasia de milho que estava vendendo *elote* por um dólar. Admirado, Yadriel se perguntou se algum dia ia parar de se surpreender com Julian Diaz.

Ele costurou entre as pessoas, tentando alcançar Julian, que o chamava para se aprofundar na multidão. Queria estender a mão e segurar seu braço, puxá-lo para mais perto, mas não podia. Yadriel precisou se apertar entre duas pessoas com máscaras elaboradas de borracha e pelo, uma de lobo e a outra de jaguar, e quase tropeçou em Julian.

— Toda hora eu te perco de vista! — gritou ele, e Julian teve que se abaixar para ouvi-lo. A música estourava nos ouvidos de Yadriel, mas Julian não parecia incomodado.

— Essa é minha música PREFERIDA! — disse Julian, o hálito gelado tocando o ouvido de Yadriel.

— Eu achei que aquela do carro fosse sua favorita.

Julian apenas deu de ombros, sorrindo de orelha a orelha, dolorosamente charmoso.

A batida alta da música ecoava no peito de Yadriel como um segundo batimento cardíaco. Ele a sentia nos ossos. A música o devorava, tornando impossível duvidar ou pensar duas vezes enquanto se mexia no ritmo. A pressão dos corpos normalmente o deixaria nervoso, mas naquele momento era reconfortante, como ser levado pelas ondas, como ser embalado pelo fluxo.

Julian mexia os quadris, balançava a cabeça. Com os olhos fechados e sorrindo, a luz do fogo dançava em sua pele. Yadriel era atraído por ele como uma mariposa pela luz. Pelo seu charme inconsequente e seus traços impressionantes. Julian era inegavelmente bonito, mas sua beleza era como uma tempestade — feroz, dura, elétrica.

E completamente capaz de causar devastação.

Um casal dançando quase os separou novamente, mas Yadriel e Julian foram na direção um do outro ao mesmo tempo. Julian chegou bem perto, e Yadriel se arrepiou. Um arrepio subiu por suas costas, roubando seu ar.

Havia cantoria alta e explosões de risada. Empurra-empurra. Hálitos quentes e ventos congelantes. A brisa gelada do oceano em peles suadas. Os dentes brancos de Julian e as covinhas deram lugar aos olhos semicerrados e aos lábios entreabertos.

Yadriel fechou os olhos, zonzo. Dedos gélidos encaixaram em seus quadris. Roçaram seu pescoço. Ele chegou mais perto, faminto e ansioso. O calor se acumulava no fundo da barriga. Queria segurá-lo e não soltar mais.

De repente, luzes brilhantes surgiram na visão de Yadriel. Quando ele abriu os olhos, feixes de uma lanterna cortavam pela multidão. A música parou. Todo mundo ficou paralisado, o feitiço interrompido muito subitamente. Um murmúrio cresceu no grupo.

— *Polícia!* — disse uma voz, seguida de outras.

Uma voz ecoou dos alto-falantes, recitando que era ilegal ter garrafas de vidro ou bebidas alcoólicas na praia, e que era necessária uma permissão para festas com mais de cinquenta pessoas. Eles soavam entediados. Aquela era provavelmente apenas mais uma das festas que eles tinham que dispersar naquela noite.

As pessoas partiram e alguém vaiou, mas Julian só riu, seu rosto iluminado de entusiasmo.

Mas Yadriel *não* queria ser parado pela polícia quando estava com um carro roubado a cem metros de distância.

— Vamos! — gritou ele.

Eles correram, tropeçando na areia, gargalhando e incapazes de ficar em pé direito. Dispararam para o carro, os sapatos escorregando no concreto cheio de areia. Yadriel entrou correndo no Stingray, que rugiu de volta à vida. Eles aceleraram, voando pela estrada.

Julian comemorou.

Yadriel desceu sua máscara e se curvou sobre o volante, rindo tanto que suas bochechas doíam.

Julian direcionou Yadriel para um mirante que não passava de um ponto no topo de uma trilha que dava no mar. Yadriel estacionou junto à pequena grade de proteção além da qual ficava o penhasco íngreme abaixo.

Eles saíram e se sentaram no capô. O metal ainda estava quente do motor e aqueceu Yadriel enquanto a brisa gelada do oceano soprava, balançando as palmeiras. Ele podia sentir a areia no cabelo, na pele. As luzes dos barcos de pesca brilhavam em um mar escuro. O luar refletia nas ondas distantes. Ondas quebravam contra as rochas em um ritmo preguiçoso, indo e vindo. A água salpicava o rosto de Yadriel. Seus lábios tinham gosto de sal. Era o suficiente para quase niná-lo.

— Meu pai trazia a gente para cá de carro — disse Julian baixinho ao seu lado.

Yadriel virou a cabeça. Julian estava sentado com os pés no capô do carro, o queixo apoiado no braço descansando em seus joelhos. Seus olhos escuros estavam voltados para o céu.

— É a melhor vista das estrelas — disse ele, fechando um olho e levantando a mão, alinhando as estrelas entre seus dedos.

A névoa laranja das luzes da cidade seguia as estrelas até o horizonte, onde o céu se tornava preto como tinta. Yadriel o encarou em silêncio por um segundo, gostando bastante de imaginar Julian, o pai e o irmão ali, admirando a vista. Um trio de garotos do leste de Los Angeles olhando as estrelas de Malibu.

— De quem são as fotos? — perguntou Yadriel, ficando de lado e apoiando a bochecha na mão.

— Fotos?

— É. — Yadriel indicou o painel do carro com o queixo. — No carro.

— Ah! — Julian saiu do capô e se esticou pela janela aberta. Houve uns barulhos e então ele estava de volta, se sentando ao lado de Yadriel.

— Só algumas fotos antigas da gente com o nosso pai.

Yadriel se sentou. Eles se acomodaram de pernas cruzadas, um de frente para o outro.

— Ele é esse aqui — disse Julian, segurando a foto para ele ver. Yadriel nunca o ouvira falar com tanto afeto e delicadeza.

O pai de Julian estava no centro da foto. Era alto e esguio, com um corte de cabelo militar e uma barba por fazer. Seus olhos estavam estreitados pois ele estava mostrando os dentes para a câmera, entre uma risada e um resmungo. Ele abraçava Julian e Rio um em cada braço, exibindo sua força na frente do que Yadriel reconheceu ser a oficina.

— Ele parece legal — disse Yadriel, incapaz de segurar um sorriso.

— Ele era — concordou Julian, feliz.

— Qual era o nome dele?

— Ramon — respondeu ele, pronunciando o *R* enrolado.

Julian não devia ter mais de dez anos. Estava encolhido, os joelhos dobrados, agarrando o braço do pai, rindo. Talvez Ramon estivesse fazendo cócegas nele, seus dedos pressionados naquele lugar sensível abaixo da clavícula.

— Ah, cara. — Yadriel riu. — Olha seu cabelo!

Em vez de raspado, o cabelo de Julian era uma confusão de cachinhos finos e desgrenhados.

— Fotogênico pra caramba, né? — disse Julian com uma risada. — Rio sempre foi um pouco tímido com câmeras.

Rio estava sob o outro braço de seu pai. Estava sorrindo, mas de boca fechada. Ele se agarrava ao ombro do pai, o rosto parcialmente desviado da câmera na direção do peito de Ramon.

Yadriel pegou as fotos e foi passando uma a uma. Uma era Ramon e Rio debruçados no capô aberto de algum Cadillac antigo. Ramon estava apontando para alguma coisa, e o rosto de Rio estava sério, estudioso. Enquanto isso, Julian estava ao lado, brincando em uma daquelas macas que mecânicos usavam para se enfiar sob os carros.

Havia fotos de escola, também. Rio sentado todo tenso, com outro sorriso de lábios fechados e uma gravata bonita no pescoço. Enquanto isso, Julian tinha olhos estreitados, sorrindo como se quisesse mostrar todos os dentes de uma vez. Sua gravata estava frouxa e torta, o lado esquerdo de sua gola levantado.

Em outra foto, eles estavam sentados lado a lado na calçada. Julian e Rio entre Ramon e Carlos — o homem que Julian dissera ter aberto a oficina com seu pai. Ramon estava ao lado de Rio, sorrindo para a câmera enquanto o filho sorria para ele. Carlos estava do outro lado, um dedo sob o queixo empinado, fazendo cara de mal para a câmera. Ele se apoiava em Julian, que se inclinava sob o peso, rindo enquanto tentava empurrá-lo.

Yadriel olhou para o garoto sentado ao seu lado. Um garoto com sorriso brilhante e risada fácil. Que gostava de andar de skate pelas ruas de Los Angeles e observar as estrelas no capô do carro do pai. Que faria qualquer coisa para proteger seus amigos. Inconsequente e brilhante.

A ânsia em Yadriel ameaçava engoli-lo inteiro. Julian ainda estava ali, mas o corpo de Yadriel já havia começado a sentir sua perda.

Mas ele sabia que aquilo não era sustentável. Nenhum espírito era feito para ficar entre os dois mundos por muito tempo, muito menos Julian. Ele era um garoto feito de fogo que se tornara gelo. Ele fora feito para queimar.

— Não imaginava que alguém quisesse passar seu último dia assim — disse Yadriel, brincando com a medalhinha de Julian em seu pescoço. — Mas é muito... você.

Julian lançou-lhe um olhar desconfiado.

— Hã, valeu?

— Eu quero dizer que acho que a maioria das pessoas ia querer passar com a família e os amigos.

Yadriel pensou em como, quando alguém ficava doente ou envelhecia, quando estava se aproximando do fim da vida, sua comunidade se unia. Amigos e pessoas amadas ficavam por perto, tomando conta. Bruxas ofereciam conforto e alívio da dor. Todos ofereciam apoio, se prontificavam a mandar a pessoa para o pós-vida rodeada de amor.

— Isso soa depressivo e chato. — Julian franziu a testa. — Sem falar que nenhum deles pode me ver ou ouvir. Eu já estou morto. — Ele encolheu os ombros. — Mas é assim que você gostaria de passar seu último dia? Com seu pai e seu irmão? Sua Lita? Sei lá, todo o grupo de bruxes?

— Nossa, não. — Foi a resposta imediata de Yadriel, surpreendendo até a si próprio. A ideia parecia horrível. Yadriel detestava ser o centro das atenções. Até mesmo seu aniversário era uma tortura. — Talvez você tenha tido a ideia certa.

Ele olhou para além do penhasco. Grandes ondas quebravam na praia a perder de vista. Uma rajada de brisa do mar atingiu seu cabelo. Yadriel sorriu.

— Roubar um carro e dirigir por aí no pôr do sol é bem melhor.

— Eu tô gostando.

— Você se arrepende de alguma coisa?

O estômago de Yadriel ficou embrulhado. Uma vozinha em sua cabeça disse a ele para parar de perguntar. Aquelas coisas só iam magoá-lo. Mas ele não estava acostumado com a morte ser uma coisa tão definitiva.

Mas então Julian sorriu.

— Arrependimento? — Meneando a cabeça, ele se aproximou. — Afe, de jeito nenhum. — Sua voz mal passava de um sussurro, como se ele estivesse contando um segredo.

— Alguma coisa que você queria ter feito?

O sorriso sumiu.

— Algumas.

Aquilo era má ideia. Muita coisa, muito perto, mas quando Julian se inclinou para a frente, Yadriel não queria se afastar. Seus pulmões pareciam apertados, como se estivesse prendendo a respiração por tempo demais.

Uma voz em sua mente disse a ele para parar. Que estava indo longe demais. Eram águas perigosas e entrar nelas ia terminar mal. Mas uma força muito mais poderosa o arrastou como uma correnteza.

Julian estreitou os olhos, os ângulos de seu rosto contorcidos em concentração. Lentamente, ele levou a mão ao rosto de Yadriel, perto, mas sem tocar. Seus olhos tempestuosos encontraram os de Yadriel, fazendo uma pergunta.

— *¿Me dejas robarte un beso?* — disse ele suavemente, no mais lindo sotaque colombiano que Yadriel já ouvira. Era puro e melódico, como uma música.

Yadriel fechou os olhos. E assentiu.

Algo frio tocou seu rosto, causando arrepios pelo pescoço. Ele prendeu a respiração. A palma de Julian roçou sua bochecha. Ele sentiu dedos gélidos na pele logo abaixo de sua orelha, o correr suave do polegar logo abaixo de seus cílios.

Quando ele abriu os olhos, Julian o encarava. A intensidade daquele olhar o deixou corado.

Julian inclinou a cabeça. Yadriel sentiu algo frio no nariz. Um carinho suave roçou seus lábios e Yadriel se perdeu nele. Era inesperadamente gentil e lento. Sua pele estava corada, quente e ansiosa, e o toque frio de Julian lhe causava arrepios. A alma de Yadriel estava em agonia. Ele se aproximou, tateando, os dedos querendo agarrar a jaqueta de Julian e puxá-lo para mais perto.

Mas seus dedos encontraram ar. Não havia nada para segurar.

Buzz buzz buzz.

Yadriel se assustou e se afastou com um solavanco. A vibração de seu celular no bolso de trás. Ele se endireitou, esticando o braço para pegá-lo. Com dedos desajeitados, desligou o alarme.

— *Nossa.* — Ele colocou a mão no peito. Seu coração martelava. A beirada da medalha de Julian pressionou sua palma.

Julian parecia assustado, as mãos ainda pairando no ar.

— É meu alarme — disse Yadriel, tentando recuperar o fôlego. Tinha várias mensagens de Maritza perguntando onde eles estavam e quando ele voltaria. Yadriel olhou para Julian. Seu talismã cutucava desconfortavelmente a base da sua coluna. — A gente precisa voltar agora ou não vamos chegar antes de meia-noite.

Julian baixou as mãos e olhou para a água novamente. O vento esvoaçava sua jaqueta. Ele fechou os olhos e sorriu. Abaixo, as ondas quebravam. O luar o pintava em tons de azul. Sua silhueta estava borrada como aquarela que saíra das linhas.

— Tudo bem, *patrón*. — Com um último suspiro, Julian saiu do capô. — Vamos.

Relutantemente, Yadriel entrou no carro e começou a dirigir de volta para a cidade. Rápido demais, o oceano virou apenas uma imagem borrada no retrovisor.

Era cedo demais. Mesmo que Julian estivesse pronto, ele não estava.

Com as janelas fechadas, o carro estava confortavelmente quente. Eles caíram em um silêncio tranquilo. Uma música lenta saía pelos alto-

-falantes, suave e estável. Julian murmurava junto, seus dedos batucando o ritmo no apoio de braço.

Yadriel roubava olhares. Quando o refrão começou, Julian cantou junto, sua voz baixinha e desafinada. Yadriel se pegou sorrindo. Ele cantava muito mal, mas era fofo. Pessoas que cantavam na frente de outras sem insegurança eram um tipo raro e específico de gente do qual Yadriel decididamente não fazia parte.

A voz do cantor ficou grave e Julian não conseguiu acompanhar, as palavras morrendo em sua garganta.

Yadriel riu e os olhos de Julian encontraram os dele, os cantinhos se enrugando quando ele sorriu de volta.

Yadriel quis perseguir o pôr do sol. Não deixar o dia nascer novamente

Por quanto tempo depois de ele ter partido Yadriel ficaria sonhando com Julian e aquela viagem de carro? Pensou que as noites insones em seu futuro valeriam a pena.

CAPÍTULO 21

Yadriel estacionou o Stingray algumas ruas depois do cemitério. Em parte porque a rua estava cheia de carros — todas as famílias bruxes tinham ido celebrar e receber os espíritos. Mas também para ganhar tempo e pensar em como devolveria o carro a Rio. Mas esse era um problema para amanhã. Naquele momento, ele e Julian precisavam passar pelo cemitério e chegar à igreja antiga sem serem notados.

— Só aja naturalmente — murmurou Yadriel enquanto se aproximavam do portão.

Com o Día de Los Muertos a uma hora de começar, havia energia espiritual o suficiente no ar para que Julian passasse relativamente despercebido.

As portas estavam abertas e as pessoas entravam aos montes. Bruxos ali perto saudavam a todos, mas também cuidavam para que ninguém de fora entrasse na celebração bruxe pensando que fosse uma festa de Halloween.

Atravessar os portões foi como entrar em um mundo feito de luz dourada e cores.

— Uau — sussurrou Julian, maravilhado.

Velas ladeavam todas as trilhas e as lápides até onde os olhos alcançavam. Arcos adornados com calêndulas assomavam sobre as sepulturas, os sarcófagos e os mausoléus. Bandeirolas se cruzavam acima de suas cabeças. Mais calêndulas e crisântemos vermelhos forravam caminhos e túmulos de terra. Garrafas de rum com pimenta estavam recostadas nas lápides, destinadas a aquecer os ossos dos espíritos que retornavam. O cemitério fora preenchido com energia e empolgação. O ar parecia vivo e elétrico, como o momento antes de uma trovoada.

Oferendas adornadas cobriam cada espaço disponível. Alguns altares eram modestos, com apenas uma foto, velas, incenso de copal e *pan de muerto*. Por outro lado, algumas pessoas pareciam tomar como um desafio superar os outros todo ano. Alguns altares tinham dois metros de altura, recheados de comidas e bebidas. Havia grandes retratos pintados apoiados nas paredes do columbário. As urnas estavam empilhadas com calêndulas. Mais flores sagradas tinham sido derramadas sobre todas as superfícies possíveis. Na oferenda de uma menina jovem, uma bicicleta havia sido coberta com as flores cor de laranja, sua foto enfiada nos aros.

À medida que adentravam o cemitério, gritos preenchiam o ar. Vozes altas e vibrantes em afiados *"ay, ay, ay!"* que cortavam o ar, ficando mais intensos conforme mais gente entrava na gritaria. As exclamações eram para trazer os espíritos de volta ao mundo dos vivos. Quando os gritos aumentavam, as chamas das velas próximas se acendiam e crepitavam de empolgação. Centelhas douradas ondulavam pelas calêndulas como em um espetáculo de luzes coreografadas. Quanto mais alto o grito, mais brilhantes elas ardiam.

A risada feliz de Julian o fez sorrir quando passavam entre os celebrantes, espíritos e bruxes.

Todo mundo estava vestido a caráter. Três garotinhas brincavam de pega-pega entre as lápides, usando vestidos bufantes de tule e cetim. Bruxos mais jovens vestiam calças bonitas e camisas engomadas, enquanto as bruxas usavam saias ondulantes e penteados complicados.

Os bruxos mais velhos carregavam joias sagradas, passadas por gerações. Pesados alargadores de jade e obsidiana balançavam de seus lóbulos. Uma mulher mais velha usava um grande pingente de jade esculpido para parecer uma cobra de duas cabeças. Um elaborado ornamento nasal usado por um homem sendo guiado por uma moça era feito de turquesa e ouro. Um sino pendia de cada narina.

Nas escadas da igreja estava o pai de Yadriel, com Lita ao seu lado. Eles cumprimentavam bruxes entrando na igreja. Lita parecia uma rainha, o queixo erguido orgulhosamente. Seu pai, por outro lado, parecia distraído e chateado. Entre apertos de mão e sorrisos, seus olhos procuravam pela multidão, rugas profundas na testa.

Yadriel sabia que era por sua causa. Ele não havia mandado mensagem nem retornado as ligações, e uma culpa afiada o instigava a pegar o celular imediatamente. Em vez disso, Yadriel puxou o capuz sobre a cabeça. Podia inventar desculpas e pedir perdão mais tarde. Agora tinha um trabalho para terminar.

— Vamos — murmurou baixinho para Julian, colocando a mochila nos ombros.

Estava tão cheia que o zíper mal fechava. Yadriel baixou a cabeça para voltar a se esconder na multidão quando alguém agarrou seu braço.

— *Finalmente!*

Yadriel pulou, mas, quando se virou, a cara brava olhando para ele era a de Maritza.

— *Meu Deus*, Maritza! — sibilou ele, levando a mão ao coração acelerado.

Maritza usava um vestido branco com saia preguada, e tinha as mãos nos quadris, onde um laço amarelo envolvia sua cintura. Tinha uma calêndula atrás da orelha, aninhada entre seus cachos roxos e cor-de-rosa. Ela usava o talismã no pescoço, como sempre. O rosário de quartzo rosa combinava perfeitamente com seu cabelo.

— Seu pai tá te procurando e *me* perturbando a noite toda!

— *Shhh!* — Yadriel olhou em volta, preocupado em ser notado se ficassem parados por muito tempo; ou pior, que notassem Julian.

— Você já fez? — Maritza olhou ao redor.

Julian soltou um muxoxo e surgiu ao lado de Yadriel.

Os olhos de Maritza voaram para ele.

— Bom te ver, também. — Julian acenou.

— Ainda não — disse Yadriel. — Estou levando ele para a antiga igreja.

Os lábios rosados de Maritza se apertaram.

— Yads...

— Só me dá cobertura mais um pouquinho...

— Eu já fiz tudo que eu podia! — pressionou Maritza. — A gente devia estar arrumando a última leva de oferendas! A qualquer minuto seu pai vai surtar e mandar um time de busca atrás de você!

Yadriel sentiu a frustração crescendo. Queria mais tempo com Julian. Não queria se apressar para libertar seu espírito.

— E se...

— Você devia ir.

Yadriel se virou para Julian, surpreso. Ele parecia completamente tranquilo, feliz até, o que o surpreendeu. Yadriel franziu o cenho e meneou a cabeça de leve.

— Pensei que fosse libertar seu espírito meia-noite — disse ele, confuso.

— É, bem, ainda temos tempo. — Julian encolheu os ombros. — Eu quero ver as coisas, de qualquer forma. — Seus olhos se desviaram para o cemitério, cheios de entusiasmo e curiosidade. — Vai ver a sua família — disse Julian com um aceno de cabeça encorajador. — Quer dizer, essa é sua grande noite, né? Você devia aproveitar.

Yadriel quis discutir. Por alguma razão, a indiferença de Julian o irritava.

— Mas...

— Eu fico com você — disse Maritza a Julian. Quando Yadriel a encarou, se sentindo traído, ela deu de ombros. — Quer dizer, alguém precisa tomar conta dele.

Julian bufou e sibilou entre dentes.

— *Afe*.

— E *eu* já fiz as *minhas* tarefas — comentou ela.

Yadriel mordeu o lábio inferior. Era uma oferta gentil, mas *ele* queria ficar com Julian. Queria mostrar o lugar para ele, contar todos os detalhes e as tradições do feriado, aproveitar e viver tudo com Julian enquanto tinha a chance.

— Yadriel!

Ele se virou em direção à igreja. Seu pai o vira, um sorriso aliviado marcando seu rosto enquanto ele esticava o pescoço para enxergá-lo sobre o mar de bruxes.

— Aí está você! Vamos! — O coração de Yadriel se partiu quando seu pai o chamou para perto. — A gente estava te esperando pra dar os toques finais na oferenda da sua mãe!

— Um segundo! — Yadriel se virou para Maritza.

Julian já estava se afastando, sua atenção capturada pelo círculo de pessoas dançando ali perto.

— Vai fazer suas coisas — disse Julian.

— Você pode guardar isso para mim na antiga igreja? — pediu Yadriel a Maritza, relutantemente tirando a mochila do ombro.

Ela assentiu e a pegou.

— Claro.

Ele se virou para Julian:

— Eu vou ser rápido.

— Claro, claro, claro. — Ele já estava se misturando à multidão. — Temos tempo.

Mas não tinham.

Julian sorriu para Yadriel antes de desaparecer na multidão.

Yadriel teve que juntar cada partícula de autocontrole para não ir atrás dele.

— Vou ficar de olho nele — repetiu Maritza com um sorriso encorajador. — A gente te espera na igreja antiga. Vai lá depois de resolver tudo.

— Obrigado por me dar cobertura. Sério mesmo.

— Ah, bom. — Ela suspirou dramaticamente, seu humor começando a melhorar. — Você me deve uma. Tipo, muito. — Maritza ajeitou a mochila no ombro. — Eu vou lá cuidar disso.

Então ela se virou e partiu atrás de Julian.

Yadriel foi em direção ao pai.

— Você me deixou preocupado — disse Enrique enquanto bruxes passavam apertando sua mão.

— É, foi mal — respondeu Yadriel, abrindo caminho para os convidados.

Por sorte, seu pai parecia estar de bom humor. Ele não viu tio Catriz, mas, antes que pudesse perguntar onde ele estava, Lita o viu e arfou.

— Você não está arrumado! — Ela brigou.

Yadriel olhou para si mesmo. A última coisa que o preocupava eram suas roupas.

— O que você precisa que eu faça? — perguntou Yadriel ao pai.

— Eu preciso que você se arrume! — disse Lita, antes de receber uma família de bruxes chegando à igreja.

Seu pai riu e balançou levemente a cabeça.

— Vai se trocar — disse ele antes de indicar a igreja com a cabeça. — Eu separei a caveira que você fez para sua mãe. Coloque ela para a oferenda dela e depois você e Maritza podem curtir a festa um pouco. Pode ser?

— Pode ser — disse Yadriel, mal terminando a frase antes de sair correndo em direção à casa.

— A gente se encontra meia-noite na oferenda! — gritou seu pai. Yadriel levantou a mão em concordância.

Ele correu pelo cemitério de volta para casa. Abrindo a porta com força, subiu a escada de dois em dois degraus. Quanto antes fizesse o que o pai pedira, mais rápido poderia voltar para Julian.

Em seu quarto, Yadriel trocou o moletom e a camiseta por uma camisa de botão verde-oliva. Não tinha tempo para se preocupar se seu binder estava deixando seu peito reto o suficiente para a camisa encaixar perfeitamente. Yadriel tirou os jeans sujos e trocou por um par de calças sociais limpas, porém um pouco amarrotadas. Ele manteve os coturnos e voltou para a igreja.

Seu coração batia forte, como um relógio contando o tempo até meia-noite, enquanto desviava de bruxes e espíritos para voltar à igreja, que estava lotada de pessoas e de longas mesas cobertas com toalhas brancas cheias de comidas e bebidas.

Durante o Día de Los Muertos, era possível ver como as diversas culturas bruxes se uniam em celebração. *Ecuadorian colada morada* — um suco doce e roxo feito de frutas vermelhas — era servido em copos de plástico. Bruxos de El Salvador haviam levado abóboras caramelizadas para dividir com todo mundo. As famílias Haitianas sempre levavam várias velas de cera de abelha para decorar oferendas e tumbas. *Andean t'anta wawa* — rolinhos doces no formato de bebês recheados de frutas — era um dos pratos favoritos de Yadriel desde criança.

Mas ele não tinha tempo para aproveitar.

Restavam apenas algumas caixas de caveiras em uma das mesas. Yadriel pegou aquela com as caveiras que tinha decorado na noite anterior para sua mãe e seus outros ancestrais. Carregando-a cuidadosamente, Yadriel deixou a igreja e seus deliciosos cheiros para trás.

Logo na saída, um grande círculo de dança havia se formado. Homens e mulheres tocavam *huehuetl* — um grande tambor feito de pele de animal — e *teponaztli* — um grande tambor entalhado. Yadriel sentia a batida no peito ao se afastar da multidão.

Flautas de argila e ocarinas trinavam como pássaros, enquanto conchas ecoavam, fortes e graves. A batida retumbava e, no centro do círculo, os dançarinos dançavam. *Chachayotls*, adornos de conchas e nozes, chocalhavam nos pulsos e tornozelos, se sacudindo a cada passo. Eles usavam a *regalia* tradicional, com cocares grandes e coloridos feitos de longas penas. As mulheres usavam túnicas coloridas, enquanto os homens usavam *maxtlatl*. Uma menininha vestida de roxo dançava perto da irmã, seu rosto sério e concentrado. O suor escorria dos dançarinos, refletindo as luzes cor de laranja das velas enquanto eles cumpriam a coreografia.

Yadriel se perguntou se Julian os vira. Queria ter visto o rosto dele lhes assistindo.

O túmulo de sua mãe estava no pequeno cemitério adjacente à igreja, reservado para a família dos líderes bruxes. Seus avós maternos, assim como seu Lito, tinham sido todos enterrados na mesma cova. Aquele cantinho tranquilo do cemitério fora decorado com cuidado e orgulho.

O trabalho manual de Diego com os bambus estava em destaque. Arcos altos e cruzes adornavam cada túmulo, enfeitados com calêndula que transbordavam com centenas de pétalas. As bandeirolas cortadas à mão por Lita estavam penduradas em faixas coloridas, balançando suavemente na brisa de outubro. Seu pai tinha construído altares robustos para todos, com dois metros de altura e cobertos de bugigangas, fotos e comida.

Ele colocou uma caveira no topo de cada lápide. Os pais de sua mãe tinham um par de lápides simples combinando, de pedra desgastada. A de Lito era uma enorme placa de jade esculpida com intrincados grifos maias, apropriada para um líder bruxo falecido.

O túmulo da mãe de Yadriel era feito de mármore branco polido. Agachando-se, Yadriel colocou a caveira dela, cuidando para que ficasse reta e não escorregasse da pedra lisa.

Ele passou o dedo pelo nome escrito em dourado.

Camila Flores de Vélez.

A foto dela sorria da oferenda, iluminada pelo brilho suave das velas brancas.

Em menos de uma hora, ele a veria novamente. Eles seriam uma família completa de novo, mesmo que apenas por alguns dias. Camila conversaria com Enrique e veria tudo que ele tinha conquistado. Na noite seguinte, Yadriel participaria do *aquelarre* e toda a sua família, toda a comunidade bruxe, veria. Finalmente, ele seria um bruxo.

Deveria estar animado. Deveria estar *empolgadíssimo*. Lutara por aquele momento por anos.

Mas havia uma dor crescendo em seu estômago. Um luto antecipado pairava sobre ele.

Naquela noite, ele recuperaria muita coisa, mas também perderia Julian.

Precisava voltar para perto dele enquanto ainda havia tempo.

O alvoroço das comemorações começou a desvanecer enquanto Yadriel se aprofundava no cemitério. A velha igreja surgiu adiante. Um brilho suave vinha do interior e cintilava através das janelas de vidro empoeiradas. Quando Yadriel passou pelo pequeno portão, uma estranha sensação de formigamento o percorreu dos pés à cabeça.

Maritza estava sentada nos degraus, sua saia branca esparramada ao redor.

Ela se levantou quando ele se aproximou.

— Tá na hora? — perguntou ela quando Yadriel parou em sua frente.

Ele fez um pequeno aceno com a cabeça, sem querer tirar os olhos da porta de madeira. Os dedos de Yadriel tremiam, então ele fechou as mãos em punhos, os cotovelos apertados aos lados do corpo.

Por um momento, ela não disse nada, nem ele.

Então Maritza deu um passo para o lado.

— Vai lá. — Ela lhe deu um pequeno empurrão e continuou, em uma voz gentil: — Eu vou ficar de vigia.

Yadriel se obrigou a subir os degraus, a respiração trêmula enquanto tentava encher os pulmões.

Quando abriu a porta, o ar agarrou-se a sua garganta.

Dezenas de velas revestiam as janelas e as paredes de pedra. De velinhas a velonas, elas enfeitavam as arandelas e pontilhavam o chão, ladeando os bancos.

Yadriel pegou o colar de Julian ao redor de seu pescoço e apertou a medalha de São Judas na mão. Estava quente contra sua palma suada. Seus passos pesados avançaram pelo corredor, passando pelas chamas ardendo firmemente. Altos suportes dourados, velas de oração e candelabros ornamentados lotavam o altar principal, criando um mar de luz oscilante.

Julian estava diante do altar, de costas para Yadriel. Seu rosto estava voltado para o nicho da Senhora Morte em seu manto escuro.

Cada batida lenta do coração de Yadriel pulsava dolorosamente através das veias.

Ao ouvi-lo se aproximar, Julian olhou por cima do ombro. Quando viu Yadriel, ele se virou e sorriu.

Julian tinha as mãos enfiadas nos bolsos, a cabeça inclinada. As chamas de centenas de velas brilhavam através de sua silhueta borrada, como se ele mesmo emitisse luz.

— Eu estava começando a achar que você ia me dar um bolo — disse Julian. Ele estreitou os olhos para Yadriel, um sorriso brincalhão curvando o canto de seus lábios. O brilho quente refletiu em suas covinhas. — Qual de nós é a Cinderela?

A boca de Yadriel estava seca, tornando difícil falar.

— Eu sou a fada madrinha — conseguiu sussurrar. — Então você é a abóbora.

A risada melódica de Julian ecoou pela igreja e dançou no buraco no peito de Yadriel.

— Então... — O olhar de Julian se dirigiu para a Senhora Morte.

Ela os esperava no altar.

Quando Julian olhou de volta para ele, aquela ruga entre suas sobrancelhas grossas tinha reaparecido.

— E agora?

Yadriel queria oferecer a ele algum tipo de conforto, mas não sabia o que dizer. Estava tendo dificuldade para controlar a enxurrada de emoções. Seu coração batia forte.

— Me dá um segundo para arrumar as coisas.

Com cuidado, ele tirou a poeira e as teias de aranha do manto preto desbotado da Senhora Morte e arrancou algumas traças mortas do bordado dourado. Passou os dedos pelas delicadas penas de seu cocar, deixando as cores exibirem sua intensidade original.

A mochila estava no banco mais próximo. Yadriel tirou os petiscos favoritos de Julian, que haviam comprado mais cedo. Arrumou as sobremesas, os Takis e os *duros* fedorentos aos pés da Senhora Morte, junto com *pan de muerto*. Podia sentir Julian pairando atrás dele enquanto trabalhava. Ele pegou uma vela de oração de São Judas que tinha escondido em sua cesta no mercado quando Julian não estava prestando atenção. Quando a acendeu, a chama tremeluziu. Uma minúscula garrafa de mezcal e um recipiente de sal juntaram-se aos petiscos.

Yadriel pegou a foto de Julian e seu irmão sob os braços do pai. Cuidadosamente, ele a apoiou no centro. As calêndulas que havia pegado estavam um pouco amassadas e murchas, mas ele arrancou os longos caules das flores e fez um pequeno anel ao redor do altar improvisado com as pétalas.

Finalmente, ele tirou uma caveira decorada com redemoinhos verde, amarelo e azul-néon. Flores cor de laranja cresciam dos olhos do esqueleto. "Julian" estava rabiscado em letras inclinadas na sua testa, com cobertura magenta.

Yadriel ficou de pé e limpou as palmas suadas nas pernas.

Julian se inclinou, correndo os dedos pela caveira, acariciando as pétalas douradas das calêndulas.

— Uma oferenda pra mim? — perguntou ele, olhando para Yadriel.

— Não parecia certo você não ter uma, ainda mais no Día de Los Muertos. — Yadriel deu de ombros, coçando a nuca. — Não é muito, sabe, eu só pensei... sei lá...

Julian se endireitou.

— É perfeito — disse ele com sinceridade.

Yadriel o encarou, incapaz de formar um pensamento coerente, muito menos uma frase. Ele pegou o colar de Julian ao redor de seu pescoço e mordeu o lábio inferior. Sentia o estômago embrulhado. Parecia estar sufocando na própria pele. Aquela estranha vibração passou sob seus pés novamente, desequilibrando-o.

Ele queria dizer algo importante, algo significativo. Precisava dizer, mas não encontrava as palavras, e sua garganta estava perigosamente apertada.

O sorriso de Julian sumiu. Ele pressionou a mão contra o peito, como se doesse.

— Você devia fazer logo isso — disse ele. — Já é quase meia-noite, não vai querer se atrasar para ver sua mãe.

Yadriel apenas assentiu, entorpecido, porque não sabia mais o que fazer. Desajeitado, ele pegou o talismã e a garrafa térmica que havia enchido com sangue de porco naquela manhã. Agarrando o punho da adaga em uma das mãos, Yadriel mergulhou o dedo no sangue frio antes de passá-lo pela lâmina.

Julian viu Yadriel abrir o fecho do colar e segurar a corrente em um punho. A medalha de São Judas balançava em sua mão trêmula. A prata brilhava na luz do fogo e nos olhos escuros de Julian.

Por um momento, Yadriel ficou parado, o colar em uma das mãos, o talismã na outra.

Sabia que manter Julian era o mesmo que prendê-lo entre os mundos dos vivos e dos mortos até que se tornasse uma versão vazia e violenta de seu antigo eu, assim como acontecera com Tito.

Mas ele queria mantê-lo. Egoísta, perigosa, imprudentemente.

— Tá pronto? — perguntou Julian, procurando os olhos de Yadriel, a sobrancelha erguida em dúvida.

— Não — respondeu Yadriel, porque não estava.

Julian soltou uma risada baixa e surpresa que pareceu aliviar um pouco a tensão em seus ombros.

A garganta de Yadriel estava apertada e seus olhos ardiam.

Como poderia superar, depois de ter se apaixonado por Julian Diaz?

Um sorriso conjurou aquelas covinhas perfeitas. Ele deu um passo à frente e tocou o rosto de Yadriel. O polegar gelado acariciou sua bochecha molhada. A chama dançava nos olhos escuros e vítreos de Julian.

— Faz mesmo assim.

Yadriel respirou fundo, trêmulo.

— *Muéstrame el enlace* — disse ele, a voz falhando.

As velas arderam, suas chamas altas e erráticas. A lâmina do talismã de Yadriel brilhou e o fio dourado apareceu, conectando a medalha em sua mão ao centro do peito de Julian.

Os olhos de Julian se desviaram e sua mão tremeu, como se resistindo à vontade de avançar e tocá-lo.

Uma energia pulsou pelas veias de Yadriel e correu por sua pele. Julian respirou fundo, tremendo, e soltou o ar pelos lábios pressionados. Ele olhou para Yadriel e deu-lhe um pequeno aceno de cabeça.

Agarrando seu talismã, Yadriel levantou o braço.

Tudo nele gritava para que não fizesse aquilo. Ele segurou mais forte, mas sua mão insistia em tremer. Seu queixo tremia. Seus dentes batiam. Sua visão embaçou.

— Está tudo bem — murmurou Julian, mas ele estava mentindo. Manteve os olhos nos de Yadriel. Ele não piscou, não desviou o olhar.

Quando Yadriel começou a falar, sua voz falhou e a dor em seu peito se partiu e estilhaçou em mil pedacinhos afiados.

— *Te libero a la otra vida.*

Yadriel cortou o ar com a adaga, passando a lâmina pelo fio dourado.

Seu braço tremeu em uma convulsão violenta enquanto uma luz dourada explodia. Yadriel estreitou os olhos. A lâmina tremia contra o fio, emitindo faíscas onde se encontravam.

Yadriel arfou, entrando em pânico. Não funcionara. Seu talismã não havia cortado o *tether*. Por que não funcionara?

Os olhos de Yadriel voaram para Julian, que parecia tão surpreso quanto ele, a boca aberta e a expressão franzida em confusão. Julian rapidamente negou com a cabeça.

— Não fui eu, eu...

Ao longe, os sinos da igreja começaram a tocar, batendo meia-noite e recebendo os espíritos que estavam voltando.

Quando a primeira badalada tocou, a voz de Julian morreu na garganta e seus olhos reviraram nas órbitas.

CAPÍTULO 22

— Julian!
Yadriel guardou o talismã de volta na bainha e avançou até ele.

Caído de costas, Julian convulsionava. Sua imagem piscava, presente em um momento e apenas um contorno borrado no outro. Yadriel só conseguia ver o branco de seus olhos.

As costas de Julian se arquearam, o rosto contorcido de dor. Os músculos de seu pescoço se retesaram, os dedos arranhando o chão de pedra. Sons horríveis saíam de sua garganta enquanto os sinos continuavam as badaladas.

— Jules! — gritou Yadriel.

Uma mancha carmim apareceu na camisa branca de Julian, o sangue brotando de seu peito.

Yadriel não sabia o que fazer, não sabia o que estava acontecendo. Tentou freneticamente pressionar as mãos na ferida do peito de Julian para interromper o fluxo de sangue, mas suas mãos o atravessavam. Yadriel chamava por ele sem parar, tentando atrair seus olhos, despertá-lo, mas nada funcionava.

Quando bateu a décima segunda badalada, tudo parou.

O corpo de Julian se aquietou. Sua expressão relaxou. Ele deixou escapar um suspiro úmido, ruidoso, e então desapareceu.

Dessa vez, ele não voltou.

— Jules!

Yadriel entrou em pânico, se virando para lá e para cá, procurando. Parte dele esperava encontrar o espírito maligno de Julian escondido em um canto, mas a igreja estava vazia.

O que havia acontecido? Aonde ele fora?

As portas da igreja se abriram.

— Yadriel! — Maritza apareceu na entrada, a saia esvoaçando, seus cachos coloridos desgrenhados. — O que houve? — perguntou ela, seu celular em uma das mãos enquanto olhava em volta. Ela estava confusa, mas pronta para brigar.

— Ele se foi! — Yadriel conseguiu dizer.

A expressão dela se suavizou.

— Você o libertou?

— Não! Eu... eu não consegui, não funcionou! — Yadriel pegou o colar e seu talismã de volta. Sua adaga havia voltado ao normal. — Ele do nada caiu e... e ele estava *morrendo*...

A cena horrível se repetia em sua cabeça.

— Yads — disse Maritza gentilmente, dando um passo hesitante em sua direção. — Ele já está morto.

— Eu sei! — A frustração tomou sua voz. — Mas ele estava morrendo e aí ele só *sumiu*! E eu *não* libertei ele! — acrescentou quando Maritza começou a balançar a cabeça.

— Tem algo errado — disse ela.

— Obviamente!

— Não, não só o Julian — disse Maritza, impaciente. Ela levantou o celular. A tela se acendeu com mensagens. — Paola me mandou uma mensagem — disse ela, a cor sumindo de seu rosto. — Miguel não voltou.

— Não? — O coração de Yadriel se apertou, confirmando o que ele temia.

Era oficialmente Día de Los Muertos. Qualquer bruxe que já tivesse falecido estava agora no cemitério, voltando para suas famílias.

— Então o espírito dele realmente está preso em algum lugar! Por que não o encontramos? Como pode não ter nenhuma pista?

— Não sei, mas tem alguma coisa acontecendo. — Maritza se empertigou, com um olhar determinado. — Eu...

Ela cambaleou, agarrando o peito na mesma hora em que a dor atingiu Yadriel, fazendo-o se encolher. Ele levou a mão ao coração instintivamente, tentando arrancar qualquer coisa que o perfurasse, mas não tinha nada.

— O que é isso? — perguntou Maritza entre dentes.

— *Quem* foi isso? — disse Yadriel.

A voz de Maritza falhou.

— Alguém morreu?

Yadriel balançou a cabeça, os olhos procurando freneticamente pela igreja. Não, ninguém havia morrido.

— Alguém está morrendo — disse ele, ofegante.

A dor era intensa, mas havia começado a diminuir. Algo pressionava dolorosamente suas costelas. Quem quer que fosse, era uma pessoa próxima de Yadriel e estava em perigo.

— E onde essa pessoa está? — disse Maritza, os olhos procurando pelos bancos de madeira vazios. — Você consegue identificar de onde vem?

Ele não sabia, mas a sensação de pressão era familiar. Era a mesma de quando fora atraído para a igreja pela primeira vez e encontrara Julian.

Mas como *isso* podia ser Julian? Como ele podia estar morrendo, se estava morto?

Precisavam encontrá-lo, mas como?

Yadriel pegou sua adaga e derramou um pouco de sangue de porco na lâmina.

— *¡Muéstrame el enlace!* — disse ele, segurando o colar de Julian.

O fio dourado ganhou vida. Ele atravessava o ar, seguindo para além do altar da Senhora Morte e através de uma porta.

— Não vai ficar acesso por muito tempo — disse Yadriel, já se dirigindo para a porta. — Mas a gente pode seguir...

— Espera! — Maritza agarrou seu braço. — Vamos chamar ajuda?

— Não dá tempo, Maritza! Você sentiu!

Os olhos de Maritza foram da porta da frente para Yadriel.

Ele estava preparado para se desvencilhar da mão dela e correr, caso Maritza tentasse impedi-lo.

Em vez disso, ela o soltou e bateu o pé.

— *Merda!* — Bufando, ela afastou os cachos do rosto e estufou o peito. — Vamos!

Yadriel não precisava ouvir duas vezes.

Ele teve que forçar a porta de madeira emperrada com o ombro para abri-la com um rangido, a madeira raspando contra a pedra. A velha sacristia estava escura e empoeirada. Prateleiras revestiam as paredes com textos antigos e uma série de esculturas bruxes de guerreiros astecas e uma placa de grifos maias. Uma máscara dourada do deus Sol inca estava guardada em segurança atrás de uma vitrine de vidro. No fundo da sala havia uma pesada mesa com uma cadeira tombada ao lado.

Yadriel cruzou o cômodo, seguindo o fio dourado que desaparecia no chão atrás da mesa. Na escuridão quase total, Yadriel passou a mão pela pedra gasta. Quando seus olhos se acostumaram à penumbra, ele conseguiu identificar um contorno quadrado de luz verde vindo de baixo do piso. Seus dedos encontraram um suporte e ele puxou com força.

Com esforço, levantou a tampa do alçapão e a colocou de lado. Degraus de terra desciam até o subterrâneo. O fio guiava para baixo.

Ele hesitou só por um momento. Descer um misterioso lance de escadas até as entranhas de uma velha igreja parecia estúpido e perigoso, mas se Julian estava lá embaixo, então Yadriel ia atrás dele.

— Tome cuidado — avisou Maritza ao segui-lo para baixo.

As escadas formavam um caracol até o chão. Yadriel apoiou a mão na parede de pedra escorregadia para se apoiar enquanto descia. Usava seu talismã e o fio dourado para iluminar o caminho, mas rapidamente eles começaram a se apagar.

Yadriel xingou baixinho. A garrafa de sangue de porco tinha ficado no altar da Senhora Morte.

Mas à medida que o brilho quente se desbotou, fracas luzes azuis e verdes dançavam ao longo das paredes. Pareciam as luzes na piscina de Maritza quando nadavam à noite, durante o verão. Elas ondulavam e bruxuleavam, ficando mais brilhantes conforme eles avançavam. Yadriel as seguiu.

O ar foi ficando úmido e pesado com o cheiro de incenso copal.

Quando os degraus finalmente acabaram, eles chegaram a uma sala.

Talvez não uma sala, mas uma caverna. Yadriel deu apenas uma olhada rápida ao redor — água limpa, velas queimando, pedra molhada — antes de ver a forma fantasmagórica de Julian caída contra um enorme bloco de pedra.

— *Espera!* — sibilou Maritza atrás dele. Yadriel sentiu os dedos roçarem suas costas quando correu até Julian.

— Julian!

Yadriel se agachou e estendeu a mão para tocá-lo, mas seus dedos passaram direto pelo ombro dele. Sua silhueta estava borrada e desbotada, quase apagada. Yadriel temia que ele desaparecesse a qualquer momento.

A respiração de Julian era rápida e superficial, seu rosto contorcido em uma careta.

— O que aconteceu? Onde estamos? — perguntou ele, as palavras emboladas e os dedos agarrando a camisa ensopada de sangue grudada em seu peito.

— Eu não sei — confessou Yadriel, tirando os olhos dele por tempo suficiente para olhar ao redor com mais calma. Precisou se esforçar para entender o que estava vendo.

Era uma cripta antiga, que provavelmente estava escondida sob a igreja fazias anos. Um gotejar constante ecoava das paredes das cavernas. Havia velas ao longo das paredes, suas chamas altas e crepitantes. Túmulos haviam sido cavados nas paredes, abrigando sarcófagos de pedra. No meio da caverna, quatro grandes placas de pedra tinham sido dispostas em um semicírculo. Luzes e sombras percorriam os pequenos entalhes pictóricos nelas. Havia formas e rostos, e várias cabeças de onça — o grifo de Bahlam. Havia um corpo sobre cada pedra, suas cabeças levemente elevadas, e Yadriel por pouco enxergou os rostos à luz do fogo.

O ar ficou preso em sua garganta.

Julian.

Dois Julians.

O espírito de Julian continuava ao seu lado, quase inconsciente. Mas deitado sobre a placa de pedra ao lado de seu espírito estava o Julian de carne e osso. Ele estava mortalmente pálido, mas Yadriel via seu peito subindo e descendo ritmadamente. Havia uma mancha vermelho-vivo em sua camisa branca.

Era Julian, e ele estava *vivo*, mas por pouco.

Saindo de seu peito, bem acima do coração, estava uma adaga. Yadriel a reconheceu imediatamente. *La garra del jaguar*. Uma das adagas ritualísticas proibidas que Lita estava procurando. Era esculpida em uma pedra oleosa que brilhava sob as chamas. O cabo era uma cabeça de onça, sua boca aberta, presas enormes mordendo o punho. Seus olhos eram redondos e salientes. Fios se enroscavam pelo cabo da adaga, subindo ao ar como fumaça dourada.

Yadriel balançou a cabeça, tentando organizar os pensamentos, tentando chegar a uma explicação que fizesse sentido. Como Julian poderia estar vivo e seu espírito estar ao seu lado?

O espírito de Julian gemeu e tremeluziu.

— Não fecha os olhos! — gritou Yadriel quando as pálpebras de Julian começaram a pesar.

Ele não sabia o que estava acontecendo, mas se queriam sair dali, Julian, nas duas versões, precisava permanecer com ele.

Com esforço, Julian se forçou a reabri-los. Seus olhos escuros vaguearam antes de focarem em seu rosto.

— Yads. — A voz de Julian estava tensa, os olhos, arregalados e mais alertas. Aterrorizados.

Perto do corpo de Julian, havia mais três, com adagas combinando em seus peitos. O coração de Yadriel se apertou. Ele conhecia o rosto do que estava à esquerda.

Era Miguel. Mas, diferente de Julian, ele não estava se movendo. Seu corpo estava parado, os olhos fechados. Sua pele estava cinzenta, sem vida. A adaga cravada em seu coração estava escura e imóvel. Sem fios flutuando dela. A pedra abaixo de Miguel estava marcada com sangue seco e escuro.

Enquanto isso, pequenos fluxos do sangue de Julian escorriam pela placa em direção aos pés dele, pingando em uma poça de água cavada no chão de terra. A água do cenote era de um azul frio e brilhante.

Sombras escuras ondulavam sob ela. O sangue de Julian pingava ali, devagar e constante.

— Sobrinho.

Yadriel ergueu os olhos.

Um homem alto o encarava. Uma pele de onça, dourada com pintas pretas e marrons, cobria seu peito nu. Ele usava a mandíbula superior e a cabeça de uma onça como coroa. Os olhos do animal haviam sido substituídos por pedras de jade. As presas grossas e amarelas roçavam suas sobrancelhas. Uma plumagem preta e venenosa descia por suas costas.

— Tio? — disse Yadriel, estreitando os olhos na escuridão, sem acreditar no que via.

Tio Catriz sorriu.

— Olha só para você! — exclamou ele, abrindo os braços. Suas mãos estavam cobertas em uma substância escura e brilhosa. — Vem, vem! — Ele estendeu a mão para Yadriel e o puxou para ficar de pé.

Yadriel ficou parado, o encarando em choque.

Catriz segurava seu pulso da mão ainda agarrada ao talismã.

— Seu próprio talismã — disse ele, sem acreditar, sorrindo enquanto examinava a lâmina, virando o braço de Yadriel para todos os lados. — Quando eu te vi com isso ontem, soube o que era na mesma hora.

Um amuleto de ônix no formato de uma cabeça de onça estava ao redor do pescoço de tio Catriz. O objeto encarava Yadriel com olhos dourados brilhantes.

— Tio, o que você está fazendo aqui embaixo? — perguntou Yadriel, a voz falhando.

— Funciona? — perguntou ele com interesse.

Yadriel assentiu.

Tio Catriz riu novamente, balançando a cabeça.

— Eu *sabia* que você conseguia — disse ele com um orgulho feroz.

Ainda segurando seu braço, a outra mão do tio tocou a lateral do seu pescoço, puxando-o para perto. Algo dentro de Yadriel — um instinto primitivo — o fez começar a tremer.

Tio Catriz se abaixou e olhou em seus olhos.

— Eu estou *tão* orgulhoso de você, sobrinho — disse ele, o sorriso genuíno, sua voz sincera. — Eles duvidaram de você. — Catriz tirou a mão do pescoço de Yadriel e colocou em seu peito. — Mas *eu sabia* que você conseguiria.

Quando tio Catriz baixou a mão, havia deixado uma impressão borrada no peito da camisa de Yadriel.

Uma mão ensanguentada.

Yadriel ofegou de surpresa e se afastou.

— Tio, o que você está fazendo? — Ele olhou ao redor da caverna. Para o cenote e para os corpos. Miguel e Julian. As adagas e o sangue.

— Construindo uma nova era, Yadriel — disse Catriz, as palmas ensanguentadas pendendo ao lado do corpo.

Yadriel balançou a cabeça. Não era possível. Não tinha como.

— Eu não...

— A nossa linhagem vem perdendo força há muito tempo. Bruxes são uma raça moribunda — disse Catriz com uma expressão solene. — Essa é a única forma de eu recuperar os poderes que nasci sem ter. Para recuperar meu direito de nascença, que me foi negado.

— Direito de nascença?

— Usando os métodos antigos que nossos ancestrais abandonaram, eu vou me tornar o bruxo mais poderoso do último milênio — disse seu tio, flexionando os dedos.

Ao lado de Yadriel, Julian conseguiu ficar de joelhos — aparentemente por pura força de vontade.

— Eu não entendo — disse Yadriel.

— O ritual proibido. Sacrifício humano, Yadriel — explicou ele pacientemente. — Com a ajuda da garra da onça e do próprio Bahlam.

O estômago de Yadriel embrulhou.

— Você não pode fazer isso!

— Calma — disse tio Catriz gentilmente. — Está tudo bem, eu preciso fazer isso por mim, por *nós dois*. Fomos excluídos por bruxes. Fomos ignorados, negaram nossos direitos sem nem nos darem uma chance. — Tio Catriz se empertigou. — Eu sou o primogênito de um líder bruxo, mas me negaram o direito de seguir os passos do meu pai.

— O olhar que ele lançou a Yadriel foi de pena. — Ninguém acreditou em você, Yadriel. Seu pai e demais bruxos nunca te entenderam. Você é diferente, então te excluíram, igual fizeram comigo. Mas eu *sempre* acreditei em você.

— Tio, você não pode fazer isso. — Yadriel procurou argumentar, tentando desesperadamente fazê-lo recuperar o juízo.

— É a única forma — respondeu Catriz, apontando para as placas de pedra sacrificiais. — Com esses sacrifícios, as garras da onça drenaram os espíritos um por um, prendendo-os no amuleto — disse ele, tocando a cabeça de onça ao redor de seu pescoço. — É um processo lento drenar os espíritos e o sangue, mas em breve vai estar finalizado. Quando a última gota de sangue cair no cenote, vai conjurar Bahlam. Como minha recompensa, os quatro espíritos presos no amuleto vão me dar poderes que nosso povo não tem há mil anos.

Tio Catriz andou até o cenote onde o sangue de Julian pingava.

— Eu tive que arrumar corpos para o sacrifício, é lógico, mas foi surpreendentemente fácil pegar pessoas na rua. Pessoas sem casa ou sem família. — Ele suspirou e balançou a cabeça. — Pessoas de quem ninguém sentiria falta.

Yadriel foi tomado pela raiva, que o deixou quase transtornado.

— Você...

— Me doeu usar o Miguel — disse Catriz, dando um passo ao lado e olhando para o altar. — Ele sem querer descobriu o que eu estava fazendo, me viu arrastando seu amigo aqui pelo portão dos fundos. Não tive outra opção.

Yadriel pensou na noite em que Miguel morrera. Como todos ficaram procurando por ele. A punhalada dolorosa que sentira no peito. Como a dor o derrubara. Ele se lembrava de ter sentido a energia vindo da antiga igreja. Miguel estivera bem debaixo de seus pés, morrendo. Julian sempre estivera logo ali.

Por isso ele fora atraído para a antiga igreja. Sentia que algo estava errado, mas não sabia o quanto.

Pela primeira vez, tio Catriz olhou para Julian.

— Eu sinto muito que seu amigo tenha que completar a cerimônia.

Julian mostrou os dentes, seu rosto contorcido de raiva e dor. Ele estava mais alerta — mais ele mesmo —, e fervendo de raiva.

— Ele estava com você esse tempo todo? — perguntou Catriz a Yadriel, com um arquear curioso da sobrancelha. — Você o escondeu muito bem.

— Você não pode conjurar Bahlam! — gritou Yadriel, fechando as mãos em punhos. — Se ele atravessar Xibalba, ele vai...

— Eu sei — interrompeu Catriz em tom solene. — Quando Bahlam se erguer, o cemitério estará cheio de espíritos de bruxes que já faleceram. Ele estará livre para fazer o que fazia nos tempos antigos. Vai arrastar os espíritos para Xibalba e prendê-los por toda a eternidade.

Um sorriso perverso curvou a boca de seu tio. O sangue de Yadriel gelou.

— Eles vão sofrer, e qualquer bruxe ainda com vida vai encarar as consequências de suas ações. Eu vou mostrar a todos o grande erro que cometeram, e não terei misericórdia.

Yadriel quis vomitar. Pensou em seus avós, seus tios e tias, sua mãe. Eles estavam todos no cemitério, celebrando, e provavelmente morrendo de preocupação com ele. Não tinham ideia do que estava por vir. O que aconteceria se Yadriel não tomasse uma atitude? Ele os perderia. Nunca mais os veria.

— Finalmente vão nos ver como iguais — disse o tio, voltando a atenção a Yadriel. — Eles nunca nos dariam valor, ou uma chance de mostrarmos do que somos capazes. Nós podemos mostrar a eles como estão errados, juntos. — Quando ele sorriu, Yadriel mal o reconheceu.

Como podia ser o mesmo homem que o confortava quando ele se sentia sozinho? Como podia ser o mesmo homem que o protegera, mesmo quando seu próprio pai começara a evitá-lo? Yadriel não queria acreditar.

— Eles nunca vão nos aceitar, Yadriel — disse Catriz suavemente, esticando a mão para o sobrinho. — Esse é o único jeito de mostrar a eles.

Yadriel se afastou.

— Não é, não!

Seu tio suspirou, não bravo, mas cansado.

— Yadriel...

— Eu contei ao meu pai! — Ele não podia trazer Miguel de volta, ou aquelas duas pessoas que perderam a vida, mas se fizesse seu tio entender, poderia salvar todos de um destino parecido. — Ele sabe do meu talismã, que a Senhora Morte me abençoou como bruxo, que eu *sou* um bruxo!

Tio Catriz ficou imóvel, um olhar de puro choque no rosto.

— Ele disse que quando minha mãe voltasse para o Día de Los Muertos... — Seu estômago revirou violentamente, pensando nela no cemitério, esperando por ele, sem saber que estavam todos em perigo. — Eles iam conversar com Lita e com os demais bruxos. — Yadriel engoliu em seco. — Ele disse que eu podia participar do *aquelarre*.

Catriz recuou bruscamente, como se as palavras o tivessem estapeado. Por um momento, ele apenas encarou Yadriel. Sua descrença se converteu em mágoa, que rapidamente transformou-se em raiva. Qualquer traço de sorriso ou de gentileza virou pedra.

— Entendo — disse ele, sua voz fria como gelo.

— Por favor, tio — implorou Yadriel, sua garganta queimando. — Nós podemos falar com todo mundo, podemos pensar numa solução, mas você *precisa parar com isso* antes que seja tarde demais.

O sorriso de tio Catriz foi forçado.

— Desculpe, Yadriel — disse ele, indiferente e despreocupado. — Eu vou recuperar o que é meu.

Catriz respirou fundo. Na placa de pedra, os fios dourados saindo da adaga no coração de Julian flutuaram direto para as narinas do homem.

— Não! — implorou Yadriel, mas seu tio o ignorou.

No chão, um grito abafado escapou da garganta de Julian. Suas costas arquearam, seu corpo se contorcendo em ângulos estranhos. Yadriel correu para se ajoelhar ao seu lado, mas não tinha nada que pudesse fazer. O corpo entrava e saía da existência. Ele não podia tocá-lo. Não podia fazer nada além de assistir-lhe se debater de dor.

Quando Catriz parou de inalar, ele suspirou, e foi como se uma força invisível libertasse o espírito de Julian. O garoto despencou, os membros pesados e o peito subindo e descendo ofegante.

— Yads — murmurou ele.

— Aguenta firme! — ordenou Yadriel, embora não tivesse ideia do que fazer para dar um fim àquilo.

Catriz se aproximou do cenote, pegou uma vela e a jogou na água. A superfície explodiu em chamas elétricas azuis e verdes. O chão tremeu, uma leve reverberação sob os joelhos de Yadriel. Um rosnado baixo e trovejante encheu a cripta, ecoando pelas paredes.

— Ele está quase chegando — sussurrou Catriz, as luzes ácidas dançando em seus olhos. As chamas se torciam e ondulavam.

Luto, traição e um medo paralisante dominavam Yadriel. Ele não conseguia pensar. Mal conseguia respirar com seus pulmões comprimidos.

Junto ao fogo, Catriz murmurou as palavras antigas que ele não entendia, depois pegou uma adaga e passou a lâmina pela palma da mão.

— Não! — gritou Yadriel, mas já era tarde.

Catriz sibilou e apertou o punho. O sangue pingou na água. As chamas brilharam forte, jogando luzes verdes e azuis nas paredes.

Yadriel viu quando uma pata enorme com garras curvas surgiu sob a água e se ergueu do cenote, o pelo preto-azulado. Suas pintas cintilavam em um verde venenoso e azul elétrico. A grande cabeça de uma onça-pintada rompeu a superfície, revelando enormes dentes brancos e uma língua vermelho-sangue.

Uma sensação de pânico atravessou Yadriel, um grito estrangulado em sua garganta. Ele recuou, colocando-se entre Julian e o cenote. Não podia acreditar no que estava vendo.

A boca da onça se abriu, grande o suficiente para engolir um homem inteiro, antes de afundar de volta à água.

Yadriel não um tinha plano, mas se não fizesse alguma coisa, perderia *tudo*. Sua mãe e seus parentes ficariam todos presos em Xibalba, e ele nunca mais os veria. Seu pai, Lita, Diego e demais bruxes estariam correndo grave perigo. Julian, com seu corpo sangrando na mesa de pedra, morreria, e seu espírito ficaria preso no amuleto, assim como o de Miguel e dos outros. Ninguém encontraria paz. Ninguém estaria seguro.

Yadriel tinha que impedir que Bahlam se erguesse.

CAPÍTULO 23

Yadriel não queria machucar seu tio, só queria fazê-lo *parar*.

Enquanto Catriz estava junto ao cenote murmurando enquanto o sangue pingava na água agitada, Yadriel olhou para o corpo de Julian. Os fios de fumaça dourada desapareciam rapidamente enquanto a adaga drenava sua vida.

Se quisesse impedir o retorno de Bahlam, se quisesse salvar seu tio, precisaria interromper o ritual.

Yadriel correu até o corpo de Julian e tentou arrancar a adaga de seu peito, mas antes que pudesse encostar nela, tio Catriz o agarrou por trás e o jogou no chão. Yadriel desabou, uma dor aguda preenchendo sua cabeça.

— *Yads!* — O espírito de Julian tentou alcançá-lo, mas ele mal conseguia se mover.

— É tarde demais para impedir — disse seu tio, colocando-se entre os dois.

Mas de jeito nenhum ele ia desistir.

Yadriel partiu para cima de Catriz com toda sua força, mas ele se desviou com surpreendente facilidade, despreocupado.

Recuperando-se, Yadriel tentou novamente.

Desta vez, Catriz se virou e o pegou, mal precisando se mexer. Sua mão ensanguentada era um punho de ferro, seus dedos apertando dolorosamente o braço do sobrinho.

Yadriel tentou se livrar dele. Nunca havia visto um olhar tão raivoso, de violência mal contida, no rosto de seu tio. O amuleto ao redor do pescoço dele brilhava, pulsando com poder; era aquilo que estava influenciando Catriz. Estava corrompendo seu tio com a magia venenosa e perversa de Bahlam.

Yadriel sibilou entre dentes, se encolhendo quando seu tio o sacudiu com força.

— Não me faça te machucar, Yadriel! — A voz alta ecoou pela caverna. Seus lábios se curvaram para mostrar os dentes. Seus olhos flamejavam, a parte branca contrastando com as íris escuras.

De repente, a coroa de onça foi arrancada da cabeça de tio Catriz e saiu voando.

— Não encosta nele!

Catriz fez uma expressão surpresa antes de ter a cabeça puxada para trás, então deu um grito de raiva e soltou Yadriel.

Ele cambaleou para trás e viu Maritza segurando tio Catriz pelos cabelos.

— Eu vou te encher de porrada! — gritou ela furiosamente, arrastando-o pelo cabelo para longe de Yadriel.

Um rosnado monstruoso contorceu o rosto de Catriz. Em dois movimentos rápidos, ele afastou a mão de Maritza e a agarrou pela garganta.

Com os dentes cerrados, Maritza lutou com unhas e dentes, dando pontapés selvagens e arranhando seus braços, golpeando em direção ao rosto dele com um olhar desvairado. Não dava para saber se tio Catriz estava lutando com ela ou tentando mantê-la afastada.

Uma raiva quente explodiu na cabeça de Yadriel.

Ele atacou Catriz novamente, mas seu tio jogou Maritza de lado e deu uma joelhada em Yadriel, que caiu no chão, gemendo e se encolhendo de dor.

— *Yads!* — gritou Maritza. Ela tentou se levantar, mas suas pernas vacilaram.

Julian estava caído perto dela, já quase invisível.

Catriz respirou fundo.

Julian gritou, seu corpo convulsionando.

Os fiapos de fumaça dourada fluíram da adaga quando Catriz inspirou. O amuleto flamejava ao redor de seu pescoço. Ele estendeu as mãos sobre o cenote. As chamas lamberam seus dedos enquanto ele continuava a cantar.

O cenote passara de azul-claro a um tremeluzir espesso e escuro. Uma pata, maior do que o tórax de Yadriel, estendeu-se, seguida de outra. Garras, mais grossas e mais compridas que dedos humanos, se agarraram na borda da poça, estalando contra o solo duro.

Da água escura surgiu a cabeça da onça-pintada. Sangue escorria de seu pelo e de suas presas. Seus olhos eram alaranjados, brilhantes e arregalados. A mandíbula da onça estava bem aberta, e sua respiração era um rosnado baixo e ruidoso.

Catriz abriu um sorriso malicioso e cruel e soltou uma risada aguda, de uma forma que Yadriel nunca ouvira. De uma forma que fez arrepiar os pelos de seus braços.

O cheiro de podridão fez os olhos de Yadriel arderem. Seu batimento cardíaco latejava nos ouvidos enquanto ele tentava recuar. Suas pernas pareciam fracas. Uma voz em sua cabeça lhe dizia para correr, mas ele se recusou.

Apesar de seu corpo queimar e latejar de dor, Yadriel obrigou-se a se levantar novamente.

Catriz gesticulava largamente, murmurando encantamentos enquanto andava para trás, persuadindo a onça-pintada a sair do cenote. Uma pata pousou com um baque molhado no chão. Seus ombros angulares emergiram à medida que a onça avançava.

Yadriel cerrou a mandíbula e disparou.

Catriz se virou bruscamente e agarrou a frente da camisa de Yadriel, interrompendo o encantamento. A onça-pintada escorregou de volta para a água, mas a superfície continuou a borbulhar.

— *Não faz isso*, tio, por favor — implorou Yadriel. Seus olhos ardiam e lacrimejaram, borrando sua visão enquanto seu batimento errático palpitava nas têmporas.

Catriz o segurou e riu.

— Você não é forte o suficiente para me impedir, Yadriel.

Seu sorriso virou uma expressão de escárnio. Ele apertou mais forte. O amuleto de onça-pintada cintilava ao redor do pescoço de Catriz.

Yadriel fez a única coisa em que conseguiu pensar. Esticou a mão e agarrou o amuleto.

Catriz se afastou bruscamente, tentando sair de seu alcance, mas os dedos de Yadriel se enroscaram no cordão de couro.

Ele puxou com força.

O cordão arrebentou.

Catriz ofegou, os olhos se arregalando. Seu aperto afrouxou e ele soltou Yadriel.

— *Não!* — gritou ele, virando-se para olhar a poça.

As chamas começaram a diminuir. Sem o amuleto, ele não era capaz de mantê-las queimando.

Ele voltou a encarar Yadriel, uma fúria ardendo em seus olhos ao gritar e avançar para pegar o amuleto de volta.

Yadriel se firmou e desviou dele, jogando o ombro com força contra o peito de Catriz. No instante seguinte, ele viu o tio tropeçar e cair para trás sobre o cenote. Uma água sangrenta transbordou.

Por um momento, o sangue e as chamas azuis lamberam o corpo de seu tio. Os olhos de Catriz encontraram os de Yadriel por meio segundo, o choque nítido em seu rosto.

— *Tio!* — gritou Yadriel, se esticando para agarrar sua mão.

Mas antes que pudesse alcançá-lo, a onça subiu à superfície atrás de Catriz.

Ela cravou as presas no ombro do homem, seus olhos flamejando.

Catriz soltou um grito rasgado, o branco de seus olhos engolindo as pupilas. Com um puxão, a onça o arrastou para baixo. Os uivos de Catriz se transformaram em um gorgolejar, e ele foi puxado para baixo da superfície.

Um sangue escuro e água escorreram pelo chão em uma onda. Yadriel recuou quando o líquido avançou em sua direção. As chamas se apagaram. Lentamente, a poça começou a clarear.

Ofegante, Yadriel olhou fixamente para o cenote vazio. Seu cérebro enevoado tentava compreender o que tinha acabado de acontecer. O amuleto pulsou em sua mão.

— Yads! — O grito em pânico de Maritza o despertou. Ela estava agachada ao lado de Julian.

—Jules! — Yadriel correu até seu espírito.

A imagem de Julian piscava. Yadriel já mal conseguia vê-lo. Seus olhos estavam fechados, seus cílios escuros sumindo contra as bochechas. Ele era uma mancha cinza-pálida, exceto pelo carmesim no peito. Yadriel xingou, o pânico crescendo.

— O que a gente faz? — perguntou Maritza, as mãos pairando inutilmente sobre Julian.

— Eu não sei, não sei.

Yadriel balançou a cabeça, nervoso, tentando pensar.

Em seu bolso, alguma coisa vibrou. De início, ele pensou que fosse o celular desligando, mas não...

Yadriel enfiou a mão no bolso e pescou o colar de Julian, que brilhava com uma luz dourada. Balançando no ar, a medalha tremia, vibrando com energia, irradiando luz.

— *Merda* — sibilou Yadriel.

Ele havia interrompido o ritual de invocação de Bahlam, mas e o ritual drenando a vida de Julian? Yadriel olhou para o amuleto.

Como poderia libertar seu espírito se ele estava preso ali dentro?

Yadriel se levantou cambaleante e correu para a placa de pedra onde estava o corpo de Julian. Sua pele estava cinza, seus lábios ficando azuis.

Os fios de fumaça continuavam a fluir para dentro do amuleto, embora agora muito mais finos e menos vibrantes.

Yadriel arrancou a adaga do peito de Julian e atirou-a ao chão. O sangue escorreu fracamente da ferida.

Ele soltou o amuleto e, com dedos trêmulos, batalhou com o fecho do colar de São Judas para colocá-lo no pescoço de Julian. A pele dele estava fria ao toque quando Yadriel fechou o colar nele.

— Yadriel!

Ele se virou ao ouvir o grito de Maritza. Ela encarava o chão. O espírito de Julian havia sumido.

Mas então, na placa de pedra, os olhos de Julian se abriram subitamente. Ele ofegou, inspirando de um jeito úmido e gorgolejante, e Yadriel quase pulou de susto.

— Julian!

Yadriel esticou as mãos e segurou o rosto de Julian. Ele era real, ele estava acordado. Conseguia sentir a linha firme do maxilar do garoto, o cabelo raspado áspero contra seus dedos. Sentia o batimento cardíaco de Julian, rápido e fraco, em seu pescoço.

Os olhos de Julian reviraram, embaçados, procurando Yadriel. Eles não eram pretos, mas, sim, castanho-escuros, profundos, da cor da terra após as chuvas de verão. Entre arfadas, os lábios de Julian tentaram formar palavras, mas não conseguiram.

Ele estava vivo, mas estava morrendo.

— Fica comigo! — disse Yadriel. Ele se virou para Maritza: — O que eu faço?!

Maritza balançou a cabeça, os olhos arregalados.

— Eu não sei... eu... eu...

— Cura ele, Maritza! — implorou Yadriel. — *Por favor!*

A mão dela foi até o pescoço.

— Meu talismã! — disse ela, passando a mão pela garganta. — Cadê?

Seu rosário devia ter caído no confronto.

— Espera!

Maritza se virou e caiu de joelhos, procurando seu talismã.

Yadriel fechou os olhos e pressionou a testa contra a de Julian. Estava fria e úmida, coberta de suor. Yadriel implorou. Implorou por ajuda. Implorou para que a Senhora Morte o ouvisse. Implorou para que ela salvasse Julian.

— *Por favor!*

— Yads.

Uma mão gelada tocou a bochecha de Yadriel. Ele abriu os olhos e Julian o estava encarando, os olhos pesados, mas atentos.

O rosto de Julian estava cinzento, os lábios pálidos, exceto pela linha vermelha correndo no canto da boca.

— Ei, ei, ei. — Julian tentou sorrir, mas suas covinhas haviam sumido. — *Todo bien* — murmurou ele, o peito arfando.

— *Não* está tudo bem! — retrucou Yadriel.

Julian sorriu. Seus dedos correram pelo cabelo de Yadriel e por seu rosto, como se estivesse tentando decorar cada traço antes de nunca mais poder vê-los.

— *Sí, lo está.*

Ele estava completamente alucinado.

— Você está *morrendo*, seu idiota! — gritou Yadriel, por estar irritado e também por estar morrendo de medo.

A risada de Julian foi fraca.

— *Valió... la pena.*

Yadriel soltou uma risada amarga, apertando a mão de Julian que estava em seu rosto.

A cada respiração ofegante de Julian, mais fraca a medalha ao redor de seu pescoço brilhava, até se tornar uma suave e fina linha dourada.

— *Todo bien, todo estará bien* — repetia ele, enfraquecido.

Yadriel sacudiu seus ombros ferozmente.

— Fique acordado!

Julian esticou a outra mão e tocou o rosto de Yadriel, passando delicadamente os polegares sob os olhos dele, tentando enxugar as lágrimas.

— *Todo bien, Yadriel.* — Julian respirava com esforço.

— Você precisa ficar aqui até conseguirmos ajuda — pediu Yadriel. Soluços cortavam seu peito, quebrando as palavras.

Julian assentiu, mas sua expressão era angustiada. Sua respiração acelerou enquanto ele tentava em vão manter os olhos abertos para continuar encarando Yadriel. Um soluço ficou preso na garganta de Julian. Suas mãos tremiam. Lágrimas escorreram pelos cantos de seus olhos castanho-escuros.

— Fique! — gritou Yadriel, sacudindo-o novamente.

Julian tentou assentir outra vez, mas seu olhar estava desfocado, perdendo Yadriel de vista. Suas mãos escorregaram de seu rosto. Seu olhar se tornou fixo, cego.

A medalha de São Judas ao redor de seu pescoço deu um último lampejo de luz antes de voltar a ser prata manchada.

Um último suspiro passou pelos lábios de Julian.

Tudo o que fazia Julian ser Julian — o brilho travesso em seus olhos, seu sorriso com covinhas — desapareceu.

Yadriel sentiu a partida dele como se seu próprio coração tivesse sido arrancado do peito.

Um soluço o sacudiu, se cravando em seu coração, doendo até os ossos. Yadriel agarrou-se ao corpo de Julian e soluçou abertamente em seu pescoço. Seu corpo tremia. Seus pulmões queimavam. Cada fibra de seu corpo entrava em luto por Julian.

A princípio, não ouviu a voz o chamando, abafada por seus soluços ferozes.

— Yadriel! — Uma mão quente tocou suas costas.

Yadriel se virou para olhar, o rosto encaixado sob o queixo de Julian.

Maritza estava ao seu lado, os olhos arregalados e frenéticos indo do corpo de Julian para Yadriel e para o chão coberto de sangue. Ela segurava o rosário na mão fechada.

— Yads...

— Me ajuda! — implorou Yadriel, agarrando a jaqueta de Julian. — Por favor! Salva ele!

— *Santa Muerte* — sibilou Maritza, apertando os dedos nos batimentos de Julian sob seu pescoço.

— Por favor, você tem que salvar ele, por favor. — Yadriel soluçava incontrolavelmente.

Maritza baixou a mão.

— Yads — disse ela suavemente, colocando uma mão gentil em seu ombro. — Eu sinto muito, Yads...

Ele afastou seu toque.

— Eu sei... eu sei que vai contra seus princípios...

— Não é isso, Yadriel...

— Mas você tem que salvar ele! *Por favor*, Maritza!

Maritza engoliu em seco.

— Eu não consigo, Yadriel. — Os olhos dela marejaram. — Eu não posso trazê-lo de volta. Ele se foi.

As lágrimas de Yadriel escorreram pelo pescoço de Julian.

— *Por favor, por favor, por favor* — pedia ele sem parar. As palavras ecoavam inutilmente, ocas e vazias.

Maritza apertou mais forte o ombro de Yadriel.

Ele enterrou o rosto contra Julian, aproveitando o cheiro ainda ali. Os soluços diminuíram, deixando Yadriel fraco e fungando.

Então ele sentiu algo vibrando, pressionado à lateral de seu corpo. Devagar, Yadriel se endireitou. O amuleto de onça estava em cima da placa de pedra. Tremia e irradiava luz, emanando calor e energia.

O ritual havia terminado. O amuleto ainda mantinha o espírito de Miguel e de duas outras pessoas. O espírito de Julian. Eles estavam presos ali dentro e ali ficariam, incapazes de cruzar para o pós-vida.

Ele não permitiria.

Precisava de ajuda. Precisava da Senhora Morte, mas como se conjurava um deus? A mente de Yadriel acelerou. Ele se lembrou de como tio Catriz parou junto ao cenote, o portal que ligava aquele mundo a Xibalba. Ele se lembrou de como o tio tinha cortado a própria mão, tinha usado o próprio sangue. Somente algo tão poderoso quanto sangue bruxe podia invocar um deus da morte.

Yadriel rapidamente pegou sua adaga, segurando a figura da Senhora Morte pintada no punho. Os talismãs faziam a conexão com ela.

— Yads? — chamou Maritza, hesitante.

Com um movimento rápido, Yadriel cortou a palma da mão com o talismã.

— Yadriel! — gritou Maritza.

Era a única maneira que lhe ocorrera de chamar a atenção da Senhora Morte. Precisava daquele favor. Ele apertou sua mão em um punho. O sangue escorreu por seus dedos.

— Senhora Morte! — ele chamou. — Eu preciso da senhora!

Uma luz brilhante explodiu na cripta. Maritza recuou. Yadriel ergueu o braço para proteger os olhos.

Pétalas de calêndulas choveram ao seu redor, rodopiando e cintilando, roçando seu rosto e caindo em cascata no chão. O cheiro doce o lembrou do cabelo de sua mãe.

A luz desbotou. Alta e resplandecendo com uma luz quente, a Senhora Morte os olhava fixamente, sua expressão calma. Sua pele era lisa como pedra, branco-leitosa e translúcida, e era possível ver seu esqueleto dourado por baixo.

Parte de sua carne fantasmagórica estava faltando no lado esquerdo de seu rosto. Uma linha irregular fazia uma curva ao redor de seu olho e pela lateral da mandíbula, revelando partes do crânio dourado, dentes e pescoço.

As mãos da Senhora Morte estavam unidas como se em oração. A esquerda era apenas osso. O branco vestido ondulava ao redor dela, como se estivesse debaixo da água. A bainha roçava seus pés descalços.

Yadriel tinha um vislumbre dos cabelos pretos e grossos sob o manto de renda dourada. Uma coroa de calêndulas repousava em sua cabeça, pétalas caindo suavemente ao redor dela. Claro e ondulante, seu olho direito parecia feito de ouro fundido, enquanto o outro era apenas um buraco vazio e cintilante.

Yadriel a encarou de queixo caído, mal percebendo a dor latejante em sua mão.

— *Mi hijo, Yadriel Vélez Flores* — disse ela, olhando-o cuidadosamente.

Sua voz era bonita e melódica, como uma música, mas com a reverberação pesada de uma pedra. Ela tinha um sotaque que Yadriel não conseguiu identificar, como se cada sílaba atingisse seu ouvido com um sotaque espanhol diferente.

— Puta merda — sussurrou Maritza, boquiaberta, olhando fixamente.

Os olhos dourados da Senhora Morte foram até ela. Seus lábios pintados de preto se curvaram em um sorriso.

— *Mi hija, Maritza Selena Escabas Santima.*

Os olhos dela se arregalaram.

— Puta *merda*.

Yadriel estava em choque. Não podia acreditar que funcionara.

A Senhora Morte olhou ao redor da cripta. Seu olhar pousou sobre o cenote, o sangue no chão.

— Você impediu que uma coisa terrível acontecesse aqui — disse ela, balançando lentamente a cabeça e fazendo com que mais pétalas de calêndulas caíssem no chão. — Sem você, Bahlam teria escapado de sua prisão.

— Meu tio, ele...? — Yadriel se interrompeu.

A Senhora Morte assentiu sombriamente.

— Bahlam o levou para Xibalba.

Yadriel foi tomado pela culpa.

— Não é culpa sua — disse ela gentilmente. — A ganância e a mágoa levam as pessoas a fazer coisas horríveis. — A Senhora Morte se virou para os corpos nas placas de sacrifício. — Meus filhos foram tirados deste mundo antes do tempo.

— A senhora não pode trazê-los de volta? — perguntou Yadriel, o desespero crescendo em seu peito. Miguel. Julian. Os outros dois que nem conhecia.

Mas a Senhora Morte já estava balançando a cabeça.

— Sinto muito, mas não posso trazê-los de volta — disse ela gentilmente.

— *Por favor* — implorou Yadriel, o pânico apertando sua garganta mais uma vez. — Por favor, eles não mereciam isso! Como a senhora disse, não era a hora deles! Eles não deviam ter perdido a vida assim, serem sacrificados por *isso*. — Ele pegou o amuleto de onça-pintada.

A Senhora Morte suspirou e baixou a cabeça.

— Não é minha função interferir.

Raiva e traição fervilharam no estômago de Yadriel.

— Então por que a senhora veio? — disparou ele.

— *Yadriel* — sibilou Maritza, encarando-o com olhos arregalados de choque.

— Se não pode me ajudar, por que apareceu, então? — continuou Yadriel, ignorando Maritza.

A Senhora Morte permaneceu impassível.

— Eu não posso desfazer o que foi feito.

Yadriel fervilhou.

— Então por que...

— Mas há em suas mãos o poder de consertar vários erros. — Os olhos dourados dela se desviaram para a mão dele.

Yadriel olhou para o amuleto.

— Mas virá a um preço alto, *mi hijo* — disse a Senhora Morte.

Com o cenho franzido, Yadriel tentou entender o que aquilo significava. O amuleto continuava a brilhar. Ele sentia um formigamento na nuca, sentia os espíritos aprisionados vibrando no amuleto. O dos dois estranhos. O de Miguel. O de Julian.

Tio Catriz dissera que o poder do amuleto, quando alimentado pelos espíritos daqueles que tinham sido sacrificados, o ajudaria a ganhar uma força que bruxes não tinham fazia um milênio.

Seria possível usar aquele poder roubado para libertar seus espíritos? Será que Yadriel poderia libertá-los?

Poderia trazê-los de volta?

Ele pensou em Miguel, seu primo gentil, que era um bom homem e um filho amoroso. Pensou na energia selvagem de Julian, sua lealdade imortal a quem amava e sua determinação em fazer qualquer coisa para cuidar deles.

Pensou em sua mãe e em sua bondade, como tudo o que ela queria era curar e ajudar os outros. Ele sabia exatamente o que ela faria se estivesse aqui. O mesmo que ele ia fazer.

Yadriel morreria de bom grado se isso significasse salvar os quatro que haviam sido sacrificados com tanta violência e indiferença. Ele se recusava a deixá-los morrer pelos ganhos egoístas de seu tio.

Faria aquilo por eles. Faria por Julian.

Quando olhou para a Senhora Morte, ela sorriu.

— Yadriel — disse Maritza ao seu lado, como se só então tivesse entendido o que ela queria dizer. — *Yadriel*, não faz isso!

Mas sua decisão já estava tomada.

Segurando-o com as duas mãos, Yadriel pressionou o amuleto ao peito.

Uma luz dourada acendeu sua pele. Ele inspirou enquanto a eletricidade o percorria. Sentiu-se tonto conforme o poder crescia. Yadriel fechou os olhos.

Solte-os. Liberte-os. Deixe-os viver.

— Yadriel!

O amuleto explodiu em suas mãos, jogando-o de costas no chão. Yadriel gemeu, ficando zonzo. Tentou se sentar, mas cada grama de energia parecia ter sido drenada. Ele estava muito cansado para se mover, muito cansado para respirar.

Podia sentir sua consciência se esvaindo. Sua visão começou a embaçar e escurecer.

Yadriel lutou contra a névoa, procurou algo a que se agarrar, algum lugar para ir.

Pensou em Julian. O cheiro de sua pele. O brilho travesso em seus olhos enquanto ele se inclinava pela janela do Stingray, acelerando pela estrada. O tom de tenor de sua voz enquanto sussurravam no meio da noite, deitados na cama de Yadriel, ouvindo música. A curva inebriante de seus lábios. A maneira como ele tocara o rosto de Yadriel. O leve toque dos lábios de Julian. A maneira como ele fazia seu coração acelerar.

Ele se agarrou às memórias, mesmo que elas o deixassem fraco pelo luto e pela perda. Lágrimas escorriam enquanto ele tentava se agarrar às lembranças.

Fique comigo. Fique comigo.

Os batimentos de Yadriel desaceleraram. O cheiro doce de flores tomou seu nariz.

Ele se agarrou à ideia de Julian tão firmemente quanto possível.

Fique comigo.

CAPÍTULO 24

Julian acordou bruscamente, como se estivesse despertando de um sonho. Ele inspirou fundo, seu coração martelando contra as costelas.

Que merda tinha acontecido?

Ele tentou se concentrar e lembrar, batalhando com sua mente nebulosa.

Alguém estava gritando, e Julian se encolheu quando a voz alcançou seus ouvidos. Ele queria dizer que se se calassem, mas tudo o que conseguiu foi soltar um grunhido irritado.

Quando tentou se erguer, sua cabeça rodou. Se houvesse algo em seu estômago, ele definitivamente teria vomitado. Em vez disso, fechou os olhos e respirou fundo, tentando afastar a tontura com pura força de vontade.

Ele estava deitado em algo rígido e frio. Seu corpo inteiro doía, como se tivesse levado um tombo feio de skate. Havia uma dor chata e palpitante em seu peito. Mas...

Puta merda.

Julian tocou seus braços, seu rosto, seu peito.

Ele estava *vivo*?

Ele estava vivo!

Julian virou a cabeça pesada, forçando os olhos a se abrirem para procurar Yadriel.

Precisava contar a ele, precisava mostrar a ele, precisava agarrá-lo e...

— Bela deusa você é! — gritou uma voz familiar.

— Maritza? — Julian estreitou os olhos no cômodo escuro.

Lentamente, as coisas voltaram ao foco.

Ele estava sentado em algo que parecia uma mesa de pedra.

Estava coberta de sangue.

Ele estava coberto de sangue.

As memórias voltaram subitamente. A igreja. A cripta. A adaga.

Ele levou a mão ao ponto onde tinha sido apunhalado no peito. Sua camisa estava rasgada, e a pele, cortada. Não sangrava mais, mas ainda doía pra car...

— Você não passa de uma *covarde*!

Maritza estava sentada no chão, gritando em direção ao teto.

Com quem ela estava gritando?

Julian se impulsionou para a beira da pedra e apoiou os pés instáveis no chão. Depois de esfregar os olhos, ele olhou para baixo. E arfou, recuando.

O chão estava coberto de sangue. Maritza estava ajoelhada nele, seu vestido branco manchado de carmesim. Ela estava inclinada sobre alguma coisa, murmurando para si mesma, seus movimentos eram erráticos.

— Maritza?

Ela virou a cabeça para olhá-lo por cima do ombro. "Olhar" talvez fosse a palavra errada. Foi uma encarada feroz. Seus lábios pintados estavam repuxados, mostrando os dentes. Seu cabelo estava desgrenhado, revolto ao redor do rosto. Seu peito subia e descia rapidamente. Ela parecia prestes a atacá-lo.

Julian recuou.

— *Caramba*, o que...?

— Ah, então você deixa *ele* viver? — gritou Maritza, olhando freneticamente ao redor da caverna novamente. Não houve tempo para que Julian se ofendesse, porque ela acrescentou: — Mas o Yadriel você deixa morrer assim?

As palavras foram como um soco nas costelas.

Enfim ele viu o que — quem — estava no chão em frente a ela.

Yadriel estava caído de costas, inconsciente e imóvel.

Julian foi dominado pelo pânico.

— Yads! — Ele avançou e se atirou no chão ao lado de Yadriel, agarrando sua camisa verde e o sacudindo vigorosamente. — acorda!

A cabeça de Yadriel apenas caiu para o lado. Não havia mais calor em sua pele cinzenta. Seus lábios estavam separados, seus olhos, levemente entreabertos. Julian nem conseguia ver o castanho quente de suas íris.

Ele sentiu o pânico subir à garganta.

— O que aconteceu?! — exclamou ele. Seu pulso estava acelerado e os pulmões ardiam com a respiração rápida. — O que ele fez?

— Ele salvou a vida estúpida de vocês! — cuspiu Maritza enquanto mexia em um rosário.

Julian balançou a cabeça. Não, não, não. Deveria ser *ele* a morrer, não Yadriel! Yadriel deveria ficar *seguro*.

— E ela o deixou MORRER desse jeito! — gritou ela para a cripta cavernosa.

— Ele está morrendo? — As mãos de Julian puxaram desesperadamente a camisa de Yadriel, tentando acordá-lo. Não sabia como fazer massagem cardíaca, não sabia nem como verificar o pulso. Quando voltou a falar, sua voz falhou: — Ele está morto?

— Não se depender de mim! — Maritza enfiou as mãos na poça de sangue e então agarrou o rosário cor-de-rosa com os dedos pingando. — ¡USA MIS MANOS!

O rosário irrompeu em uma luz brilhante, ofuscante. Julian se encolheu.

Maritza afastou as mãos de Julian do caminho e pressionou o rosário no peito de Yadriel.

— ¡YO CURO TU CUERPO!

Houve um flash, como um raio dourado. Julian fechou os olhos com força, mas a luz ardeu através de suas pálpebras.

Quando se apagou, Maritza caiu sentada pesadamente. Seu sorriso parecia bêbado e delirante.

— Aн! — ofegou ela.

Julian estendeu a mão para Yadriel.

— Yads?

Ele tocou o rosto de Yadriel, observando. Sua cor estava voltando. Um rubor florescia em suas bochechas. Quando pressionou as mãos no peito dele, Julian sentiu que estava subindo e descendo em um ritmo constante.

Ele deixou escapar um grito incoerente de alívio. Não morto. Yadriel estava vivo. Ia ficar bem, ele só precisava acordá-lo. Julian o sacudiu de novo, tentando ser mais gentil dessa vez, mas suas mãos estavam trêmulas.

— Acorda, Yads! — mandou ele, como se gritar fosse fazer obedecer-lhe.

— Você viu isso? — perguntou Maritza, os olhos desfocados enquanto olhava para cima. Uma risada fraca saiu de seus lábios. — E fiz *sem* usar sangue animal, porra.

E então ela caiu apagada no chão.

— Maritza! — gritou Julian, ficando irritado.

Não podia cuidar de duas pessoas inconscientes; mal conseguia lidar com uma! O que ia fazer agora? E se ficassem presos ali embaixo, sozinhos? E se...

— *Santa Muerte*.

Julian ergueu os olhos e encontrou um homem com cabelos castanhos ondulados em pé perto dele, os olhos arregalados encarando Yadriel e Maritza.

O homem foi até Maritza e pressionou dois dedos no pescoço dela.

— Ela está bem — disse ele em tom de alívio.

Quando o homem se voltou para Yadriel, Julian instintivamente se jogou sobre o garoto, as mãos apoiadas no chão ensanguentado.

— *Não toque nele!* — rosnou Julian, mostrando os dentes enquanto o medo o inundava.

Não conhecia aquele cara. Não o deixaria chegar perto de Yadriel. Até onde sabia, ele podia ser outro bruxo desequilibrado para invocar uma onça-pintada demoníaca querendo comer pessoas.

O homem recuou e levantou os braços, se rendendo.

— Tudo bem — disse ele. — Eu só quero ajudar.

Ele olhou para Yadriel, mas não tentou se aproximar de novo.

À esquerda, houve movimento nas placas de sacrifício. Julian olhou apenas rapidamente para lá, tempo suficiente para ver duas pessoas acordando. Os outros que haviam sido sacrificados. Yadriel tinha salvado todos eles? Onde estava o quarto?

Os olhos dele voltaram para o homem.

— Tá tudo bem — repetiu o cara. — Ele é meu primo.

Julian apertou os lábios.

— Primo? Miguel?

O homem pareceu confuso.

— É — disse Miguel. — Como você...?

— Ajuda ele! — gritou Julian.

Miguel levou um susto, mas se aproximou. Julian se afastou apenas o suficiente para que ele sentisse o batimento no pescoço de Yadriel.

— Ele está respirando, vai ficar bem.

Julian soltou o ar pesadamente, tão aliviado que poderia desmaiar. *Graças a Deus, graças a Deus, graças a Deus.*

— Eu vou buscar ajuda — disse Miguel, se levantando. — Você pode ficar de olho neles?

Como se alguma força da natureza pudesse afastar Julian de Yadriel.

— Rápido! — gritou ele.

Miguel subiu as escadas correndo.

Ao lado, as duas outras pessoas — uma menina e um menino, mais ou menos da idade dele, se não mais novos — se mantiveram afastadas, olhando para Julian como se ele fosse um animal selvagem.

Ótimo. Se os assustasse, então ficariam longe. Julian só se importava com Yadriel.

Com dedos desajeitados, ele tateou a lateral do pescoço de Yadriel, onde vira Miguel e Maritza sentirem o batimento. No início, não conseguiu identificar nada, e pensou que o coração de Yadriel tivesse parado novamente. Mas então seu dedo médio pressionou com o ponto certo e ele sentiu a batida. Julian xingou baixinho e manteve a mão tão imóvel quanto possível. Tinha medo de soltar e perder o batimento novamente, mas também não queria sufocar Yadriel por acidente.

Ele soltou o ar, trêmulo, e contou cada batimento cardíaco, obrigando-se a focar apenas naquilo.

Ele não sabia quanto tempo se passou, mas pareceu demorar uma eternidade. O pânico tomou conta de seus músculos tensos. Por que Miguel estava demorando tanto para conseguir ajuda? Por que não voltara ainda? A raiva borbulhou em seu sangue. Estava nervoso. Não podia apenas ficar ali parado esperando. A única coisa que o impedia de sair correndo para buscar ajuda era Yadriel.

Julian pressionou o ouvido no peito dele, tentando ouvir a batida de seu coração, mas só escutou a própria respiração entrecortada.

Pareceu demorar horas até ouvir vozes e passos descendo as escadas e entrando na cripta. Julian ergueu os olhos quando um grupo de pessoas invadiu a caverna. A esperança tentou encher seu peito, mas o medo o murchou outra vez.

Ele reconheceu o pai de Yadriel e a *abuelita*. Ela ofegou e parou bruscamente quando viu a confusão sangrenta ao redor. O pai de Yadriel tinha um olhar atento, virando a cabeça para absorver tudo.

Uma garota um pouco mais velha que Julian correu para Maritza, soltando uma série impressionante de xingamentos em espanhol.

Quando o pai de Yadriel avistou o filho, caído sob Julian, que se inclinara protetoramente sobre ele, o homem apressou-se a avançar, com Miguel logo atrás.

Julian ficou tenso.

— Não! — gritou ele, tão ferozmente que Enrique parou.

Ele olhou de Julian para Yadriel, talvez pesando os prós e contras de ter a mão arrancada pelo garoto. Ele olhou para Miguel.

— Quem...?

— Eu não sei — disse Miguel, olhando nervosamente para Julian por cima do ombro de Enrique.

Para Julian, ele perguntou:

— Yadriel é seu amigo?

A palavra ardeu.

— *¡Mi querido!* — retrucou ele ferozmente.

As sobrancelhas de Enrique subiram em surpresa.

Julian corou intensamente sob os olhares.

Enrique se agachou e tentou se aproximar.

— Não toque nele! — rosnou Julian, tentando afastá-los.

— Está tudo bem — disse Enrique gentilmente. Julian viu como suas mãos tremiam quando ele as levantou em rendição. — Nós estamos aqui pra ajudar, por favor. — Sua voz estava tensa quando disse: — Ele é meu filho.

— Eu *sei* disso! — respondeu Julian.

Tentando se acalmar, ele fechou os olhos e cerrou os dentes. *Ele sabia disso.* Sabia que eles estavam ali para ajudar, que eram sua família, mas Julian estava tão *irritado*. Só porque Yadriel os havia perdoado, não significava que ele tinha.

Eles podiam ajudar, mas Julian não conseguia fazer seu corpo entender o que seu cérebro sabia. A adrenalina o percorria, ele estava rígido e pronto para lutar, mesmo *sabendo* que não precisava.

Ele se recusou a sair do lado de Yadriel, mas se afastou um pouco. Assim que ele abriu espaço, Enrique e Lita se aproximaram.

Julian lutou contra a vontade de afastar as mãos deles do rosto de Yadriel, de sua testa, seu pulso. Ele estava inconsciente e vulnerável. Julian tinha que protegê-lo.

— Ele está bem? — perguntou Enrique.

— Sim — disse Lita com um suspiro. — Apenas exausto.

Enrique olhou ao redor.

— Paola?

— Ela vai ficar bem — disse a garota que se parecia demais com Maritza para não ser sua irmã. Ela parecia brava, segurando seu rosário verde na testa de Maritza. — *Tão idiota* — resmungou ela, mesmo que Maritza obviamente não pudesse ouvi-la.

— Graças à Santa Morte — disse Enrique. — A gente precisa tirá-los daqui. As ambulâncias vão chegar a qualquer momento.

Quando ele e Miguel se moveram para pegar Yadriel, Julian entrou em pânico.

— Cuidado! — gritou ele.

Enrique tentou responder gentilmente:

— Está tudo bem...

Mas Julian não escutava. *Não conseguia* escutar.

Miguel se agachou e balançou Yadriel ao passar os braços sob ele. A cabeça do garoto caiu para o lado.

— Você vai machucar ele! — Julian tentou avançar, mas um par de fortes mãos seguraram seus ombros. Tudo dentro dele gritava para lutar com eles. Tentou conter sua raiva, mas o medo inundava suas veias. — Você vai machucar ele! — Sua garganta doía. O som de seus batimentos ecoava nos ouvidos.

Miguel ajeitou Yadriel nos braços. Sua cabeça caiu para trás, os lábios entreabertos, o pescoço exposto.

— *Não machuca ele!* — A voz de Julian falhou.

— Ele vai ficar bem, ele vai ficar bem — repetiu Enrique, tentando acalmar Julian, mas ele já estava se virando para segui-los.

Miguel estava atravessando a caverna e subindo as escadas. Havia mais movimento em torno dele, de bruxes que tinham ido ajudar os outros. Mas Julian só conseguia ver as pernas balançando de Yadriel. O volume de seu cabelo preto.

O coração de Julian batia de forma descompassada. Não queria que tirassem Yadriel dele. E se algo acontecesse e ele nunca mais o visse?

Ele escapou das garras de quem o estava segurando e correu.

— Espera!

Enrique se virou bruscamente, a postura tensa, e lançou um olhar assustado a Julian, que recuou um passo.

— Eu preciso ir com ele! — insistiu, apertando ansiosamente a bainha de sua camisa. Miguel desaparecera com Yadriel escada acima. Seu peito estava contraído, exigindo que o seguisse.

Enrique o olhou de cima a baixo, confuso e apreensivo.

Julian estava coberto de sangue, tremendo e com a respiração ofegante. Lágrimas escorriam por seu rosto, borrando sua visão.

Com esforço, ele engoliu seus instintos de gritar e brigar, de empurrar Enrique e qualquer outra pessoa que se colocasse em seu caminho até Yadriel.

— *Por favor*, me deixa ir com ele! — implorou Julian, odiando o tom de desespero em sua voz.

Depois de um momento, a expressão de Enrique suavizou. Ele deu um aceno curto.

— Ok...

Julian disparou escada acima atrás de Yadriel.

Não o deixaram ir junto na ambulância, não importava o quanto discutisse. Era pequena demais. Enrique iria acompanhar o filho. Julian foi posto em outra ambulância, depois de discutir muito. Ele só concordou quando disseram que ele iria para o mesmo pronto-socorro que Yadriel.

A adrenalina começou a passar na viagem para o hospital. Amarrado a uma maca, seu corpo estava pesado e todo dolorido. A paramédica cortara sua camisa e cobrira a ferida em seu peito com camadas de gaze e fita adesiva. Ele se estressou quando ela apertou forte demais, causando uma dor aguda.

— Quanto tempo você ficou lá embaixo? — perguntou ela com uma expressão confusa. — Parece parcialmente curado.

Julian a ignorou. Não era nenhum dedo-duro.

A paramédica precisou de três tentativas para conseguir colocá-lo no soro, porque ele ficava se esquivando. Julian estava distraído demais se preocupando com Yadriel para escutar a explicação dela, mas o soro era gelado e ele podia senti-lo correndo por suas veias. O tubo cutucava seu braço a cada solavanco da ambulância.

Assim que chegaram ao hospital, Julian exigiu ver Yadriel, mas ele fora levado para um consultório para ser examinado. Ele foi rodeado de pessoas, cutucado e remexido, todas elas falando entre si, mas sem responder onde estava Yadriel.

— Não se preocupe com seu amigo — disse um enfermeiro sorridente. Julian o olhou de cara feia e o sorriso desapareceu rapidinho.

Uma das máquinas ligadas a ele começou a apitar loucamente quando Julian fez menção de se levantar. Se não lhe diziam nada, então ele ia descobrir pessoalmente. Outra sensação gélida formigou por seu braço e de repente ele afundou novamente na cama, consciente, mas impossivelmente grogue.

— Fique calmo — disse outra enfermeira gentilmente, acariciando suavemente sua testa suada com dedos enluvados.

— Escrotos — sussurrou Julian. Tudo o que podia fazer era ficar deitado e deixá-los trabalhar.

Muito tempo se passou. Ele estava deitado na cama, encarando distraidamente a TV na parede, que mostrava uma enxurrada de comerciais. Estava prestes a surtar. Ficar preso naquele quarto, preso naquela cama, sem nada para fazer além de pensar se Yadriel estava bem ou não, era insuportável. Seu corpo estava rígido e pesado. Seu estômago, embrulhado de preocupação. A espera estava acabando com ele.

A única coisa que o impedia de marchar pelo corredor e exigir respostas era o sedativo que tinham colocado em seu soro. Havia um denso nevoeiro em sua cabeça, entorpecendo seus sentidos. Quando notou vozes familiares vindas do corredor, ele se virou para a porta, procurando pelo som.

A porta se abriu um segundo depois.

— Jules?

Rio. O alívio transbordou. Seu coração pulsava nas têmporas enquanto ele tentava se sentar.

— *Jesus,* Jules — disse a voz irritada de seu irmão.

Uma mão forte empurrou seu ombro, segurando-o deitado. Julian tentou lutar, mas estava fraco demais.

— Pare — ordenou a voz, balançando-o de leve e fazendo sua cabeça girar.

O rosto tenso de Rio entrou em foco acima dele. Sua mandíbula estava cerrada, a preocupação faiscava em seus olhos sérios.

— Rio? — chamou ele, grogue, agarrando o braço de seu irmão com mãos desajeitadas.

— Você está ligado a um monte de merda. Se continuar lutando, vai estourar seus pontos — disse Rio, sério. — Então desiste.

A cabeça de Julian virou de lado e ele piscou com força, tentando se concentrar.

Seus amigos rodearam a cama. Os olhos de Omar estavam vermelhos e ele parecia zangado. Rocky estava pálida e havia lágrimas escorrendo dos olhos inchados de Flaca. Luca o encarava boquiaberto, como se estivesse olhando para um fantasma.

— Vocês estão bem? — disse Julian, perguntando a primeira coisa que lhe ocorreu.

— A gente devia perguntar isso para *você*, idiota — rosnou Omar.

— Os policiais disseram que você foi sequestrado por um culto — explicou Luca.

— Não era um culto — corrigiu Rocky, parecendo irritada. — Era só um cara.

— Eles acharam você e outras três pessoas numa masmorra de assassinato — continuou Luca, como se não a tivesse ouvido.

— Ele estava prestes a matar vocês quatro — disse Flaca entre lágrimas, os dedos pressionados nos lábios.

— Mas Maritza e Yadriel acharam vocês — acrescentou Luca.

Julian ofegou.

— Yadriel? — Quando ele tentou se sentar, foi atingido por uma dor violenta no peito que o fez gemer.

— Julian — avisou Rio.

— Yadriel está bem? — perguntou ele, tentando afastar o braço do irmão.

— Sim — disse Luca. — Eu perguntei para um dos parentes dele. Tem um montão deles lá na sala de espera.

— Onde ele está? — Julian não ia acreditar em ninguém. A única forma de acreditar que Yadriel estava bem era ver com os próprios olhos. Yadriel não estava seguro até que Julian o visse, o tocasse, até que tivesse *certeza*. — Eu preciso ver ele...

Julian tentou se levantar novamente, mesmo com cada músculo de seu corpo gritando para ele parar.

Rio o empurrou mais uma vez com facilidade.

Julian fez cara feia.

— Você foi *esfaqueado*, Jules — disse Rio.

— Yadriel está bem — garantiu Flaca. — Ele ainda está se recuperando.

Isso não ajudou muito, especialmente quando Rio acrescentou teimosamente:

— Você não vai a lugar nenhum.

— Até parece que eu não vou! — exclamou Julian, tentando se levantar de novo.

Luca se atirou sobre o colo dele e uma briga se seguiu, se é que dava para chamar de briga. Foi mais Julian gritando com Rio e seus amigos para soltá-lo e eles não soltando.

CAPÍTULO 25

Quando Yadriel começou a acordar, tentou se forçar a abrir os olhos, mas eles voltaram a se fechar. Um estranho cheiro de antisséptico misturado com flores invadiu seu nariz.

— Yadriel?

Ele tentou de novo. Tudo estava borrado e claro demais.

— Eu vou chamar um médico — disse a voz de Diego. Som de passos em chão de linóleo. O abrir e fechar de uma porta.

— Yadriel? Você está acordado?

Com esforço, Yadriel se virou e viu seu pai. Ele estava todo desgrenhado e abatido, mas soltou um pesado suspiro de alívio.

— *Ay, Diós mio.* — Lita praticamente gritou, ao lado.

Yadriel se encolheu enquanto ela tagarelava, agradecendo a todos os deuses e santos em que pudesse pensar, a mão no peito.

— Jesus amado.

Os olhos de Yadriel se desviaram para a esquerda, onde estava Maritza. Yadriel tentou se sentar.

— Aqui, deixa eu te ajudar — resmungou Maritza, puxando-o até deixá-lo sentado.

Uma onda de náusea o atingiu em cheio. Yadriel grunhiu quando a bile subiu do fundo da garganta. Alguém pressionou uma toalhinha molhada e gelada em sua nuca.

— Isso vai ajudar — disse Enrique, acariciando gentilmente suas costas. Suas costas nuas. Alguém tirara seu binder.

— Onde eu estou? — perguntou ele, puxando os lençóis até o peito.

— No hospital, idiota — disparou Maritza, bufando e cruzando os braços. Ela estava bem irritada.

Yadriel esfregou as têmporas latejantes.

— Há quanto tempo eu estou aqui?

— Umas sete horas — disse seu pai. — São quase 10 da manhã.

Yadriel olhou em volta. Todos o encaravam de olhos arregalados e... assustados?

Ele se lembrou da antiga igreja. De tio Catriz. Da onça-pintada.

— Meu tio — disse Yadriel. — Ele estava tentando convocar Bahlam... ele ia...

Os pensamentos se chocaram dolorosamente em sua cabeça. Ele fez uma careta, tentando se concentrar e formar sentenças que fizessem sentido.

— Está tudo bem, Maritza nos contou tudo — disse Enrique baixinho, acariciando o braço de Yadriel.

— Me desculpa, pai. Eu sinto muito. — As desculpas escaparam de seus lábios.

Enrique pareceu surpreso e balançou de leve a cabeça.

— Não, Yadriel...

— Se eu tivesse te contado desde o início...

Ele abraçou o filho contra o peito.

— Yadriel. — Enrique suspirou contra o topo de sua cabeça. — Você é tão corajoso, meu filho, tão corajoso.

Yadriel soluçou incontrolavelmente no ombro de seu pai.

— Não foi sua culpa — disse ele, a voz suave, porém firme.

O peito de Yadriel parecia partido ao meio.

— Eu estraguei tudo. Tio Catriz se foi...

— Isso não foi sua culpa — repetiu seu pai. — Seu tio foi corrompido pelo desejo de poder. Ficou envenenado por isso, intoxicado. — Ele suspirou, triste. — Ele causou a própria morte, mais ninguém.

Lita fez o sinal da cruz enquanto rezava baixinho.

— E nós temos um pouco de culpa — continuou Enrique. — Nós fomos injustos com ele, e *com você*, Yadriel. É tarde demais pra consertar as coisas com Catriz, mas prometo que vamos fazer tudo que pudermos para que uma coisa dessas nunca mais aconteça. Você impediu ele, você impediu tudo — insistiu seu pai, apertando-o de leve. — Estamos todos bem.

Mas nem todos estavam bem. Yadriel sabia disso. Tudo em seu corpo gritava isso.

Ele assistira à onça arrastando seu tio até Xibalba. Ele tinha visto o corpo sem vida de Miguel estendido sobre a pedra.

E havia mais. Uma pressão insistente em seu peito. Algo importante nos limites da sua memória.

Ele teve um flash de lembrança. A centelha de um sorriso. Covinhas nas bochechas. Olhos escuros e intensos, e um beijo frio em seus lábios.

Tudo voltou em um golpe.

Julian.

A memória de seu corpo sem vida o atingiu no peito como uma faca. Yadriel fechou os olhos com força. O luto o tomou, ameaçando consumi-lo inteiro. Ele sentiu a bile no fundo da garganta.

— *Ele se foi.* — Yadriel reprimiu um soluço.

— Mas, Yads — interrompeu Maritza, irritada. — O amuleto...

Miguel. Julian.

— Eles *se foram*.

— Não, Yadriel, *escúchame*. — Enrique apertou seus ombros. — Você o salvou, Yadriel.

Sua respiração falhou. Ele ficou confuso.

— O quê?

— Todos eles! Miguel e os outros dois também — acrescentou Maritza.

Não fazia sentido. Yadriel endireitou o corpo.

— Isso não é p-possível — soluçou ele, vendo a expressão no rosto dos outros. A esperança nasceu em seu peito.

— Você usou o amuleto e os trouxe de volta à vida. — Seu pai parecia tão impressionado quanto Yadriel se sentia.

Ele encarou o pai. Seu cérebro ainda estava zonzo. Tentou acompanhar, processar o que aquilo significava.

— Não é possível. Nenhum bruxo pode trazer alguém de volta à vida.

— Não, nem todo bruxo poderia fazer isso. — Enrique sorriu. Aquele tipo de sorriso cheio de orgulho. — Mas você fez.

— Mas isso devia...

— Ter te matado? — cortou Maritza. — Bom, quase matou mesmo, e a *Senhora Morte* não ajudou em *nada*! — O olhar dela era feroz. Ela cruzou os braços, mas Yadriel viu que suas mãos tremiam. — Assim que você trouxe os outros de volta à vida, ela só *desapareceu* e eu tive que salvar a sua pele!

Yadriel hesitou.

— Você... você me curou?

Maritza secou os olhos e assentiu, impaciente.

— Você me salvou, mesmo precisando usar sangue? — disse Yadriel, surpreso.

— É, bem, não era sangue animal, e eu não ia te deixar lá *morrendo*. — Ela fungou e empinou o queixo. — Acho que ver você apagado em uma poça de sangue é o meu limite.

Yadriel riu, fraco.

— Você é incrível, Maritza.

— Não se acostume — disse ela, ainda irritada. Mas então ela passou os braços ao redor de seu pescoço e o abraçou forte. — E pode esperar uma ligação do meu advogado — disse ela, a voz abafada.

Yadriel a abraçou de volta e, por um momento, eles só ficaram apoiados um no outro, rindo e fungando.

Yadriel passou a mão pelo nariz escorrendo.

— Então, os outros... — começou ele, esperançoso, apesar de tudo. — Eles estão bem? Todos eles?

— Ligamos para a emergência e eles trouxeram todo mundo para o hospital — disse seu pai. — Você cuidou bem deles.

Um olhar divertido cruzou o rosto de Enrique, bagunçando seu bigode com um sorriso esperto.

— Pensei que a gente não ia nem conseguir trazer você para o hospital. Aquele garoto, Julian, ficou te protegendo. Ele estava pronto pra lutar com qualquer um que chegasse perto de você...

O coração de Yadriel deu um pulo.

— Julian? — Ele se sentou com a postura reta, ignorando a queimação no estômago. — Cadê ele? Ele está aqui?

Enrique assentiu.

— No final do corredor, mas você...

Yadriel jogou os cobertores de lado e se pôs de pé, cambaleante.

— Yadriel! — arfou seu pai.

As máquinas apitaram quando ele se livrou dos fios colados com fita adesiva e marchou até a porta.

Lita, Maritza e seu pai se apressaram atrás dele.

— Yadriel!

Mas ele estava correndo pelo hall, as pernas flácidas como gelatina, meio apoiado na parede. Passou por um quarto, e então outro. O pequeno quadro branco na porta do terceiro quarto indicava *J. Diaz*.

Yadriel abriu a porta.

Rio estava no meio do quarto, usando seu macacão, os olhos fechados e apertando a ponte do nariz. Flaca, Rocky, Omar e Luca estavam em volta da cama.

— Isso é palhaçada! — gritou alguém. Omar se moveu e Yadriel o viu.

Julian estava tentando se erguer dos travesseiros, rosnando mal-humorado ao olhar para o irmão.

Yadriel ofegou.

Todos os olhos se desviaram para ele, mas Yadriel só se importava com um olhar escuro e hipnotizante.

Julian parecia atônito.

— Yads?

Houve uma súbita pancada e os amigos dele se afastaram rapidamente do caminho.

— Merda, Jules! — explodiu Rio, mas Julian não prestou atenção.

Yadriel não teve tempo de dizer nada antes de Julian levantar e atravessar o quarto. Eles colidiram e Yadriel só pôde se agarrar a ele enquanto Julian o atropelava, fazendo-os trombar na parede. Os braços dele o apertaram com tanta força que doía, mas Yadriel não se importou.

O corpo quente de Julian pressionou o dele, e Yadriel sentiu uma fagulha de incômodo. Não estava usando o binder, e de repente se sentiu nu e exposto.

Mas então Julian riu e sua risada fez cócegas na orelha de Yadriel, que podia senti-la vibrando no peito dele. Yadriel o abraçou mais forte, abafando aquela fagulha antes que pegasse fogo.

Julian segurou seu rosto.

— Seu idiota! — gritou ele, as sobrancelhas franzidas, mas seu sorriso era enorme e com covinhas. — Você podia ter morrido!

Yadriel estava desnorteado pela força dele. O espírito de Julian era apenas uma sombra de seu eu real. Vivo, feroz, esmagador. Era atordoante, mas Yadriel não se importava de perder o fôlego com o sorriso brilhante de Julian uma vez atrás da outra.

— Você é tão burro! — repetiu Julian. — Seu...

— Cala a boca... — Yadriel se apertou a ele, enlaçando seu pescoço e o beijando fervorosamente.

Sentia o sorriso de Julian contra seus lábios. Sentia os braços dele o abraçando forte de novo.

Alguém assobiou baixinho.

— Vocês sabem que a gente pode ver a bunda de vocês nesses vestidinhos, né? — interrompeu a voz de Maritza.

Yadriel a ignorou. Ele se afastou o suficiente para olhar Julian nos olhos.

— Se você me assustar desse jeito de novo — disse ele, sem fôlego. — Eu mesmo te mato, Julian Diaz.

O sorriso de Julian foi afiado. Brilhante. Deslumbrante.

— Fechado — murmurou ele antes de puxá-lo para outro beijo.

Yadriel ficou feliz em se entregar.

EPÍLOGO

Yadriel corria pelo cemitério, puxando Julian. A mão de Julian era quente, seu aperto, forte, sua palma, cheia de calos. Ele acompanhava facilmente o ritmo de Yadriel enquanto corriam para a igreja por entre as lápides. Yadriel o olhou por cima do ombro e Julian abriu um sorriso de orelha e orelha e apertou sua mão. Yadriel deu uma risadinha enquanto o apertava de volta. Ele estava ali, era real, e Yadriel aproveitava qualquer chance de agarrá-lo.

O *aquelarre* estava prestes a começar. Demorara um tempo para responderem às perguntas da polícia e serem liberados do hospital. Julian se recusara a se afastar dele, e com tanta ferocidade que Yadriel sentiu o rosto ardendo.

Mas Rio também não queria sair de perto do irmão, o que era compreensível, considerando o que acontecera da última vez que ele tirara os olhos dele. Quando Rio começou a fazer perguntas demais e Julian se recusou a dar mais explicações, o pai de Yadriel interrompeu a discussão. Ele explicou que haveria uma cerimônia importante na igreja e que Julian era mais do que bem-vindo. Depois disso, prometeu levar o garoto para casa.

Rio ficou desconfiado; não entendia por que Julian estava tão envolvido em um evento religioso em uma igreja, mas, por fim, cedeu. Yadriel suspeitou que foi mais porque Luca já estava praticamente dormindo em pé e Omar, Flaca e Rocky não paravam de reclamar de fome. Mesmo sem entender todo aquele segredo, eles ainda faziam qualquer coisa por Julian.

Os dois atravessaram o portão aberto e o caminho enfeitado de calêndulas até a igreja. Yadriel parou logo antes da porta. Vozes e risadas ecoavam lá de dentro.

Parado no meio dos degraus, Julian se virou para Yadriel.

O coração de Yadriel batia forte. A adrenalina que corria por suas veias o deixava tonto. Estava nervoso. Entusiasmado. Queria irromper pelas portas da igreja. Seu coração queria explodir. Além daquelas portas, sua mãe, seus antepassados e seu povo o esperavam, aguardavam para receber qualquer bruxe que tivesse chegado à idade da cerimônia de iniciação.

Esperavam para lhe dar as boas-vindas.

— Pronto? — perguntou Julian, com um olhar curioso em seu rosto incrivelmente bonito.

— Não — confessou Yadriel, a voz tensa.

Julian sorriu.

— Faz mesmo assim.

Yadriel soltou uma risada, aliviando a tensão.

Ele segurou a frente da camisa de Julian e o puxou para um beijo. Quando se afastou, Julian ainda procurou sua boca, com um sorriso atordoado.

— Mais tarde. — Yadriel riu, empurrando o rosto dele e subindo o restante dos degraus.

— Mais tarde quando? — perguntou Julian, correndo atrás dele. — *Muito* mais tarde, ou mais tarde tipo me-arraste-para-trás-da-igreja--em-cinco-minutos?

Yadriel riu enquanto atravessava as portas abertas.

— *Uau*. — Julian suspirou.

A igreja estava cheia de bruxes e de luzes brilhantes. Diferente dos espíritos comuns, bruxes que voltavam para o Día de Los Muertos tinham uma aura dourada. E quando os espíritos retornavam à terra dos vivos, eles podiam tocar seus entes queridos.

Yadriel passou pelas pessoas, seguindo em direção ao altar da igreja, vendo as famílias reunidas, conversando, rindo e se abraçando. Havia sorrisos, lágrimas e beijos. Pais que tinham perdido os filhos, amantes separados pela morte e amigos havia muito falecidos se reencontravam em celebração.

Yadriel tentou não chamar atenção enquanto andava pela multidão, mas cabeças começaram a virar, seguidas de olhares surpresos e sussurros.

— Tudo bem — disse ele, puxando Julian. — Eles só não estão acostumados com pessoas de fora.

— Hã, não estão olhando para mim, Yads. — Julian sorriu.

Yadriel franziu o cenho. O que ele queria dizer com isso? Olhou em volta. Não, não estavam olhando para Julian.

Estavam olhando para ele. Yadriel se retraiu com a atenção repentina, cambaleando. Bruxes apontavam e esticavam o pescoço para olhá-lo melhor.

— Mas por quê?

Julian revirou os olhos e bufou exageradamente.

— Não foi você quem me disse que bruxes não traziam ninguém de volta à vida há, tipo, um zilhão de anos?

Yadriel o encarou.

— Acho que trazer quatro pessoas de volta da morte faz de você um tipo de deus. — Julian encolheu os ombros. — Ou pelo menos um herói.

Yadriel congelou. Um herói? Ele olhou em volta para todos os rostos sorridentes.

— Agora... — Julian empurrou Yadriel adiante. — Vamos lá oficializar as coisas — disse em seu ouvido.

Bruxes acenavam com a cabeça e batiam nas costas dele ao passar. O rosto de Yadriel ficou vermelho, mas ele se viu sorrindo. Seus pés e as mãos de Julian o guiaram mais para dentro da igreja. Ele passou por Miguel, que estava abraçado com sua mãe e seu pai. O primo sorriu para ele e deu-lhe um pequeno aceno de cabeça.

A multidão começou a ficar mais esparsa. Yadriel vislumbrou os espíritos de seus avós, as auras brilhantes.

— É o meu neto! — anunciou seu Lito, cutucando todos por perto, seu peito inflado de orgulho.

Um cheiro doce alcançou Yadriel, e então ele a viu.

Sua mãe usava um longo vestido vermelho que farfalhou no chão quando ela avançou. Tinha uma faixa amarela na cintura e usava o cabelo solto, como sempre. As ondas castanhas estavam adornadas com calêndulas. Cílios longos emolduravam seus enormes olhos da mesma cor de seu cabelo. Ela brilhava com luz dourada, que irradiava de sua pele.

Yadriel prendeu a respiração.

— Meu amor. — Ela sorriu.

Yadriel a encarou, paralisado. Ela estava igualzinha, do jeitinho que ele se lembrava.

Camila ofegou baixinho, levando a mão ao peito.

— Yadriel — disse ela, a voz melódica, e estendeu os braços até ele.

Yadriel avançou para seu abraço. Sua mãe irradiava calor, aliviando a tensão de seus ombros enquanto o apertava. O cabelo dela fazia cócegas em suas bochechas. O cheiro dela também era o mesmo: canela e cravo.

Ela acariciou seu cabelo.

— Meu filhinho — disse ela suavemente, beijando o topo de sua cabeça, e Yadriel se derreteu.

Alívio e saudade o preencheram. Ele a amava tanto, e queria dizer isso repetidamente, de novo, de novo e de novo, mas não conseguia achar a voz.

— Me deixe olhar para você! — disse ela, dando um passo atrás e o olhando dos pés à cabeça. — *Aye*, que rapaz lindo, esse meu filho! — declarou Camila, os lábios vermelhos mostrando um sorriso brilhante.

Os olhos dela espiaram sobre o ombro de Yadriel.

— E esse é o Julian? — perguntou ela, seu sorriso ficando sabichão.

Yadriel deu um passo para o lado e agarrou o braço de Julian, que cambaleou à frente.

— Oi, Sra. Vélez — cumprimentou ele, nervosamente, com um sorriso tímido.

— Camila — corrigiu ela docemente. Ela apoiou o queixo na mão, batendo um dedo pensativamente na bochecha. — Já ouvi muito sobre você. Um menino fantasma que voltou dos mortos graças ao meu Yadriel.

Ela apertou o braço do filho e ele se encheu de orgulho.

— Eu devo muito a ele — disse Julian, sorrindo.

— E não se esqueça disso — concordou Camila, com um sorriso e uma piscadela. — Agora, nós temos muito o que conversar, muita coisa para contar! — Ela deu um olhar significativo a Yadriel. — Então vamos aproveitar nosso tempo juntos.

Camila arqueou uma sobrancelha fina para Yadriel.

— E me conte tudo — sussurrou teatralmente, acenando em direção a Julian, que se empertigou.

— Mãe! — sibilou Yadriel, o rosto esquentando.

— Mas, primeiro — continuou ela, como se não o tivesse ouvido, dando um passo atrás e acenando na direção da entrada da igreja.

Enrique e Lita estavam de pé no tablado do altar, logo abaixo da alcova da Senhora Morte. Os dois usavam a *regalia* completa, inclusive os cocares sagrados que haviam sido passados de geração em geração de líderes bruxes por séculos.

Na frente deles havia três bruxes que tinham completado quinze anos desde o último Día de Los Muertos. Maritza estava lá, usando seu vestido. Ela olhou para trás e acenou freneticamente para Yadriel. *Anda logo!*, ela disse, só com o movimento da boca.

Era o momento. Ele finalmente conseguiria aquilo por que lutara por tanto tempo. Yadriel se virou para Julian.

— Mostra para eles, bruxo — disse ele, apertando seu ombro.

Yadriel respirou fundo e sacudiu suas mãos trêmulas, então deu um passo à frente e parou ao lado de Maritza, provavelmente um pouco mais perto do que o necessário.

Maritza limpou a garganta e fez um movimento com o queixo. Seu rosário de quartzo rosa estava em suas mãos em concha. Pela fila, mais bruxes seguravam seus talismãs.

Yadriel procurou rapidamente sua adaga, que escorregou por seus dedos suados e quase caiu, mas ele conseguiu segurá-la sem perder um dedo no processo. Colocou-a sobre as palmas das mãos e Maritza assentiu.

O risinho de seu pai fez Yadriel erguer os olhos.

Quando Enrique deu um passo à frente e ergueu as mãos, as vozes e as risadas se reduziram a um burburinho abafado. A multidão atrás dele dava uma sensação estranha e desconfortável. Ele se sentia no foco de todos.

Incapaz de se segurar, Yadriel deu uma olhada por cima do ombro. Sua mãe abriu um sorriso encorajador enquanto Julian fez sinal de positivo com as duas mãos, sorrindo de orelha a orelha.

— É uma honra ter vocês aqui nesse último dia do Día de Los Muertos, quando damos as boas-vindas às nossas crianças em seus novos papéis na nossa comunidade! — disse seu pai, olhando para a multidão. — Obrigado por se juntarem a nós e a esses jovens adultos incríveis que estão diante de vocês. — Ele se endireitou, sua voz soando alta pela igreja cavernosa.

Yadriel estava acostumado a ver o pai em suas camisas quadriculadas, com cabelos despenteados e olhos cansados, trabalhando no cemitério ou cochilando no sofá. Mas naquela noite, vestido com sua *regalia*, todo empertigado enquanto sorria e falava com autoridade, Enrique parecia o legítimo líder bruxe.

— Vamos também tirar um momento para agradecer à Senhora Morte por permitir que *todos nós* estejamos aqui para celebrar os jovens esta noite — disse ele, e um murmúrio correu pela multidão. — Pensamos em vocês todos os dias, até que possamos nos reunir novamente no Día de Los Muertos.

Yadriel olhou a Senhora da Morte em sua alcova, vestida de branco. Pensou na aparência dela quando surgiu diante dele na caverna. Tanto bela quanto assustadora.

— Nesta noite nossas crianças se juntam a uma longa linhagem de bruxes que têm servido à Nossa Senhora na cura daqueles que sofrem e no suporte àqueles que estão perdidos — continuou Enrique, gesticulando para os quatro. Yadriel tentou se manter empertigado. — Hoje à noite, vamos celebrar a vida eterna. Apenas juntos tornamos isso possível. Hoje é um especial *aquelarre* para mim porque meu filho...

O coração de Yadriel subiu à garganta.

— *Nosso* filho... — corrigiu o pai, olhando para Camila por um longo momento antes de retornar o olhar ao menino. — Yadriel se junta a mim como bruxo.

Meu filho.

Um bruxo.

Quanto tempo ele esperou para ouvir aquelas palavras? Ouvi-las em voz alta, em um cômodo cheio de bruxes, fez as pernas de Yadriel tremerem. Era como um sonho, mas melhor.

— Eu acho que é especial para todos nós, né? — Houve um murmurinho de concordância pela multidão. — O *aquelarre* celebra *transição*. Todos vocês estão no precipício entre a juventude e a vida adulta — disse ele para a fila de jovens bruxes. — Entre a incerteza e a confiança. Nossas tradições devem crescer e mudar a cada geração. Só porque seguimos rituais antigos não significa que não podemos evoluir. Me comprovaram isso nos últimos dias. Eu falhei com meu filho Yadriel, tanto como pai quanto como líder.

Yadriel prendeu a respiração, paralisado pela sinceridade e franqueza do pai. Murmúrios ecoaram da multidão atrás dele, mas Enrique seguiu em frente:

— Ele tentou me dizer quem era, mas eu não ouvi, não entendi. — Enrique olhou para Yadriel. — Mas agora estou ouvindo, e vou aprender a ser melhor.

Lágrimas arderam nos olhos de Yadriel, mas ele se forçou a se controlar.

— Crescer não significa dispensar o que veio antes, é apenas uma evolução natural que honra a todos que deixam esta comunidade mais forte.

Comemorações e aplausos correram a plateia. O "uhu!" animado de Julian se sobressaiu aos outros sons. Yadriel prendeu uma risada. Seu coração estava tão cheio que parecia prestes a explodir.

— Nossa maior alegria é ver vocês crescerem e se tornarem esses jovens incríveis que provaram ser — disse Enrique, levando a mão ao peito e olhando para Yadriel. Seus olhos castanhos eram afetuosos, seu sorriso, caloroso.

O queixo de Yadriel tremeu e seus olhos arderam, mas ele sorria tanto que suas bochechas doíam.

— Yadriel, você demonstrou coragem e força enormes, algo que nenhum bruxe obteve em mil anos. Você se sacrificou para salvar seus amigos, sua família e, o que diz ainda mais sobre você, a vida de dois desconhecidos. Isso exigiu mais do que apenas coragem e força. Nossa Senhora viu uma grandeza em você que nem eu pude enxergar. Você vai ser um grande bruxo, um grande homem, e nós honramos o sacrifício que fez — disse Enrique, sério.

Yadriel não sabia como responder. Estava zonzo e vermelho, tão atordoado com tudo que precisou desviar o olhar. Grandeza? Sacrifício? Não sabia nada disso. Ele só tentara fazer a coisa certa.

— Nós também precisamos agradecer a Maritza — continuou Enrique, desviando o foco para ela. — Ela também mostrou uma força incrível.

Diferentemente de Yadriel, Maritza ficava perfeitamente confortável em receber elogios. Ela assentiu atrevidamente, confiante, e seu queixo erguido em orgulho relaxou Yadriel.

— Curar Yadriel foi um ato de amor e bravura. Algo me diz que ainda vamos ver coisas incríveis de vocês dois — disse Enrique antes de olhar para os quatro e acrescentar: — De *todos* vocês.

— Ele *nem tem* ideia — sussurrou Maritza para Yadriel pelo canto da boca. Ela piscou para ele e Yadriel sorriu de volta.

Conhecendo Maritza, ele certamente ainda ouviria muito sobre ela ter salvado sua vida, mas não se importava. Sem ela, estaria morto. E embora a morte não fosse o fim, ele ainda tinha muito para viver.

Quando Enrique voltou a falar, olhou para todos os bruxos ali presentes.

— Vocês estão aqui porque já provaram que são exatamente o que estavam destinados a ser. Ao tornarem-se membros de pleno direito de nossa comunidade, ajudaremos a guiá-los para serem os olhos, os ouvidos e as mãos de Nossa Senhora Morte. Vivemos gratos pela orientação e compreensão que podemos compartilhar uns com os outros. Celebramos o fato de que avançaremos juntos como uma comunidade mais forte do que nunca. — Ele ergueu sua grande mão, a palma virada para a frente. — Confiem na Senhora Morte e em nossa comunidade, e não iremos falhar. Vocês são testemunhas disso, nos demonstraram isso em seu progresso diário.

Yadriel respirou fundo, ansioso pelo próximo passo do *aquelarre*.

Enrique deu um passo atrás, abrindo espaço para Lita dar um passo à frente. Penas de papagaio amarelas, azuis e vermelhas adornavam sua cabeça e cascateavam em uma longa cauda. Ela usava um vestido turquesa e joias de jade e ouro nos pulsos. Um grande colar de penas de beija--flor estava ao redor de seu pescoço e ombros, iridescente e cintilante na luz. Como líder espiritual de sua comunidade, ela guiava o fim do rito de passagem.

Quando Lita falou, foi em espanhol, seu sotaque cubano melódico:

— Que possamos viver na fé; estamos no verdadeiro caminho do nosso espírito. Que nunca temamos a morte, mas lembremos que vivemos para sempre no amor que plantamos em nosso tempo na Terra. Que possamos preservar a vida e guiá-la até a morte como Nossa Senhora deseja. Que possamos nos curar e nos apoiar mutuamente nesta vida e na próxima.

Yadriel e os outros três se viraram para olhar a multidão.

— Nós recebemos vocês! — gritou o pai de Yadriel, os braços abertos, seu sorriso deixando os olhos enrugados.

A multidão irrompeu em vivas. Gritos vibrantes encheram o ar, e a adaga de Yadriel explodiu com luz dourada. Maritza riu, seu rosário disparando faíscas ao seu redor. A mãe de Yadriel teve que interromper os aplausos para enxugar as lágrimas. Ainda assim, em um mar de rostos, seus olhos foram direto para Julian, e ele não conseguiu desviar o olhar. Seu sorriso afiado. Seu olhar ardente. Provocava um incêndio em seu peito. Queimava no estômago. Inundava-o de calor. Yadriel ficaria feliz de ser consumido pelo incêndio de Julian.

Julian mordeu o lábio inferior e um assobio afiado cortou a multidão antes de ele erguer o punho e gritar em comemoração. Maritza bateu em Yadriel com o ombro, a risada dela ecoando em seu ouvido.

As coisas não se consertavam magicamente com um discurso empoderador, mas isso abria portas e construía pontes. Abria espaço para Yadriel avançar e ser quem era, como ele era. Ainda havia obstáculos a vencer e batalhas a lutar, mas ele não se sentiria mais sozinho.

Não, não era o fim. Era um começo melhor.

AGRADECIMENTOS

Escrever este livro foi uma das melhores e mais difíceis coisas que eu já fiz, e isso não teria sido possível sem a minha incrível equipe de apoio.

A primeira pessoa a quem gostaria de agradecer é a minha editora, Holly West. *Os garotos do cemitério* começou com uma premissa muito simples: o que aconteceria se você acidentalmente invocasse um fantasma e não conseguisse se livrar dele? Enquanto eu falava sobre as minhas ideias para Holly, *Os garotos do cemitério* não era mais do que apenas algumas frases, um conceito vago com um protagonista trans. Quando estava crescendo, nunca encontrei a minha própria identidade de gênero refletida em nenhum livro, e achei que isso seria algo impossível de ser comprado, mas a história de Yadriel foi a que mais deixou Holly entusiasmada, e isso foi tudo para mim. Sem ela, esta história jamais teria existido. Holly entende a mim e a minha escrita, e trabalhar com ela é como ter um segundo – e muito mais organizado – cérebro.

Sou incrivelmente grato por ter o apoio dela e o apoio de TODA a equipe da editora Swoon. Devo um agradecimento enorme ao time da Swoon Reads e aos meus autores companheiros da Swoon. O mercado editorial pode ser um lugar assustador e por vezes excludente, mas eles, sem dúvida, se tornaram a minha segunda família. O incrível pacote de cuidado que recebi quando reuni coragem suficiente para anunciar que tinha decidido fazer a mastectomia foi um ato de bondade do qual eu nunca vou me esquecer.

Eu devo a Emily Settle um agradecimento especial. Foi ela quem sugeriu que eu pegasse meus dois nomes favoritos — Yadriel e Julian — e utilizasse-os para o meu livro (#Yadrian!). Um agradecimento enorme para a minha assessora de imprensa, Kelsey Marrujo, por debater comigo, responder as minhas bilhões de perguntas e fazer meus sonhos se tornarem realidade. Quero agradecer a cada pessoa na Macmillan que colocaram as mãos em *Os garotos do cemitério* e ajudaram a torná-lo ainda melhor. Eu devo *tantos agradecimentos* a Gabe Cole Novoa e Ray Stoeve pelos seus ótimos feedbacks e orientação. Meu incrível amigo, Francisco Echavarria, é um santo que lidou com a maior paciência com as minhas mensagens de "tá acordado?" para discutir as nuances do espanhol e conseguir encontrar as melhores palavras (*especialmente* para Julian).

Minha incrível agente, Jennifer March Soloway, foi outra parte essencial para este livro se concretizar. Eu fui atrás dela para me aconselhar, como também ex-aluna do Mills College, antes até de ela se tornar oficialmente a minha agente. Quando contei a ela sobre a minha ideia para *Os garotos do cemitério*, ela me interrompeu e disse: "Aiden, você sabe que pode escrever sobre a sua própria cultura, certo?" E essa ideia ME DEIXOU NO CHÃO. Se eu achava que as pessoas nunca se interessariam por um livro com um protagonista transgênero, nem passou pela minha cabeça que eu poderia fazer o livro sobre fantasia latina. Sem Jennifer, *Os garotos do cemitério* teria sido absolutamente diferente, e não tão diferente e especial para mim quanto é agora. Todas as vezes que fiquei estressado ou sobrecarregado, Jennifer foi uma âncora. "Você está preocupado, mas está indo tão bem" se tornou o meu novo mantra.

Aqueles que realmente sofreram mais com tudo isso foram meus pobres amigos que precisaram segurar a minha barra quando eu estava surtando — SEM NEM MESMO SEREM PAGOS PARA ISSO! Anda Stelle e Tanya Lisle me ajudaram com o desastre que era o meu primeiro rascunho, e então Anda leu a primeira versão e foi minha líder de torcida pessoal enquanto eu fazia o esboço de cada capítulo. Meus queridos Maxamaris Hoppe e Rey Noble forneceram apoio emocional e me forçaram a ser gentil comigo mesmo quando eu entrava em um turbilhão de dúvidas sobre mim mesmo. Sem essas pessoas cuidando de mim, eu jamais teria conseguido sobreviver.

Um IMENSO obrigado a Adriana M. Martine Figueroa, por nomear a minha brilhante bruxa Paola, e Angela Wells, por nomear o meu precioso Rio.

A minhe incrivelmente talentose artiste de capa, Mars Lauderbaugh, eu devo *toda* a minha vida! Mars pegou os meus garotos e os trouxe lindamente à vida, e é como se os tivesse tirado direto do meu coração. A aparência do Yadriel é particularmente especial para mim. Sou incrivelmente sortudo e grato por todo o trabalho, amor e cuidado que Mars dedicou aos meus personagens. Ninguém mais poderia tê-los trazido à vida tão perfeitamente.

Quero agradecer a minha família por seu amor e apoio incondicional. Minha mãe (De Anna), minha irmã (Christine Sanchez) e cunhado (Chris Sanchez) me ajudaram a pensar na história original de *Os garotos do cemitério* enquanto bebíamos mezcal e comíamos tacos e eu ficava deitado no chão, fazendo anotações no celular.

No processo de escrita deste livro, perdi uma pessoa muito querida e importante para mim. Meu primo, Alan Claveran, era um homem generoso, gentil e hilário. Sem ele, o mundo não é mais tão brilhante quanto antes. Uma parte de mim sempre sentirá a sua falta, mas vou sempre me lembrar com carinho de suas piadas bobas, suas eternas provocações e sua doce risada. Nos encontramos no outro lado, irmão.

Este livro foi composto na tipologia Janson Text LT Std,
em corpo 11/15,6, e impresso em papel off-white,
no Sistema Cameron da Divisão Gráfica
da Distribuidora Record.